W0005068

DUMONT

Emmys Leben umspannt fast ein ganzes Jahrhundert. Ihre Kindheit auf einer kleinen Nordseeinsel ist geprägt von Ebbe und Flut und von ihrer verbitterten Großmutter Alma, die Schulpflicht für Unsinn hält. Als der Erste Weltkrieg ausbricht, ist Emmys Schullaufbahn ohnehin beendet, noch bevor sie richtig begonnen hat. Alles, was ihr bleibt, ist ein Leben als Dienstmädchen im Tollhaus der Zwanzigerjahre: Berlin. Schnell lernt sie Hauke, einen Sohn aus reichem Hause, kennen. Der »eingebildete Fatzke« zeigt ihr das Leben und so einiges mehr. Es folgen drei Kinder und die harten Jahre des Zweiten Weltkriegs. Doch Emmy bietet dem Schicksal die Stirn und verliert nie den Humor – und jetzt, im reifen Alter von sechsundachtzig, schon gar nicht. Bis ihre erwachsenen Kinder auf mysteriöse Aktenordner im Keller stoßen, und zu ahnen beginnen, dass Emmy womöglich nie das naive Mädchen von der Insel gewesen ist, für das sie immer gehalten wurde. Könnte es tatsächlich sein, dass ihre Mutter auf einem Vermögen sitzt? Die beiden Ältesten lassen bereits die Sektkorken knallen. Aber noch hat Emmy ein Wörtchen mitzureden.

Manuela Golz, geboren 1965, studierte Germanistik, Erziehungswissenschaften und Psychologie. Sie lebt in Berlin und arbeitet seit mehr als zwanzig Jahren als Psychotherapeutin. 2006 debütierte sie mit ›Ferien bei den Hottentotten‹ als Autorin. Ihr Roman ›Sturmvögel‹ ist vom Leben ihrer Großmutter Emmy inspiriert.

Manuela Golz

STURMVÖGEL

Roman

DUMONT

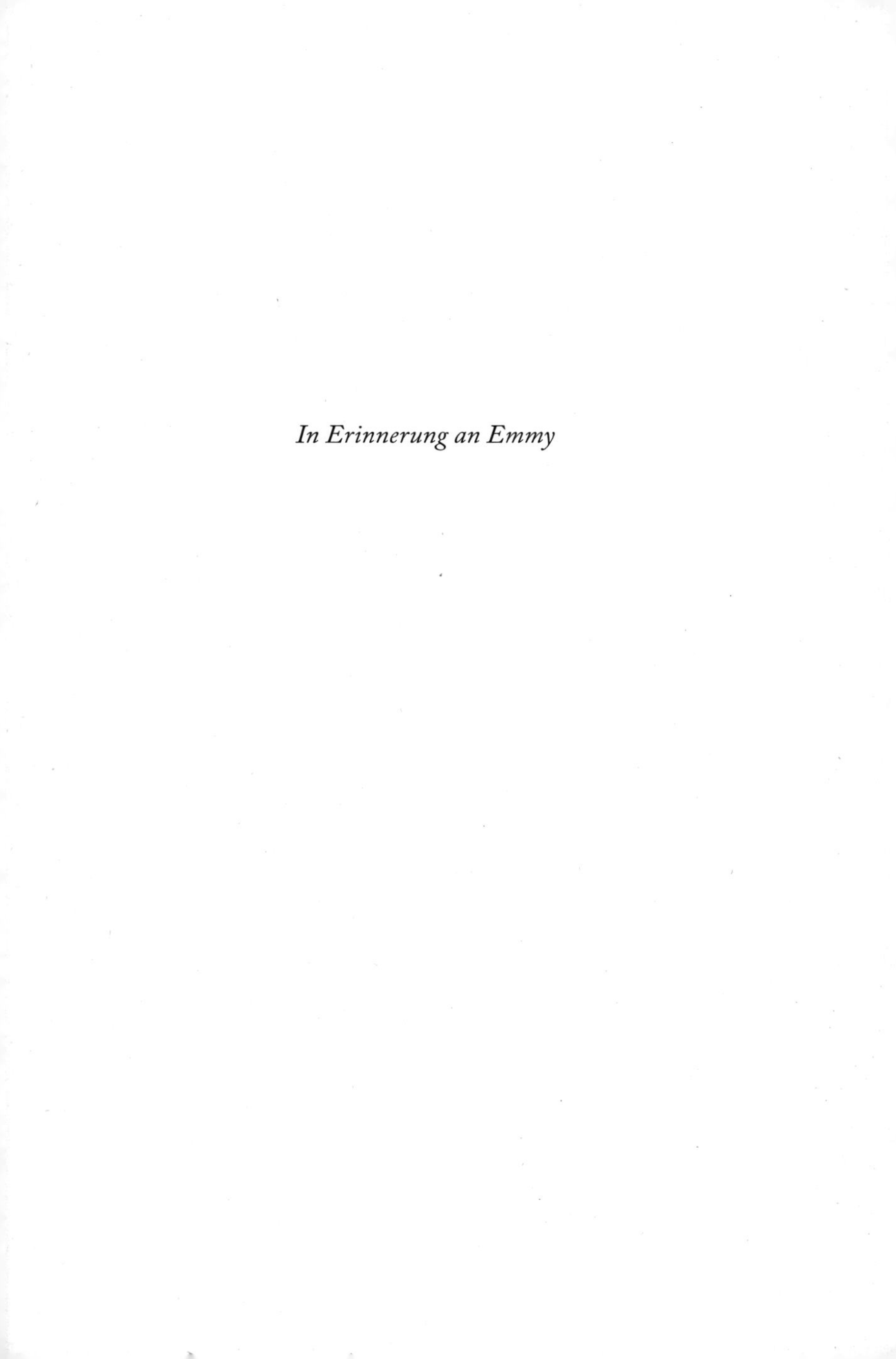

In Erinnerung an Emmy

Für meine Mutter.
Hab Dank für alles!

1

APRIL 1994

Sie war unendlich dankbar für ihr Leben. Dass es so lang schon dauerte, grenzte für sie an ein Wunder.

Emmy saß auf ihrem Balkon und beobachtete zwei Elstern, die sich gegenseitig das Nistmaterial klauten. Wenn ihr so weitermacht, wird keine von euch fertig. Wie viel schlauer waren da doch die Kohlmeisen, die in das Vogelhäuschen ein- und ausflogen, das sie auf einem ihrer Blumenkästen platziert hatte. Sie bewunderte die kleinen Tiere für ihre Fähigkeit, im rechten Moment die Flügel anzulegen, um dann mit einem ploppenden Geräusch im Haus zu verschwinden.

Die Sonne war bereits erstaunlich warm, und Emmy dachte: Was wäre, wenn wir unser Leben nicht in Jahren, sondern in Sommern zählten? Sie hatte sechsundachtzig Sommer erleben dürfen.

Kein Jahr verging, in dem nicht Freunde, Bekannte oder Nachbarn starben, viele jünger als Emmy. Wenn ich noch lange lebe, bin ich auf meiner eigenen Beerdigung alleine. Sie spürte, dass auch ihre Kräfte immer mehr nachließen. Das Treppensteigen fiel ihr zunehmend schwer, spätestens im ersten Stock pfiff sie wie eine Dampflok. Die Nächte waren kurz, ihr Schlaf zersplitterte in unzählige kleine Abschnitte. Immer öfter fielen ihr tagsüber vor Müdigkeit einfach die Augen zu. Sie schlief dann wenige Minuten, die aber tief und fest. Sie wusste, dass sich ihre älteste Tochter Hilde über diese kleinen Absenzen ärgerte. »Das machst du doch mit Absicht, Mama. Nur um mir zu zeigen, wie sehr ich dich langweile«, hatte Hilde neulich zu ihr gesagt.

Emmy lebte so, wie sie es wollte. Sie liebte ihre Zweizimmerwohnung in Tegel, die nun schon mehr als ein halbes Jahrhundert ihr Zuhause war, und ließ sich von niemandem Vorschriften machen. Sie hörte Radio, telefonierte mit ihrer Freundin Marianne in München oder löste Kreuzworträtsel, so gut es ihre Sehkraft noch zuließ. Dann war der Eckzahn des Keilers auch mal ein Eckzahn des Kellners, und Emmy wunderte sich über die Frage. In der Regel nahm sie es aber mit den Lösungen ohnehin nicht so genau. Ein GNU verwandelte sich in ein GNA, damit der PFAU wieder passte, und die Großmacht mit drei Buchstaben hieß dann eben UFA. Im Winter zog sie des Öfteren das Nachthemd nicht aus, zerrte ihre Federbettdecke zur Wohnzimmercouch, machte es sich vor der weit geöffneten Balkontür gemütlich und wartete geduldig auf Besuch am Futterhaus.

Emmy schlürfte an solchen Lottertagen Herva mit Mosel, biss Käse vom Stück ab, spuckte Mandarinenkerne auf den Balkon, und zum Abend genoss sie eine Tafel Schogetten-Schokolade. Stück für Stück langsam gelutscht, nicht gekaut.

Emmys Tochter Hilde unternahm alles, damit ihre Mutter sich wohlfühlte. Sie versorgte Emmy mit Vitaminpillen, beheizbaren Hausschuhen, Knoblauchkapseln, Spurenelementen aus dem Reformhaus, Kirschkernkissen und unzähligen Flaschen Doppelherz.

»Glaubst du, der Sensenmann macht wegen der Knoblauchkapseln einen Bogen um mich?«

»Mama, Knoblauchkapseln riechen nicht.«

»Zum Glück, dann wird meine Abholung daran nicht scheitern«, sagte Emmy mit einem Augenzwinkern.

Hilde fand das überhaupt nicht komisch. »Was soll das heißen, ›meine Abholung‹? Darüber macht man keine Witze.«

»Das ist auch kein Witz. Das ist ganz normal. Irgendwann geht jedes Leben zu Ende. Auch meins.«

»Aber Mama, ich brauche dich doch.«

»Hilde, du bist über sechzig. So langsam solltest du dir deine Schuhe selber zubinden können«, hatte sie ihrer Tochter lachend entgegnet.

»Könntest du bitte aufhören, dich über mich lustig zu machen?«

Emmy legte Hilde beschwichtigend die Hand auf den Arm. »Ja, ja, ist ja schon gut, Kind.«

Seit sie vor ein paar Wochen bewusstlos in einem Bushäuschen gefunden worden war, sorgte Hilde sich noch mehr. Sofort hatte sie die Beziehungen ihres Mannes spielen lassen und Emmy einen Termin im Klinikum Steglitz bei dem berühmten Professor Mattheis besorgt.

»Warum soll ich meine kostbare Zeit bei einem Arzt verschwenden?«, fragte Emmy.

»Andere wären froh, wenn sie zu Professor Mattheis könnten.«

»Ich bin aber nicht andere.«

»Mama, er ist eine Koryphäe auf seinem Gebiet und wird herausfinden, was mit dir ist!«

»Das ist sehr schön für ihn, aber du weißt doch: Einem Arzt begegne ich lieber erst mit den Füßen voran.«

»Jetzt stell dich nicht so an. Es gibt Patienten, die würden sich alle zehn Finger nach einem Termin bei Professor Mattheis lecken«, sagte Hilde ungeduldig.

»Mein Gott, wie arm muss deren Leben sein, wenn sie sich die Finger nach einem Arzttermin lecken! Mir fiele da Besseres ein. Ein Kännchen Kaffee und ein Stück Schwarzwälder Kirschtorte zum Beispiel.«

»Kannst du nicht einmal mir zuliebe etwas tun?«

Am nächsten Morgen hatte Emmy mit Marianne telefoniert und sich über Hildes Fürsorge beklagt. Schließlich hatte sie nachgegeben und alle Untersuchungen über sich ergehen lassen, damit Hilde beruhigt war. Und obwohl Emmy Kassenpatientin war, hatte es Hilde tatsächlich geschafft, dass der Herr Professor die Abschlussbesprechung persönlich vornehmen sollte.

Heute nun war es so weit. Emmy fuhr zum vereinbarten Termin ins Krankenhaus. In dem langen Flur vor dem Sprechzimmer von Professor Mattheis, zu dem eine Schwester sie geführt hatte, war es erstaunlich ruhig. An dem einen Ende gab es eine Milchglasscheibe, hinter der ab und zu ein Schatten vorbeihuschte, an dem anderen einen Fahrstuhl und rechts daneben eine Klarglastür, durch die man direkt in den Treppenflur blicken konnte. Für Deppen waren an der Wand und an der Tür zur Sicherheit Hinweisschilder angebracht. *Treppe* und noch mal *Treppe*.

Emmy setzte sich auf einen der wenigen Stühle, als die Klarglastür geöffnet wurde. Ein junger Mann kam heraus und lief hastig den Flur entlang. Ohne dass Emmy auch nur ein Wort gesagt hätte, hob er die Hand, rief mit dem Rücken zu ihr: »Ich bin gleich bei Ihnen«, und verschwand in seinem Zimmer.

An der Wand neben der Tür zum Sprechzimmer hing ein Bild. Mit etwas Fantasie konnte Emmy in der oberen Hälfte fliegende Goldfische und blutrote Möwen mit Raketenantrieb erkennen, die auf eine blaue Sonne zuschossen. Die Farbkombinationen ließen ihre Netzhaut vibrieren. Drei breite Streifen liefen diagonal über das Bild. Daneben war ein Pappschildchen angebracht. *Titel: In mir.* Emmy dachte: In mir nicht.

Die Tür ging auf, und Emmy wurde hereingerufen. Bis sie sich erhoben und die Tür hinter sich geschlossen hatte, saß der junge Mann schon wieder an seinem Schreibtisch. »Nehmen Sie Platz«, sagte er, ohne Emmy auch nur anzusehen. Sie musterte, noch immer stehend, ihr Gegenüber. Er war wirklich auffallend jung, starrte auf einen Monitor und tippte ab und zu auf die Tastatur. Ausdruckslose blassgrüne Augen fanden sich in einem leicht asymmetrischen Milchgesicht wieder.

»Ist Professor Mattheis nicht da?«, fragte Emmy.

»Ich bin Professor Mattheis.«

Emmy lachte kurz auf.

»Was ist daran so lustig?«, fragte er, die Augen weiter auf seinen Bildschirm gerichtet.

»Entschuldigung, aber ich habe Sie mir ganz anders vorgestellt.«

Zum ersten Mal sah er auf. »Was meinen Sie mit *anders*?«

»Älter, deutlich älter.«

Er musterte sie verständnislos. »Ich bin fast vierzig, Frau Seidlitz.«

»Genau das meine ich. Außerdem dachte ich, ein Professor sei zuvorkommend, höflich und zeige Respekt vor dem Alter.« Er wollte zu einer Erwiderung ansetzen, aber Emmy schnitt ihm mit einer Handbewegung das Wort ab. »Wissen Sie, junger Mann, vielleicht habe ich zu viele Filme über Ferdinand Sauerbruch gesehen, aber ich bin es zum Beispiel gewohnt, dass man ›Guten Tag‹ sagt.«

Auf dem Gesicht des Arztes zeichnete sich echte Überraschung ab. »Habe ich das denn nicht?«

»Nein. Sie haben nur ›Frau Seidlitz‹ gerufen.«

»Da war ich wohl in Gedanken«, sagte Professor Mattheis entschuldigend.

»Dann hoffe ich, dass Ihre Gedanken wenigstens jetzt bei mir sind«, sagte Emmy und dachte: Unvorstellbar, wie ein so junger Mensch mich verstehen soll. Seine Ausstrahlung glich der einer namenlosen vorbeihuschenden Feldmaus irgendwo am Wegesrand. Emmy nahm auf dem Besucherstuhl Platz. Professor Mattheis öffnete ihre Krankenakte und besah sich die Befunde.

Auf dem Fensterbrett stand eine Yuccapalme, die völlig vertrocknet war, da sie über der Heizungslüftung ihr Dasein fristen musste. Vermutlich war sie im Winter von unten verbrannt. Hoffentlich geht der mit Patienten anders um, dachte Emmy und sah voller Mitleid auf die verstorbene Pflanze. Woher nahmen die Menschen eigentlich das Vertrauen in die Ärzteschaft? Emmy würde dem Herrn Professor nicht mal einen Kaktus anvertrauen.

»Also, Frau Seidlitz. Es ist so, wie wir schon anhand des ersten EKGs befürchtet haben …«

»Wieso wir?«, sagte Emmy. »Ich habe nichts befürchtet. Wer nach zwei Weltkriegen auf das siebenundachtzigste Lebensjahr hinschwankt, dem ist die Furcht abhandengekommen.« Aber nett, dass dieser Grünschnabel etwas befürchtet haben will, dachte sie, auch wenn das in Anbetracht seiner schlechten Manieren kaum zu glauben war.

Professor Mattheis räusperte sich. »Das Langzeit-EKG bestätigt, dass sie eine ausgeprägte Sinusbradykardie haben. Der QRS-Komplex ist sehr schmal. Die Frequenz oft nur um vierzig, sodass der AV-Knoten einspringen muss. Es finden sich auch supraventrikuläre Extrasystolen. Ist Ihnen manchmal schwindelig oder bekommen Sie schwer Luft?«

»Beides muss ich mit Ja beantworten«, sagte Emmy, die außer ›Schwindel‹ und ›schwer Luft bekommen‹ kein Wort verstanden hatte.

»Die Indikation für einen Pacemaker besteht.«

»Für einen was?«

»Pacemaker. Einen Schrittmacher.« Professor Mattheis sortierte die losen Zettel wieder in die Krankenakte. Dann klappte er einen großen Terminkalender auf. Blätterte vor und zurück und tippte schließlich mit dem Zeigefinger auf ein Datum. »Hier. Termin in zwei Wochen. Stationär. Drei Tage«, sagte er.

Meine Güte, der kann keine ganzen Sätze reden, dachte Emmy. »Was habe ich denn nun?«, fragte sie ungeduldig.

»Wie ich schon sagte, eine ausgeprägte Sinusbradykardie«, wiederholte Professor Mattheis und zog einen Stift aus der Brusttasche seines Arztkittels, um den Termin einzutragen.

»Herrgott, woher soll ich denn wissen, was eine Sinusirgendwas ist?« Emmys Ton war gereizt.

Professor Mattheis blickte von seinen Unterlagen auf und sah sie irritiert an. »Ich dachte, mein Kollege vom Langzeit-EKG hat Ihnen das bereits erklärt.«

»Nein, hat er nicht. Der war ja genauso mundfaul wie Sie. Das scheint ein Auswahlkriterium für die Anstellung in diesem Haus zu sein: Möglichst wenig sprechen, schon gar nicht mit den Patienten.«

Mattheis schüttelte den Kopf. »Also bitte, Frau Seidlitz, jetzt übertreiben Sie aber.« Er klappte noch einmal Emmys Krankenakte auf, holte den EKG-Streifen heraus und fuhr mit seinem Montblanc-Kugelschreiber über eine gezackte Linie. »Ihr Herz schlägt zu langsam – hier können Sie es sehen. Das ist so, als ob Ihr Auto statt auf sechs nur noch auf zwei Zylindern läuft«, erklärte er.

»Ich bin ja auch schon lange im Verkehr und weit gefahren, um im Bild zu bleiben. Ist es nicht normal, dass der Motor nachlässt?«

Er deutete ein Lächeln an. »Schon. Aber man kann etwas dagegen tun. Einen Schrittmacher einsetzen. Immer wenn das Herz zu langsam wird, gibt er einen Impuls, und es schlägt wieder so, wie es soll.«

Emmy lächelte. »Junger Mann, woran soll ich denn sterben, wenn mein Herz nicht einfach stehenbleiben darf? Ich bin fast siebenundachtzig Jahre alt und hatte ein gutes Leben. So wie alle Menschen mit Höhen und Tiefen, aber insgesamt doch ein wirklich gutes. Ich habe das Gefühl, am Ende eines langen Weges wohlbehalten angekommen zu sein. Was will ich denn noch?«

Mattheis legte den Kopf schief und zog die Augenbrauen zusammen. »Geht es Ihnen nicht gut? Sie wirken doch insgesamt sehr rüstig und geistig rege. Sind Sie des Lebens überdrüssig?«

»Wenn Sie mich so fragen: ja. Es ist nicht so, dass ich sterben will, ich bin mir allerdings sicher, es ist eine biologische Notwendigkeit. Es liegt in der Natur der Sache. Aber der Frühling ist keine schöne Zeit zum Sterben.«

»Aha. Welche Jahreszeit wäre denn besser?«

»Der Winter. Da sind die dunklen Nächte lang. Man verliert nicht so viel vom Tag. Verstehen Sie, was ich meine?«

Professor Mattheis musterte Emmy nachdenklich.

»Was ist? Wächst mir gerade ein drittes Auge, oder warum gucken Sie so komisch?«

»Sie wollen im Winter sterben?«

Emmy zuckte leicht mit den Schultern. »Ja, warum nicht?«

Der Arzt sah sie lange an.

»Sagen Sie mal, versuchen Sie meine Gedanken zu lesen? Sprechen Sie jetzt gar nicht mehr mit mir?«

»Doch, doch, Frau Seidlitz. Ich überlege nur, ob ich Sie einem anderen Facharzt vorstellen sollte.«

»Noch so einem Wunderknaben, wie Sie es sind?« Sie lächelte.

»Nein, nein. Der Kollege geht bald in Rente. Er ist sehr erfahren.«

»Aha. Und wer soll das sein?«

»Professor Doktor Gotthilf von Sack.«

Emmy lachte auf. »Der Mann heißt Gotthilf von Sack? Das denken Sie sich jetzt aus, oder?«

Das junge Gesicht des Arztes zeigte keine Regung. »Nein. Herr von Sack ist Psychiater«, erklärte er.

Emmy grinste. »So sehen Sie mich, ich brauche einen Seelenklempner? Ich schmeiß mich weg. Vielleicht sterbe ich auch auf der Stelle, weil ich mich gleich totlache.«

»Doktor von Sack hört Ihnen zu.«

»Richtig, Zuhören ist ja nicht gerade Ihr Gebiet. Sie sind mehr fürs Anpacken, Operieren.«

Mattheis hob beschwichtigend die Hände. »Ich bitte Sie, Frau Seidlitz, das ist ein Routineeingriff. Wir setzen Ihnen den Schrittmacher ein, und Sie können damit hundert Jahre alt werden.«

»Um Himmels willen, wozu? Was sollen mir die nächsten dreizehn Jahre noch bringen, was ich nicht schon erlebt habe?«

»Wollen Sie denn nicht sehen, wie Ihre Enkelkinder aufwachsen?«, fragte Mattheis.

»Die sind fast so alt wie Sie.«

Der Arzt runzelte die Stirn. »Und Ihre Urenkel?«

»Habe ich nicht.«

Professor Mattheis unternahm einen letzten Versuch: »Frau Seidlitz, so ein Schrittmacher stört Sie nicht. Sie werden gar nicht merken, dass er da ist. Aber er sorgt dafür, dass Ihr Herz wieder ganz normal schlägt. Es wäre ein Leichtes, Sie zu retten.«

Emmy sah ihn fragend an. »Retten? Wovor?«

»Vor dem Tod«, sagte Mattheis. Emmy lachte erneut auf. Der Herr Professor war offensichtlich größenwahnsinnig. Ein Verrückter im Gewand eines Arztes. Er wollte sie vor dem Tod retten. Ewiges Leben, das hatte ihr gerade noch gefehlt.

»Andere Patienten wären froh, wenn ich ihnen eine so gute Nachricht überbringen würde«, sagte Professor Mattheis fast schon flehentlich.

Emmy lächelte. »Dann überbringen Sie die guten Nachrichten mal anderen.« Sie erhob sich.

Der Arzt seufzte konsterniert. »Ich will Ihnen doch nur helfen, Frau Seidlitz.«

»Das glaube ich Ihnen gern. Aber wo steht, dass ich Ihre Hilfe annehmen muss?«

Emmy ging zur Tür, drückte die Klinke herunter und drehte sich noch einmal um. »Helfen Sie lieber Ihren Pflanzen, Herr Professor, die haben es nötiger als ich.« Damit verließ sie das Zimmer.

2

DEZEMBER 1911

Emmy erinnerte sich noch gut an den alten Inselarzt aus ihrer Kindheit. Er hatte nach Kampfer gerochen, konnte streng tun und war doch sanft und weise. Wie alle Kinder fürchtete Emmy den Holzspatel in ihrem Mund, aus Angst, sich übergeben zu müssen. Unendlich viele *Aaas* wurden dem Arzt aus kirschrot entzündeten Hälsen entgegengewürgt. Er kannte die Menschen, ihre Familien, ihre Sorgen und Nöte. Er schiente gebrochene Beine und empfahl, in Kräutersud getränkte Tücher auf Wunden zu legen. Er riet zu mehr Obst und Gemüse, warnte vor zu viel Sauerkraut und verbot den Matrosen Rumgenuss vor dem Löschen der Fracht. Er ließ Leinentücher auf die Strohbetten legen und forderte, den Rauch des Küchenofens nicht durch das ganze Haus ziehen zu lassen. Er verteilte Salbeipastillen und Fencheltee. Die wichtigste Medizin des alten Arztes aber waren Zuhören, Trösten und die liebevolle Mahnung. Ansonsten wollte er möglichst wenig in natürliche Heilungsprozesse eingreifen. Und er kümmerte sich um Blessuren, die sich die Männer beim Streit um ein Weib zugefügt hatten. Er selbst hatte weder Frau noch Kinder, weil er Tag und Nacht mit dem Leiterwagen oder zu Fuß unterwegs war, um seine Patienten zu versorgen und auf den Pfad der Tugend zu bringen. Der Inselarzt war immer im Dienst. Außer am Heiligen Abend. Da saß er allein in seiner Praxis, trank Rum und aß sich durch Berge von Zuckerkeksen und braunem Kuchen, die er geschenkt bekommen hatte. Wie sehr hatte sich die Welt doch verändert.

Emmys Familie lebte schon seit Menschengedenken auf der kleinen Nordseeinsel. Ihr Vater hatte den Hof geerbt, besaß Vieh und etwas Land, und sie litten keinen Hunger. Doch nur gelegentlich konnten sie sich etwas leisten, was über die bloße Sicherung des täglichen Lebens hinausging. Weihnachten war so eine seltene Ausnahme, und das erste Fest, an das Emmy sich erinnern konnte, war das im Jahr 1911. Damals war sie vier Jahre alt und durfte ihren Vater zum ersten Mal hinunter zum Hafen begleiten. Der Hafen – das war für die Kinder ein sagenumwobener Ort, an dem alles möglich zu sein schien und in den ein Mädchen wie Emmy normalerweise keinen Einlass fand. Aber an besonderen Tagen wurde eine Ausnahme gemacht, und Weihnachten war ein besonderer Tag. Emmy wusste noch genau, wie aufgeregt sie schon am frühen Morgen gewesen war.

»Pack dich warm ein, mein Mädchen«, hatte ihr Vater gesagt, die Pfeife im Mundwinkel, denn ein waschechter Insulaner ging nie ohne seine Pfeife aus dem Haus.

Als sie aufbrachen, stand der Mond auf halb und kündigte eine Nipptide an, die eine schwache Flut bringen würde. Die Wanderung war ein großer Spaß, weil die Gräben entlang der Polder zugefroren waren. Ihr Vater hatte ein paar alte Holzpantinen gefettet, mit denen Emmy weite Strecken über das Eis schlittern konnte. So war ihr auch nicht kalt, als sie im einsetzenden Schneetreiben nach einer guten Stunde am Deich vor dem Hafen ankamen. Beim Anblick eines Dampfschiffes blieb Emmy auf der Deichkrone wie angewurzelt stehen.

»Das Ding ist ja fast so hoch wie unser Haus«, sagte sie ehrfürchtig.

»Das Ding ist ein Schiff«, sagte Andries, der ebenfalls stehen geblieben war.

»Aber wo sind die Segel?«, fragte Emmy und betrachtete den Fremdling am Pier. Auf den blauen Fliesen zu Hause im Pesel, der guten Stube, hatten die Schiffe alle große weiße Segel.

»Die Dampfer haben keine Segel mehr«, erklärte ihr Vater. Wie so viele Männer der Insel war Andries als Walfänger auf gewaltigen Dreimastern unterwegs und noch immer nicht überzeugt von den dampfbetriebenen Schiffen. Umso erstaunter war er, dass sie inzwischen sogar über den großen Teich bis nach Amerika fahren konnten.

Andries und Emmy gingen hinunter zum Holzanleger. Doch am Schiff durfte Emmy nicht weiter. Ein Weib an Bord, egal wie alt, duldeten die Seeleute nicht – auch nicht an Weihnachten.

»Warte hier«, sagte Andries. Er ging über den breiten Landgang, der mit Tauen verzurrt war, um mit dem Hafenmeister zu sprechen, der gerade die Ladezettel verteilte. Der Blaue Peter war bereits gehisst, ein weithin sichtbares Signal für das baldige Auslaufen des Schiffes. Eine Gruppe von Kohlentrimmern kam Andries entgegen, ihre Gesichter und Hände glänzten schwarz. Sie hatten tonnenweise Kohlen aus den fensterlosen Bunkern des Schiffes zum Heizkessel befördert.

Nach einer Weile kehrte Andries zurück zu seiner Tochter. Auf seiner rechten Schulter trug er eine kleine Holzkiste, die er mit einer Hand abstützte, in der anderen Hand hielt er ein Netz, darin ein Scheit aus Eschenholz – den Julklotz.

»Auf geht's«, sagte Andries und ging mit großen Schritten voran. Doch Emmy konnte sich von dem Schauspiel im Hafen nicht abwenden. Schubkarre um Schubkarre wurde über den Steg gerollt und Waren mit Seilwinden gelöscht. Dampf keuchte in mächtigen Stößen aus dem Schiff hervor, Stimmengewirr waberte über den Steg. Leiterwagen standen bereit, um die Waren aufzuladen, und ein hölzerner Hebekran drehte sich wie von Geisterhand. Der Liegeplatz auf der anderen Seite des kleinen Hafens war mit einem flachen Zweimaster, dem sogenannten Schmackschiff belegt, das die Seeleute der Insel spätestens im Februar wieder nach Amsterdam bringen würde, von wo aus sie auf große Fahrt gingen.

»Emmy! Nun komm!«, rief ihr Vater. Sie rannte ihm hinterher, und als sie an der Kurve zum Hafentor angekommen waren, schoben die Kohlentrimmer von eben ein schwarzes Ungetüm auf vier Rädern an ihnen vorbei Richtung Anleger. In dem stählernen Ungeheuer saß ein Mann und drehte an einem Rad.

Emmy machte große Augen. »Was ist das?«, fragte sie.

»Ein Automobil.«

»Automobil«, wiederholte Emmy leise und sah den Männern nach. Sie konnte sich keinen Reim darauf machen. »Und was kann das?«

»Es kann alleine fahren«, sagte Andries.

»Alleine?«, fragte Emmy ungläubig. »Woher weiß es dann, wo es hinmuss?«

Ihr Vater lächelte. »Das weiß das Automobil nicht. Der Mann, der drinsitzt, weiß es hoffentlich. Er dreht an dem Lenkrad, und dann richten sich die Reifen in die Richtung aus, in die der Fahrer will.«

Das war bestimmt wieder Seemannsgarn. Schließlich dachte ihr Vater sich dauernd Geschichten aus. Trotzdem überlegte Emmy, wie sich etwas ohne Zügel oder Sterzen in die richtige Richtung bewegen ließ.

Sie folgte ihrem Vater. Andries hob seine Tochter über einen Zaun auf den Polder, über den sie gekommen waren, schweigend gingen sie nebeneinander her. Erst als der Hof in Sichtweite kam, fragte Emmy: »Wofür braucht man ein Automobil?«

»Ich weiß auch nicht, wofür das gut sein soll«, brummte ihr Vater. »Sie haben das Ding letztes Jahr auf unsere Insel geschafft, aber scheinbar ist es zu nichts nutze, deshalb bringen sie es wieder aufs Festland zurück. Ich kenne niemanden, der ein Automobil braucht. Nicht mal eine Pflugfurche kann man damit ziehen! Das Teil ist viel zu schwer, damit kommst du über kein Marschland, selbst in abgetrockneten Poldern versinkt es. Es kann keine Gräben überqueren, du kannst keine große Menge Torf laden oder ein krankes Tier transportieren – die Ladeluken sind für all das viel zu klein. Das ist wieder so eine neue Erfindung, die sich nicht halten wird.« Andries hielt inne. Er hatte schon einmal danebengelegen, was die Zukunft der Dampfschiffe anging. Er räusperte sich. »Vielleicht taugt es für die Stadt. Aber für hier sicher nicht.«

Emmy nickte und war davon überzeugt, zum ersten und letzten Mal in ihrem Leben ein Automobil gesehen zu haben.

Andries war zufrieden. Er hatte dem Hafenmeister neben dem geweihten Julklotz heute noch eine Zuckertüte, Mehl und Pflaumen abkaufen können. Wie alle Mütter stellte auch Emmys Mutter Janne zur Feier des Tages heimlich eine Untertasse mit braunem Kuchen auf die Fensterbank und behauptete, das Christkind hätte ihn gebracht. Ein Höhepunkt für die Kinder war es, wenn in dem Kuchen eine Pflaume steckte, süß und weich. Rieke, Emmys kleine Schwester, konnte nicht genug davon bekommen.

Emmy liebte vor allem den Kenkenbuum, das Holzgestell mit den immergrünen Efeuzweigen, die für die Hoffnung standen, das kommende Frühjahr möge gut werden. Dass der Kenkenbuum nur ein Ersatz für einen echten Tannenbaum war, den es auf der Insel nicht gab, lernte Emmy erst sehr viel später.

Am Abend saßen alle zusammen bei Kaffee und Zuckerkeksen, und dem Hauskobold, falls er noch existierte, stellte man zur Sicherheit eine kleine Schüssel mit süßem Brei auf den Dachboden. Man ging nicht in die Kirche, es gab keine Messen an Heiligabend. Stattdessen entzündete Emmys Vater den Julklotz, der bis zum Dreikönigstag im Kamin blieb. Dann wurde seine Asche über die Felder verstreut. Auch das sollte Glück bringen und Freya, die Göttin der Liebe und Fruchtbarkeit, gnädig stimmen. Es schien zu helfen: Im Durchschnitt brachte eine Frau auf der Insel sechs Kinder zur Welt. Andries und Janne hatten zwei, das dritte war unterwegs. Ein kleiner Rest vom Julklotz musste übrig bleiben, um damit im nächsten Jahr den neuen zu entzünden, und immer so weiter.

Wichtig am Heiligen Abend war vor allem, dass mit Einbruch der Dämmerung Ruhe einkehrte. Wenn sich die Dunkelheit vollständig über das Haus, die Felder und das Meer gelegt hatte, wurde nur noch geflüstert. Und irgendwann, wenn die Ruhe zur absoluten Stille geworden war und diese besondere Stille ein Innehalten gebot, dann entzündeten sie Kerzen am Kenkenbuum und der Vater flüsterte: »Nü as at halig.« Nun ist es heilig. Andächtig sahen sie den Kerzen beim Brennen zu. Es fühlte sich an, als könnten alle Wunden in dieser Stunde heilen.

3

APRIL 1994

Hilde drückte die oberste Kurzwahltaste auf ihrem Telefon. Hier hatte sie Emmys Nummer gespeichert, nicht etwa die Büronummer ihres Mannes oder die ihres ältesten Sohnes, nein, dieser exponierte Platz gehörte ihrer Mutter. Sie war jetzt ihr Sorgenkind, wer kümmerte sich denn sonst um sie? Ihre Geschwister waren ja immer ach so beschäftigt und taten, als sei es ohnehin selbstverständlich, dass sie, die Älteste, diese Rolle übernahm. Otto dachte häufig an seine Mutter, hatte aber nur selten Zeit für sie, weil er immer weiß Gott was zu tun hatte, und Tessa besuchte sie zwar regelmäßig, tat aber keinen einzigen Handschlag in ihrem Haushalt.

Nur weil sie nicht berufstätig war, schienen Otto und Tessa wie selbstverständlich davon auszugehen, dass Hilde die Zeit hatte, sich um alles zu kümmern. Vielleicht war es aber auch ein Fehler gewesen, damals in die Poesiealben zu schreiben: »Papa, Mama ehren, das ist meine Pflicht, vergess' es für mein Lebtag nicht.«

Emmy hob nicht ab. Wo steckte sie nur? Der Termin bei Professor Mattheis war doch schon am Vormittag gewesen, sie müsste längst wieder zu Hause sein. Hilde wollte am liebsten den Tagesablauf ihrer Mutter genau kennen, wissen, was sie gerade machte, wie sie schlief, was sie aß und ob sie auch genug trank. Sie hatte vorgeschlagen, dass Emmy sich jeden Morgen und jeden Abend telefonisch bei ihr meldete, was diese jedoch mit den Worten ablehnte: »Jetzt ist aber mal gut. Ich bin doch nicht dein Kind, ich bin deine Mutter.«

Schließlich sprang der Anrufbeantworter an: »Bin nicht da. Wer will, kann was sagen. Bitte nur Gutes.«

»Hallo Mama, ich bin's, Hilde. Geht's dir gut? Was hat Professor Mattheis gesagt? Hat er Blut abgenommen? Hat er was von Medikamenten gesagt? Bitte ruf zurück. Ich hab dich lieb.«

Nachdem sie aufgelegt hatte, ging Hilde ins Wohnzimmer, rückte die Sofakissen zurecht, versetzte jedem Kissen einen Handkantenschlag und brachte eine Vase mit Blumen in die Küche, um sie zu entsorgen. Günter hatte ihr den Strauß per Fleurop geschickt. Ein langweiliges Potpourri aus Nelken, Freesien und stinkenden Hyazinthen. Auf dem beigefügten Klappkärtchen hatte er ausrichten lassen: »Alles Gute, mein Schatz, dein Günni.« Bis zuletzt hatte sie gehofft, ihr Mann würde seine Geschäftsreise nach New York ein paar Tage früher beenden, um an ihrem vierzigsten Hochzeitstag, der auch gleichzeitig ihr einundsechzigster Geburtstag war, bei ihr zu sein. Aber er war nicht gekommen. Für Günter war der Termin ganz unerwartet vom Himmel gefallen.

»Was, vierzig Jahre ist das schon her?«, hatte er am Telefon gesagt. »Donnerwetter, wie die Zeit vergeht. Schatz, das feiern wir nach!«

Hilde knickte den Strauß in der Mitte und stopfte ihn in den Mülleimer. Na ja, wenigstens dachte er inzwischen an echte Blumen. Früher hatte sie morgens oft nur einen Zwanzigmarkschein am Alibert-Schrank gefunden, daneben mit einem Wachsmalstift der Kinder über die gesamte Spiegelfläche geschrieben: *Für Blumen, Mausi.* Sie hatte jedes Mal fast eine halbe Flasche Glasklar gebraucht, bis sie den Spiegel wieder sauber hatte.

Das Telefon klingelte. Das wird Mama sein, dachte sie und eilte zur Ladestation. Sie nahm ab. »Hallo? Mama?«

»Jawohl. Ich melde gehorsamst, alles ist gut, Kind«, sagte Emmy, ihre Stimme klang belustigt.

»Sie haben also nichts gefunden?«

»Nein, der Professor hat gesagt, dass alles in Ordnung ist und ich noch viele Jahre vor mir habe.«

»Das heißt, er will gar nichts unternehmen? Keine Tabletten?«

»Auch keine Tabletten.«

Obwohl ihre Mutter sie nicht sehen konnte, schüttelte Hilde missbilligend den Kopf. »Und warum bist du dann ohnmächtig geworden?«

»Das war offenbar nur ein kleines Unwohlsein, Erschöpfung, davon stirbt man nicht«, sagte Emmy.

»Ich mache mir trotzdem Sorgen, schließlich …«

»Nein, meine Große. Sorge dich nicht, alles ist gut«, unterbrach Emmy sie, ehe sie weitersprechen konnte. »Du weißt doch, Unkraut vergeht nicht. – Apropos Unkraut, ist Günter eigentlich schon wieder zurück?«

Hilde konnte über den Witz ihrer Mutter nur müde lächeln. Emmy hatte noch nie viel von Günter gehalten, aber was sollte sie tun? Sie war auch nach vierzig gemeinsamen Jahren noch glücklich mit ihm. Mal mehr, mal weniger. Er gab ihr, wonach sie gesucht hatte: ein schönes Heim, ein sicheres Leben und zwei wohlgeratene Söhne. Und Günter hatte ihr in all den Jahren die Welt gezeigt. Paris, Rom, Bangkok, Australien, die Karibik und nicht zu vergessen Tokio!

Aber Emmy fand es grundfalsch, dass Hilde ihr Auskommen frühzeitig an einen Mann hängte. »Das musst du doch heutzutage nicht mehr. Kinder kannst du auch später noch bekommen. Lern erst mal irgendwas Schönes, von mir aus studiere. Du kannst dich frei gegen eine unbezahlte Stelle als Hauswirtschafterin entscheiden«, hatte sie mit einem Augenzwinkern gesagt.

Hilde aber hatte gegen die traditionelle Rollenverteilung nichts einzuwenden. »Ich mag es, einen Haushalt zu führen, und ich koche gerne.«

»In einer solchen Ehe bist du nie wirklich frei, mein Kind«, hatte Emmy ihre Tochter gewarnt.

Doch die hatte nur erwidert: »Wenn jeder die Rolle ausfüllt, die ihm zugedacht ist, dann werden beide glücklich. Außerdem will ich mir etwas leisten können. Wie soll das gehen ohne Ehemann?« Hilde wollte ganz sicher nicht so leben wie ihre Mutter, in zwei kleinen Zimmern in Berlin Tegel und mit einem kargen Gehalt, durch eine winzige Witwenrente aufgestockt. Sie wollte jemand sein, sich wichtig fühlen, wollte an der Seite eines einflussreichen Mannes stehen. Sie war in ihrer Familie das erste Mädchen mit Abitur, das reichte ihr, das war eine Leistung, die ihr niemand nehmen konnte.

Emmy war damals unglaublich stolz auf ihre Tochter gewesen und hatte versucht, sie in eine Ausbildung, einen Beruf zu bringen. Aber Hildes Plan stand fest: »Ich werde heiraten und Kinder bekommen. Dafür brauche ich keine Ausbildung. Die Fürsorge und die bedingungslose Liebe einer Mutter trägt man von Natur aus in sich«, hatte sie frohlockt. Außerdem war sie der festen Überzeugung, dass hinter jedem starken Mann eine starke Frau stand, und diese starke Frau wollte sie sein. Und so kam es, dass Hilde an ihrem 21. Geburtstag den ältesten Sohn des Baustoffhändlers Eduard Heinke ehelichte.

Ihre Mutter hatte ja keine Ahnung. Was für eine sensationelle Partie! Günter war gut aussehend, hatte Charme und Witz und trug sie auf Händen. Hilde wusste noch genau, wie ihre Freundinnen vor Neid fast geplatzt waren, als Günter ihr erlaubte, den

Führerschein zu machen, und ihr auch noch gestattete, in seinem himmelblauen VW-Käfer durch die Gegend zu fahren. Es fühlte sich so leicht an, so frei. Freier als ein Leben als Jungfer es je hätte sein können. Die Jungs waren zur Welt gekommen, und sie konnte sich als Vollzeitmutter voll und ganz auf deren Erziehung konzentrieren, war immer für sie da und hatte ihnen einen guten Start ins Leben ermöglicht. Beide waren heute erfolgreiche Geschäftsleute im Ausland. Hilde und ihr Mann hatten noch immer Sex miteinander, und sie besaß eine goldene Kreditkarte, mit der sie einkaufen konnte, was ihr Herz begehrte. In der Feinschmeckerabteilung vom KaDeWe begrüßte man sie mit Namen, und dem Weinhändler traten Freudentränen in die Augen, wenn Hilde sich seinem Laden nur näherte. Sie hatte es fast geschafft. Sie war glücklich und hoffte, dass ihr Schwiegervater nicht noch das ganze Erbe in seiner Seniorenresidenz im Grunewald verjubelte. Dann würden bald *ihre* Namen für die Wohnung im noblen Westend an erster Stelle im Grundbuch stehen. Genau dieses Leben war ihr Traum. Was war falsch daran?

»Nein, Günter ist noch in New York, Mama.«

»Sag mal, Hilde, warst du in meinem Keller?«, wechselte Emmy plötzlich das Thema.

Hilde schluckte. Ja, sie war im Keller gewesen. Ohne ihrer Mutter vorher Bescheid zu sagen. Sie schwieg.

»Hilde?«

Fieberhaft suchte sie nach einer Ausrede. Sie hatte sich eigentlich nur einen Überblick verschaffen wollen, damit sie und ihre Geschwister im Falle eines Falles nicht überrascht wurden. Schließlich bestand Mutters Keller aus einem Ober- und einem Unterkeller, in denen sich vortrefflich Unmengen nutzloses Zeug ansammeln ließen. Hilde kannte einige Beispiele von alten Menschen, bei denen das Ausmisten des Kellers länger gedauert hatte, als die

Wohnungsauflösung selbst. Was sollte sie ihrer Mutter also sagen? Wir räumen schon mal auf, damit wir nach deinem Ableben nicht so viel zu tun haben?

»Hallo, Kind, bist du noch dran?«

»Ja.« Hilde räusperte sich. »Ich ... Ich habe die Gartenbänke gesucht.«

»Die Gartenbänke?«, wiederholte Emmy erstaunt. »Und was willst du damit? Die stehen außerdem gut sichtbar im oberen Keller. Ich habe aber den Eindruck, dass jemand ganz unten war. Die Klappe zur unteren Treppe war freigeräumt.«

»Mama, warum gehst du noch immer da runter? Was ist, wenn du fällst und dir etwas brich…«

»Ach, papperlapapp!«, unterbrach sie Emmy. »Lenk nicht ab. Was hast du in meinem Keller zu suchen?«

Hilde biss sich auf die Lippen. Sie wusste ja, dass ihre Mutter es nicht leiden konnte, wenn jemand sich ungefragt in ihre Angelegenheiten einmischte. »Kann sein, dass ich die Klappe kurz angehoben habe. Wenn ich schon mal da unten war«, sagte sie kleinlaut.

»Ich wüsste nicht, was dich mein Keller angeht«, wies Emmy sie scharf zurecht. »Ich bin alt, aber nicht senil. Wenn du was suchst, kannst du mich gefälligst vorher fragen.«

Ihre Mutter war hörbar aufgebracht. Konnte sie es jetzt noch wagen, sie auf den überraschenden Fund anzusprechen?

»Sag mal, Mama …«

»Moment, ich bin noch nicht fertig. Ich möchte nicht, dass du in meinen Sachen rumwühlst, egal, wo sie stehen. Hast du mich verstanden?«

»Ich habe nicht rumgewühlt! Und selbst wenn – das fiele doch gar nicht auf. Da unten sieht es aus wie bei Hempels unterm Sofa«, protestierte Hilde schwach.

Das ist ja auch kein Wohnraum, sondern ein Keller, dachte Emmy und schwieg.

Hilde fragte sich: Was, wenn Mutter die Ordner da unten vergessen hat? Sie hatte auf einem Regal ein paar Aktenordner entdeckt und wahllos einen herausgezogen, auf dem »Potsdam« stand. Sie hatte den Ordner geöffnet, und zuerst geglaubt, den Ausschnitt eines Schnittmusterbogens vor sich zu haben. Aber inzwischen war ihr klar, dass es sich um ein Stück Flurkarte handelte. Dazu fand sie einen Grundbucheintrag und einen vergilbten Kaufvertrag. Warum lag das hier unten? Was hatten diese Unterlagen zu bedeuten?

»Mama, wenn das alles unnützes Zeug ist, dann könnten wir, also Tessa, Otto und ich doch eigentlich mal ausmisten …«

»Da wird nichts ausgemistet, schon gar nicht ohne mich!«

»Natürlich, du bist auch dabei«, sagte Hilde versöhnlich. »Vielleicht könnten wir alle zusammen für Ordnung sorgen. Otto kennt sich doch aus mit … Trödel.«

»Gut«, brummte Emmy. »Ich denke darüber nach. Da hat sich über die Jahre tatsächlich einiges angesammelt. Steht da nicht auch noch diese alte Kommode?«

»Ich glaube, ja, Mama. So genau habe ich nicht hingeschaut.«

Emmys Ärger schien zu verfliegen, und Hilde atmete erleichtert aus. Was, wenn ihre Mutter tatsächlich davon ausging, dass sich da unten nur unnützes Zeug stapelte? Wenn sie nichts von den Ordnern wusste und sie einen ungehobenen Schatz bargen? Bei ihrer schmalen Schulbildung hatte Emmy doch gar nicht die intellektuellen Fähigkeiten, derart komplexe Dinge zu verstehen. Jemand musste Licht ins Dunkel bringen.

4

APRIL 1914

Als Andries Peterson entschied, seine älteste Tochter nach Ostern einschulen zu lassen, war das für Emmys Großmutter der Anfang vom Ende. Alma hielt nichts von dem neuen Schulhaus, das sie im vergangenen Jahr mit großem Gedöns eröffnet hatten. Es führte nur dazu, dass die preußische Schulpflicht auch auf ihrer Insel Einzug hielt und die Kinder den Eltern vom Feld weggerissen wurden. Wenn die Väter auf dem Meer waren, wurde doch jede helfende Hand gebraucht. Was sollte ein Weib mit Geografie und Weltgeschichte anfangen? Hatte die Kuh Koliken, half es nicht, wenn man wusste, wo Frankfurt lag.

Janne hielt es für eine richtige Entscheidung, Emmy zur Schule zu schicken. Alma hingegen beugte sich nur widerwillig der Anordnung ihres Sohnes, dafür Sorge zu tragen, dass Emmy so oft wie möglich den Unterricht besuchen konnte. Aber in fünf Jahren wäre der Spuk ohnehin vorbei, dann würde man für Emmy einen Verlobten bestimmen und sie vernünftig auf die Ehe vorbereiten.

Seit die kleine Nordseeinsel nicht mehr zu Dänemark, sondern zu Preußen gehörte, also seit über vierzig Jahren, hatte es zahlreiche vergebliche Versuche gegeben, ein Schulgebäude zu errichten; bis sich schließlich auf einer Gemeindeversammlung eine hauchdünne Mehrheit dafür entschied. Auch Emmys Vater war kein Freund der Preußen, aber er glaubte, dass es sinnvoll war, den Kindern einen Schulbesuch zu ermöglichen. Ansonsten glaubte er ehrfürchtig an das Schicksal, dem niemand entrinnen konnte.

Andries gehörte zu den letzten Walfängern der Insel. Mehr als hundert Jahre lag die Blütezeit des Walfangs zurück, und nur noch wenige Männer fuhren hoch bis nach Spitzbergen. Kam er von einer Seefahrt zurück, trug Andries einen langen Bart. Emmy liebte es, ihm mit ihren kleinen Fingern winzige Zöpfchen hineinzuflechten. Wenn er zu Hause war, diente Andries seinen drei größeren Mädchen, unter den strengen Augen seiner Mutter und den sanftmütigen seiner Frau, als Kletterbaum, Geschichtenerzähler und liebevoller Lehrer in einem.

Am schönsten war es für Emmy aber immer am Meer. Da hatte sie ihren Vater ganz für sich allein, denn Rieke, Tille und die Lütte waren noch zu klein und durften nicht mit. Auf dem Weg sang er raue Seemannslieder und wiederholte stets: »Singen ist gesund, mein Kind. Merk dir das.«

Gemeinsam suchten sie Muscheln, und Andries zeigte Emmy, wie man sie mit einem scharfen Messer öffnete. »Immer vom Körper wegziehen.« Sie befestigten die Muscheln an einem Stein, mit einer Schnur, an deren oberes Ende eine Schlaufe gebunden wurde, die Andries um Emmys Daumen legte. Dann durfte sie die Stein-Angel am Steg vorsichtig ins Wasser lassen. Gespannt sah sie dem Stein beim Sinken zu.

»Und jetzt?«, fragte sie, sobald er unter der Wasseroberfläche nicht mehr zu sehen war.

»Warte. Du musst Geduld haben. Lass den Daumen ganz locker auf dem Zeigefinger liegen. Irgendwann wird er sich bewegen.«

»Aber wann?«

»Wenn es an der Zeit ist.«

So saßen sie dicht an dicht. Während Andries seine Pfeife rauchte und aufs Meer hinaussah, starrte Emmy gebannt auf ihre Hand. Es dauerte nicht lange, bis die Schnur kaum merklich vibrierte, sich die Schlaufe wie von Zauberhand zuzog und Emmys Daumen bewegte.

»Vater, schau!«, rief sie aufgeregt.

»Ganz ruhig. Jetzt ziehst du mit der anderen Hand langsam die Schnur hoch. Langsam!«

Vorsichtig holte sie die Angel ein. Sie staunte nicht schlecht. Ein fetter Krebs hatte es sich auf dem Stein gemütlich gemacht und fraß das Muschelfleisch. Gebannt sah Emmy dem imposanten Schalentier dabei zu. »Der hat aber Hunger. Haben wir noch eine Muschel für ihn?«

»Du sollst ihn nicht ernähren, du sollst ihn fangen«, sagte Andries lächelnd.

»Das habe ich ja getan. Ihn gefangen. Haben wir nun noch eine Muschel für ihn?«, wiederholte Emmy und sah sich suchend um. Andries musste lachen. Offensichtlich hatte seine Tochter den Sinn des Angelns noch nicht ganz verstanden.

Auf dem letzten Stück Weg nach Hause trug Andries Emmy meist auf den Schultern.

»Du hast doch Beine, warum läufst du nicht?«, rief ihre Großmutter ihr zornig entgegen.

»Hier oben sehe ich mehr«, gab Emmy ungerührt zurück.

Alma schüttelte den Kopf. »Gott im Himmel, es wird nicht gut enden mit diesem Kind!«

Kurz vor Ostern erlaubte Emmys Vater ihr, gegen alle Widerstände, das Vorderdeck eines Schiffes zu betreten. Längst hatte Andries sich damit abgefunden, dass Janne ihm bislang keinen Sohn geschenkt hatte. Die Tradition sah vor, dass der Erstgeborene zwischen seinem sechsten und siebten Geburtstag ein Schiff betrat. Sein Erstgeborener war nun mal ein Mädchen. Auch das war eben Schicksal.

»Junge, du musst dich nicht wundern, wenn sich am Ende kein Mann für Emmy findet«, mahnte Alma eines Abends, während sie am Spinnrad saß. Andries saß am Tisch und war dabei, getrocknete Aalhaut mit Schmalz einzufetten, um sie zäh und gleichzeitig geschmeidig zu machen. So konnte er sie als Verbindungsriemen zwischen Stiel und Schlagholz am Dreschflegel verwenden.

»Wenn du ihr einen aussuchst, wird es schwierig, da magst du recht haben, Mutter.«

Alma musterte ihren Sohn mit zusammengekniffenen Lippen, bevor sie fragte: »Was soll das heißen?«

»Emmy wird schon den Richtigen finden.«

»Du willst doch nicht allen Ernstes *ihr* die Wahl überlassen?«

Er zuckte mit den Schultern. »Warum nicht? Wir können ihr mit Rat zur Seite stehen, wenn es an der Zeit ist. Aber ich denke, es ist besser, wenn ein Paar sich von allein findet.«

»Na, so weit kommt es noch«, sagte Alma empört und versetzte dem Spinnrad einen weiteren Schwung.

Andries betrachtete seine Mutter einen Moment lang schweigend. Dann sagte er: »Ich darf dich daran erinnern, dass ich es mit Janne ebenso gehalten habe. Und unsere Ehe ist gut, wir lieben und achten einander, und Janne ist die treueste Gefährtin, die ich mir wünschen könnte. Auch wenn du sie anfangs abgelehnt hast.«

Alma verdrehte die Augen. Liebe. »Wenn alle aus Liebe heiraten würden, wären die Gehöfte klein und die Herden mickrig.«

»Es ist wichtig, dass Emmy zur Schule geht. Ein kluger Mann wird das zu schätzen wissen«, sagte Andries, setzte sich auf den hüfthoch gemauerten Rand des Ofens und begann, seine Pfeife zu stopfen.

»Aber doch nicht, wenn sie klüger ist als er! Ich kenne keinen Mann, der eine Frau haben will, die lesen und schreiben kann.«

»Vielleicht kennst du nur die falschen Männer, Großmutter«, rief Emmy, die in einer Ecke gelauscht hatte.

»Du freches Ding!« Mit jeder Silbe wurde Almas Stimme schriller. »Raus mit dir, wenn Erwachsene sich unterhalten!«

Doch Andries winkte seine Tochter zu sich heran und hob sie auf seinen Schoß. »Ich glaube, Bildung ist etwas Gutes. Sie macht die Menschen mündig«, sagte er, ohne Emmy für ihre Bemerkung zurechtzuweisen.

Alma seufzte resigniert. »Wozu die Mädchen? Das ist vielleicht was für Städter, aber doch nicht hier auf dem Land ... Ich verstehe diese Welt nicht mehr.«

»Gerade die Mädchen müssen viel nachholen«, sagte Andries und streichelte Emmy liebevoll übers Haar.

»Unsinn! Disziplin und Gehorsam sind deren oberste Pflicht. Das fällt deiner Tochter ja jetzt schon schwer. Kein Wunder, wenn du sie so verzärtelst.«

»Sie hört, wenn man ihr etwas sagt. Meistens jedenfalls, nicht wahr, Emmy?«

Doch bevor Emmy etwas entgegnen konnte, lachte Alma höhnisch auf. »Auf dich und Janne hört sie vielleicht. Auf meine Anweisungen pfeift sie.«

»Deine Anweisungen sind ja auch komisch«, sagte Emmy, hüpfte vom Schoß ihres Vaters und rannte kichernd hinaus.

Alma sah ihrer Enkelin kopfschüttelnd hinterher. Dann sagte sie streng: »Du lässt ihr zu viel durchgehen, mein Sohn.«

»Kann sein«, sagte Andries, stand auf und suchte im Ofen nach einem Hölzchen, mit dem er seine Pfeife entzünden konnte.

Wenige Tage nach Ostern war es endlich so weit. Janne hatte dem ersten Schultag fast so aufgeregt entgegengefiebert wie ihre Tochter. Sie verstand nicht, warum Alma sich an die Traditionen klammerte. Vielleicht machte der alten Frau das Neue einfach Angst, vielleicht war sie auch neidisch, denn Alma konnte weder lesen noch schreiben. Janne ließ es sich nicht nehmen, Emmy zur Schule zu begleiten. Es war ein strammer Fußmarsch von gut einer Stunde über Feld und Wiesen bis ans andere Ende der Insel. Alma hatte nur den Kopf geschüttelt. Die Mutter begleitete ihre sechsjährige Tochter über die Insel. Das ist Affenliebe, dachte sie.

»Du sollst mir nur eines schwören«, sagte Janne, während Emmy neben ihr herlief. »Du musst auch an Schultagen mit Rieke zu den Gräben gehen. Alleine schafft sie das noch nicht.«

Emmy nickte. Das hätte ihre Mutter nicht extra sagen müssen. Die Tiere gingen vor. Sie waren ihrer aller Lebensversicherung. »Das ist doch klar, Mama.«

»Je nach Tide auch am Mittag. Lieber die Schule versäumen, als ein Schaf verlieren«, mahnte Janne.

»Ja doch«, sagte Emmy. Rieke war erst fünf, und gemeinsam mussten sie den Schafen helfen, wenn sie im Schlamm feststeckten, zur Seite kippten und sich nicht mehr aus eigener Kraft retten konnten. Graben für Graben mussten sie tagtäglich absuchen, um zu verhindern, dass hilflose Tiere verendeten.

Vor dem Schulgebäude beugte sich Janne zu ihrer Tochter herunter, steckte ihr einen Zuckerkeks zu und sagte: »So, und nun mach was draus.«

»Danke«, sagte Emmy, die Wangen von Wind und Wetter gerötet, gab ihrer Mutter einen Kuss und betrat andächtig die Schule.

Die älteren Kinder saßen in hölzernen Schulbänken, in denen sich Aussparungen für die Tintenfässer befanden. Der Lehrer stand an einem Katheder, klemmte sich sein Monokel vor das Auge und sah von oben auf die Schüler herab.

Gleich am ersten Tag lernten sie fünf Buchstaben. A, E, I, O und U. Im Rechnen stellte der Lehrer die Zahlen von 1 bis 5 vor und ließ die neuen Schulkinder Summen bilden. Zwei Äpfel und ein Apfel ergaben mithilfe von Daumen, Zeige- und Mittelfinger drei Äpfel. Emmy platzte fast vor Stolz, als der Lehrer ihr bedeutete, dass drei die richtige Lösung war. Nur dass Dörtje, die neben ihr saß, eine eigene Schiefertafel mit Holzumrandung auf den Tisch legte und dazu auch noch eine kleine Dose für das Schwämmchen, versetzte Emmy einen Stich. Was hätte sie alles für eine eigene Tafel mit einem Schwämmchen gegeben!

Auf dem Weg nach Hause dachte Emmy über den riesigen Globus nach, der vorne beim Lehrerpult stand. Zu gern hätte sie ihn wenigstens einmal gedreht, um zu sehen, wie viel Platz ihre Insel darauf einnahm. So weit, wie sie gehen musste, war es bestimmt ein großes Stück – vielleicht gar die halbe Weltkugel? Aber an den Globus durften nur die älteren Schüler treten und auch nur, wenn sie aufgerufen wurden. Für den nächsten Tag nahm Emmy sich vor, den Lehrer trotzdem zu fragen. Als sie den Hof erreichte, sah sie ihren Vater und ihre Mutter davor auf einem Baumstamm sitzen, Andries wie immer mit einer Pfeife im Mundwinkel. Den Stamm hatte er im letzten Winter mit dem Ackergaul aus dem Meer gezogen, ein Luxus auf der baumarmen Insel. Nach und nach hobelte Andries feine Stücke als Anzünder für den Bilegger ab, damit die Ditten besser Feuer fangen konnten.

Emmy rannte zu ihren Eltern und erzählte atemlos von Buchstaben und Zahlen, von dem riesigen Globus und von Dörtjes Schiefertafel.

»Ich habe in meinem Leben kein Mädchen kennengelernt, das

eine Schiefertafel besaß, aber ich könnte wetten, du wirst das erste sein«, sagte Janne lächelnd.

»Bestimmt. Und die gebe ich dann an Rieke weiter. Und die gibt sie an Tille, und wenn die Lütte erst so weit ist, haben wir ein Schwämmchen mit Dose aufgetrieben«, sagte Emmy freudestrahlend. Mit leuchtenden Augen fügte sie hinzu: »Wenn wir mal einen Globus haben, dann darf die ganze Insel ran.«

Janne sah Andries von der Seite an. Sie wusste, dass es lange dauern würde, bis sie eine Schiefertafel bezahlen konnten, und an einen Globus war gar nicht zu denken. Sie überlegte, was sie sagen könnte, um ihre Tochter nicht allzu sehr zu enttäuschen, und ihr kam eine Idee: »Wir können dir keinen Globus und auch keine Tafel versprechen, aber wir machen dir was zum Üben. Schau«, sagte sie und begann, mit einem Brett ein Stück Sandboden festzuklopfen. Jetzt begriff auch Andries, worauf seine Frau hinauswollte. Er nahm sein Messer und schrieb damit GOTT in den Sand. »Schreib das mal nach«, forderte er Emmy auf und gab ihr das Messer.

Emmy schrieb. G-O-T-T. »Den zweiten Buchstaben kenne ich, ein O«, rief sie aufgeregt.

»Richtig. Der erste ist ein G wie Geduld, und die beiden hinten sind ein T.«

»T wie Torf. Noch ein Wort, bitte, Vater«, bettelte sie.

Andries zauberte noch viele Wörter in den Sand: EBBE, FLUT, STURM, WAL, KREBS. So also ging Schreiben.

»Siehst du, wenn du ein Problem hast, darfst du nicht darüber schimpfen. Du musst eine Lösung finden«, erklärte Janne. Emmy nickte und schmiegte sich an ihre Mutter.

»Noch ein letztes Wort vor dem Essen«, sagte Andries und schrieb EMMY in den Sand.

»Was heißt das?«

»Da steht Emmy« sagte Janne.

Ein entzücktes Grinsen breitete sich über ihr Gesicht, und Emmy strahlte ihren eigenen Namen an. »Ein E und zwei Ms und ein …« Emmy runzelte die Stirn. Es sah aus wie eine Zwille ohne Band. »Was ist das da hinten für ein Buchstabe?«

»Das ist ein Ypsilon. Das kommt sehr selten vor.«

»Yp-si-lon«, wiederholte Emmy vorsichtig, als könne das fragile Gebilde in ihrem Mund zerbrechen.

Janne legte ihrer Tochter die Hand auf die Schulter und drückte sie leicht. »Nur ganz besondere Menschen haben ein Ypsilon in ihrem Namen.«

»So wie ich?«

Andries und Janne nickten. »So wie du.«

Vier Monate später, mitten in der Erntezeit, kam Pastor Paulsen überraschend zu Besuch. Nach einer kurzen Begrüßung setzte er sich an den großen Tisch vor dem Bilegger und fragte: »Wo ist Andries?«

»Der ist mit Tille draußen auf dem Feld«, sagte Janne und setzte sich ebenfalls. »Aber sie müssen jeden Moment heimkommen.«

»Dann warten wir.« Paulsen legte ein Blatt auf den Tisch. Man sah, dass es schon durch viele Hände gegangen war. Zwei Ecken waren abgerissen, das Papier war schmutziggrau, einzelne Zeilen waren feucht geworden, die Tinte war verlaufen.

Neugierig griff Emmy danach und tastete mit dem Zeigefinger über die Buchstaben. »A-AN D-DAS D-EU… DEUTSCHE V-O… VOLK«, las sie laut, und während Rieke voller Bewunderung jauchzend in die Hände klatschte, erntete Emmy von ihrer Großmutter prompt eine Kopfnuss.

»Du neunmalkluges Ding! Hat dich jemand gefragt?«, fauchte Alma und riss ihr das Flugblatt aus den Händen.

In dem Moment trat Andries mit seiner zweitjüngsten Tochter Tille ein. Sein Oberkörper war torfverschmiert, in den Händen hielt er ein Bündel Stroh. Tille trug einen Korb mit Kräutern zum Tisch.

Als er den Geistlichen sah, blieb Andries abrupt stehen. »Was ist los? Wer gestorben?«, fragte er und legte das Stroh auf einer Bank an der Tür ab.

Paulsen erhob sich, begrüßte Andries und sah in die erwartungsvollen Gesichter ringsum. Für einen Moment herrschte absolute Stille. Sogar die Lütte, gerade eben des Krabbelns mächtig, schien sich der Tragweite dieses Augenblicks bewusst zu sein. Der Pastor räusperte sich, holte tief Luft und begann schließlich mit lauter, klarer Stimme vorzulesen:

»An das deutsche Volk!
Seit der Reichsgründung ist es durch 43 Jahre Mein und Meiner Vorfahren heißes Bemühen gewesen, den Weltfrieden zu erhalten und im Frieden unsere kraftvolle Entwicklung zu fördern. Aber die Gegner neiden uns den Erfolg unserer Arbeit.
Alle offenkundige und heimliche Feindschaft von Ost und West und von jenseits der See haben wir bisher ertragen im Bewußtsein unserer Verantwortung und Kraft, nun aber will man uns demütigen. Man verlangt, daß wir mit verschränkten Armen zusehen, wie unsere Feinde sich zu tückischem Überfall rüsten, man will nicht dulden, daß wir mit entschlossener Treue zu unserem Bundesgenossen stehen, der um sein Ansehen als Großmacht kämpft und mit dessen Erniedrigung auch unsere Macht und Ehre verloren ist.
So muß denn das Schwert entscheiden. Mitten im Frieden

überfällt uns der Feind. Nun auf zu den Waffen! Jedes Schwanken, jedes Zögern wäre Verrat am Vaterland! Um Sein und Nichtsein unseres Reiches handelt es sich, das unsere Väter sich neu gründeten, um Sein oder Nichtsein deutscher Macht und deutschen Wesens. Wir werden uns wehren bis zum letzten Hauch von Mann und Roß. Und wir werden diesen Kampf bestehen, auch gegen eine Welt von Feinden. Noch nie ward Deutschland überwunden, wenn es einig war.
Vorwärts mit Gott, der mit uns sein wird, wie er mit den Vätern war!
Berlin, den 6. August 1914. Wilhelm.«

Pastor Paulsen setzte sich wieder, legte das Blatt vor sich auf den Tisch und fügte hinzu: »Ende der Meldung. So sieht es also aus.«

Es war Emmy, die als Erste Worte fand. »Und was heißt das?«, fragte sie.

Auch ihre Mutter schien die Bedeutung der Zeilen nicht ganz zu begreifen und sah den Geistlichen fragend an. »Welcher Kampf?«, fragte Janne leise.

Der Pastor stützte beide Ellbogen auf die Tischplatte und legte die Fingerspitzen wie im Gebet aneinander. »Das heißt, es ist Krieg.«

Die Zeiten waren nicht einfach, aber ein Krieg?

»Gegen wen?«, fragte Andries.

Der Pastor rückte seine schmucklose Halsbinde, das Beffchen, zurecht. »Österreich hat Serbien den Krieg erklärt. Der Kaiser unterstützt Österreich und ruft auch uns zu den Waffen.«

»Der Kaiser kann uns mal«, sagte Andries und verteufelte einmal mehr die Tatsache, dass die Insel nicht mehr zum dänischen Königreich gehörte. Dort hatte man sie immer in Frieden gelassen. Die Dänen hatten kein Interesse gezeigt an ein paar eigenwilligen Inselbewohnern, deren Sprache keiner verstand, und so waren sie nie zu den Waffen gerufen worden.

Wieder herrschte Schweigen, nur ab und zu unterbrochen von der Lütten, die mit ihren kleinen Händen auf den Steinboden der Küche patschte.

In Jannes Augen glitzerten Tränen, und auch die drei größeren Mädchen begriffen, dass etwas Schlimmes geschah.

»Wer ist das, Serbien?«, fragte Emmy an ihren Vater gewandt.

»Serbien ist keine Person, das ist ein Land«, erklärte Andries und holte eine Flasche Rum aus dem Pesel. Eigentlich wurde das kostbare Getränk nur nach Geburten und bei Todesfällen angerührt, aber heute brach eine neue Zeitrechnung an. Rum ohne Tod oder Geburt. Er befüllte zwei Becher.

»Bekomme ich eine Rückstellung?«, fragte er den Pastor und schob ihm einen Becher hin.

»Nun, dein Weib hat dir bislang nur vier Töchter und keinen einzigen Sohn geschenkt«, sagte der Pastor und sah dabei vorwurfsvoll zu Janne hinüber. »Aber ich fürchte, du musst trotzdem an die Front. Deine Große wird im November schon sieben, da kann sie vieles übernehmen. Und die Lütte läuft bald.«

Andries leerte seinen Becher in einem Zug.

Der Pastor sah auf Jannes Bauch. »Oder seid ihr wieder guter Hoffnung?«, fragte er vorsichtig. Janne nickte. »Nun, wenn dein Weib auch diesmal nur einem Mädchen das Leben schenkt, könnt ihr versuchen, eine Rückstellung zu kriegen. Aber wer wünscht sich noch ein fünftes Mädchen? Gott steh euch bei! Als läge ein Fluch auf eurer Familie.«

Das war zu viel für Emmys Mutter. Janne brach in Tränen aus und rannte hinaus. Andries folgte ihr schweigend. Es dauerte lange, bis die beiden ins Haus zurückkamen.

Ein paar Tage später rief Andries seine älteste Tochter zu sich auf den Baumstamm. Emmy kaute an einer alten Brotrinde. Alles war so anders, seit der Pastor ihnen das Flugblatt vorgelesen hatte. Die Erwachsenen sprachen kaum, die Mutter weinte viel.

»Emmy, du bist mein großes Mädchen«, begann ihr Vater zögerlich und fixierte einen Punkt weit draußen auf dem Feld.

»Ich weiß. Und ich bin was Besonderes wegen dem Ypsilon«, sagte sie lächelnd.

Andries schwieg und stopfte seine Pfeife. Ein leichter Wind strich ablandig über das Marschland und kündigte die nächste Ebbe an. Schwalben suchten ihre Nester am Dach.

»Ist Mutter so traurig wegen dem Krieg?«

Der Vater nickte und atmete schwer. Emmy hatte keine Vorstellung, was genau auf sie zukommen würde.

Alles, was sie wusste, war, dass Krieg eine Veranstaltung auf dem fernen Festland war, die dazu führte, dass die Männer verschwanden und die Frauen allein mit ihren Kindern auf der Insel zurückblieben. Emmy wartete und sah geduldig zu, wie sich im ablandigen Wind die Gräser bogen.

Irgendwann begann ihr Vater wieder zu sprechen. »Es kommen schwere Zeiten auf uns zu«, sagte er schließlich. »Ich muss in den Krieg ziehen.«

Sie nickte verstehend, nur um gleich darauf zu fragen: »Was macht man denn im Krieg?«

»Nun ja.« Andries zögerte. »Ein paar Männer verprügeln sich gegenseitig.«

»Wegen Serbien?«, fragte Emmy.

»Ja, auch wegen Serbien.«

Emmy legte den Kopf schief und blinzelte zum Horizont. »Und wo ist das?«

»Das ist sehr weit weg, Richtung Süden.«

Emmy war irritiert. Richtung Süden gab es doch erst mal gar kein Meer. In der Schule hatte sie gelernt, dass da riesige Berge waren, die Alpen.

»Musst du in die Berge? Aber das geht doch gar nicht mit dem Schiff«, sagte sie.

Man hörte Möwen schreien, ab und an kreiste eine über ihren Köpfen, um dann doch weiterzufliegen.

»Hör zu, Emmy. Du wirst deiner Mutter mehr zur Hand gehen müssen. Wenn dein Geschwisterchen auf die Welt kommt, werde ich fort sein. Dann musst du mit deiner Großmutter den Haushalt am Laufen halten und draußen kräftig mit anpacken«, sagte Andries.

»Aber ich helfe doch schon, wo ich kann. Gestern, da habe ich sogar den Pflug abgespannt.«

Ihr Vater lächelte. »Ich weiß.«

»Und vor einem Monat habe ich den Waschtag alleine geschafft. Also fast. Mama hat geheizt.«

Der Waschtag, das waren alle sechs Wochen gleich drei ganze Tage. Die Wäsche wurde am Waschbrett gewalkt, dann ewig eingeweicht, in Seife und Pottasche geköchelt, auf ein Holzbrett geschlagen. Anschließend wurde sie am Teich gespült und gespült, damit die Lauge wieder rauskam, und gewrungen, bis einem die Hände abfielen. Dann wurde die weiße Wäsche zum Trocknen auf den Rasen gelegt, um sie zu bleichen – vorausgesetzt die Sonne schien. Emmy liebte den Waschtag. Jedes Mal durfte sie etwas mehr übernehmen. Nur im Winter, wenn der Brunnen kein Wasser gab und sie ein Loch in den gefrorenen Teich schlagen mussten, fand auch Emmy die Arbeit sehr mühsam.

Andries legte ihr eine Hand auf den Rücken. »Du musst jetzt tapfer sein und noch mehr helfen. Jedenfalls für eine Weile.«

Emmy sah ihren Vater mit großen grün-braunen Augen, die

sie von ihm geerbt hatte, ernst an. »Wie lange ist das, eine Weile?«

»Weihnachten bin ich wieder zurück. Hoffentlich. Bis dahin wirst du zu Hause bleiben.«

»Das geht nicht«, widersprach Emmy, »sobald die Ernte vorbei ist, muss ich wieder in die Schule.«

»Es gibt Dinge, für die kann niemand etwas. Die sind, wie sie sind, und dann muss man sich fügen.«

»Aber was ist mit der Schule?«, beharrte Emmy.

»Die ältesten Kinder, die zu Hause gebraucht werden, sind vom Unterricht freigestellt. Du bist unsere Älteste, und du wirst gebraucht«, sagte Andries in einem Ton, der keinen Widerspruch duldete.

Emmy kämpfte mit den Tränen und brachte kein Wort mehr hervor. Hatte ihr Vater nicht vor wenigen Monaten noch alles dafür getan, dass ihre Großmutter sie zur Schule gehen ließ? Die Brotrinde fiel auf den Boden. Andries hob sie auf und drückte sie ihr wieder in die Hand.

»Aber ich gehe dort so gerne hin, Vater. Es ist das Schönste, was es gibt. Ich liebe die Buchstaben, das Schreiben, das Lesen. Und erst die Zahlen! Manchmal ist es wie zaubern. Wusstest du, dass sieben plus vier dasselbe ergibt wie vier plus sieben? Beides ist elf!«

»Mach es bitte nicht noch schwerer, als es ohnehin schon ist«, sagte Andries fast flehentlich und blickte seiner Tochter in die Augen. Zum ersten Mal in ihrem Leben sah Emmy, wie ihrem Vater Tränen in den Bart liefen. Er nahm sie in den Arm. »Es tut mir so leid.«

Sie schmiegte sich eng an ihren Vater. »Ich will nicht, dass du gehst.«

»Ich doch auch nicht.«

»Dann bleib!«

»Das geht nicht, Emmy.«

Inzwischen war es dunkel geworden. Andries hob seine Tochter auf den Arm und trug sie hinein zum Alkoven, in dem schon ihre Geschwister schliefen. Er legte sie vorsichtig ab und streichelte ihr über die Wange.

»Vater, ich bin so unglücklich, es tut richtig weh«, sagte Emmy leise.

»Mein Kind, egal was passiert in deinem Leben – vergiss nie, dass du von uns sehnsüchtig erwartet und immer geliebt worden bist«, sagte er mit brüchiger Stimme.

Emmy weinte sich in den Schlaf. Das also hieß Krieg. Ein Seemann, der zu Fuß ging, und ein Mädchen, das nicht in die Schule konnte, weil Männer sich wegen eines Landes namens Serbien gegenseitig verprügelten.

5

APRIL 1994

Tessa saß auf der Schreibtischkante im Büro ihrer Lohnbuchhalterin, als Robert den Kopf zur Tür reinsteckte. »Schatz, ich habe schlechte Nachrichten für dich«, sagte er und zeigte auf die Telefonanlage. »Leitung zwei. Du musst jetzt ganz tapfer sein.«

Tessa sah Robert prüfend an und überlegte. Wer war im Moment der Anrufer, den sie am meisten fürchtete? »Der Reifenhändler, der seine Belege in den beiden Kartoffelsäcken angeschleppt hat?«, fragte sie schließlich.

»Nein«, sagte Robert und grinste.

Gott sei Dank, dachte Tessa. Auch nach all den Jahren liebte sie ihren Beruf noch, denn Menschen dabei zu helfen, ihre Bilanzen in Ordnung zu halten, war eine schöne und sinnvolle Aufgabe. Aber bei einigen wenigen war es aussichtslos, und zu diesen gehörte zweifelsohne der penetrante Reifenhändler, der versuchte, sich in ihrer Kanzlei einzunisten wie Alf in der Garage der Tanners.

»Wer soll schlimmer sein?«, fragte sie.

»Deine große Schwester.« Robert grinste genüsslich.

»O Gott, bitte nicht schon wieder«, rief Tessa und verdrehte die Augen. »Hast du ihr etwa gesagt, dass ich da bin?«

»Selbstverständlich«, sagte Robert. Er kam ins Zimmer, nahm den Telefonhörer ab, drückte den blinkenden Knopf und hielt ihr den Hörer entgegen.

Tessa wappnete sich für eine der üblichen Standpauken, und kaum, dass sie ihre Schwester begrüßt hatte, polterte die auch schon los: »Das dauert ja ewig, hat dein Robert dich aus dem Keller geholt? Also, ich hoffe, deine Klienten müssen nicht so lange warten, um mit der Chefin zu sprechen. Tessalein, Dienstleistung heißt, dass man die Leistung auch zeitnah erbringen muss. Also, wenn Günter so mit seinen Kunden umgehen würde – wir wären in einer Woche pleite ...«

»Zum Glück bist du nicht meine Kundin«, unterbrach Tessa sie.

»Stimmt. Ich bin ja nur die große Schwester, die für alle den Diener macht. Wenn ich mein Leben in einer Warteschleife verbringe, schert das niemanden.«

Tessa seufzte. Dann sagte sie besänftigend: »So war es nicht gemeint, Hilde. Was gibt es denn?«

»Ich habe gute Nachrichten von Mama.«

»Nachrichten von Mama?«, wiederholte Tessa.

Hilde wartete einen Moment, dann sagte sie vorwurfsvoll: »Du hast wirklich keine Ahnung, was heute war, oder?«

»Nein.«

Hilde schnaubte empört. »Ich fasse es nicht. Alle meine Kräfte investiere ich in diese Familie, und niemand interessiert sich dafür. Dass dein ach so beschäftigter Herr Bruder nicht nachfragt, damit war ja zu rechnen, aber dass du jetzt auch auf die Familie pfeifst, das ist wirklich die Höhe.«

»Tut mir leid, Hilde, aber ich weiß gerade wirklich nicht, worum es geht.«

»Professor Mattheis. Klinikum Steglitz. Abschlussuntersuchung«, schleuderte Hilde ihrer Schwester entgegen.

»Ach ja, der Arzttermin! Entschuldige, das hatte ich ganz vergessen«, sagte Tessa kleinlaut. »Und? Was sagt der Doktor?«

»Nichts.«

»Wie, nichts?«

»Na, sie haben nichts gefunden«, erklärte Hilde ungeduldig. »Mama sagt, es ist alles in Ordnung. Sind das nicht gute Nachrichten? Und ich hatte schon Angst, dass sie Mama stationär aufnehmen müssen. Sie würde doch gar nicht verstehen, was die Ärzte ihr sagen. Und lesen kann sie auch nicht gut. Ich meine, jetzt nicht nur wegen ihrer nachlassenden Sehkraft. Auch so. Na, du weißt schon. Der Schreibkram, die Formulare und das ganze Lateinische, das sind doch für Mama alles Bremer Dörfer.«

»Böhmische«, korrigierte Tessa. »Das heißt Böhmische Dörfer.«

Hilde fuhr ungerührt fort: »Von mir aus auch böhmische Dörfer. Hinzu kommt ja, dass sie so schlecht hört. Ist dir aufgefallen, dass es immer schlimmer wird?«

»Sie wird eben alt«, sagte Tessa.

»Und wer von uns geht mit ihr zum Ohrenarzt? Vermutlich ich, wer sonst. Na ja.« Hilde seufzte theatralisch.

Tessa spürte, dass ihre Schwester mal wieder um den heißen Brei herumredete. »Hilde, was ist los, warum hast du angerufen? Ich muss hier weitermachen.«

»Ich habe letztens einen Blick in Mutters Keller geworfen«, kam es vom anderen Ende der Leitung, als sei das Antwort genug.

»In Mamas Keller? Wieso das denn?«

»Einer musste da mal runter, und von euch macht das ja niemand. Hast du auch nur eine Vorstellung davon, was Mama dort unten alles aufbewahrt?«

Nein, hatte sie nicht, und es interessierte sie auch nicht sonderlich. Ihre Mutter konnte schließlich aufbewahren, was sie wollte.

Hilde lamentierte weiter. »Mama kann sich wirklich von nichts trennen. Wenn der Russe morgen einmarschiert: Mutter ist gerüstet. Und weißt du, wie viele Ordner sie ganz da unten liegen hat?«

»Du meinst in dem unteren Keller? Da bist du rein?«, fragte Tessa ungläubig.

»Ja, sogar da bin ich rein, auch wenn ich die Bodenklappe erst mal freiräumen musste und diese Treppe mit den schmalen Stufen eine einzige Zumutung ist. Und du glaubst nicht, was ich da gefunden habe. Ich muss dir das unbedingt zeigen. Wann hast du Zeit?«

Daher wehte also der Wind. Hilde hatte etwas gefunden.

»Also gut. In einer halben Stunde mache ich Mittagspause. Wollen wir uns wieder in der Kantine vom Finanzamt treffen?«, fragte Tessa.

»Du immer mit deinem Kantinenfraß.« Hilde schnalzte missbilligend mit der Zunge. »Ich leiste mir doch keinen Personal Trainer, damit ich in der Kantine die Kalorienbomben in mich reinschaufle«, sagte sie.

»Hast du den immer noch? Rico?«

»Rocco. Sein Name ist Rocco. Was glaubst du denn, wie ich sonst meine Figur halte?«

»Also ich halte mein Gewicht auch ohne Personal Trainer«, sagte Tessa.

»Ich sprach von Figur, nicht von Gewicht, meine Liebe.«

»Danke für die Blumen.«

»Komm du erst mal in mein Alter, Schwesterherz, dann wirst du sehen wie viel Blut, Schweiß und Tränen es bedarf, um noch in die eigenen Kleider zu passen. Ab fünfzig geht es steil bergab, deine Uhr tickt«, sagte Hilde.

»Ach was, ich kauf mir meine Kleider dann einfach eine Nummer größer«, entgegnete Tessa lachend. »Also was ist jetzt, in einer halben Stunde in der Kantine? Die haben mittlerweile auch leckere Salate und wirklich gute Suppen. Außerdem gibt es ein vegetarisches Hauptgericht.«

»Verkochten Blumenkohl, nehme ich an. Es wäre besser, wenn ich am Wochenende mal auf einen Kaffee bei dir vorbeischauen könnte. Hoffentlich erkenne ich dich überhaupt noch, so selten wie du Zeit für mich hast.«

»Hilde, wir haben uns erst vor einer Woche an deinem Geburtstag gesehen«, warf Tessa ein.

»Ja, aber nur kurz. Lass uns am Wochenende alles in Ruhe besprechen.«

»Tut mir leid, da sind wir unterwegs«, sagte Tessa.

»Wie ›unterwegs‹? Also dein Leben möchte ich mal haben. Wofür hast du überhaupt noch eine Wohnung? Wo seid ihr denn schon wieder?«

»Wir fahren mit Anni ein paar Tage an die Ostsee, um ihren Studienabschluss als Sozialpädagogin zu feiern.«

Hilde schwieg. Tessa wusste: Wann immer Annis Name fiel, wurde Hilde zum HB-Männchen und ging innerlich in die Luft. Anni war ihr ein Dorn im Auge, warum auch immer.

»Was ist nun, treffen wir uns in der Kantine?«

»Also gut, ich komme«, sagte Hilde und legte grußlos auf.

Als Tessa den Speiseraum betrat, saß Hilde bereits über einem kleinen gemischten Salat. Orangefarbene Stapelstühle aus Plastik standen an Vierertischen, auf denen rote Plastikdecken ausgelegt waren. In der Mitte der Tische standen Pfeffer- und Salzstreuer aus Holz. Ein kleines Blumengesteck aus Moosgummi rundete das einfallslose Inventar ab.

Tessa warf einen Blick auf die Tafel, an der die Tagesgerichte angeschlagen waren. Schnitzel mit Pommes, dazu Beilagensalat und überbackener Blumenkohl mit Salzkartoffeln. Hoffentlich glaubt Hilde nicht, ich hätte was mit dem Blumenkohl zu tun, dachte Tessa erheitert. Sie holte sich das Schnitzel, dazu ein Malzbier und ein Stück Bienenstich, und hoffte, dass Hilde sie nicht schon entdeckt hatte und wieder »Tessalein, hier!« quer durch den Raum rufen würde. Sie schob ihr Tablett an der Laufleiste zur Kasse. Als sie bezahlt hatte, sah sie aus dem Augenwinkel, wie Hilde aufsprang und wild gestikulierte wie eine Ertrinkende. »Tessalein, hier!«

Tessa verdrehte die Augen, nahm ihr Tablett und ging langsam zu dem Tisch, an dem Hilde jetzt wieder Platz genommen hatte, ohne ihre Schwester aus den Augen zu lassen. Sie setzte sich, breitete die Serviette über ihrem Schoß aus und griff zu Messer und Gabel.

»Ist das Bio-Zitrone?«, fragte Hilde, als Tessa mit der Gabel die Zitrone auf das Schnitzel presste.

»Keine Ahnung. Aber falls nicht, werden die drei Spritzer nicht gleich zu einem metastasierenden Magenkarzinom führen.«

Hilde verengte die Augen und schürzte die Lippen. »Sehr witzig.«

Tessa spürte die Aufregung ihrer Schwester, die hektischen Flecken an Hildes Hals waren unübersehbar. Da war etwas, das herauswollte. Tessa musste nur abwarten. Und so widmete sie sich zunächst ihrem Essen.

Kaum eine Minute später hielt Hilde es schon nicht mehr aus. »Also, das hier habe ich in Mutters Keller gefunden«, sagte sie aufgeregt, zog einen Ordner aus einer kantigen schwarzen Tasche und schob ihn ihrer Schwester hin. »Schau mal.«

»Weiß Mama davon?«, fragte Tessa und aß ungerührt weiter.

»Nein, noch nicht. Ich meine, wir müssen den Tatsachen ins Auge sehen. Mama wird in gut drei Jahren neunzig. Du weißt, ich bin die Erste, die sich freut, wenn sie die Hundert knackt. Aber jetzt ist sie in einem Alter, wo es auch … na ja, schnell zu Ende gehen kann. Einer von uns muss anfangen, Ordnung in das Chaos da unten zu bringen.«

Tessa riss ein Ketchuptütchen auf. Die rote Soße lief ihr über die Finger, genüsslich leckte sie darüber.

Hilde rümpfte die Nase und reichte ihr eine Serviette. »Hier«, sagte sie. Zwischen den kleinen Querfalten auf ihrer Stirn hatte sich eine tiefe Furche gebildet, ungeduldig biss sie sich auf die Unterlippe. »Sieh es dir doch bitte mal an.«

Tessa legte das Besteck beiseite, wischte sich die Hände an der Serviette ab und klappte den Ordner auf. Hilde wagte kaum noch zu atmen. Angestrengt widmete sie sich ihrem Salat. Ab und zu blickte sie zu ihrer Schwester, aber Tessas Gesicht verriet keine Gefühlsregung.

Nachdem sie die Unterlagen überflogen hatte, sah Tessa von dem Ordner auf. »Und nun?«, fragte sie.

»Vielleicht liegt da unten noch mehr«, sagte Hilde. »Nach diesem hier habe ich zufällig gegriffen.«

Tessa besah sich ein weiteres Schriftstück. »Das kann man ja kaum lesen. Sieht aus wie die x-te Kopie von einer Kopie. Ab... schrift ... Grun... ch ...n ... ag der St... dam ... Grundbucheintrag der Stadt Potsdam?«

»Richtig«, sagte Hilde kauend.

Tessa nahm einen Schluck Malzbier direkt aus der Flasche und schwieg.

»Jetzt sag doch mal was dazu«, forderte ihre Schwester ungeduldig.

»Was denkst du denn?«, fragte Tessa und begann am Etikett ihrer Flasche zu zupfen.

»Ich finde, wir sollten uns in der Angelegenheit Klarheit verschaffen.«

»Sollten *wir*?«

»Also ich dachte, du. Du könntest Mama doch mal ganz beiläufig fragen, was das bedeutet, immerhin handelt es sich um einen Grundbucheintrag, der auf ihren Namen läuft.«

Tessa schwieg wieder, sodass sich Hilde genötigt sah fortzufahren. »Wenn die ihr Sankt-Susi nicht hätten, wüsste kein Mensch, wo Potsdam liegt, oder?«

»Sanssouci«, korrigierte Tessa.

»Von mir aus. Aber das macht Potsdam trotzdem nicht bedeutsamer.«

»Potsdam war Residenzstadt der Monarchen. Sogar Napoleon war da.«

»Napoleon. Der war ja überall. Bestimmt auch in Berlin.«

»1806 ist er durchs Brandenburger Tor marschiert.«

»Sag ich doch: Der Kerl war überall.«

»Übrigens, Teile von Potsdam sind UNESCO-Weltkulturerbe. Im Schloss Cecilienhof haben sie die Teilung Deutschlands beschlossen. Du erinnerst dich? Potsdamer Abkommen?«

»Meine Güte, ist ja gut. Wir wissen, dass du schlau bist«, sagte Hilde säuerlich, während sie mit einer Tomate kämpfte, die sich nicht auf die Gabel zwingen ließ.

»Ich wüsste nicht, was wir jemals mit Potsdam zu tun gehabt hätten«, sagte Tessa nachdenklich. »Da gibt es keine Verbindung.«

»Doch. Aber das kannst du nicht wissen, du warst ja noch ein Säugling bei Kriegsende. Und Mama hat danach nie wieder über diese Zeit gesprochen. Was man ihr nicht verübeln kann. Dass wir dich überhaupt durchbekommen haben, war ein Wunder. Wirklich ein Wunder. Februar 1945 und Mama mit dir in den Wehen. Einen ungünstigeren Zeitpunkt hättest du dir nicht aussuchen können ...«

»Über den Termin musst du dich bei unseren Eltern beschweren.«

»Die Entbindung war furchtbar. Mama hat sich so gequält mit dir. Papa musste sie wochenlang gesund pflegen. Ich weiß gar nicht, was wir ohne ihn gemacht hätten. Mama hat ja nur noch gelegen. Sie war einfach zu schwach. Beim Fliegeralarm hat er sie in den Keller getragen, und ich hatte dich auf dem Arm. Du warst so schmächtig.«

»Hilde, das mag ja so gewesen sein, aber bitte komm zur Sache.«

»Papa war jedenfalls damals in Potsdam stationiert. Vielleicht gibt es da einen Zusammenhang.«

Davon hörte Tessa zum ersten Mal. »Und was hat er dort gemacht?«

»Er hat gedient. Wie alle damals.«

»Er hat in Potsdam gekämpft?«

»Nein, er war Fahrer von irgendeinem hohen Tier. Ich erinnere mich noch, dass der ihm irgendwas geschenkt hat, als Dankeschön. Papa hat mal was erzählt von einem Schloss und dass wir da sehr glücklich werden würden. Aber dann kam ja alles ganz anders«, sagte Hilde, und Tessa bemerkte diesen merkwürdigen Gesichtsausdruck, der immer dann über das Gesicht ihrer Schwester huschte, wenn die Sprache auf den Vater kam, den sie nie kennengelernt hatte.

Tessa blätterte noch einmal in den vergilbten Unterlagen. Das waren eindeutig nur Abschriften, keine Originale. »Schlau werde ich daraus auch nicht«, sagte sie.

Hilde hüstelte. »Vielleicht könntest du Mama mal vorsichtig darauf ansprechen?«, schlug sie vor.

»Und wie soll ich das bitte schön machen, Hilde?« Tessa verschränkte die Arme vor der Brust. »Mich nach Unterlagen erkundigen, von denen ich offiziell gar nichts weiß? Außerdem ist das einzig und allein Mamas Sache. Sie wird schon wissen, was sie tut. Falls es da überhaupt einen Zusammenhang gibt.«

Ihr war es grundsätzlich zuwider, sich in die Angelegenheiten anderer Leute einzumischen. Schon gar nicht in die ihrer eigenen Mutter.

Doch Hilde ließ nicht locker. »Und wenn Mama es einfach vergessen hat? Den zweiten Keller, die Unterlagen? In ihrem Alter … kann doch sein. Schließlich vergisst sie immer mehr. Neulich hat sie die Geburtstage meiner Söhne verwechselt! Bei deiner heiß geliebten Anni würde ihr das nie passieren.«

»Da gibt es auch nichts zu verwechseln, es ist ja nur ein Kind«, sagte Tessa schmunzelnd.

»Sehr lustig. Aber jetzt mal im Ernst. Wie gehen wir weiter vor?«

»Weiß Otto denn davon?«, fragte Tessa.

»Nein, ich sehe ihn doch kaum. Der hat noch weniger Zeit als du. Wenn ich ihm nicht dauernd hinterherrennen würde, wüsste er vermutlich nicht mal mehr, dass es mich gibt.«

»Jetzt übertreib mal nicht. Dich kann man gar nicht vergessen«, sagte Tessa.

Hilde nahm den Ordner wieder an sich und ließ ihn in ihrer überdimensionierten Tasche verschwinden. »So oder so: Ich finde, Mama schuldet uns eine Erklärung«, sagte sie.

»Finde ich nicht«, sagte Tessa, tupfte sich den Mund mit der Serviette ab und erhob sich.

»Heißt das, du fragst sie nicht?«, hakte Hilde vorsichtig nach.

»Genau das. Es geht uns nichts an. Also: kein Wort zu Otto«, sagte Tessa, wohlwissend, dass ihre Schwester den Fund nie im Leben vor ihrem Bruder für sich behalten konnte. Vermutlich war er informiert, noch bevor sie wieder an ihrem Schreibtisch saß.

6

APRIL 1994

Otto schleppte Bananenkisten voller Bücher in seinen Laden. Er hatte es nach einem abgebrochenen Studium der Kunstgeschichte bis zum selbstständigen Trödler gebracht, der sich am Wochenende auf Flohmärkten mitunter eine goldene Nase verdiente. Dann verwöhnte er seine junge Gespielin Samantha mit Geschenken. Otto war der erste Mann in ihrem Leben, dessen Weg am Monatsersten nicht zum Sozialamt führte. Er war ihr Stern am Himmel und ihr Ernährer. Von der früheren Strahlkraft der anfangs tatsächlich noch antiken Möbel, des exquisiten Porzellans, der außergewöhnlichen Bronzefiguren, der Skizzen berühmter Künstler und der liebevollen Gestaltung der Auslagen, kurz: der Exklusivität des Geschäftes, war nichts übrig geblieben. Tessa hatte es aufgegeben, ihren großen Bruder auf die Notwendigkeit von Rücklagen hinzuweisen. Und so kam es, dass Otto sich seit Jahren zwischen Auf- und Abstieg rasant hin- und herbewegte. Gerade stand er mal wieder kurz vor der Pleite und griff nach jedem noch so schmalen Strohhalm, um Geld in die Kasse zu spülen. Vielleicht hatte er ja Glück mit den Büchern und konnte seiner Freundin wenigstens die versprochenen Tickets für die Saisoneröffnung auf der Havel-Queen schenken, mit der Samantha ihre kranke Mutter überraschen wollte. Beim Auspacken musste Otto aber erkennen, dass die untere Lage feucht gewoden war, wodurch die Ware bereits angefangen hatte zu schimmeln. Fast die Hälfte der Bücher war unverkäuflich. »Scheiße!«, fluchte er.

Samantha tippelte wie ein kleines Mädchen aus der angeschlossenen Ladenwohnung nach vorne. Dazu passten auch die Schmetterlingsclips im glatten blonden Haar und ihre hohe Stimme. Sie trug eine Karottenjeans, die um Hüfte und Oberschenkel schlackerte und dann eng auf den Fuß zulief. Ein quergestreiftes, trägerloses Bandeau-Top, das bereits über dem Bauchnabel endete und ihre großen Brüste noch mehr betonte, ließ Männerherzen höherschlagen. »Was ist denn, mein Stern?«

»Die Bücher! Die sind alle nass und nicht zu gebrauchen«, sagte er. »Schau dir bloß diesen Mist hier an.« Er versetzte der Kiste einen Tritt.

Samantha besah sich den Inhalt, nahm hier und da ein Buch in die Hand, blätterte darin herum und fragte schließlich: »Sind denn die Kisten was wert?«

Otto war einen Moment fassungslos, dann fing er sich und sagte: »Nein, die sind gar nichts wert. Leider.«

Seine Freundin war nicht die Hellste, aber das nahm Otto gern in Kauf, denn sie hatte andere Qualitäten, war jung, bildhübsch und hatte eine Toppfigur. Außerdem liebte er es, ihr die Welt zu erklären. Was wollte er mehr?

Das Telefon klingelte, und Samantha ging wieder nach hinten, um den Anruf entgegenzunehmen. Er hörte sie plappern, dann wie sie den Hörer auflegte.

»Wer war das?«, rief Otto durch den Laden.

»Der Platzmeister vom Flohmarkt. Du hast die Standmiete für nächsten Sonntag nicht überwiesen, und er hat deinen Platz anderweitig vergeben.«

Das fehlte ihm gerade noch. Wenn auch noch der Sonntagsumsatz wegbrach, wurde es eng für die Dampfertickets. Rücklagen hatte er keine. War ausnahmsweise ein Überschuss in der Kasse, gab er das Geld sofort wieder aus. Schließlich musste er Samantha bei Laune halten, er war nicht mehr der Jüngste.

»Verdammt! Ich könnte mich selbst durch den Fleischwolf drehen«, brummte er zerknirscht.

»Haben wir denn einen Fleischwolf?«, fragte Samantha, zurück im Laden, voller Ernst. Otto schwieg. Er sortierte die halbwegs brauchbaren Bücher aus den Kisten und spürte, wie Samanthas Arme sich von hinten um seinen Körper schlangen.

»Ottilein, wenn das mit der Dampferfahrt nichts wird, dann mache ich was anderes mit Mama, ist doch kein Problem.«

»Kommt gar nicht infrage. Ich habe gesagt, ihr fahrt, dann fahrt ihr auch. Ich finde schon eine Lösung.« Was ein Mann versprach, das musste er auch halten. Egal wie. »Mal sehen, vielleicht kann Hilde mir was leihen.«

»Oder ihr Schwiegervater? Der ist doch so reich.« Sie drückte ihm einen Kuss in den Nacken.

»Ja. Der Alte pumpt sein Geld Jahr für Jahr in dieses noble Seniorenwohnheim. Hilde hat erzählt, dass er jeden Tag ein Vier-Gänge-Menü serviert bekommt.«

»Vier Gänge?«, fragte Samantha erstaunt. »Dann essen die an vier verschiedenen Orten?«

Otto verdrehte die Augen. »Nein. Das Essen hat nur vier Abschnitte. Aperitif, Vorspeise, Hauptspeise, Nachspeise«, erklärte er, als würde er mit einem Kind sprechen.

Samantha entließ ihn aus ihrer Umarmung und sagte fröhlich: »Apropos – in zehn Minuten ist das Essen fertig. Rate mal, was es gibt …«

Bevor Otto antworten konnte, schepperte die rostige Glocke an der Ladentür. Bestimmt die Post, dachte er. Kunden betraten das Geschäft so gut wie nie. In der Gegend gab es keine Laufkundschaft, und die wenigen Passanten, die sich in die Straße verirrten, konnte er schlecht am Schlüpfergummi in den Laden zerren. Er fuhr sich einmal über den Haarkranz, was überhaupt nichts an seinem schludrigen Gesamtbild änderte, und ging nach vorne zur Tür, während Samantha sich wieder in die Küche zurückzog. Ottos Gesicht erhellte sich.

»Hilde! Das ist ja ein Ding. Du kommst wie bestellt«, rief er seiner Schwester entgegen und fand, dass sie in ihrem dunkelblauen Kleid, mit der kantigen schwarzen Tasche und dem gelben Sonnenhut, dem Briefträger nicht unähnlich sah.

Mit zwei Fingern schob sie die Tür zu und sah angewidert zur rostigen Glocke: »Irgendwann fällt einem das Ding noch auf den Kopf.«

Otto trat auf seine Schwester zu und machte Anstalten, sie zu umarmen, doch Hilde prallte einen Schritt zurück. »Du meine Güte … geht eure Dusche nicht mehr?« Sie schob mit der Fußspitze ein altes Schaukelpferd zur Seite, in dem, so schien es, die Milben der gesamten Stadt ein neues Zuhause gefunden hatten. Die weiße Farbe vom Holzgestell war abgeblättert, und dem Pferd fehlte ein Auge.

Otto folgte Hildes Blick. Er räusperte sich. »Das werde ich demnächst restaurieren. Ich komme gerade von einer Wohnungsauflösung. War das eine Schlepperei, vier Stockwerke und ein Kellerabteil … aber nichts Vernünftiges dabei.« Er zeigte auf die Bananenkisten. »Auch die Bücher sind wertlos. Und für Sonntag ist mein Stand auf dem Flohmarkt futsch.«

Hilde sah sich nach einer Sitzgelegenheit um. Schnell zog Otto einen alten Drehhocker hervor und wischte mit dem Ärmel darüber. »Moment.« Er eilte nach hinten in die Wohnung und kam mit einem Sitzkissen zurück. »So ist es bequemer. Also, eine vergebliche Wohnungsauflösung und kein Platz am Wochenende …«

»Das sagtest du bereits«, bemerkte seine Schwester, nachdem sie sich gesetzt hatte.

»Die Lage ist ernst, Hilde. Warum kann ich nicht mal wieder einen Kracher finden? Ein Original, irgendetwas Wertvolles? Ich schufte mir einen Wolf, und nichts kommt mehr rum. Dabei will ich Sammy unbedingt diese Dampferfahrt mit ihrer Mutter schenken. Du weißt doch, sie ist schwerkrank. Noch einmal Weiße Flotte fahren … in den Frühling starten. Die Arme hat doch sonst nichts mehr vom Leben. «

Hilde sah ihn prüfend an. »Kann es sein, dass du gerade mal wieder versuchst, mich anzupumpen, kleiner Bruder?«

Otto wich ihrem Blick aus. »Ich kann doch auch nichts dafür, wenn die Leute nichts mehr kaufen«, sagte er.

»Was soll man denn *hier* auch kaufen?«, sagte Hilde und blickte sich um. »Die verstaubten Eierlikörbecher mit dem zerkratzten Goldrand oder etwa die Kuckucksuhr ohne Kuckuck?« Das Wertvollste schien ihr noch die Schaufensterscheibe zu sein, doch auch die hatte offenbar schon länger keinen Lappen mehr gesehen.

»Ich weiß, ich muss an meinem Sortiment arbeiten. Aber kannst du mir vielleicht ein wenig unter die Arme greifen?«

Hilde holte ihr Portemonnaie aus der Tasche. »Was kostet die Dampferfahrt?«

»130.«

»130 Mark für eine Dampferfahrt?!« Ihre Stimme war eine Oktave höher gerutscht. »Ist die Reling aus Gold, oder was?«

»Es ist die Eröffnungsfahrt auf der Havel-Queen. Verpflegung inklusive. Getränke sind extra«, erklärte Otto kleinlaut.

Hilde zog drei Fünfzigmarkscheine heraus und hielt sie ihrem Bruder hin. Otto nahm sie entgegen und ließ sie dankbar in seiner Hosentasche verschwinden.

»Was führt dich eigentlich zu mir?«, fragte er und fuhr sich über sein Resthaar.

Wieder öffnete Hilde ihre Tasche, diesmal kam ein schwarzer Ordner zum Vorschein. »Hier. Den habe ich aus Mutters Keller.«

Otto blickte sie fragend an, nahm den Ordner und blätterte darin herum, wobei seine Augen immer größer wurden. Er pfiff durch die Zähne. »Donnerwetter.«

Als er nichts weiter sagte, fragte sie: »Was denkst du?«

»Das könnte ein Hauptgewinn sein ... Leider sehr schlecht zu lesen, das Ganze. Liegt da noch mehr im Keller?«

»Ja, aber ich habe keine Ahnung, was in den anderen Ordnern steckt.«

Otto kratzte sich am Kopf. »Weiß Tessa davon?«

Hilde nickte.

»Und was meint sie dazu?«

»Sie meint, wir sollten die Sache auf sich beruhen lassen. Es ginge uns nichts an.«

Er zog die Augenbrauen zusammen. »Blödsinn, das Küken hat keine Ahnung, wie es sich anfühlt, wenn einem das Wasser bis zum Hals steht! Wir müssen hier jeden Pfennig zweimal umdrehen. Sie weiß nicht, wie kostenintensiv das Leben eines Unternehmers ist«, wetterte Otto und vergaß dabei, dass Tessa selber Chefin eines eigenen Unternehmens war. »Die Grundstücke könnten ganz schön was wert sein.« Er sah wieder auf die Papiere. »Wenn ich es richtig sehe, ist das hier ein schmaler Weg an der Havel und das hier drüben ... ist nicht mehr zu erkennen. Was sagt Mutter denn zu dem Ganzen?«

»Mutter weiß nicht, dass ich die Unterlagen gefunden habe.«

»Wir bräuchten auf jeden Fall die Originale, zumindest den Grundbucheintrag und den Kaufvertrag«, stellte er fest. »Vielleicht sind die in einem der anderen Ordner. Wir müssen das alles durchsehen.«

»Sollten wir nicht vorher mit Mama darüber sprechen?«, fragte Hilde, der es zumindest unangenehm war, ohne zu fragen in großem Stil in den Sachen ihrer Mutter zu wühlen.

Otto zuckte nur mit den Schultern. »Musst ja nicht mitmachen. Ich übernehme das schon. Du weißt doch: Auf jedem Schiff, das dampft und segelt, gibt's einen, der alles regelt.«

Hilde nickte, halb ironisch, halb resigniert. »Aber das bist leider meistens nicht du.«

Zwei Tage später stand Otto frisch geduscht vor der Wohnungstür seiner Mutter.

»Otto! Das ist ja eine schöne Überraschung«, sagte Emmy lächelnd und umarmte ihn.

»Tja, dein Lieblingssohn höchstselbst!« Er schnupperte. »Hier riecht es aber gut. Was gibt es denn?«

»Falscher Hase mit Rotkohl und Salzkartoffeln. Und zum Nachtisch Schokoladenpudding mit Vanillesoße. Willst du mitessen?«, fragte Emmy.

Otto lief das Wasser im Mund zusammen. Falscher Hase war sein Lieblingsessen, als hätte seine Mutter geahnt, dass er kommt. »Gerne. Alleine schaffst du dieses Riesenstück sowieso nicht«, sagte er, nachdem er seiner Mutter in die Küche gefolgt war und neugierig den Deckel vom Topf gehoben hatte.

»Das ist auch nicht für mich alleine. Tessa und Robert müssen jede Minute kommen. Später fahren sie mit Anni ein paar Tage an die Ostsee«, erklärte Emmy und stellte einen zusätzlichen Teller für Otto auf den gedeckte Küchentisch.

Otto lehnte sich gegen den Kühlschrank und verschränkte die Arme. »Unser Tessalein. Wie gut, dass sie damals noch die Kurve gekriegt hat und diesen alten Stecher losgeworden ist«, sagte er grinsend.

Emmy verdrehte die Augen. Woher hatte der Junge nur diese unmögliche Art? »Nun reiß dich mal zusammen, immerhin sprichst du von Annis Vater.«

»'tschuldigung. Und sonst, wie geht's dir?«, wechselte Otto das Thema.

»Danke der Nachfrage, es geht mir gut.«

Nach einer kurzen Pause fragte er: »Was machst du am Wochenende?«

Emmy nahm die Kartoffeln vom Herd, goss und dämpfte sie ab. »Am Wochenende? Nichts Besonderes … Wieso fragst du?«

»Na ja, Hilde meint, du könntest ein wenig Hilfe gebrauchen«, sagte Otto, nahm ihr den Topf ab und stellte ihn auf einen Untersetzer auf dem Tisch.

Emmy wischte sich die Hände an ihrer Kittelschürze ab. »Hilfe? Wobei denn?«

»Dein Keller müsste mal entrümpelt werden, sagt sie. Da bin ich ja nun der Fachmann, ich kann gerne sichten, sortieren und wegschaffen.«

»Bist du am Wochenende nicht auf dem Flohmarkt?« Sie sah ihn fragend an.

»Nein«, sagte Otto knapp. »Ich könnte mir einen groben Überblick verschaffen. Von wegen: Reicht mein Lkw, muss ich was Größeres mieten und so. Natürlich nur, wenn es dir recht ist. Du kannst mir gerne auf die Finger schauen, damit ich nicht versehentlich einen Familienschatz zum Sperrmüll schaffe.«

»Hm. Ich weiß nicht. Das kommt alles etwas plötzlich …«

»Wenn es dir am Wochenende nicht passt, könnte ich es auch beim Hoffest Anfang Mai machen, da müssen ja sowieso die Gartenmöbel nach oben geholt werden.«

Emmy schüttelte fast unmerklich den Kopf. Woher kam bloß das plötzliche Interesse an ihrem Keller?

7

MAI 1974

Emmy stand mit Tessa im imposanten Festsaal. Die Seitenwände waren mit rotem Samtstoff überzogen, die hohe Decke war stuckverziert, und an der Rückwand hing ein großformatiges Ölgemälde, ein opulentes Stillleben in schwerem Goldrahmen. Da hat aber einer lange dran gemalt, dachte Emmy. Ein Kellner in Livree bot ihnen Getränke an, Sekt und Orangensaft.

»Herva mit Mosel haben Sie nicht, oder?«, fragte Emmy.

Der Kellner verneinte bedauernd.

Tessa war beruflich am Ziel ihrer Träume angekommen. Erst das Wirtschaftsstudium, dann die lehrreichen Jahre in der Kanzlei vom alten Brick und nun der Abschluss als Steuerberaterin. Nach der Bestellung durch die Steuerberaterkammer stand der Kanzleiübernahme gemeinsam mit Robert nichts mehr im Wege, und dann würde sie es endlich ruhiger angehen lassen. In den letzten Jahren hatte Tessas Alltag fast nur noch aus Lernen bestanden, aber jetzt konnte sie endlich machen, was sie wollte. Sie hatte sich fest vorgenommen, von heute an mehr Genuss in ihr Leben zu bringen, mehr Abenteuer, mehr Spaß.

»Tessa, Emmy, hier!«, rief Robert und winkte. Auf der Bühne hatten Musiker Platz genommen. Instrumente wurden gestimmt, Notenblätter ausgebreitet. Der Raum war erfüllt von Stimmengewirr und Gelächter. Man verstand sein eigenes Wort kaum.

»Ah, da ist ja unser Goldjunge«, sagte Emmy und lächelte. Robert hatte ihr einen Platz in der Reihe hinter den Absolventen freigehalten. Der Direktor, ein großer, schmaler Herr im dunklen Nadelstreifenanzug, betrat die Bühne. Seine Assistentin prüfte noch einmal die Unterlagen hinter dem Rednerpult. Die Vorhänge vor den hohen Fenstern waren zugezogen, davor stand eine grüne Wand aus mehr als zwanzig mannshohen Pflanzen. Was für eine Schlepperei, dachte Emmy. Der Direktor klopfte gegen das Mikrofon, um Ruhe in den Saal zu bringen.

»Gleich geht's los«, sagte Tessa. Emmy arbeitete sich durch zu ihrem Platz neben einem kleinen blonden Mädchen im Sonntagskleid.

»Na, wen feierst du denn heute?«, fragte sie das Kind.

»Mein Papa ist einer der Musiker, der Geiger mit den gelben Socken da rechts. Und ich heiße Anni.«

Ihr Vater? Der könnte glatt ihr Großvater sein, schoss es Emmy durch den Kopf.

»Ich weiß, was du jetzt denkst, weil das immer alle denken«, sagte Anni, »aber ich schwöre dir, er ist nicht mein Opa, er ist mein Papa.«

Emmy lächelte ertappt. »Schau mal, da vorne, die, die sich gerade hinsetzt – das ist meine Tochter. Und ich bin übrigens Emmy.«

»Deine Tochter ist aber hübsch«, sagte Anni.

Noch einmal klopfte der Direktor gegen sein Mikrofon und bat um Ruhe.

»Dann wollen wir doch mal hören, was dein Papa für uns spielt«, flüsterte Emmy.

Sehr zur Erheiterung der frischgebackenen Steuerberater spielte das Orchester von Hildegard Knef *Eins und eins, das macht zwei* und Pippi Langstrumpfs *Zwei mal drei macht vier*. Dann wurde es feierlich. Bei gedimmtem Saallicht erklangen Gustav Mahler und Franz Schubert. Als der Direktor das Wort ergriff, versprach er, sich kurz zu fassen. »Gut, so kommen wir schneller ans Buffet«, flüsterte Emmy in Annis Ohr. Das Mädchen kicherte.

Noch einmal zeigten die Musiker ihr ganzes Können, dann begann die Verleihungszeremonie. »Mannomann bin ich nervös«, murmelte Emmy, die bei allen Prüfungen ihrer Tochter mitgezittert hatte und aufgeregter war als Tessa selbst.

Anni nahm ihre Hand und drückte sie kurz. »Das kenn ich.«

»Ich darf nun Tessa Seidlitz auf die Bühne bitten«, sagte der Direktor in sein Mikrofon.

Emmy streckte sich. Tessa lief mit sicherem Schritt die vier Stufen hinauf. Sie trug ein großkariertes hellgrünes Sommerkleid, dessen Saum ihre Knie umspielte. Andere Frauen sahen damit schnell aus, als wären sie von einer Walze überrollt worden, aber Tessa stand das flächige Muster. Sie wirkte ungemein weiblich mit ihren leichten Rundungen, und der kleine Bauch, den man unter dem schwarzen Ziergürtel erahnen konnte, rundete das attraktive Gesamtbild nur ab. Strahlend nahm Tessa ihre Urkunde in Empfang, der Direktor schüttelte ihr die Hand, gab ihr ein paar wohlwollende Worte mit auf den Weg, und dann war es offiziell. Emmy hielt es nicht mehr auf ihrem Sitz. »Bravo!«, Sie sprang auf und schloss sich dem freundlichen Beifall der Gäste mit frenetischem Klatschen an. Tessa lachte und winkte ihrer Mutter zu.

»Oh, wie toll! Glückwunsch, deine Tochter hat es geschafft«, sagte Anni und klatschte begeistert mit. Emmy sah sie lächelnd an und dachte: Was für ein reizendes Kind.

Tessa verließ die Bühne, aber statt zu ihrem Platz in der ersten Reihe zu gehen, machte sie einen Schlenker zur Tür, wo noch immer der Kellner in seiner feinen Montur stand. Tessa nahm ein

Glas Sekt vom Tablett und leerte es in einem Zug. Schon griff sie nach einem zweiten Glas und ging damit Richtung Sitzplatz.

»Und was ist mit mir?«, rief einer der Musiker. Annis Vater, stellte Emmy mit einem Blick fest. Im Publikum wurde gelacht. Der gut aussehende, grau melierte ältere Mann hob die Augenbrauen. Er lächelte Tessa breit an, sie lächelte zurück. Dann ging sie hüftschwingend mit ihrem Sektglas hinüber und überreichte es ihm.

»Danke, Frau Steuerberaterin«, sagte er. Die Streicher im Orchester kommentierten die Szene, indem sie zustimmend mit ihren Bögen auf die Notenständer schlugen.

»Gerne doch, aber lassen Sie mir noch einen Schluck übrig, Herr Musiker«, sagte Tessa mit einem Augenaufschlag, wie man ihn sonst nur auf der Kinoleinwand sah.

Der Direktor räusperte sich. Er wollte fortfahren, doch die Szene war noch nicht beendet. Der Geiger nahm einen Schluck Sekt, hielt Tessa das halb volle Glas wieder hin und sagte: »Einer schönen Frau schlägt man keinen Wunsch ab.«

»Das will ich doch wohl hoffen«, erwiderte Tessa. Als sie das Glas zurücknahm, berührten sich kurz ihre Finger. Etwas wie ein kleiner elektrischer Schlag durchfuhr ihren Körper. Der Geiger zog seine Hand zurück, allerdings ein wenig langsamer, als nötig gewesen wäre, und Tessa registrierte, dass er keinen Ehering trug. Dann ging sie zu ihrem Platz, setzte sich und zuckte in Richtung Direktor entschuldigend mit den Schultern.

»Wir fahren dann fort«, sagte der und ließ sich die nächste Urkunde anreichen. Sie ging an Robert. Als dieser sein Zertifikat entgegennahm, stand Emmy wieder auf, rief »Bravo« und applaudierte lautstark. Robert lachte und warf ihr eine Kusshand zu.

Der Direktor und seine Assistentin räumten die Bühne. Ein kleiner Umbau war erforderlich für den nächsten Programmpunkt.

»War das dein Sohn?«, fragte Anni.

»Nein, das ist ein alter Freund von meiner Tochter. Robert und sie waren schon zusammen im Kindergarten. Ich habe ja immer gehofft, die werden mal ein richtiges Paar, aber Pustekuchen.«

Anni nickte verständnisvoll. »Ich kenn das. Der Bastian aus der 3 C hätte auch gut zu mir gepasst. Aber es hat leider nicht geklappt.«

Einzelne Menschen aus dem Publikum positionierten sich auf der Bühne.

»Und warum nicht?«

»Weil ich Klappstullen mit schlimmer Augenwurst hatte«, sagte Anni und machte ein so übertrieben ernstes Gesicht, dass Emmy gegen ihren Willen lachen musste.

»Ist deine Mama eigentlich auch hier?«, fragte sie und sah sich um.

Anni schüttelte den Kopf. »Nein. Sie ist gestorben, als ich vier war.«

»Oh, das tut mir leid«, sagte Emmy und legte dem Mädchen eine Hand auf die Schulter.

»Ist nicht so schlimm, Papa ist auch Mama. Da schau, jetzt ist er noch einmal dran«, sagte Anni aufgeregt. Das Orchester hob an, und der Chor sang *Wochenend und Sonnenschein* von den Comedian Harmonists. Zum Abschluss gab es noch einmal einen besonders kräftigen Applaus.

Nahezu zeitgleich kamen Emmy, Anni und deren Vater bei Tessa an. Robert stand am anderen Ende des Raums und unterhielt sich – sehr zu Emmys Leidwesen – angeregt mit einer attraktiven jungen Frau. Gerade warf sie den Kopf in den Nacken und lachte herzhaft. Ihre brünette Mähne fiel wallend über ihre Schultern. Tessa und Emmy umarmten sich herzlich. »Ganz wunderbar, mein Kind, ganz wunderbar. Ich bin so stolz auf dich!«

Anni stellte sich auf den Stuhl, sodass ihr Gesicht fast auf gleicher Höhe wie die der Erwachsenen war, und sagte mit einem Augenzwinkern in Emmys Richtung: »Ganz wunderbar, mein Papa, ganz wunderbar. Ich bin so stolz auf ihn!«

Nachdem sie sich einander vorgestellt hatten, griff Tassilo nach Emmys Hand und deutete einen Handkuss an. »Sehr erfreut. Sie haben eine bezaubernde Tochter«, stellte er fest. Dann wandte er sich wieder Tessa zu. »Herzlichen Glückwunsch zum Abschluss. Das Kleid steht Ihnen übrigens ganz ausgezeichnet. Es ist Ihnen im besten Sinne des Wortes auf den schönen Leib geschneidert. Sie waren *der* Blickfang in der ersten Reihe. Darf ich die Damen zu einem Getränk einladen?«

Aufreizend langsam führte Tessa eine Haarsträhne hinter ihr Ohr. »Heute ist Ihr Glückstag, das Buffet ist umsonst«, sagte sie lachend. Sie spürte, dass sie sich federleicht bewegte und jede ihrer Gesten von Tassilo aufgesogen wurde. Es fühlte sich an, als würde sie schweben. Er nahm seinen Schlips ab, ließ ihn in der Hosentasche verschwinden und knöpfte sein Hemd ein Stück weit auf.

»Dann würde ich anbieten, Ihnen die Getränke wenigstens lakaienhaft zu kredenzen«, sagte Tassilo geschraubt und vertraute seiner Tochter den Geigenkasten an.

Tessa grinste. »Na, du hast ja einen komischen Vogel als Vater«, sagte sie zu Anni.

Das Mädchen nickte. »Aber keine Sorge, meistens ist er ganz normal. Du kannst ihm vertrauen. Ich will übrigens einen Orangensaft und einen Kakao.«

»Und ich einen Kaffee mit Schuss«, sagte Emmy.

»Ich fürchte, allein für den Transport dieser Bestellung benötigen Sie eine kompetente Begleitung«, sagte Tessa, hakte sich bei Tassilo unter und zog ihn Richtung Buffet.

Na, die hat ja Nerven, dachte Emmy und beobachtete misstrauisch, wie der fremde Mann ihrer Tochter seinen Arm um die Taille legte. Als die beiden nach einer gefühlten Ewigkeit mit den Getränken zurückkehrten, waren sie schon beim Du angelangt.

»Stell dir vor, Mama, Anni hat eine Brieffreundin gleich bei dir um die Ecke«, sagte Tessa aufgekratzt.

»Wohnt ihr denn nicht in Berlin?«, fragte Emmy an Anni gewandt.

»Nicht mehr. Wir wohnen seit ein paar Wochen auf dem Land, in Niedersachsen, Elbauenbrück. Da ist es genauso langweilig, wie es klingt. Papa sagt, die Ruhe ist besser für seine Gesundheit – aber ich langweile mich zu Tode.«

»Und warum seid ihr heute hier?«, fragte Emmy.

»Ich bin eingesprungen für den kranken Sohn eines früheren Kollegen«, erklärte Tassilo, ohne seinen Blick von Tessa zu lösen. Emmy unterdrückte ein Augenrollen. Sie kannte diese Art von grau melierten Männern. Die quatschten die jungen Dinger ins Bett, hatten angeblich für alles Verständnis und gaben den einfühlsamen Mann von Welt. Sie glaubten, witzig zu sein, und taten so, als ob sie das Leben leicht nahmen. In Wahrheit waren es verkrachte Existenzen.

»Wann fahrt ihr denn wieder heim?«, fragte Tessa.

»Am Sonntag.«

»Ach, schon … das ist aber schade.«

Emmy war nicht wohl beim Tonfall ihrer Tochter. Was war nur los mit ihr?

Tassilo erzählte von seinen Auftritten als Musiker, und Tessa hing an seinen Lippen. Was für ein Mann! So ganz anders als alles, was ihr bislang untergekommen war. Bis heute hielt sie es für ausgeschlossen, sich auf den ersten Blick verlieben zu können.

Umso beeindruckter war sie von dem, was gerade mit ihr geschah. Es gefiel ihr, wie Tassilo beim Erzählen seine Hand auf ihre Schulter legte. Sie wollte mehr. Vielleicht lag es am Überschwang des Tages, vielleicht am Alkohol, vielleicht lag es auch daran, dass Robert nicht aufhörte, mit der Brünetten zu flirten.

Tessa, Tassilo und Anni verbrachten den nächsten Tag miteinander, und zum ersten Mal in ihrem Leben hatte Tessa das Gefühl, eine kleine Familie könnte schön sein. Die Söhne ihrer Schwester Hilde zeigten wenig Interesse an ihrer Tante. Die beiden Jungs lungerten auf dem Sofa herum, ließen sich von ihrer Mutter bedienen und spielten stundenlang Pong, ein Videospiel, bei dem man rechts und links einen senkrechten Balken nach oben oder unten bewegte, um ein kleines Viereck, den »Ball«, auf die jeweils andere Seite zu schießen. Das Ganze gab es in zwei Geschwindigkeiten und war aus Tessas Sicht sterbenslangweilig. Anni schien anders als ihre Neffen zu sein. Sie wirkte selbstständiger und hatte für ein Kind ihres Alters einen erstaunlichen Sinn für Humor.

»So, ich denke, ihr braucht mich heute und die nächsten Tage nicht mehr«, sagte sie.

»Aber ich will dir deinen Vater ja nun nicht wegnehmen«, sagte Tessa.

»Tust du nicht. Der klebt an mir wie ein Bonbon. Es wird Zeit, dass er sich von mir abnabelt«, sagte Anni lachend und ließ sich bei ihrer Freundin absetzen.

»Und, was machen wir mit dem angebrochenen Abend?«, fragte Tessa.

Tassilo zog sie einfach zu sich, nahm ihr Gesicht in beide Hände und legte langsam seine Lippen an ihre. Dann schloss sie die Augen und ließ alles zu, was sie sich selbst in ihren kühnsten Träumen nicht vorzustellen gewagt hätte.

Sonntagabend hieß es Abschied nehmen. Tessa fuhr Anni und Tassilo zum Bahnhof.

»Papa ist wie ausgewechselt«, flüsterte Anni ihr ins Ohr, als sie auf dem Bahnsteig standen.

»Ich auch«, flüsterte Tessa zurück.

»Kommst du uns besuchen?«, fragte Anni. Der Zug fuhr ein und hielt mit quietschenden Bremsen, sodass Tessas Antwort nicht zu hören war. Die Türen der Waggons öffneten sich mit einem Knall. Der Schaffner trat heraus und beobachtete abwechselnd rechts und links das Geschehen. Schließlich schepperte aus den Lautsprechern am Bahnsteig eine unverständliche Durchsage. Eine weibliche Stimme verkündete: »Eingefahren ist …«, der Rest ging in einem Rauschen unter, als wütete ein Orkan im Ansagehäuschen.

»Was hat sie gesagt?«, fragte Tessa.

»War doch ganz eindeutig«, sagte Tassilo. »Sie hat gesagt: Eingefahren ist der Hufschmied des Königs über Uganda via Braunschweig, mit Halt in Valencia, Ankunft 17 Uhr, Abfahrt Sonnenaufgang, Lottozahlen vom Samstag, acht, elf, vierundzwanzig, Zusatzzahl: Schwanensee. Frauen und Kinder zuerst, Schafe steigen bitte vorne ein.«

»Du bist ja irre.« Tessa lachte.

»Ist das unser Zug?«, fragte Anni, die das Ganze offenbar weniger lustig fand.

»Ja. Steig du schon mal ein, Schatz«, sagte Tassilo zu seiner Tochter. Dann standen er und Tessa nebeneinander wie entfernte Bekannte.

Anni schob das Fenster von innen herunter und rief: »Nun küsst euch schon. Ich bin kein Baby mehr.«

Tessa lachte und rief zurück: »Zu Befehl!«

Als sie sich wieder Tassilo zuwandte, war sein Blick ernst, das feine Lächeln war verschwunden und seine blauen Augen wirkten mit einem Mal traurig. Sie nahm seine Hand. »Was hast du denn?«

»Ich weiß, es klingt verrückt, aber – Tessa, ich bitte dich, komm zu mir«, sagte Tassilo.

»Ich besuche euch ja, sobald ich …«, setzte sie an.

Tassilo unterbrach sie. »Nein, ich möchte, dass du zu uns kommst und bleibst.«

Tessa fehlten die Worte. »Aber … aber ich kann doch nicht einfach so …«, war alles, was sie herausbrachte.

»Doch, du kannst. Bleib, so lange du willst. Geh, wann du willst. Wir finden für alles eine Lösung.«

Um sie herum hasteten Reisende den Bahnsteig entlang, suchten nach dem richtigen Waggon und hievten ihr Gepäck hinein.

»Aber wir kennen uns doch kaum. Ich habe Angst, dass mein Gefühl nicht reicht«, brachte Tessa mühsam hervor.

»Wenn du mich nicht so lieben kannst wie ich dich, dann macht das nichts. Meine Liebe reicht für uns beide«, sagte Tassilo, beugte sich vor und gab ihr einen zärtlichen Kuss auf die Stirn. »Du bist die, auf die ich mein Leben lang gewartet habe, und ich bin der, den du immer vermisst hast.«

Die Sicherheit, mit der Tassilo das alles sagte, beeindruckte Tessa. Was, wenn er recht hatte? Was, wenn sie füreinander bestimmt waren?

Tassilo stieg in den Zug. Er setzte sich neben Anni, die in einem Comic blätterte, sah hinaus zu Tessa und legte seine Hand an die Scheibe. Kurz vor der Abfahrt hob Tessa ihre Hand und legte sie an seine. Sie sah dem ausfahrenden Zug noch nach, als er schon längst hinter einer Kurve verschwunden war.

Am nächsten Tag fuhr Tessa zu ihrer Mutter. Nach dem Abschied von Tassilo war an Schlaf nicht zu denken gewesen. Sie hatte sich im Bett herumgewälzt und das alles zu begreifen versucht. Unter ihren Augen lagen tiefe Schatten.

»Tessalein, wie siehst du denn aus?«, fragte Emmy besorgt. »Ist es wegen diesem Tassilo?«

»Mama, ich … ich weiß gar nichts mehr.« In einer hilflosen Geste breitete sie die Arme aus. »Ich verstehe nicht, wie man jemanden vermissen kann, den man doch gar nicht kennt. Ich weiß nicht, was ich will. Ich weiß nicht, wo ich hingehöre. Ja, ich weiß nicht mehr, wer ich eigentlich bin.«

Ach herrje, dachte Emmy, das Kind ist ja völlig durcheinander. Sie schob ihre Tochter sanft in die Küche und drückte sie auf einen Stuhl. Aus dem Küchenschrank nahm sie zwei kleine Gläser, holte eine Flasche Kräuterschnaps aus der Kammer und goss randvoll ein. Dann setzte sie sich dicht neben ihre Tochter. Tessa nippte an dem Getränk und verzog das Gesicht. »Mann, ist das eklig, wie kannst du so was freiwillig trinken?«

Tessa wollte aufstehen, um den Rest Schnaps in den Ausguss zu kippen, doch Emmy hielt sie zurück. »Was ist denn los, Kind?«

Tessa wusste, dass das alles vollkommen verrückt klang. Aber es musste raus. »Tassilo … Er nimmt mich, wie ich bin. Er ist einfühlsam und hat so viel Verständnis für mich. Ich glaube, er ist der erste Mann, der mich wirklich versteht. Und Humor hat er auch.«

Kommentarlos kippte Emmy den Schnaps in einem Schluck hinunter und schenkte sich gleich einen zweiten ein.

»Er will, dass ich zu ihm komme, und ich will das auch, irgendwie ...«, machte Tessa weiter, während sie mit einem Finger über den Rand ihres Schnapsglases fuhr.

Emmy holte tief Luft und atmete langsam aus. Meine Tochter ist offensichtlich gerade dabei, den Verstand zu verlieren. »Dann fahr zu ihm.«

Tessa sah überrascht auf. Sie hatte damit gerechnet, dass ihre Mutter sagen würde: »Es geht vorbei, andere Mütter haben auch schöne Söhne«, etwas in der Art. Sie hob die Augenbrauen. »Ich soll hinfahren?«

»Du hast doch nur das eine Leben. Probier es eben aus«, sagte Emmy.

Doch Tessa hatte bei der Abschlussfeier die Skepsis ihrer Mutter gespürt. »Was denkst du wirklich, Mama? Sei ehrlich.«

Emmy sah ihre Tochter nachdenklich an. »Du willst wirklich hören, was durch meine Denkmurmel rollt? Also gut: Es ist offensichtlich, dass dieser Tassilo zu alt ist für dich, und ich glaube auch, dass er ein Spinner ist. Je schneller du auf den Boden der Tatsachen zurückkehrst, desto besser. Deswegen sollst du hinfahren.«

Tessa schwieg, die Stirn gerunzelt. Dann fragte sie: »Und was noch? Sag schon.«

Emmy seufzte. Das Thema war schwierig für sie.

»Mama?!«

»Ich glaube, es ist nicht gut, wenn man ohne Vater aufwächst. Da fehlt was«, sagte sie, ohne Luft zu holen, damit ihre Tochter sie nicht unterbrechen konnte. »Du kennst deinen Vater nur vom Hörensagen. Du bist wie … wie ein Fisch ohne Flosse. Eine Krabbe ohne Schere.«

Tessa zog die Augenbrauen skeptisch zusammen. »Ich bin doch keine Krabbe.«

»Ein Vater bietet Kraft, Schutz und … man braucht ihn eben. Das ist sonst wie ein freier Platz neben dir.« Emmy schüttelte innerlich den Kopf. Wie sollte sie das nur erklären?

»Du meinst, ich suche nach einem Papa, der mich beschützt?«, fragte Tessa und musste grinsen.

Emmy leerte den zweiten Schnaps. »Ich glaube, dein Vater

hat dir gefehlt, und ich fürchte, mit Tassilo willst du diese Lücke schließen.«

Tessa stand auf und ging zum Fenster. Im Hof saßen zwei Nachbarn auf weißen Plastikstühlen und rauchten. Selbst wenn Tassilo irgendeine Lücke in ihr schließen würde, was wäre so schlimm daran? »Und wie fandest du seine Tochter?«, fragte Tessa und kehrte zum Tisch zurück.

»Seine Tochter?«, fragte Emmy, irritiert von dem plötzlichen Themenwechsel. »Die Kleine … sie hat mich berührt. Vielleicht, weil sie so früh ihre Mutter verloren hat.«

»So wie du.«

»So wie ich.« Die beiden Frauen schwiegen. Tessa beschrieb mit ihrem Finger kleine Kreise auf dem Tisch.

»Kann ich dich mal was zu meinem Vater fragen? Warst du damals verliebt in ihn? So richtig schlimm, dass du nicht mehr schlafen konntest?«

Emmy versuchte sich zu erinnern. Sie war beeindruckt gewesen von Hauke, aber verliebt? Vielleicht war jetzt ein guter Zeitpunkt, um reinen Tisch zu machen. Endlich die Wahrheit zu sagen. »Das mit deinem Vater und mir hat sich … wie soll ich sagen, es hat sich eher ergeben.«

»Es hat sich ergeben?«

»Na ja, wir waren beide allein. Jeder auf seine Weise. Und wir hatten wenig gemeinsame Zeit. Dann bastelt man sich den anderen in der Fantasie zurecht und sieht über vieles hinweg. Man ist wie vernagelt. Brett vor dem Kopf. Rosarote Brille auf der Nase, das Übliche eben. Und irgendwann hält man es für Liebe.«

»Aber du wolltest ihn doch, oder? Du wolltest mit ihm zusammen sein.«

Emmy zögerte. »Ich kann es schwer erklären. Er stand plötzlich in meinem Leben. Wie ein Hase, den der Zauberer aus dem

Hut zieht«, sagte Emmy, stellte ihre Finger wie Ohren vom Kopf ab und wackelte damit. Tessa lachte.

»Hattest du Bedenken?«, fragte sie.

»Natürlich, jede Menge. Aber die Bedenken, die vielen Fragezeichen, die Unsicherheit, das alles hat man einfach weggeräumt. In den Schrank. Tür zu. Und dann kam der Krieg. Da hast du keine Zeit mehr auszuräumen.«

Tessa griff nach ihrem Glas und trank ihren Schnaps in einem Zug. Der scharfe Alkohol ließ sie husten. Als sie sich beruhigt hatte, lehnte sie sich nach hinten, und Emmy goss ihr unaufgefordert nach.

»Warst du denn nie glücklich mit Vater?«

»Doch. Die ersten acht Jahre waren schön. Wir hatten unglaublich viel Spaß. Dein Vater war gut zu mir. Er war so anders, und er hat mir eine ganz neue Welt gezeigt. Die wenigen Stunden mit ihm waren wie das Sonnenlicht.«

Das hatte ihre Mutter schön gesagt. Genauso fühlte es sich mit Tassilo an: wie Sonnenlicht. »Und wann hast du gemerkt, dass es nicht mehr passt?«

»Das habe ich eigentlich immer gewusst. Aber unsere Hochzeit war der Anfang vom Ende. Wir hätten uns nie im Leben trauen lassen, wäre Hilde nicht unterwegs gewesen.«

»Also hat Vater dich nur aus Pflichtgefühl geheiratet? Weil man das so macht, wenn ein Kind unterwegs ist?«

»Ich glaube, dein Vater hat sich nie viele Gedanken über die Ehe gemacht. Man heiratete eben irgendwann, und die Frau kochte und putzte.«

»Aber gehalten hat eure Ehe trotzdem.«

»Na ja. Wir konnten oder wollten nicht zulassen, dass sie zu Ende war, bevor sie richtig begonnen hatte. Eigentlich wissen wir es früh, wenn etwas vorbei ist. Aber wir wollen es oft nicht wahrhaben. Im Nachhinein kann man das sehen und sich auch eingestehen. Ich bin deinem Vater für vieles sehr dankbar. Aber von Anfang an war klar, dass wir nicht gut zusammenpassen.«

»Mit mir und Tassilo wird es anders sein«, sagte Tessa überzeugt.

»Ich gebe noch mal zu bedenken, dass er ziemlich … alt ist.«

»Eben drum. Du denkst ja selber, dass ich da eine Lücke füllen muss.«

»Nicht füllen musst, füllen willst«, berichtigte Emmy.

Tessa überging den Einwand ihrer Mutter. »Du wirst es sehen, Mama, wenn du Tassilo erst besser kennenlernst. Er tut mir gut. Er ist erfahren und reif«, sagte sie.

»Überreif«, korrigierte Emmy.

»Väterlich«, sagte Tessa und zwinkerte ihrer Mutter zu. »Aber im Ernst: Ich glaube, mit Tassilo betrete ich einen ganz neuen Raum in meinem Leben!«

Emmy seufzte. »Es wäre gut, wenn du vorher das Licht anmachen würdest, Kind.«

8

1870 – 1917

Schon Emmys Urgroßvater mütterlicherseits war ein kräftiger Seemann gewesen, der mutig in die Schaluppe stieg, um vor Spitzbergen Wale zu jagen. Oft kamen die Walfänger mit so reichhaltiger Beute zurück nach Hause, dass eine Familie sogar einen gewissen Wohlstand erwerben konnte. Sichtbare Zeichen waren ein gemauerter Ofen und an den Wänden holländische Fliesen bemalt mit Blumenvasen, sogenannten Bloempotjes, Segelschiffen, Landschaften oder Bibelszenen, außerdem eine Kaffeemühle und eigenes Nutzvieh.

Auch das Jahr 1870 war noch bis in den Oktober hinein sehr gut verlaufen. Das Reetdach hatte bei Gewitter kein Feuer gefangen, kein einziges der kostbaren Tiere war einer Springflut zum Opfer gefallen. Der Sommer war nicht zu feucht gewesen, sodass die Kartoffeln von der Krautfäule verschont geblieben waren. Die Ernte war zum ersten Mal seit Jahren wieder üppiger ausgefallen. Tröge, Tennen, Fässer und Krüge waren für den herannahenden Winter gut gefüllt. Und im November waren die letzten Walfänger wohlbehalten zurückgekehrt, alle Sturmvögel der Insel waren sicher gelandet.

Doch nachdem Claas Hendersons achtes Kind zur Welt gekommen war, geschah ein Unglück, das noch die folgenden Generationen prägen würde. Claas war mit dem Schlickschlitten unterwegs zu den Reusen im Watt, als er beim Anschieben abrutschte und so unglücklich stürzte, dass er sich ein Bein brach. Gott weiß, wie, aber er schaffte es noch, sich bis ans Ufer zu retten, doch das Bein heilte schlecht, und so fuhren seine Kameraden im folgenden Februar ohne ihn aufs Meer hinaus. Im Frühjahr wurde dann aus der Befürchtung Gewissheit: Der Bruch war so schlecht verheilt, dass Claas nur noch hinkend vorankam. Das erneute Brechen des Beins durch einen Quacksalber und die anschließende Schienung auf einer Holzlatte verbesserten die Lage nicht. Claas musste von nun an an Land bleiben.

Die Vorräte aus dem vergangenen Jahr waren rasch aufgebraucht. Ohne Walfang blieb nur die Landwirtschaft, die meist nicht so viel abwarf. Zusätzlich versalzte eine durch starken auflandigen Wind verursachte Springtide Teile des kargen Bodens. Die Frau und die acht Kinder, die Schwiegermutter und eine Schwester durchzubringen war nunmehr unmöglich. Claas, der einst so erfolgreiche Walfänger, der Held der Familie, das hochgeachtete Oberhaupt, ertrug sich selber am allerwenigsten. Er erging sich in Selbstmitleid und im Rum, versäumte es, den Zaun rechtzeitig zu kontrollieren, das Gatter zu schließen oder das Seil der Stalltür sicher zu vertäuen. Häufig musste er dann zum *skot-haag*, eine Art Pferch, in dem entlaufenes Vieh eingesperrt wurde und kostenpflichtig vom Besitzer wieder ausgelöst werden musste.

Als die ersten Enkelkinder geboren wurden, darunter Emmys Mutter Janne, war aus dem ehemals stolzen Walfänger ein gebrochener Mann, ein Wrack geworden. Der Pastor sprach in seiner Predigt von der Entheiligung des Sonntags, weil Claas Gesang und Trank der Arbeit und dem Glauben vorzöge. So vergingen die Jahre, und als Janne alt genug war, um den Gottesdienst zu besuchen, war sie froh, wenn er wieder vorbei war und die Verdammung, die ihrer Familie Woche für Woche von der Kanzel entgegenschallte, ein Ende hatte. Doch die Worte des Pastors verhallten nicht, und die kleine Janne fürchtete die Strafe Gottes mehr als Typhus und Cholera zusammen.

Die Großmutter musste anschreiben lassen, wohlwissend, dass sie die Schulden niemals würde tilgen können. Sie wurden auf die Kinder und Kindeskinder übertragen, noch bevor diese laufen lernten. Die Landessitte machte die Nachkommen zu Bürgen ihrer Eltern, und es war üblich, die Bürgschaft mitunter über mehrere Generationen hinweg zu tilgen, denn Kinder in der Wiege waren dem Ausleiher die einzige Sicherheit, um einer verarmten Familie Kredit zu geben.

Als der Großvater starb, war Janne neun Jahre alt. Nun konnte er kein weiteres Unheil mehr anrichten, aber was er seinen Kindern und Enkelkindern hinterließ, war eine Katastrophe. Unzählige Schuldscheine mussten abgelöst, der von Claas verschuldete Verlust zweier Pferde wettgemacht und die Schulden beim Kaufmann, beim Schmied und im Gasthaus abbezahlt werden

Am Tag nach der Beerdigung war plötzlich die Tante verschwunden. Im Dorf wurde gemutmaßt, sie sei vor Gram über den sündigen Claas ins Wasser gegangen. Als Kind konnte sich Emmys Mutter nicht vorstellen, was es hieß, »ins Wasser zu gehen«. Erst später wurde ihr klar, dass hinter dem Verschwinden der Tante ein Selbstmord stand, der die Familie ins Fegefeuer zu bringen drohte.

Es sollte noch zehn ganze Jahre dauern, bis Claas Hendersons Schulden getilgt waren. Der Preis waren Hunger, Elend und Not. Alles, was erwirtschaftet wurde, musste an den Ausleiher gehen, wollte man nicht auch noch den Hof verlieren. Jannes jüngere Schwester starb an den Folgen des chronischen Hungers, und die Zwillinge erfroren, bevor sie das erste Lebensjahr erreichten. Auch Jannes Mutter war so ausgezehrt, dass sie die Geburt des siebten Kindes nicht überlebte.

So kam es, dass Janne im Alter von zehn Jahren alle Aufgaben der Mutter zufielen.

»Es ist ungewiss, wohin das Schicksal uns führt. Aber ein Tag wird der letzte sein. Eines Tages sind die Schulden abbezahlt. Bis dahin müssen wir beten und durchhalten«, sagte der Vater, ein gottesfürchtiger kleiner Mann, der ein Schiffsunglück überlebt hatte. Und während er tapfer versuchte, als einfacher Matrose weiterhin seinen Beitrag zu leisten, verkaufte Janne im Hafen Kämme und Körbe und wurde mit den Jahren erfinderisch. Sie ließ beim Krämer Gerstenmehl mitgehen, und schlich an Ostern noch vor Sonnenaufgang auf die Nordseite der Insel, wo man am Abend zuvor hartgekochte Eier auf der Wiese auslegt hatte, damit die Kinder sie am nächsten Morgen fanden. Im Wassergraben hinter dem Haus des Quacksalbers standen im Frühjahr laichende Hechte, die Janne in einem unbeobachteten Moment geschickt mit einer feinen Drahtschlinge fing. Zu Weihnachten stahl sie beim Hafenmeister Pflaumen, Rosinen und Äpfel, damit die Familie wenigstens einmal im Jahr etwas Freude bei Tisch hatte. Und obwohl Janne ohnehin in der Annahme lebte, dass der liebe Herrgott wegen des Selbstmords der Tante das Jüngste Gericht längst für sie einberufen hatte, fürchtete sie nichts mehr als den Tag, an dem Gott sie für all die kleinen Diebstähle strafen würde. Doch bevor dies geschah, kam nach langen Jahren dieser letzte Tag, von dem Jannes Vater gesprochen hatte, und es sollte der ganze Stolz der Familie bleiben, den Großvater endlich als ehrlichen Mann ruhen zu lassen.

Da hatte Andries Peterson längst ein Auge auf Janne Henderson geworfen. Er hätte sie gerne angesprochen, aber ein Mädchen ließ sich nicht so einfach von einem fremden Mann ansprechen, wenn ihren Ruf nicht schädigen wollte. Andries musste auf eine Gelegenheit warten, wo es statthaft war, ein Gespräch zu beginnen, und vor allem musste er zuvor die Erlaubnis seiner Eltern einholen. Er wusste, dass seine Mutter, Alma, bereits darauf wartete, dass er ein Brautgespräch führte, mehrmals schon hatte sie ihn gedrängt, endlich eine Wahl zu treffen. Der Hof brauche Nachkommen, und er sei schließlich eine gute Partie.

Alma stand am Tisch und war dabei, Kräuter zu mörsern. Sein Vater saß auf einem Schemel und sah seiner Frau zu.

»Vater, Mutter, ich möchte euch etwas fragen«, begann Andries.

Seine Mutter unterbrach ihre Arbeit. Sein Vater sagte nur: »Sprich, mein Sohn.«

Andries räusperte sich. »Es ist so – ich strebe an, mich zu verheiraten«, sagte er.

»Wer soll es denn sein?«, fragte Alma erwartungsfroh.

»Janne, die Korbmacherin vom Hafen.« Andries lächelte bei dem Gedanken an sie.

Almas Gesicht erstarrte. »Junge, du meinst doch nicht etwa Jan Hendersons älteste Tochter«, fragte sie entsetzt, »diese dürre Rahe?« Sie spie die Wörter förmlich aus.

»Doch. Die meine ich«, sagte Andries mit fester Stimme. »Ich glaube, sie ist ein sehr feines Mädchen.«

»Mädchen? Was heißt hier Mädchen?! Sie ist Mitte zwanzig«, schimpfte Alma. Ausgerechnet Janne Henderson. Wer hatte ihrem Sohn bloß die Flausen in den Kopf gesetzt? Sie erwartete sich eine deutlich jüngere Schwiegertochter und vor allem eine mit einem besseren Leumund. Wo hatte Janne denn ihre Wurzeln? Ihr Großvater war regelmäßiger Gast am *skot-haag* und nichts weiter als ein hinkender Trunkenbold gewesen. Und Jannes Vater war ein kleinwüchsiger Seemann; den konnte man versehentlich umsicheln, so mickrig, wie er war. Nein, das war alles andere als eine gute Partie.

»Janne ist dreiundzwanzig, um genau zu sein«, sagte Andries.

»So oder so ist sie zu alt.«

Andries ließ sich nicht beirren. »Und warum?«

»In dem Alter soll sie dein erstes Kind austragen? Wo hat man denn so was schon gehört? Nie im Leben schenkt sie dir noch gesunden Nachwuchs! Wie soll das gehen?«

Der Vater hatte bisher geschwiegen und seine Krüllschnittpfeife gestopft. Er zog an ihr, ohne sie entzündet zu haben. Die Pfeife im Mundwinkel sagte er: »Der Junge hat recht, die Hendersons sind eine gottesfürchtige und fleißige Familie, die vom Schicksal hart getroffen wurde.«

»Man munkelt, dass Janne den Krämer bestohlen hat«, warf Alma trotzig ein.

»Wer weiß, ob da etwas Wahres dran ist. Und wenn sie tatsächlich etwas Unrechtes getan hat, dann nicht aus Eigennutz. Die Familie leidet großen Hunger«, erklärte Andries.

»Und du willst uns diese Familie von Hungerleidern ins Haus holen?«, fragte seine Mutter jetzt fast schon verzweifelt.

Ihr Gatte hob die Hand, um ihr zu bedeuten, den Mund zu halten. Die Einwilligung zur Heirat des Sohnes gab schließlich am Ende immer der Vater. »Schweig, Weib!«, sagte er schroff und erhob sich. Alma widmete sich wieder ihren Kräutern. Sie nahm eine weitere Handvoll und packte sie in den Mörser, blieb aber mit einem Ohr bei ihrem Mann, um ja nichts zu verpassen von dem Gespräch zwischen Vater und Sohn.

»Immerhin hat die Familie alle Schulden vom alten Claas getilgt. Es grenzt an ein Wunder, dass sie das überhaupt geschafft haben. Aber ihnen gehört kein eigenes Land mehr, sie haben ihr Land nur gepachtet und besitzen es nicht mehr. Was würden wir also dazugewinnen, wenn du Janne zur Frau nimmst?«, wandte er sich an seinen Sohn.

»Müssen wir denn etwas dazugewinnen?«, fragte Andries. Er war bereits ein erfolgreicher Walfänger, die Heuer hoch, und die Mitbringsel aus Amsterdam waren viel Geld wert.

»Eine gute Frage«, sagte der Vater nachdenklich.

Alma konnte nicht glauben, was sie hörte. Sie wollte am liebsten aufspringen, schreien, dass eine Heirat natürlich dem Zugewinn diente. Doch sie schnaubte nur höhnisch.

»Vater, du siehst doch, dass ich auch eine Frau, die aus der Armut kommt, ernähren kann«, fuhr Andries fort.

Der Vater entzündete seine Pfeife. »Dass es für Jannes Familie attraktiv ist, sie mit dir zu vermählen, liegt auf der Hand. Wir haben einen eigenen Pflug, vier Schafe, zwei Rinder, immerhin zwei Petroleumlampen und eigenen Boden. Aber was hast du von diesem Bündnis?«

»Eine Frau, die ich liebe und ehre«, sagte Andries voller Überzeugung, obwohl er noch kein einziges Wort mit Janne gewechselt hatte.

Krachend fiel der Mörser in die Schüssel, und Andries Mutter rang die Hände zum Himmel. Es ging doch nicht um Liebe bei einer Heirat. Man brauchte Vertrauen, und wenn man Glück hatte, erwuchs Zuneigung daraus. Aber Liebe? Es ging um den Fortbestand der Familie, um Nachkommen, um die Sicherung des Besitzes, damit man im Alter nicht der Not anheimfiel. Alma konnte nicht glauben, dass ihr Sohn so blauäugig war.

Auch der Vater war skeptisch. Was, wenn der Junge doch nur verwirrt war? So schlug er schließlich vor, noch ein halbes Jahr zu warten und dann zu sehen, ob sein Wunsch Bestand hatte.

Andries fügte sich und übte sich in Geduld, denn er war fest entschlossen, Janne Henderson zur Frau zu nehmen. Hartnäckig weigerte er sich, die Heiratskandidatinnen, die seine Eltern ihm vorschlugen, auch nur in Erwägung zu ziehen. Stattdessen verbrachte er seine freie Zeit am Hafen und beobachtete Janne. Bis auch sie ihn eines Tages bemerkte und zu ihm herübersah.

Die Monate vergingen, und Andries Vater spürte, dass es seinem Sohn wirklich ernst war mit Hendersons Tochter. Da Andries der Erbe des Hofes war, musste nun bald ein Stammhalter her. Er teilte die Sorgen seiner Frau hinsichtlich Jannes Gebärfähigkeit, und weil er einsah, dass diese mit jedem Monat des Zögerns abnahm, kam es schließlich dazu, dass Andries Jannes Vater um die Hand seiner ältesten Tochter bitten durfte.

Jan Henderson stimmte sofort zu und starb wenige Wochen nach der Hochzeit als glücklicher Mann. Er war Andries unendlich dankbar. Janne hatte einen guten Mann verdient, der ihr Essen und ein Dach über dem Kopf geben konnte.

Janne selbst zahlte Andries seine Entscheidung mit großem Fleiß zurück. Sie konnte den Trog für die Wäsche anheizen, den Pflug anspannen und scheinbar mühelos den Torf stechen. Sie gewann kostbares Salz aus der Asche des verbrannten Salztorfs, mit dem sie Fische einlegen und Fleisch pökeln konnten. Janne arbeitete fast rund um die Uhr, ohne sich jemals zu beklagen. Selbst ihre Schwiegermutter konnte nicht verhehlen, dass »diese dürre Rahe« anpacken konnte.

Im Jahr 1907 wurde Janne zum ersten Mal Mutter. Es war ruhig auf der Insel, nur eine schlechte Nachricht hatte sie erreicht: Im Februar war an einer holländischen Mole ein Passagierschiff zerschellt, und mehr als hundert Menschen waren ertrunken. Aber das Schiff war unter britischer Flagge gefahren, und von Kapitänen aus England hielt man nicht viel, denn wer keinen Rum soff und stattdessen nur Tee trank, taugte nicht zur Seefahrt.

Doch dann, wenige Wochen vor Jannes Niederkunft, brachen die Masern aus. Einen Impfstoff gab es nicht, und dass sechzig Jahre zuvor auf den fernen Hawaii-Inseln Tausende Menschen infolge einer Masernepidemie gestorben waren, hatte sich auch bis zu ihnen herumgesprochen. So fürchtete man, wie überall auf der Welt, die Masern wie der Teufel das Weihwasser.

Jeder, bei dem auch nur der leiseste Verdacht auf eine Masernerkrankung bestand, wurde von nun an isoliert und von der Gemeinschaft ausgeschlossen, bis er entweder wieder gesund war oder tot. Als der Termin der Niederkunft näherrückte, standen sowohl die Hebamme als auch der Inselarzt unter der sogenannten Seuchensperre.

An einem Morgen im November, bei Ankunft der Flut, setzten die Wehen ein, und allen Warnungen ihrer Schwiegermutter zum Trotz ließ Janne nach der alten Anna Saalthaler schicken. Die meisten Inselbewohner sahen in der zahnlosen Greisin eine Hexe, die man nur deshalb nicht verbrannte, weil Brennholz knapp war. Ihr Wissen bezog »die Hexe« aus alten Büchern und ihren Eingebungen. Hatte sie eine solche, fiel sie zu Boden, ihre Augen verdrehten sich, die Hände krampften, und sie begann, am ganzen Leib zu zittern.

Aufgrund ihres Buckels und eines leicht nach vorne gebeugten Gangs, einer großen krumme Nase im zerfurchten Gesicht, ihrer kurzen verkrümmten Finger, die ihr wie faltige Würmer an den Händen hingen, wirkte Anna Saalthaler auch äußerlich wie eine Hexe aus dem Bilderbuch. Das riesige, sackähnliche schwarze Kleid gab ihrem Körper eine formlose Gestalt, und sie trug stets ein schwarzes Kopftuch, das sie auch bei Geburten nicht abnahm. Die Kinder hatten Angst vor ihr, und auch die erwachsenen Insulaner hielten sich von der Saalthaler lieber fern.

Aber Janne konnte nichts mehr erschrecken im Leben. Es kam, wie es kam, und daraus musste man das Beste machen. Das hatte sie von klein auf gelernt.

Andries saß in der Küche und wartete.

»Die Sterne stehen nicht gut, diese Niederkunft ist vom Tod begleitet«, warnte die Saalthaler mit ihrer schnarrenden Stimme, die in ein schrilles Kreischen kippte, sobald sie lauter wurde.

»Red keinen Unsinn. Kümmere dich um mein Weib«, knurrte Andries, dem es auch nicht geheuer war, dass ausgerechnet die Hexe seinem ersten Kind auf die Welt helfen würde. Seine Mutter hatte vorsichtshalber nach dem Pfarrer schicken lassen, doch Janne ließ sich vom Fläschchen mit der letzten Ölung, das auf dem Nachttisch platziert worden war, und dem blütenweißen Sterbelaken über einem Stuhl im Pesel nicht entmutigen. Sie ging ihrem Schicksal entgegen wie die Seefahrer dem Meer.

Noch einmal betrat Andries das Zimmer und legte den Arm um seine Frau, was Alma ein missbilligendes Gemurmel entlockte. In ihren Augen hatte sich die Zuwendung vom Gatten grundsätzlich in engen Grenzen zu halten, um das Weib nicht auf unsittliche Gedanken zu bringen.

»Ich bin bei dir«, flüsterte er Janne ins Ohr.

»Ich weiß«, sagte Janne leise und gab ihm einen Kuss, woraufhin Alma ihren Sohn des Zimmers verwies.

»Janne muss ihre Kräfte sammeln. Die Saalthaler und ich, wir werden das Kind schon schaukeln. «

Jetzt konnte er nur beten. Er vernahm das Wimmern und Stöhnen seiner Frau, während die Hexe auf sie einsprach. Stunde um Stunde verging. Dann, endlich, hörte Andries den ersten Schrei des Neugeborenen. Eine Woge der Dankbarkeit wallte in ihm auf. Janne hatte ihn nicht im Stich gelassen. Nichts hielt ihn mehr auf seinem Platz, und er stürmte zurück ins Zimmer.

»Das hier ist nichts für Männer!«, fauchte die Saalthaler ihn an. Er ignorierte sie und trat an das Bett seiner Frau.

Jannes Gesicht glänzte nass. »Es ist nur ein Mädchen«, schluchzte sie. Tränen liefen ihr über die Wangen.

»Weine nicht, mein Schatz. Hauptsache, ihr seid gesund«, sagte Andries und blickte gerührt auf seine Tochter. Er berührte vorsichtig ihr Gesicht, zählte die winzigen Finger, die Zehen. Behutsam zeichnete er mit dem Daumen ein Herz auf die kleine Stirn und flüsterte: »In Liebe. Emmy sollst du heißen.«

Janne versuchte sich aufzusetzen. Andries half ihr dabei.

»Wir sind Eltern«, sagte er glücklich und streichelte die Hand seiner Frau.

Janne nickte, froh, Andries an ihrer Seite zu haben, denn ihre Schwiegermutter und die Saalthaler schlugen andere Töne an.

»Tja, das habt ihr nun davon. Wenn man so spät erst Kinder macht, kommt eben kein Junge mehr dabei raus«, krächzte die Saalthaler.

Alma, die frischgebackene Großmutter, schwieg enttäuscht. Was sollten sie mit einem Mädchen anfangen?

»Die Kleine ist etwas schwach. Wenn ihr Glück habt, geht sie noch himmeln. Kühl genug ist es ja. Legt sie draußen ab, dann geht es schnell«, riet die Saalthaler.

»Es reicht! Raus mit dir«, befahl Janne. Es sollte der einzige Befehl in ihrem Leben bleiben.

Janne erholte sich rasch, und dank der Ratschläge ihrer Schwiegermutter – kalte Fußbäder bei abnehmendem Mond und Sauerkrautsaft am Morgen – hoffte sie, Andries mit der nächsten Niederkunft einen Jungen zu schenken. Sie verfeuerte viel Torf und hielt sich mit Emmy häufig im Pesel auf, um dem Qualm in der Küche zu entgehen, den der Bilegger verursachte. Oder sie saß mit Emmy im Arm auf der Bank vor dem Haus, streichelte ihr über den Rücken und summte alte dänische Kinderlieder. Janne war überzeugt davon, ihre Tochter damit zu stärken, worüber ihre Schwiegermutter nur den Kopf schüttelte. Man hängte sein Herz nicht an ein Kind, zu häufig nahm Gott einem das Bündel wieder fort.

Und überhaupt, diese dauernden Berührungen schwächten die Widerstandskräfte. Zudem pflanzten sie den Keim des Ungehorsams in das Neugeborene, schließlich gab man sich auf der Insel zur Begrüßung noch nicht einmal die Hand. Aber Janne ließ sich nicht beirren.

Anders als erhofft, brachte Janne jedoch noch drei weitere Töchter zur Welt, und nach der Geburt der Lütten geschah etwas mit ihr. Im Dorf sah man sie mitleidig an. Wieder nur ein Mädchen. Auf der Familie lag ein Fluch. Kein Junge, keinen Erben. Abermals sprach der Pastor von Schicksal und Verdammnis, von Sünde und mangelnder Buße, und Janne entwickelte eine auffallende Frömmigkeit. Sie trug nun ausschließlich Schwarz, obwohl es niemanden zu betrauern gab, und saß im Gottesdienst tief gebeugt in der letzten Reihe. Sie sprach kaum noch, und es gab Tage, an denen sagte sie kein einziges Wort. Sie war wie ein guter Geist. Unnahbar.

Eines Tages saß Janne reglos und blass auf einem Stuhl in der Küche, im Schoß eine Holzschale mit Buchweizenbrei.

»Iss«, befahl Alma. Es war unübersehbar, dass Janne dabei war, in eine andere Welt zu gehen. »Emmy, hol sofort deinen Vater vom Feld«, kommandierte die Großmutter, und Emmy lief los, so schnell sie konnte, während Rieke und Tille ratlos vor ihrer Mutter standen. Die Lütte lag in der Wiege und schlief. Langsam neigte sich die Holzschale auf Jannes Schoß zur Seite und drohte herunterzurutschen.

»Mama, probier doch wenigstens«, sagte die dreijährige Tille, hielt die Schale fest und versuchte ihrer Mutter den breiigen Holzlöffel zwischen die Lippen zu schieben. Vergebens. Janne reagierte nicht. Ihr Mund blieb verschlossen, ihr Blick leer. Als Emmy mit ihrem Vater ins Haus kam, waren Jannes Augen zugefallen, der Körper in sich zusammengesunken.

»Ist sie tot?«, fragte Emmy verängstigt, die Wangen vom Rennen gerötet.

Schwer atmend trat Andries neben seine Frau und hielt sein Ohr dicht vor ihren Mund. »Dem Himmel sei Dank, sie schläft nur«, sagte er und hob Janne sanft vom Stuhl. Ihre Arme hingen schlaff herunter, der Kopf war in den Nacken gefallen, der Mund stand leicht offen.

»Was hat Mama bloß?«, fragte Emmy.

Die Großmutter schüttelte den Kopf und holte zu einer Ohrfeige aus, der Emmy gerade noch ausweichen konnte. Das hatte man davon, wenn ein Kind nicht züchtig erzogen wurde. Die Wissbegierde war ihr einfach nicht auszutreiben.

»Lass Emmy in Ruhe«, fuhr Andries seine Mutter an, während er seine Frau hinüber aufs Schlaflager trug.

Am nächsten Morgen schien alles wie immer. Janne ging ihren Arbeiten nach und verströmte Sanftmut, und so sollte es noch ein paar Wochen bleiben. Bis im August 1914 Pastor Paulsen ins Haus kam und verkündete, dass Andries in den Krieg ziehen und dienen müsse und Janne aus dem Haus und immer weiter ins Feld lief und Andries ihr folgte und sie so lange festhielt, bis sie sich irgendwann wieder beruhigte.

Zwei Monate später, mitten im Krieg, brachte sie ihr fünftes Kind zur Welt. Einen Jungen. Tot. Janne löste sich endgültig auf. Das also war Gottes Strafe.

Von nun an saß Emmys Mutter meist mit ausdruckslosem Blick in der Küche und starrte je nach Jahreszeit hinaus auf die blühende Wiese, in den Nebel, in Regen und Sturm oder in die Schneelandschaft. Wenn die Kinder sie ansprachen, war es, als tauche sie mühsam aus einer anderen Welt auf. Ständig hielt sie ein Holzkreuz, das sie nur losließ, wenn ihre Hände etwas zu tun hatten. Bald hatten sich die Kanten gerundet, und die Inschrift auf dem speckigen Holz war nicht mehr zu entziffern. Der Arzt sprach von einer Melancholie, die Janne befallen habe, und Emmy fand es schade, dass ein so schön klingendes Wort jemanden so traurig machte.

Die Mädchen taten alles, damit ihre Mutter wieder zu Kräften kam. Sie sammelten Seegras, kochten Brennnesseltee, machten Löwenzahnsalat, und Emmy versteckte im Julkuchen eine Pflaume, in der Hoffnung, die Mutter würde noch einmal lachen.

Doch nur, wenn Andries Fronturlaub hatte und für ein paar Tage zu Hause war, umspielte Jannes Mund ein feines Lächeln, und sie fand die Sprache wieder, auch wenn es bloß zusammenhanglose Worte waren, mit denen niemand etwas anfangen konnte.

Zwei Wochen vor ihrem vierunddreißigsten Geburtstag starb Janne. Andries war weit weg, als es geschah, und der Krieg sollte noch ein ganzes Jahr andauern.

9

JUNI – SEPTEMBER 1974

Tassilo stand im Garten und hackte Holz. Er trug eine verdreckte, über den Knien abgeschnittene Jeans, der Oberkörper war nackt, und im Mundwinkel klemmte eine glimmende Zigarette. Tessa stand am Zaun und war überrascht, wie mühsam er sich nach den Scheiten bückte.

Jemand rief ihren Namen. Sie drehte sich um und blickte in Annis strahlendes Gesicht. »Papa! Sieh mal, wer da ist«, rief das Mädchen aufgeregt, während sie auf Tessa zulief. Sie nahm die Besucherin bei der Hand und zog sie durch das Gartentor zu ihrem Vater.

War das tatsächlich der Mann, den sie vor ein paar Tagen am Bahnhof Zoo verabschiedet hatte? Tassilos Gesichtsausdruck war schwer zu deuten, er schien nicht fassen zu können, dass Tessa wirklich vor ihm stand.

Die Begrüßung fiel zurückhaltend aus. Tassilo legte Tessa eine Hand auf den Rücken und führte sie zu einer Bank vor dem Haus. »Setz dich und komm erst mal an«, sagte er.

Tessa ließ ihren Blick schweifen. Alles hier wirkte anders als in ihrer Vorstellung. In ihrem Kopf hatte sich ein Bild zusammengesetzt aus gepflegter Liegewiese, alten Obstbäumen, die wohligen Schatten spendeten, einer Pergola mit mächtigen Rhododendronbüschen, einem bunten Windspiel an der Dachrinne und einer

Terrasse aus hellem Holz mit rustikalen Sitzmöbeln. Aber so sah es hier ganz und gar nicht aus. Von der Bank, auf der sie saßen, blätterte die Farbe ab. Auf ein paar hässlichen Betonplatten fristeten Plastikstühle, die früher vermutlich mal weiß gewesen waren, ihr kummervolles Dasein. Der derbe Holztisch dazwischen stand schief, die Platte war verwittert, und der Sonnenschirm ließ auch in ungeöffnetem Zustand erkennen, dass er kaputt war. Es gab keine Blumenbeete, keine lustigen Tonfiguren, keine Windlichter – nichts, was dazu angetan war, eine anheimelnde Atmosphäre zu schaffen. Etwas hier war komisch, fühlte sich fremd an. Falsch.

In die Stille hinein fragte Tassilo: »Wie war deine Reise?«

»Alles bestens«, sagte Tessa und sah sich nach Anni um.

»Du musst Hunger haben. Anni zeigt dir am besten erst mal alles, und ich koche uns inzwischen etwas«, schlug Tassilo vor und rief nach seiner Tochter.

Anni kam aus dem Haus gerannt und war sofort Feuer und Flamme. Sie plapperte drauflos und führte Tessa über das Grundstück. Im hohen Gras hinter dem Haus rosteten zwei alte Traktoren vor sich hin. Auf der anderen Seite des Gebäudes stand das nackte Gerüst eines Gewächshauses, im Inneren lag ein Haufen Kies. An den Verstrebungen lehnten zahllose Fahrräder, jedes mit einem anderen Defekt. Ein fehlender Reifen, Lenker oder Sattel, verbogene Mittelstangen, herunterhängende Lampen, zersplitterte Rücklichter, Rost und nackte Pedalarme.

»Was macht ihr mit all den kaputten Rädern?«, fragte Tessa überrascht.

Anni zuckte mit den Schultern. »Papa … er übernimmt sich manchmal mit den Dingen. Es ist nicht ganz einfach für ihn, wenn es … wenn es ihm nicht so gut geht.«

Tessa blieb stehen. »Nicht so gut geht? Was meinst du damit?«

Anni sagte nichts, zuckte wieder nur mit den Schultern und zog Tessa weiter. »Ich bin so froh, dass du gekommen bist. Wie lange bleibst du?«

»Ich weiß es noch nicht«, sagte Tessa lächelnd. »Wollen wir mal schauen, ob wir deinem Vater beim Kochen helfen können?«

Anni nickte, und sie gingen Hand in Hand ins Haus. Auch hier herrschte Unordnung. Im Flur türmten sich alte Schuhe, Jacken und andere Kleidungsstücke. In der Küche, wo es nicht besser aussah, war Tassilo gerade dabei, eine Tüte Mirácoli-Tomatensoße aufzureißen. Anni schlug vor, den Tisch im Garten zu decken, und als Tessa schließlich den Topf mit den zu weichen Nudeln abstellte, sagte Anni fast schon entschuldigend: »Mit dem Kochen hat Papa es nicht so.«

Auch beim Essen kam zwischen Tassilo und Tessa kein richtiges Gespräch in Gang. Anni füllte die Lücke mit Geschichten aus der Schule und von ihren Freundinnen in Berlin, die sie vermisste, aber Tessa war mit ihren Gedanken woanders. Es war eine Schnapsidee gewesen, einfach hier aufzukreuzen, dachte sie. Was sollte sie tun? Bleiben oder gleich wieder abreisen?

Sie blieb schließlich drei Monate. Gemeinsam mit Anni brachte sie Ordnung ins Haus. Sie entsorgte stapelweise alte Zeitungen, spülte Geschirr, räumte Kleidungsstücke fort, warf Wäsche auf einen Haufen, schrubbte Bad und Küche, wischte Staub, putzte die Fenster und wusch die vom Küchenfett verklebten Gardinen. Mit Drahtbürsten entfernten sie die blätternde Farbe von der Bank und gaben ihr einen leuchtend gelben Anstrich. Tassilo wurde von Tag zu Tag zugänglicher, schien wieder zu dem Mann zu werden, in den sie sich so Hals über Kopf verliebt hatte. Und trotzdem ging Tessa durch den Kopf, was ihre Mutter gesagt hatte: Eigentlich wissen wir es früh, wenn etwas vorbei ist. Aber wir wollen es oft nicht wahrhaben. Tessa wollte es nicht wahrhaben. Sie hatte sich benommen wie ein verknallter Teenager. Hatte zu Emmys Entsetzen die Übernahme der Kanzlei verschoben und alles auf Robert abgeladen, weil sie trotz leiser Zweifel daran glaubte, den Mann ihres Lebens getroffen zu haben. Sie erkannte sich selbst nicht wieder. Noch nie hatte sie ihren Gefühlen derart freien Lauf gelassen. Tassilo schien zu spüren, dass Tessa sich nicht wohlfühlte.

»Warum kommt deine Mutter nicht mal zu Besuch? Platz genug haben wir doch. Und Anni würde sich bestimmt auch freuen, die beiden haben sich doch auf Anhieb gefunden.«

»Meine Mutter?«, fragte Tessa.

»O ja, das wäre schön«, sagte Anni und strahlte.

»Worauf wartest du, Tessa? Ruf sie an!« Tassilos Augen funkelten verschmitzt, und in diesem Moment blitzte das auf, was Tessa so an ihm mochte. Er nahm die Dinge leicht, brauchte keine lange Bedenkzeit. Er hörte auf sein Bauchgefühl und tat, was er für richtig hielt.

»Mama? Ich bin's, Tessa. Ich … Also, wir würden uns freuen, wenn du uns besuchen kommst. So bald wie möglich.« Sie holte hastig Luft. »Wann kannst du hier sein?«

Am anderen Ende der Leitung herrschte Schweigen. Emmy war sprachlos. Das war ein Anruf wie von einem anderen Stern. Kein Hallo, kein Wie geht's? Wenn Tessa so klang, wie sie jetzt klang, dann stimmte etwas nicht. Ganz und gar nicht.

»Mama? Bist du noch dran?«

»Tessa, Liebes, geht es dir nicht gut?«, fragte Emmy betont ruhig.

Statt auf die Frage zu antworten, wiederholte Tessa beschwörend: »Wir drei würden uns freuen, wenn du uns besuchen kommst. Bitte komm bald, Mama!«

Emmy schluckte. Das war ein Hilferuf, da war sie sich sicher. Nie würde Tessa direkt um etwas bitten. »Also gut, ich komme, mein Kind. Gib mir zwei Tage, dann bin ich da.«

Mit Emmy zog eine Art guter Geist ins Haus. Sie kochte für alle, sang die Seemannslieder ihres Vaters, ging nachts mit Anni in der Kiesgrube schwimmen, erklärte ihr die Sternbilder und tat so, als könnte sie Sternschnuppen auslösen. »Da schau, die hab ich für dich gemacht.«

Anni wusste, dass das nicht stimmte, aber sie fand den Gedanken trotzdem schön.

Emmy tat auch Tassilo gut. Sie spielten Monopoly, wobei Anni sich als geborene Maklerin und Spekulantin erwies. Gegen Ende hatte sie immer die neuralgischen Straßen mit Hotels zugepflastert und hockte auf einem Berg von Geld.

»So, Emmy, du stehst auf meiner Parkstraße mit vier Hotels. Das macht dann …«

»Annilein, ich will es gar nicht wissen. Ich bin so oder so pleite«, sagte Emmy und übergab Anni den kärglichen Rest ihres Startkapitals.

Auch Emmy blieb länger als geplant. Inzwischen war es Ende September, der Herbst kündigte sich an, und Emmy dachte an ihre Kindheit auf der Nordseeinsel zurück. Als kleines Mädchen hatte sie das heftigere Brausen des Windes kaum erwarten können, brachte es doch die Seeleute, die Sturmvögel, wieder an Land. Und hatte das Leben nicht auch aus ihr einen Sturmvogel gemacht? Schließlich hatte sie die Unwetter ihres Lebens genutzt, um in sichere Häfen einzulaufen. Dass es Anni schon bald ähnlich ergehen würde, konnte sie nicht ahnen.

Plötzlich veränderte Tassilo sich. Seine gute Stimmung schlug in eine überdrehte Ausgelassenheit um. Er schlief so gut wie gar nicht mehr, redete immerzu von irgendwelchen Projekten, allesamt große Sachen, an die man lange würde denken müssen. Er wirkte euphorisch und war in seinem Ideendrang nicht zu bremsen.

Emmy machte sich Sorgen um Anni, die seit der plötzlichen Verwandlung ihres Vaters verstört wirkte. »Anni, Schatz, hast du so was bei deinem Vater schon mal erlebt? Dass er mit einem Mal so aufgedreht ist?«

Anni nickte stumm.

Emmy wechselte einen Blick mit ihrer Tochter. »War er denn schon mal bei einem Arzt?«, fragte Tessa.

Anni nickte abermals, die Augen glasig, und zeigte auf einen Zettel mit Telefonnummer an der Pinnwand. Und dann kamen die Tränen.

Es gelang Tessa, Tassilo zu einem Arztbesuch zu überreden. Emmy und Anni begleiteten sie, warteten vor der Tür und spielten »Ich sehe was, was du nicht siehst«.

»Meine Freundin hier glaubt, dass ich verrückt bin«, eröffnete Tassilo das Gespräch beim Facharzt für Neurologie und Psychiatrie.

Der Arzt, ein älterer Mann mit grau meliertem Haar und freundlichen Augen, musterte Tassilo. Dann fragte er: »Und was glauben Sie selbst?«

»Dass ich einfach nur bester Laune bin. Ich fühle mich blendend.«

Der Arzt nickte wissend. »Wenn Sie sich gut fühlen, ich meine, so richtig gut, sitzt dann das Geld locker?«, fragte er.

Tassilo bejahte, fügte aber hinzu, dass er es schnell wieder reinholen würde.

»Und wofür geben Sie Ihr Geld im Moment aus?«

Tassilo rieb sein unrasiertes Kinn. Er hatte für so vieles Geld ausgegeben, aber ihm fiel nichts ein.

Als er nicht antwortete, sagte Tessa schließlich: »Die Blumen zum Beispiel.«

»Richtig, die Blumen«, wiederholte Tassilos gedankenverloren. Dann richtete er seinen Blick auf den Psychiater. »Dagegen ist ja wohl nichts zu sagen, oder?«, fuhr er ihn mit einem Mal unwirsch an.

Der Arzt fragte an Tessa gewandt: »Wie sehen Sie das?«

Tessa lächelte unsicher. »Natürlich ist es in Ordnung, wenn er einen Blumenstrauß kauft. Aber er hat ganze Buketts gekauft.« Sie sah Tassilo an. »Erinnerst du dich? Für die Bäckersfrau und die Friseurin, und meiner Mutter hast du ein ganzes Gerbera-Gesteck geschenkt.«

»Sie hat gesagt, dass Gerbera ihre Lieblingsblumen sind.« Er verschränkte die Arme vor der Brust und ließ sich gegen die Stuhllehne zurücksinken.

»Es geht um die Größe, Tassilo. Das Gesteck hatte einen Durchmesser von zwei Metern!«

»Und wenn schon. Für dich habe ich ja auch was besorgt.«

»Ja, stimmt. Für mich hat er auch was *besorgt*«, sagte Tessa und musste angesichts des ganzen Irrsinns lächeln.

»Und was war das?«, fragte der Arzt.

»Ein Apfelbaum. Den er persönlich in der Nacht zuvor ausgegraben hat. Im Schlossgarten«, sagte sie.

Der Arzt legte seinen Schreibblock zur Seite und wandte sich an Tassilo. »Herr Steiger, ich vermute, dass Sie Ihre Medikamente abgesetzt haben?«

»Na und, ich fühle mich ausgezeichnet.«

»Noch. Aber wir beide wissen, wie es weitergeht.« Der Arzt sah ihm fest in die Augen. »Der Absturz wird kommen.«

»Diesmal packe ich es alleine. Ich werde die Tabletten wieder nehmen, und dann passt das schon. Versprochen«, sagte Tassilo.

»Ich gehe jedenfalls nicht wieder zur Kur«, erklärte er wie ein bockiges Kind.

»Welche Kur?«, fragte der Arzt überrascht und blätterte in Tassilos Krankenakte.

»Kur, Klapsmühle – fängt beides mit K an«, sagte der lachend.

Tessa machte ein verzweifeltes Gesicht. »Tassilo, das ist überhaupt nicht komisch.«

»Herr Steiger, Sie wissen, was nun kommt. Ich weise Sie jetzt in die Klinik ein. Es wäre besser, wenn Sie freiwillig gehen«, sagte der Arzt mit Nachdruck, »mit einer manisch-depressiven Erkrankung ist nicht zu spaßen.«

In der Ferne hörte man die Kirchturmuhr schlagen. Tessa ließ ihren Blick über die getäfelte Wand zum Fenster schweifen. Sie sah hinaus auf eine kleine Straße, auf der hin und wieder ein Auto fuhr. Sie dachte: Wenn das nächste rot ist, verlasse ich ihn. Es kam kein Fahrzeug mehr. Eine tiefe Traurigkeit ergriff sie, etwas in ihr war zerbrochen. Sie hatte das Gefühl, als schwanke der Boden unter ihren Füßen.

Der Mediziner stellte noch einige Fragen. Tassilo blieb erstaunlich ruhig und willigte schließlich ein, sich in stationäre Behandlung zu begeben. Während der Arzt seine Sprechstundenhilfe anwies, einen Krankentransport zu bestellen, und letzte Details mit seinem Patienten besprach, verließ Tessa die Praxis. Sie sah Emmy und Anni auf der anderen Straßenseite auf einem Mauervorsprung sitzen.

»Ist Papa wieder krank?«, fragte Anni ängstlich, als Tessa bei ihnen war.

»Ja. Deswegen ist er so … so aufgedreht.«

»Und was heißt das jetzt?«, fragte Emmy.

»Er muss in die Klinik. Mit etwas Glück ist er in einer Woche wieder draußen«, erklärte Tessa mit belegter Stimme.

Anni riss die Augen auf. Tränen standen darin. »Und ich? Was ist mit mir?«, fragte sie weinend.

Emmy spürte die Not des Mädchens. Plötzlich allein. Dieses Gefühl kannte sie nur allzu gut. Auch Tessa liefen Tränen übers Gesicht.

»Nun aber mal Schluss, ihr zwei Heulbojen! Du kleine Maus hast doch jetzt Herbstferien«, sagte sie an Anni gewandt. Schniefend nickte sie. Emmy fuhr fort. »Und du hast doch auch noch Freundinnen in Berlin, oder?«

Die Miene des Mädchens hellte sich ein wenig auf. »Ja, jede Menge. Aber was ist, wenn Papa länger in der Klinik bleiben muss?«

»Das sehen wir dann.« Emmy lächelte aufmunternd. »Jetzt kommst du erstmal mit zu mir«, sagte sie und nahm Anni in die Arme.

In Berlin machte Emmy mit Anni das, was sie als Großmutter so gern mit ihren Enkeln unternommen hätte, wäre sie damals schon Rentnerin und Hilde nicht solch eine Glucke gewesen. Sie ging mit ihr Eis essen, Enten füttern und ins Schwimmbad. Anni und Emmy lebten miteinander, als sei es nie anders gewesen. Allerdings hatte Anni noch viel zu lernen, wie Emmy rasch feststellte, und so übten sie in Emmys kleiner Wohnung Papierkrampenschießen.

»Nein, nein, so geht das nicht, Anni. Jetzt trau dich doch mal. Du musst weiter nach hinten ziehen, sonst fliegt die Krampe nicht richtig. Sieh mal, so.« Emmy spannte den Gummi stramm über zwei Fingerspitzen und schoss eine der selbst gebastelten Krampen Richtung Ziel. Mit einem Plong landete das Geschoss im Wischeimer am anderen Ende des Flurs. »Treffer!« Irgendwann hatte auch Anni den Dreh raus, und die beiden lieferten sich stundenlange Duelle.

Bis am letzten Tag der Herbstferien für Anni von einer Sekunde auf die andere die Zeit stehen blieb. Innerhalb einer Sekunde änderte sich alles. Nichts war mehr von Bedeutung. Der Gesang der Vögel verstummte, die Welt verlor ihre Farben. Ihr Herz blieb einfach stehen. Tassilo war tot. Annis Vater hatte sich am Fensterkreuz der Klinik erhängt.

Ein Sturmvogel mehr und erst mal kein Hafen in Sicht, das war das Erste, was Emmy durch den Kopf ging, als Tessa ihr die Nachricht überbrachte.

In den darauffolgenden Tagen verstummte Anni. Auch Emmy schwieg, wich dem Kind aber nicht von der Seite. Abend für Abend schlief das Mädchen in ihren Armen ein, Morgen für Morgen erwachte es fest an sie gedrückt, die Augen rot geweint. Selbst beim Kochen umklammerte Anni Emmys Hüfte. Als versuchte sie, irgendwo Halt zu finden.

Tessa sprach sich dafür aus, die angebotene professionelle Hilfe vom Jugendamt anzunehmen, doch Emmy sagte nur: »Wer mit elf Jahren Vollwaise wird, dem verschlägt es die Sprache. Ich halte das für vollkommen normal. Das Jugendamt muss sich gedulden. Das Kind braucht Menschen um sich, die es kennt, keinen Heimplatz.«

»Aber wir müssen ihr doch helfen«, wandte Tessa ein.

»Das tun wir bereits. Wir warten ab.«

»Wie lange denn noch?«

»Bis Anni so weit ist. Alles, was sie jetzt braucht, ist ein sicherer Platz.«

Nach einer weiteren Woche des Schweigens fasste Emmy einen Entschluss. In eine dicke Decke gemummelt lag sie mit Anni auf der Couch vor der offenen Balkontür.

»Anni, ich weiß, dass du mich hörst, und ich möchte dir etwas sagen. Aber dafür bitte ich dich, mich anzusehen.«

Anni setzte sich auf und sah sie an. Emmy nahm ihre Hände und sagte: »Anni, ich kann dir deinen Schmerz nicht nehmen. Das kann niemand. Aber wenn du es willst, werden wir dafür sorgen, dass du in Berlin bleiben kannst, bei mir und bei all deinen Freunden. Versprochen.«

Anni nickte. Sie wollte bleiben. Unbedingt. Und zum ersten Mal seit Tassilos Tod sagte sie etwas. »Es tut so weh. Das hört gar nicht mehr auf.«

»Ich weiß«, sagte Emmy. »Dieser Schmerz ist überall, im ganzen Körper, nicht wahr?«

»Ja, alles tut weh. Der Kopf, die Arme, der Bauch, die Beine. Als wäre ich gelähmt, obwohl ich laufe. Ich werde nie wieder glücklich sein.« Sie senkte den Kopf. Tränen liefen über ihre Wangen.

Emmy legte einen Finger unter ihr Kinn und zwang sie, ihr in die Augen zu sehen. »So darfst du nicht denken. Anni, ich schwöre dir, der Schmerz fängt irgendwann an nachzulassen. Er wird nie ganz verschwinden, aber er wird Tag für Tag, Monat um Monat, Jahr für Jahr erträglicher. Und dann wirst du auch wieder glücklich sein.«

Anni wischte sich mit dem Handrücken über die Augen. »Woran merke ich, dass es anfängt, erträglicher zu werden?«

»Wenn du dich fragst, was es heute zu essen gibt.«

10

1918 – 1921

Fast ein Jahr nach Jannes Tod kehrte Andries Peterson körperlich unversehrt, aber als gebrochener Mann aus dem Krieg zurück. Emmy erkannte ihren Vater nicht wieder. Sein Gesichtsausdruck war starr und leer, er sprach wenig, sang keine Lieder und verbrachte an manchen Tagen mehr Zeit am Grab seiner Frau als zu Hause. Emmy hatte gesehen, wie ihr Vater weit draußen auf dem Feld plötzlich, wie von einer Axt gefällt, umgefallen war. Sie hatte ihren langen schweren Rock gerafft und war barfuß über Stock und Stein, über Getreidestoppel und durch ein Brennnesselfeld zu ihm gerannt. Noch bevor sie bei ihm war, hörte sie ihren Vater schluchzen und weinen. »Vater! Vater!« Andries erschrak, als er seine Tochter auf sich zukommen sah. Er wollte nicht, dass sie ihn so erlebte, so schwach, im wahrsten Sinne des Wortes am Boden zerstört. Er rief ihr noch entgegen: »Nicht Emmy, nein. Geh weg, bitte geh.« Aber Emmy ging nicht. Sie setzte sich neben ihn, nahm seine Hand und dachte: Irgendwer muss mal ein ernstes Wort mit Gott sprechen.

Der ehemals stolze Walfänger blieb fortan an Land, und Emmy konnte regelmäßig zur Schule gehen, denn längst waren ihre drei Schwestern alt genug, um mit anzupacken. Aber nichts war mehr so wie früher. Selbst die Großmutter hatte sich verändert. Sie ging, so gut sie es noch konnte, ihren Arbeiten nach und wies die Kinder zurecht, wenn ihnen ein Missgeschick passierte. Doch ihre frühere Schärfe, ihre Strenge und ihr andauerndes Meckern hatte sie verloren.

Andries versuchte in den kommenden Jahren, seine Familie mit der Bewirtschaftung des Bodens über Wasser zu halten. Aber die Vorräte für den Winter wurden von Jahr zu Jahr knapper. Die altersschwache Ziege gab kaum noch Milch, und die beiden Hühner waren so dünn, dass sie nicht mal mehr zum Schlachten taugten.

Und drei Jahre nach Andries Rückkehr folgte der nächste Schicksalsschlag. Emmy und ihre Schwestern standen an der Stelle, wo einst der mächtige Baumstamm gelegen hatte, und aus dem Haus kam der Ruf des Vaters: »Hebt an!«

Nach einer Weile erschien der Pastor, gefolgt von Andries und drei weiteren Männern, die den Sarg von Großmutter Alma auf ihren Schultern trugen. Emmy streichelte das Pferd vor dem Leiterwagen, das schnaubte und ein paar Schritte machte, als die Holzkiste auf den Wagen geschoben wurde. Der Pastor trat an die Ladefläche. »Der Herr segne dich und behüte dich; der Herr lasse sein Angesicht leuchten über dir und sei dir gnädig; der Herr hebe sein Angesicht über dich und gebe dir Frieden. Amen.«

Während Emmy weiterhin das Pferd im Zaum hielt, holte Andries die Rumflasche aus dem Pesel. Jeder Mann, einschließlich des Pastors, nahm einen großen Schluck.

»Wie soll das gehen, Andries? Die vier Mädchen, ohne Janne und ohne deine Mutter?«, fragte der Geistliche, nachdem er die Flasche weitergereicht hatte.

»Es muss ja«, sagte Andries und nahm einen zweiten Schluck. Die drei Helfer gingen nach vorne zu Emmy und nahmen ihr die Aufsicht über den unruhigen Gaul ab. »Geht gleich los«, sagte einer, als seien sie auf dem Weg zu einem Fest.

Emmy und ihre Schwestern stellten sich zwei Schritte hinter den Pastor und ihren Vater, dann setzte sich der Zug langsam in Bewegung, vorbei an den Inselbewohnern, die weniger um Alma zu trauern schienen als um den Mann, den der liebe Herrgott ohne männlichen Erben zurückgelassen hatte. Niemand glaubte daran, dass er, verarmt und mit vier Töchtern gestraft, noch einmal eine Frau finden würde.

»Und nun?«, flüsterte Riecke auf dem Weg zum Armengrab.

»Ich muss nachdenken«, sagte Emmy leise.

Riecke ließ nicht locker. »Wir müssen Vater doch irgendwie helfen.«

»Lasst uns erst mal einen Julkuchen backen, dann sehen wir weiter«, schlug Emmy vor.

Die Lütte klatschte begeistert in die Hände: »Au ja! Julkuchen!«

»Pssst«, zischte der Pfarrer vor ihnen, ohne sich zu den Kindern umzudrehen.

»Glaubst du, wir dürfen mitten im Sommer einen Weihnachtskuchen backen?«, flüsterte Riecke.

»Vater sagt doch immer, dass wir es uns in schweren Zeiten so schön wie möglich machen sollen«, sagte Emmy. Sie warf einen Blick auf Andries, der mühsamen Schrittes und tief gebeugt vor ihnen herging. »Und das sind schwere Zeiten«, fügte sie hinzu.

Am Friedhof angekommen, wuchteten die Männer Almas Sarg vom Wagen und senkten ihn in die Grube. Dabei geriet er zunächst in eine gefährliche Schieflage, bevor er unsanft am Boden aufsetzte. Bestimmt meckert Großmutter da drinnen schon wieder, dachte Emmy. Könnt ihr nicht aufpassen!

Noch einmal trat der Pastor vor. »Es segne dich Gott, der Vater, der dich nach seinem Bild geschaffen hat. Es segne dich Gott, der Sohn, der dich durch sein Leiden und Sterben erlöst hat. Es segne dich Gott, der Heilige Geist, der dich zum Leben gerufen und geheiligt hat. Gott, der Vater und der Sohn und der Heilige Geist geleite dich durch das Dunkel des Todes. Er sei dir gnädig im Gericht und gebe dir Frieden und ewiges Leben. Amen.«

»Amen«, kam es von allen gemeinsam zurück.

Emmy sah dem abfahrenden Leiterwagen nach. Das Schnaufen des Pferdes war durch den auflandigen Wind noch zu hören, als der Wagen längst schon nicht mehr zu sehen war. Sie überlegte, ob ewiges Leben bedeutete, ihrer Großmutter wieder begegnen zu müssen, traute sich aber nicht, den Pastor danach zu fragen.

Wieder zu Hause ließ der Vater seine Töchter tatsächlich gewähren, und sie buken den Julkuchen. Andries sah dem Treiben nur stumm zu. Die Stimmung unter den Schwestern war trotz der Trauer gelöst, und sie begannen, die anstehenden Arbeiten in Haus und Hof untereinander aufzuteilen. »Dir, Vater, bringen wir Zuschneiden und Nähen bei«, sagte Emmy, und alle vier lachten. Sogar Andries musste ein klein wenig schmunzeln.

Als der Kuchen dampfend auf dem Tisch stand, schnitt Riecke ihn in sechs Stücke.

»Wieso sechs, wir sind doch nur noch fünf?«, fragte Tille.

»Eins ist für Mama«, sagte Riecke. Und nach einer Schrecksekunde, in der es totenstill war, brachen alle in Tränen aus. Die Wunde, die Jannes Tod vor vier Jahren hinterlassen hatte, klaffte in den Mädchen noch immer wie am ersten Tag und wollte sich einfach nicht schließen.

Doch es sollte noch schlimmer kommen. Drei Monate später, als schon die ersten Herbststürme tobten, erlag Andries Peterson einer schweren Blinddarmentzündung. Der alte Inselarzt war auf dem Festland, der Quäker zu betrunken, um einem Krankenbesuch nachkommen zu können, und den Nachbarn war nichts weiter eingefallen, als Rum zu verabreichen und den Pfarrer zu holen.

Danach blieb für Emmy und ihre Schwestern nichts, wie es war. Da es keinen Erben gab, fiel der Hof von Andries Peterson an die Gemeinde, und die Mädchen, die allesamt noch nicht volljährig waren, mussten auf verschiedene Vormunde verteilt werden.

Zusammen mit dem Bürgermeister, dem Pastor, dem Lehrer und der Frau vom Hafenmeister saßen die Schwestern im Pesel. Rieke und Tille hielten sich an den Händen, die Lütte saß eng an Emmy gepresst auf deren Schoß.

Der Lehrer kraulte sich den Spitzbart, blickte die Mädchen nacheinander an und tat so, als überlegte er in diesem Moment, was wohl zu tun sei. Aber die Würfel waren längst gefallen.

»Für die Lütte gibt es eine Verfügung von Amts wegen«, sagte der Bürgermeister und reichte der Frau vom Hafenmeister ein Schriftstück. »Das bedeutet, eine Pflegefamilie hat sich bereiterklärt, das Kind aufzunehmen.«

Die Frau vom Hafenmeister ging auf Emmy zu, um ihr die Lütte abzunehmen, doch die klammerte sich weinend an ihre große Schwester.

»Jetzt stellt euch nicht so an«, sagte die Frau barsch und zerrte an dem Kind. Emmy trat nach ihr und erwischte sie am Schienbein.

»Hat man so was schon erlebt!«, zischte sie empört. »Deine Großmutter hatte schon recht, dir gehören die Ohren lang gezogen.«

Der Pastor trat dazwischen. »Ich verstehe dich ja, Emmy«, sagte er in sanftem Ton. »Es ist schwer, aber es geht nun mal nicht anders. Hab keine Sorge, die Lütte wird's gut haben. Bestimmt.« Mit sanftem Druck versuchte er, die ineinander verflochtenen Hände der Geschwister zu lösen.

»Wo soll sie hin?«, fragte Emmy.

»Ihr neues Zuhause ist in Amsterdam. Ihre Pflegefamilie hat vor Kurzem ein Mädchen im selben Alter an Typhus verloren, und die Lütte kann ihren Platz einnehmen. Das würde eurem Vater bestimmt gefallen. Denk nur daran, wie oft er in Amsterdam war. An die Sprache und ihren neuen Namen wird sie sich bestimmt rasch gewöhnen. Bitte, Emmy, lass los.«

Und Emmy ließ schweren Herzens los. Sie wusste, sie würde die Lütte nie wiedersehen. Die Frau vom Hafenmeister nahm das weinende Kind an die Hand und zerrte es hinaus, während der Pastor sich den übrigen Schwestern zuwandte. Riecke und Tille saßen mit ängstlichen Mienen dicht neben Emmy.

»Ich weiß, ihr würdet gerne zusammenbleiben, aber drei Kinder auf einen Schlag sind einfach zu viel«, sagte der Pastor. »Deshalb haben wir uns für folgende Lösung entschieden: Riecke kommt noch für ein Jahr und Tille für drei Jahre in ein evangelisches Stift im Königreich Dänemark. Sie bleiben also erst einmal zusammen, und wir sorgen dafür, dass sie ein gemeinsames Bett haben. Versprochen.«

»Und danach?«, fragte Riecke in der Hoffnung, auf die Insel zurückkehren zu können.

»Dann wird man euch Männer suchen, zu denen ihr aufschauen könnt und die für euch sorgen werden.«

»Im Königreich Dänemark?«, fragte Emmy entsetzt.

»Ja, wo sonst?«

Emmy holte tief Luft. Noch konnte sie ihre Tränen zurückhalten, aber der Kloß in ihrem Hals wuchs. Immerhin, die Lütte kam in eine Familie, die beiden anderen kamen in ein dänisches Kinderheim, was allemal besser klang, als auf dem Festland im Waisenhaus zu landen. »Und ich, was wird aus mir?«, fragte Emmy.

Der Pastor setzte sich zu ihr und legte ihr einen Arm um die Schulter. Er atmete schwer, was er zu sagen hatte, schien ihm nicht leichtzufallen.

Der Bürgermeister sprang ein und ergriff wieder das Wort. »In wenigen Wochen bist du vierzehn, Emmy, und damit arbeitsfähig. Du wirst für dich selber sorgen müssen.«

Emmy biss sich auf die Unterlippe. »Und das heißt?«

Nun sprach der Lehrer, und er erklärte: »Deine Schulbildung ist niedrig genug, um dich in einem vornehmen Haushalt als Dienstmädchen unterzubringen. Dein Lohn sind Kost und Logis, wir konnten aber auch noch ein kleines Taschengeld aushandeln, das dir ein paar Freiheiten erlaubt. Du wirst also versorgt sein.«

Emmy war misstrauisch: »Und wo soll das sein?«

»In Charlottenburg.«

»Charlottenburg?« Davon hatte sie noch nie gehört.

»Das gehört seit letztem Jahr zu Groß-Berlin.«

Emmy riss ungläubig die Augen auf. »Berlin? Ich soll zu den blöden Preußen?«

»Na, na, Emmy, achte auf deine Worte!«, sagte der Pastor mit strengem Blick.

Emmy schob seine Hand von ihrer Schulter. »Amsterdam, Dänemark, Berlin – wie sollen wir uns da jemals wiedersehen?«

»Alles Gute ist eben nicht immer beisammen«, sagte der Lehrer dozierend.

»Ich gehe nicht nach Berlin«, schleuderte Emmy ihm und dem Bürgermeister in einer Mischung aus Wut und Verzweiflung entgegen. »Warum kann ich nicht hierbleiben?«

»Wie willst du hier ohne eine Stellung überleben? In Berlin werden händeringend Dienstmädchen gesucht, und wir wissen, dass du anpacken kannst, Emmy. Ich verspreche dir, die Familie wird dich gut behandeln«, sagte der Pastor.

Und der Bürgermeister ergänzte: »Sie haben auch eine Tochter, die in Rieckes Alter ist.«

»Na und, was soll mir das helfen? Oder können wir sie vielleicht nach Dänemark schicken und dafür kommt Rieke mit nach Berlin?«, fragte Emmy trocken. Dem Lehrer riss der Geduldsfaden. Er versetzte ihr eine schallende Ohrfeige.

Noch mit der Flut desselben Nachmittags brachte der Pastor Emmy zur Fähre. »Du wirst sehen, es wird sich alles zum Guten fügen«, sagte er.

»Was soll denn noch gut werden?«, fragte Emmy matt.

»Wart's ab. Wenn du erst in Berlin bist, rückt alles hier bald in weite Ferne.«

»Ich werde meine Schwestern nie mehr wiedersehen, muss alleine in die große Stadt, meine Eltern sind tot und meine Großmutter liegt in einem Armengrab. Ich weiß nicht, was da noch gut werden soll.«

Der Pastor überlegte und sagte dann: »Schau, Emmy, der liebe Herrgott hat seine Gründe, dass er dich so prüft. Mach deinen Eltern keine Schande, damit sie stolz auf dich sein können.«

»Das bekommen sie doch gar nicht mehr mit!«, gab Emmy trotzig zurück.

Mahnend hob der Pastor den Zeigefinger. »Das bekommen sie sehr wohl mit!«

Das Schiff gab Signal zum Ablegen, und Emmy begann stumm zu weinen. Der Geistliche nahm sie in den Arm und versuchte, sie zu trösten. »Sieh es so, mein Kind, wenn wir einen geliebten Menschen verlieren, gewinnen wir einen Engel.«

»Aber aus dem Engel wird kein geliebter Mensch mehr.«

Darauf sagte der Pastor nichts. Dann gab er Emmy einen kleinen Leinensack, in den er einen Laib Brot, geräucherten Fisch, eine Tüte getrocknetes Obst und ein ordentliches Stück Schinken gelegt hatte. Außerdem reichte er ihr einen Umschlag. »Das sind dein Waisenzuschlag, deine Papiere und deine Fahrkarte. Pass gut darauf auf. Auf dem Festland bringt dich der Fährmann zu einer Pferdedroschke, die dich zum Bahnhof fährt. Der Fahrer übergibt dich dem Schaffner. Du gibst ihm die Fahrkarte und diesen Zettel hier, das ist deine Reiseerlaubnis, verstanden?«

»Ja«, sagte Emmy leise.

»Der Schaffner wird dir beim Umsteigen helfen. Du weichst ihm nicht von der Seite. Hörst du?«

Emmy nickte.

»Wenn du in der Stadt ankommst, holt dich eine Frau namens Luise ab. Das ist die Köchin des Hauses.«

Emmy nahm alles an sich und verstaute den Umschlag in einer der Aufsatztaschen an ihrem langen schwarzen Kleid. Mit nichts weiter als diesen Unterlagen, dem Leinensack mit Lebensmitteln und dem, was sie am Leibe trug, bestieg sie an diesem grauen Novembertag im Jahr 1921 die Fähre zum Festland und weinte hemmungslos. Trotz des starken Windes blieb sie an Deck und sah über den Hafen hinweg auf ihre Insel. Der Pastor winkte, und auch als ihre Heimat schon lange nicht mehr zu sehen war, glaubte Emmy noch immer, das Ufer am Horizont zu erkennen.

Als sie in Berlin ankam, war Emmy erschöpft, von der Aufregung, der Trauer, aber auch von der langen Fahrt. Beim Einfahren des Zuges machten ihr die vielen Menschen auf dem Lehrter Stadtbahnhof Angst. Wie sollte man sich in dem Gewusel nur zurechtfinden? Sie klammerte sich am Arm des Schaffners fest. »Nun mal keine Sorge, Mädchen, du gehst schon nicht verloren«, sagte er, hob Emmy hinaus und nahm sie an die Hand. Nach nur wenigen Schritten standen sie vor einer älteren Frau in einem dunklen Wollmantel mit einem Weidenkorb über dem Arm. Der kleine

Hut auf ihrem Kopf wollte so gar nicht zu ihren riesigen Händen passen. Sie war leicht untersetzt und hatte ein rundes, freundliches Gesicht. Luise.

»Emmy? Emmy Peterson?«

»Höchstselbst«, sagte der Schaffner. Nachdem sie mit ihm alles besprochen hatte und die Schriftstücke übergeben waren, hakte sich Luise bei Emmy unter. »Ungewohnt, so viel Trubel, was«, sagte sie und musterte Emmy von oben bis unten. »Mensch, Mädchen, an dir ist ja nüscht dran. Das werden wir ändern. Komm.«

Berlin wirkte auf den ersten Blick schrecklich. Ein Wust aus hupenden Automobilen, Straßenbahnen und zweigeschossigen Autobussen. Geschäftig eilten die vielen Menschen hin und her oder standen einander im Weg. Gelegentlich ließ eine vorbeifahrende U-Bahn den Boden leicht beben. Zeitungsverkäufer an allen Ecken riefen ihre Schlagzeilen. Nirgendwo war es still. Die Häuser waren höher als alle Wellen, die Emmy je gesehen hatte, die Weite des Himmels schien verschwunden. Frauen mit Bubikopf, kniekurzen Kleidern und hüftlangen Jacken liefen lachend an ihr vorbei.

Der Lärm von vier Millionen Berlinern, einigen Hundert Doppeldeckerbussen, Straßenbahnen und Automobilen prasselte auf Emmy ein. Besonders die Signalglocken der Elektrischen jagten ihr einen gehörigen Schrecken ein. Emmy sah viele Dinge, die sie noch nie zuvor in ihrem Leben gesehen hatte.

»Was haben die Damen da um die Hände?«, fragte sie Luise.

»Das ist ein Muff, hält die Flossen schön warm.«

»Aber damit können sie ja nichts tragen«, stellte Emmy fest.

»Das ist ja auch nicht die Aufgabe von feinen Damen.«

»Sondern?«

»Die schlendern einfach so durch die Gegend, scheinbar ohne

Ziel. In ihren Kreisen sagt man dazu flanieren. Die wollen sich nur zeigen.«

Emmy fand das Sich-zeigen-Wollen einen merkwürdigen, weil aus ihrer Sicht vollkommen sinnlosen Zeitvertreib. Und obwohl sich die Frauen mit langsamem Schritt bewegten, schien die Stadt überall in Eile zu sein. Die Männer hatten Zeitungen in den Händen, die sie an den übervollen Kiosken kauften. »Morgens, mittags, abends«, erklärte Luise, »das wird auch zu deinen Aufgaben gehören.«

»Ich kann aber nicht richtig lesen«, sagte Emmy, und Luise lachte: »Nicht für dich, Kleene, für die Herrschaften.«

Berlin schien ein einziges Irrenhaus zu sein. Und mittendrin erreichte das kleine Mädchen von der Nordseeinsel sein neues Zuhause im feinen Charlottenburg.

In den ersten Tagen bei den von Waldstettens durfte sie erst einmal »ankommen«. Luise nahm sie auch weiterhin unter ihre Fittiche, während die Dame des Hauses ihr neues Mädchen nach und nach an ihre Arbeiten heranführte.

Ein Dienstmädchen in Berlin zu sein, hieß: Sieben Tage die Woche arbeiten, Sonntagnachmittag von zwei bis sechs frei und, falls es dem Dienstherrn ins Konzept passte, alle zwei Wochen an einem Abend Ausgang. An Waschtagen begann der Arbeitstag schon morgens um vier, aber für Emmy war das Schrubben der Bettwäsche im Zuber nichts im Vergleich zu den Waschtagen auf der Insel. Wie einfach war vieles in der Stadt. Und dass das Wasser aus einem Hahn kam – was für ein Luxus!

Am Erstaunlichsten aber war ein Möbel in der Küche. »Das ist ein Eisschrank«, erklärte Luise. »Da halten sich die Sachen länger frisch. Du kannst das Wasser ablassen und den Boden auswischen, der Eismann kommt gleich.«

Emmy sah sie fragend an, sie verstand kein Wort.

»Hier, an dem Hahn.« Luise zeigte nach unten. »Stell die Schüssel drunter.«

Verrückt, nicht nur aus dem Hahn an der Wand kam Wasser, sondern auch aus einem Möbelstück. Emmy öffnete den Hahn und trocknete die feuchten Wände und den Boden in dem mit Blech ausgeschlagenen Schrank.

Der Eismann ließ eine Eisstange über seine lederbesetzte Schulter hochkant in ein Seitenfach gleiten. Unter dem Fach für das Eis befand sich ein Rost, durch den das Schmelzwasser ablaufen und wieder abgelassen werden konnte. Woher das Eis wohl kam, wenn es draußen nicht fror? Das wusste Luise allerdings auch nicht.

Emmy vermisste ihre Insel, doch sie versuchte sich so gut es ging mit den schönen Dingen zu trösten, die es bei den von Waldstettens gab. Die Kohlen wärmten viel länger als der Torf, den sie auf der Insel so mühsam hatten abbauen müssen. Die Räume in der Wohnung waren auch am Abend hell beleuchtet, die Fußböden waren aus Holz und nicht aus kaltem Stein, und Emmy mochte es – wenn die Herrschaften ausgegangen waren und die Tochter längst schlief –, barfuß über die großen, weichen Teppiche zu laufen, die darauf lagen. Es gab drei Mahlzeiten am Tag, sie wurde immer satt, keine Flut, die die Felder bedrohte, keine Fäule, die die Ernte vernichtete. Ihre Kammer war klein, aber sie hatte ein richtiges Bett, einen Schrank, einen Stuhl und eine Waschschüssel aus Emaille. Sogar eine Petroleumlampe überließen die Herrschaften ihr. Frau von Waldstetten gab ihr hin und wieder ausrangierte Kleidungsstücke, aus denen sich Emmy eigene Sachen nähen durfte. Die Freundlichkeit der von Waldstettens und die stets fröhliche Luise halfen Emmy ein wenig, über den Verlust ihrer Heimat hinwegzukommen.

Wie der Pastor gesagt hatte, bekam Emmy auch ein Taschengeld in Höhe von zwei Mark im Monat, das der Hausherr verwaltete, bis sie mündig werden würde. Wenn es die Zeit erlaubte, unterrichtete Leopold von Waldstetten Emmy sogar im Rechnen. Dafür schrieb er ihr die Aufgaben aus dem Schulheft seiner Tochter Marie-Christin ab, die Emmy keines Blickes würdigte. Aber auch Emmy konnte nichts anfangen mit dem blassen Mädchen, das die Bediensteten wie Luft behandelte und dem das Obst in mundgerechte Stücke vorgeschnitten werden mussten. Marie-Christin war zu fein, sich die Schuhe selbst zu schnüren, sie machte Musik an einem Gerät, das man Cembalo nannte und das in Emmys Ohren klang wie das Jaulen einer sterbenden Katze. Sie schwärmte von einem Johann Sebastian Bach, während Emmy die rauen Seemannslieder ihres Vaters vermisste. Mit Luise lästerte sie oft über dieses zarte blonde Kind, das sie einfach nur langweilig fand. »Alles, was die kann, ist Malventee trinken und stundenlang über dem Stickrahmen sitzen.«

Nach drei Monaten durfte Emmy schließlich am Tisch servieren. Die Kunst des Servierens bestand darin, von den Gästen nicht bemerkt zu werden und bei weiteren Wünschen Gewehr bei Fuß zu stehen, ohne den Herrschaften die ganze Zeit beim Essen auf die Finger zu sehen. Deshalb saß Emmy nun während der Mahlzeiten auf einem kleinen Schemel direkt hinter der Schiebetür und wartete darauf, mithilfe eines Glöckchens in das Berliner Zimmer gerufen zu werden, um nach- oder abzutragen. So wurde das einfache Mädchen von der kleinen Insel mit der Zeit Zeugin einiger seltsamer Rituale des preußischen Bildungsbürgertums. Marie-Christin war etwas jünger als Emmy, wurde von der Hauslehrerin aber gesiezt und musste sich noch immer allmorgendlich von der eigenen Mutter ankleiden lassen. Wenn Emmy zugegen war, wechselten die beiden bei Tisch manchmal mitten in der Unterhaltung in die französische Sprache, wofür das Mädchen überschwänglich gelobt wurde. »*Formidable!* Ist es nicht ganz wunderbar, wie nonchalant sie das vollführt? Sie könnte glatt als Französin durchgehen.«

Und eines Tages traf Emmy bei den von Waldstettens zum ersten Mal auf einen jungen Mann, der nur ein wenig älter war als die *kleine Französin*, der aber wie ein echter Herr bereits Spazierstock, Weste und Taschenuhr trug.

11

AUGUST 1981

Die erste gemeinsame Zeit war für Emmy und Anni unwirklich. Sie konnten es lange nicht fassen, dass Tassilo tot war. Dass er gegangen war, ohne sich zu verabschieden.

Tage, Wochen, Monate vergingen, in denen Annis Gefühle schwankten zwischen Verwirrung, Schuldgefühlen und Wut. Aber nach und nach veränderte die Trauer ihre Gestalt, wurde kleiner.

Emmy konnte miterleben, wie Anni sich tapfer ins Leben zurückkämpfte. Nichts ist schöner, als einem Aufstieg aus der Asche beizuwohnen, fand sie. Dabei erkannte sie sich manchmal selbst in dem Mädchen. Anni war ihr auf ganz besondere Weise nah. Fast so, als wäre sie ihr eigen Fleisch und Blut. Vielleicht, weil sie das Gefühl der Entwurzelung miteinander teilten, das Leben als Waise, den plötzlichen Verlust allen Vertrauens in die Welt. Kinder erkennen sich am Gang, sagt man. Warum sollte das bei einer alten Frau und einem jungen Mädchen nicht auch der Fall sein, dass sie einander erkannten ohne viele Worte? Die Zeit verging. Die Farbe kehrte in ihr Leben zurück, und es kamen sehr schöne Jahre. Was auch daran lag, dass Emmy über vieles lachte, was Eltern normalerweise in den Wahnsinn trieb. In Tomatensoßenflecken sah Emmy Sommersprossen, die Scherben des mit dem Fußball zerschossenen Fensters brachten Glück, und die von Anni mit der Bastelschere passend zurechtgeschnittenen Puzzleteile waren eine »äußerst kreative Lösung«.

Wenn Anni an Emmys Vorschlägen zu verzweifeln drohte, sprang Marianne den beiden gerne zur Seite. »Schau, Anni, ein Spickzettel ist kein Betrug. Emmy hat schon recht, das ist nur … eine kleine Hilfe. Eine Stütze.«

»Wenn man mich erwischt, dann ist alles aus.«

»Ach was, dann hast du dich nicht schlau genug angestellt.«

Und da Emmy im Innersten selbst ein bockiges Kind geblieben war, kamen die beiden auch gut durch Annis Pubertät.

Emmy erinnerte sich, wie sie gemeinsam das kleine Schollenfest in Tegel besucht hatten, ein Rummel, der seit bald achtzig Jahren seinen Platz im Bezirk hatte und angeblich das älteste Volksfest in Berlin war. Anni war gerade in die neunte Klasse gewechselt und plagte sich mit den altersüblichen Fragen. Wer bin ich? Bin ich noch ein Kind? Werde ich Popsängerin, oder striegle ich lieber bis ans Ende meines Lebens Pferde? Anni war sich unsicher, ob sie mit ihren fünfzehn Jahren nicht schon zu alt war für Karussell und Budenzauber. Schließlich ließ sie sich doch überreden, Emmy zu begleiten. Die lief mit leuchtenden Augen über den kleinen Rummel. Während Anni eher lustlos auf die Büchsen warf, schleuderte Emmy die Bälle kreischend in die Bude hinein, als könne sie sich gerade noch rechtzeitig einer entsicherten Handgranate entledigen. Nicht immer war klar, wer von den beiden die Erwachsene war. Am nostalgischen Kinderkarussell bestieg Emmy das hüpfende Pferdchen und strahlte wie eine Fünfjährige. Als sich das Karussell in Bewegung setzte, war sie nicht mehr zu halten. Lauthals sang sie *Es hängt ein Pferdehalfter an der Wand*, sehr zur Freude der um sie herum sitzenden Kinder. Obwohl Anni ihre Ersatzoma über alles liebte, waren das die Momente, in denen sie sich peinlich berührt abwandte und betete, kein Klassenkamerad möge sie sehen.

Als Anni begann, flügge zu werden – bei Freundinnen übernachtete, Partys feierte, auf Konzerte ging und die ersten Jungs küsste –, saß Emmy oft mit ihr auf dem kleinen Balkon. Dann sprachen sie bis in die Dämmerung hinein miteinander. Emmy erzählte aus ihrem Leben, von ihrer Kindheit auf der Insel, den Volkshochschulkursen, die sie besuchte, um »nicht ganz so doof dazustehen«, und dem Glück, das sie empfand, drei gesunde Kinder zu haben. Und Anni erzählte von der Schule, von ihrem neuesten Schwarm, von ihrem Vater und von ihrer Mutter, obwohl sie kaum Erinnerungen an sie hatte. Alles, was ihr geblieben war, war ein Foto von ihr aus Schulzeiten. Anni war ihr wie aus dem Gesicht geschnitten.

»Weißt du, Emmy, Papa ist mit mir nachts ins Freibad eingebrochen, hat mir Schokoladeneis zum Frühstück gekauft und behauptet, die Enten am Steg des Bademeisters hießen Puccini und Verdi. Ich fand das urkomisch, und ich bin mir sicher, er hat alles dafür getan, dass es mir auch ohne Mutter gut geht. Aber mir hat trotzdem immer etwas gefehlt.« Sie machte eine Pause, sammelte ihre Gedanken. Dann sprach sie weiter: »In mir ist immer so etwas wie eine Lücke gewesen. Es ist kein großer Schmerz, eher ein feiner Stich, der aber permanent. Kannst du dir das vorstellen?«

Emmy nickte verständnisvoll. »Ja, das kann ich. Sehr gut sogar. Hast du das immer so gespürt?«

»Nein, ich … ich habe diese Lücke all die Jahre nicht wahrgenommen«, sagte Anni nachdenklich.

»Und warum merkst du sie jetzt?«

»Weil ich spüre, dass du dabei bist, diese Lücke in mir zu schließen, Emmy. Du bist der Schatz in meinem Leben.«

Neben Emmy war es aber auch Tessa, der es gelang, Anni Sicherheit und Vertrauen zu geben. Zwar hatte Tessa nicht ganz das

Einfühlungsvermögen ihrer Mutter – sie hatte nur eine ungefähre Vorstellung davon, was ein Kind wann brauchte –, aber eines konnte sie perfekt: alle bürokratischen Hürden überwinden, aus Streitigkeiten mit dem Jugendamt als Siegerin hervorgehen, organisieren, was gebraucht wurde, und eine sichere Finanzgrundlage für Anni schaffen. Nach ihrer Rückkehr aus Elbauenbrück war sie doch noch in die Kanzlei des alten Brick eingestiegen, um sie kurz darauf gemeinsam mit Robert zu übernehmen. Sie fühlte sich verantwortlich dafür, dass es ihrer Mutter und Anni an nichts fehlte. Anni hatte auch einen Schlüssel zu ihrer Wohnung und war stets willkommen. Ob es die Hausaufgaben waren, Klausurvorbereitungen, Klamottenkauf oder die Abwehr eines pickligen Halbwüchsigen, der Anni blöd kam: Tessa war zur Stelle. Während Emmy die Harfe spielte, drosch Tessa die Pauke.

Nun hatte Anni ihr Abitur in der Tasche und sollte, wenn es nach Emmy ging, ihre eigenen Erfahrungen machen. »Es ist Zeit für dich, dass du die Flügel ausbreitest und dir die Welt ansiehst.«

Tessa hatte ihr eine Wohnung besorgt, die auch in Tegel lag.

Als der Umzug geschafft war, konnte man sich mit Müh und Not einen Weg auf die Stühle, die Couch, einen Hocker und einen knallroten Sitzsack bahnen. Es war, als hätten sich die Kisten in Ottos Lkw auf wundersame Weise vermehrt. Regalbretter lehnten an der Wand, ein Wäschekorb voll mit in Papier eingewickeltem Geschirr wartete darauf, ausgeräumt zu werden.

Erschöpft von der Schlepperei saßen sie zusammen und feierten mit Asti Spumante und kalten Platten Annis erste eigene Wohnung. Emmy griff sich eine lange Wiener, ließ sich auf den Sitzsack fallen und betrachtete ihre Ziehtochter, die längst kein Kind mehr war. Anni hatte sich zu einer attraktiven jungen Frau gemausert.

»Du weißt ja: Was man in der ersten Nacht in einer neuen Wohnung träumt, das wird wahr«, sagte Otto an Anni gewandt.

»Dann sollte sie von einem Dukatenscheißer träumen«, rutschte es Hilde heraus, die an einem Salatblatt knabberte. Die anderen sahen sie erstaunt an. »Na ja, die Wohnung, die Erzieher-Ausbildung, das kostet doch alles Geld, und so hoch ist deine Waisenrente sicher nicht, oder?«

Bevor Anni antworten konnte, ging Tessa dazwischen. »Das lass mal unsere Sorge sein«, sagte sie.

»Ich verdiene mit dem Nachhilfeunterricht auch selber was dazu«, fügte Anni an.

»Ich meinte ja nur.« Hilde zuckte betont gleichgültig mit den Schultern. »Du hättest auch bei Günter im Büro als Sekretärin anfangen und gleich dein eigenes Geld verdienen können. Aber die Büroarbeit ist wohl nichts für dich, dabei ist es so was Feines.«

Emmy hielt ein Wiener Würstchen in der Hand und zeigte damit auf ihre älteste Tochter. »Dann mach du es doch, wenn es so was *Feines* ist.«

Hilde ignorierte den ironischen Tonfall ihrer Mutter. »Abläufe zu strukturieren und Ordnung zu schaffen ist doch etwas Wunderbares«, gab sie zurück.

»Büros sind die größten beruflichen Sackgassen, zumindest für Frauen«, sagte Emmy und biss herzhaft in ihr Würstchen.

»Blödsinn, Tessa arbeitet schließlich auch im Büro«, entgegnete Hilde.

»Meine Liebe, Tessas Büro befindet sich in einer Kanzlei, und – Achtung – es ist ihr eigenes. Anni soll mal schön machen, was sie für richtig hält.«

»Und wenn sie später doch noch studieren will, steht dem nichts im Wege«, sagte Tessa.

»Das dauert doch alles ewig, da geht sie ja nach dem Examen

direkt in Rente«, sagte Hilde. Dann wandte sie sich an Anni und lächelte süßlich. »Na, wie dem auch sein – auf dass du dich hier wohlfühlst.« Und noch während sie die Worte aussprach, dachte sie: Nicht dass sie wieder zurück zu Mama zieht.

Hilde konnte ihre Eifersucht kaum verbergen. Dieses angenommene Kind war Emmy offensichtlich ans Herz gewachsen. Aber sei es drum, Hilde hatte in ihrem Leben gelernt, sich mit Umständen abzufinden und das Beste daraus zu machen. »Warte, ich hab noch was für dich«, sagte sie und holte ein Brot und Salz hervor.

»Gibt's auch Butter dazu?«, witzelte Otto.

Hilde würdigte ihren Bruder keines Blickes. »Und das hier«, sagte sie und zerrte aus einer Reisetasche einen bunt beklebten Schuhkarton hervor.

»Danke«, sagte Anni überrascht. In dem Karton waren Hefte, Buntstifte, Kugelschreiber, Schnellhefter, Notizblöcke.

»Ich dachte, so was kannst du bestimmt gut gebrauchen. Ein Starter-Paket für die Ausbildung.«

»Ach, Hilde, das ist echt lieb von dir.« Anni war sichtlich gerührt.

»Auf einen neuen Lebensabschnitt«, sagte Robert und hob sein Glas.

Otto trank seinen Sekt in einem Zug. Er hatte nur noch Blick für das kleine Buffet, das Emmy und Hilde vorbereitet hatten. »Mann, hab ich einen Kohldampf.« Schwerfällig erhob er sich.

»Dann mal ran an die Buletten«, sagte Robert, sprang auf und drängelte sich lachend mit seinem verschwitzten T-Shirt an Otto vorbei. Als er mit einem voll beladenen Teller für sich und Tessa wieder Platz genommen hatte, streichelte diese ihm zärtlich über den Kopf und gab ihm einen Kuss. »Du bist mein Bester.«

Emmy lächelte. Sie hatte es ja immer gewusst: Die beiden waren zwei Hälften, die zusammengehörten.

Fast wäre es zu spät gewesen. Robert und Tessa hatten sich schon so lange gekannt, dass sie nicht mehr als Liebespaar getaugt hatten. Eigentlich. Und nach dem Fiasko mit Tassilo hatte sich Tessa lange nicht mehr aus der Deckung gewagt. Sie hatte sich stattdessen in die Arbeit gestürzt, und Robert stürzte sich mit ihr. Gemeinsam machten sie allabendlich das Licht in der Kanzlei aus, gemeinsam kümmerten sie sich um Anni. Mitten in der Nacht fuhren Robert und Tessa für Currywurst mit Pommes und lauwarmem Kakao zur Brutzelpfanne nach Steglitz. Sie gingen in die Spätvorstellung im Kino, und Robert schlief anschließend auf Tessas Wohnzimmercouch. Morgens brachte sie ihm Kaffee. Die Zeit verging, Tessas Schmerz über Tassilo ließ nach.

Und dann, eines Tages, waren sie mal wieder gemeinsam bei Emmy aufgetaucht und hatten ihr mitgeteilt, dass sie von nun an zusammen seien. Emmy hatte nicht gleich verstanden, was sie damit meinten. »Wie zusammen? Ihr seid zusammen, seit ich denken kann.«

»Wir meinen, so richtig«, erklärte Tessa mit verklärtem Blick. Dann dämmerte es Emmy. »Ah, ihr habt Sex! Endlich! Ich meine, das war ja anders auch nicht mehr auszuhalten. Ihr seid rumgeirrt wie zwei Blinde im Dunkeln. Lasst euch herzen, Kinder. Glückwunsch.«

Das war jetzt auch schon wieder sechs Jahre her.

Plötzlich klingelte es an der Tür, und alle sahen sich fragend an. Erwartete Anni noch jemanden? Als sie keinerlei Anstalten machte aufzustehen und es zum zweiten Mal klingelte, sagte Robert: »Anni, das ist deine Klingel, deine Wohnung.«

»Ach ja, richtig.« Anni sprang auf und stieß, kaum dass sie geöffnet hatte, einen spitzen Schrei der Begeisterung aus.

»Steht da Eric Clapton?«, fragte Otto.

»Das wäre ja wohl eher unsere Generation«, sagte Robert mit einem schiefen Grinsen.

Es dauerte einen Moment, bis Anni mit dem Gast ins Wohnzimmer trat.

»Marianne, du Urvieh! Ich fasse es nicht«, rief Emmy, und Otto half seiner Mutter aus dem Sitzsack. Schon beim Hinsetzen hatte sie die Befürchtung gehabt, alleine aus dem Ding nie wieder rauszukommen.

»Da staunst du, was? Hast wohl geglaubt, ihr könnt ohne mich feiern. Irrtum. Hier bin ich«, sagte Marianne laut lachend. Sie trug wie immer eins von ihren alten Kleidern, die merkwürdig nach Kittelschürze aussahen. Ihre Haare waren in einer Wasserwelle gelegt, und an den Ohren klemmten übergroße Klippohrringe, die farblich nicht zur Brille passten. Dank ihrer kräftigen Stimme füllte sie den Raum und das trotz ihrer zierlichen Statur.

Emmy lachte ebenfalls, und die beiden alten Frauen lagen sich in den Armen.

»Ich dachte, ihr wolltet heute schon fahren«, sagte Emmy mit vor Freude geröteten Wangen.

»Wollten wir auch. Aber der Wagen von meinem Herrn Sohn hat den Geist aufgegeben. Zum Glück schon auf der AVUS und nicht erst in der Zone.«

Marianne war gerade dabei, zu ihrem Sohn Bernhard und den Enkelkindern nach München zu ziehen. Seit dem Tod ihres Mannes hatte sie mit sich gerungen. Schließlich hatte sie sich entschieden Berlin zu verlassen. Sie wollte mit eigenen Augen sehen, wie ihre Enkel größer wurden, teilhaben an ihrem Leben und nicht nur mit verwackelten Fotos und Postkarten auf dem Laufenden gehalten werden.

»Komm, setz dich«, sagte Hilde und räumte einen Stuhl frei. »Willst du was essen?«

»Na klar, was für eine Frage. So köstlich, wie das alles aussieht, ist es bestimmt dein Werk, Hilde, oder?«

»Ach das …« Hilde machte eine wegwerfende Handbewegung und heuchelte Bescheidenheit: »Ist doch nichts Besonderes, nur ein paar Kleinigkeiten.« Sie ging zum Buffet und stellte dem Überraschungsgast eine bunte Mischung zusammen.

Währenddessen fingerte Marianne einen Umschlag aus ihrer Handtasche. »Eigentlich wollte ich sie dir schicken, Anni, aber wenn ich nun schon persönlich hier bin, kann ich sie dir auch gleich geben. Falls es das falsche Geschenk ist, beschwer dich bei Robert.«

Robert grinste und sagte: »Übrigens, Emmy, du kommst auch mit.«

Emmy verstand kein Wort. Sie beobachtete Anni, die den Umschlag öffnete und langsam eine Karte herauszog. »The Police, live, ich werd' irre!«, rief sie, sprang auf und drückte Marianne so fest an sich, dass ihr fast die Luft wegblieb.

»Ist ja gut«, lachte Marianne. »Wie gesagt, bedank dich bei dem da.« Sie zeigte auf Robert.

»The Police? Sind das die, die jahrelang durch mein Wohnzimmer geschrien haben?«, fragte Emmy.

»Genau die!«, sagte Anni und strahlte vor Glück.

»Um Himmels willen, da soll ich mit? Auf keinen Fall!« Sie schüttelte sich. »Da kriegen mich keine zehn Pferde hin. Ich hänge an meinem Gehör.«

»Dreimal darfst du raten, wo das Konzert stattfindet«, sagte Robert zu Emmy.

Emmy schnappte sich die Karte und las: 9. Oktober 1981, Olympiahalle München. Und jetzt schrie auch sie vor Begeisterung auf und rief: »Marianne, dann sehen wir uns bald wieder! Ach, wie schön.«

»Ja, und wir bringen dich hin, und wir …« Robert machte eine kleine Pause, sah zu der ahnungslosen Tessa hinüber und fügte hinzu: »Wir beide erlauben uns, die junge Dame zum Konzert zu begleiten.« Robert zog zwei weitere Karten aus der Hosentasche und hielt sie Tessa vor die Nase. Er ist tatsächlich ihr Bester, dachte Emmy und sah genüsslich zu, wie Robert von ihrer jüngsten Tochter abgeküsst wurde.

12

1924

Der junge Mann mit dem Spazierstock, dem Zweireiher und der Taschenuhr, der – sehr zum Leidwesen seiner Mutter – des Öfteren bei Luise und Emmy in der Küche saß, hieß Hauke Seidlitz. Er und seine Mutter Charlotte, die fand, man machte sich nicht mit dem Personal gemein, auch nicht als Kind, waren seit mehr als zehn Jahren regelmäßig zu Gast bei der Familie von Waldstetten. Eine große Erbschaft auf Seiten Charlottes hatte der Familie Seidlitz lange ein sorgloses Leben in einer herrschaftlichen Wohnung in Charlottenburg ermöglicht. Aber die Erbschaft war fast aufgebraucht, und ihr Ehemann Heinrich Seidlitz besaß, abgesehen von seinem umwerfenden Aussehen, jeder Menge Charme und unerhörter Eloquenz, kaum etwas. Mit seinem Studium der Jurisprudenz hatte er es lediglich zum Anwärter auf einen Posten als Rechtsassessor im fernen Danzig gebracht, sodass sein Beitrag zum Familieneinkommen überschaubar war. Er hatte Charlotte erst nach einer schier endlosen Verlobungszeit geehelicht und das auch nur, weil sie ein Kind von ihm erwartete. Ihre Schwangerschaft wurde von Heinrich Seidlitz ablehnend zur Kenntnis genommen. Er war verärgert, dass es ihn ausgerechnet mit Charlotte erwischt hatte. Aber ein Mann stand zu seinen Taten. Diese Ehe war für ihn nicht mehr als eine formelle Pflichterfüllung und das Kind nur ein Übel, das es zu legitimieren galt.

Leopold von Waldstetten schien Charlotte Seidlitz näherzustehen, als es der Hausherrin recht sein konnte. Auch Emmy war die Vertrautheit der beiden aufgefallen.

»Was fummelt Herr von Waldstetten ihr dauernd am Arm herum?«, fragte Emmy leise.

»Wenn er mal nur da fummeln würde«, flüsterte Luise mit vielsagendem Blick und hielt den Zeigefinger an ihre Lippen.

»Nein, das kann nicht sein! Die beiden? Bist du sicher?«

Luise nickte. »Was glaubst du wohl, warum der Alte so oft in die Villa nach Dahlem fährt?«

»Ich dachte, weil er sich da entspannt«, sagte Emmy.

»Ja, mit Frau Seidlitz«, erwiderte Luise lachend. »Seidlitz senior soll aber auch kein Kind von Traurigkeit sein, munkelt man. Ich sage dir, Sodom und Gomorrha bei den feinen Herrschaften.«

»Und der junge Seidlitz, der arbeitet an Marie-Christin oder wie?«, fragte Emmy.

Luise nickte. »Ja, das hätte seine Mutter gern. Vor der musst du dich in Acht nehmen, die hält unsereins für Geschmeiß. Sei froh, dass du hier bei den von Waldstettens und nicht bei ihr gelandet bist.«

Charlotte Seidlitz legte höchsten Wert auf Etikette und befand, dass das neue Dienstmädchen der von Waldstettens noch außerordentlich viel zu lernen habe. Wenn Charlotte eintrat, musste Emmy einen Knicks machen und mit leicht gesenktem Kopf den Mantel und die großen Hüte abnehmen, auf denen exotische Vögel oder ganze Blumensträuße drapiert waren, wobei Frau Seidlitz nie vergaß zu sagen: »Sei ja vorsichtig, der Hut hat ein Vermögen gekostet.«

»Jawohl«, sagte Emmy, deutete einen weiteren Knicks an und wartete, bis sich die gnädige Frau auch noch Finger für Finger ihrer weißen Spitzenhandschuhe entledigt hatte, um sie ihr in einer großmütigen Geste über den Arm zu legen. Charlotte Seidlitz prüfte den Sitz ihrer Frisur, zupfte ihre doppelreihige Perlenkette zurecht. Dann fragte sie: »Ist mein Sohn schon da?«

»Ja. Der Herr hockt mit Frau von Waldstetten und Marie-Christin im Salon.«

»*Mon dieu*, was ist denn das für eine Ausdrucksweise. Ich muss mich doch sehr wundern!«, sagte Charlotte Seidlitz empört und setzte dann hinzu: »Bist du neu hier?«

»Nein«, sagte Emmy. »Ich öffne Ihnen seit über zwei Jahren die Tür, nehme mich der Mäntel an, serviere die Mahlzeiten und räume das Geschirr ab.«

Charlotte Seidlitz nickte wohlwollend. »Dienstmädchen sollte man nicht bemerken. Sie sind die unsichtbaren guten Geister eines Hauses.«

»Sie würden es nicht mal bemerken, wenn ich auf einem Pferd in den Salon geritten käme«, sagte Emmy grinsend und wandte sich zum Gehen.

Mit theatralischer Geste schlug sich Charlotte Seidlitz die Hand vor den Mund. »Was erlaubst du dir! Ich muss doch sehr bitten!«

Leopold von Waldstetten, der das Gespräch mitangehört hatte, kam mit schnellem Schritt auf sie zugehastet. »Charlotte, welch Glanz in meinen Augen.« Er küsste ihr die Hand.

»Leopold, dein Personal macht mir Sorgen. Ernsthafte Sorgen. Es bedarf mehr Strenge.« Der Hausherr räusperte sich, um ein Lachen zu unterdrücken. »Ich kümmere mich darum«, erklärte er mit fester Stimme. Er mochte Emmy und ihr vorlautes Mundwerk, auch wenn er selbst gelegentlich zum Opfer desselben wurde.

Nachdem Emmy das Essen serviert hatte, saß sie nun auf einem Schemel im Nebenraum und wartete auf das Signal, abräumen zu dürfen, während im Berliner Zimmer offenbar die Verlobung von Hauke mit der Tochter der Hauses besprochen wurde.

Emmy hörte die durchdringende Stimme von Haukes Mutter: »Mein Sohn wird euch nicht enttäuschen. Er wird Marie-Christin auf Händen tragen.«

»Nun, Charlotte, wir werden sehen, wir werden sehen«, sagte Frau von Waldstetten. »Als Zeichen unseres guten Willens haben wir für Hauke eine kleine Aufmerksamkeit. Hier, für dich, mein Junge, damit du nicht gänzlich unvorbereitet bist, wenn der Tag kommt.«

Von Hauke kam ein pflichtschuldiges »Danke«. Papier raschelte, und Emmy versuchte zu erraten, was Herr von Waldstetten dem jungen Seidlitz wohl geschenkt haben könnte.

»Also, Junge, wenn das kein Zeichen ist! Wir danken dir, Leopold«, sagte Haukes Mutter.

»Schon gut, Charlotte, nichts zu danken.«

»Das kann ein junger Mann sehr gut gebrauchen«, ergänzte Frau von Waldstetten kühl und klingelte mit dem Glöckchen. Emmy sprang auf, schob die mächtige Schiebetür zur Seite und trat an den Tisch. »Emmy, du kannst abtragen«, sagte Frau von Waldstetten.

Auf dem Tisch lag ein Buch mit dem Titel *Wie man sich die Neigung der Jungfrauen erwirbt*. Offenbar handelte es sich um einen Ratgeber für junge Männer. Neugierig nahm Emmy das Werk in die Hand, woraufhin Frau Seidlitz einen spitzen Schrei ausstieß. »Ja, hat man so was schon erlebt, was bist du nur für eine unverschämte Person«, sagte sie, und Emmy sah, wie Hauke die Augen verdrehte.

»Mutter, bitte«, sagte er, bat darum, sich entfernen zu dürfen, und ging Richtung Küche.

Emmy, die das Buch schnell wieder hingelegt hatte, räumte

unter dem strengen Blick der Hausherrin und dem lächelnden Gesicht ihres Gatten die Teller zusammen. Als sie die Küche betrat, hörte sie Luise, die Hauke schon von Kindesbeinen an kannte und in ihr Herz geschlossen hatte, sagen: »Na, mein Junge, magst du noch von der Erdbeermousse? Es ist noch reichlich was da.«

Hauke nickte, und auf Anweisung von Luise befüllte Emmy eine neue Dessertschale. Hauke tat ihr leid. Er hatte es wirklich nicht leicht mit dieser merkwürdigen Mutter und ihrem hochnäsigen Getue.

»Und habt ihr einen Verlobungstermin gefunden?«, fragte Luise, die sich ebenfalls an der Mousse bediente.

»Ja, Marie-Christins einundzwanzigster Geburtstag.«

»Na, dann hast du ja noch ein paar Jahre Zeit, um dir die Hörner abzustoßen.« Luise setzte sich an den Tisch.

Emmy schnitt sich ein kleines Stück vom Rehbraten ab und setzte sich dazu. »Was heißt das, Hörner abstoßen?«

Hauke und Luise sahen Emmy überrascht an. »Was, das weißt du nicht?«, fragte Hauke.

»Nein. Werde ich jetzt verhaftet?«, gab Emmy patzig zurück.

»Es ist nur … Na ja, es ist einfach erstaunlich. Du bist doch nicht erst seit gestern in Berlin«, sagte Hauke.

»Dann erklär es mir doch, du Schlaumeier.«

»Also, die Hörner abstoßen meint im übertragenen Sinne, sich … also dem Manne, Spaß zu gönnen, so lange die Zeit vor der Ehe ins Land geht, und dabei Dinge zu tun, die man normalerweise, also wenn einem die Angetraute regelmäßig beiwohnt, nicht mehr tun sollte …«, erklärte Hauke umständlich.

»Ah ja«, sagte Emmy nur und dachte: Das versteht er doch gerade selber nicht so richtig. »Redest du von Marie-Christin?« Emmy verstand nicht, warum Hauke so einer wie dieser dürren, blassen Marie-Christin beiwohnen wollte. Ihr Lachen erinnerte an das Fiepen eines Hamsters, ihre Sprache klang gekünstelt, ihre Lippen waren abstoßend schmal. Männer wollten richtige Weiber mit schönen Stimmen, vollen Lippen und satten Hintern. So jedenfalls hatte Luise es ihr erklärt.

»Und wann wirst du denn nun in die Bank deines zukünftigen Schwiegervaters eintreten?«, schaltete sich Luise ein.

»Direkt nach dem Abitur. Aber erst mal nur als Hausbote«, sagte Hauke, und man hörte ihm die Enttäuschung an.

»Ist doch schön. Arbeit im Trockenen«, sagte Emmy.

Das Glöckchen läutete. Emmy wollte aufstehen. »Lass nur, ich mach das schon, iss du mal in Ruhe«, sagte Luise und drückte sie wieder auf den Stuhl.

»Ich dachte, es geht gleich ein paar Etagen höher«, sagte Hauke. Dann schwieg er und hing seinen Gedanken nach. Er, Hauke Seidlitz, als einfacher Bote. Wie sollte er seinen Vater, wie sollte er irgendjemanden damit beeindrucken?

»Ist doch egal. Es kommt sowieso alles, wie es kommt. Wozu also hoch hinaus wollen?«, sagte Emmy.

»Hast du denn keine höher fliegenden Träume?«, fragte Hauke.

»Träume?« Emmy überlegte. »Ich würde gern mal auf der Terrasse vom Café Kranzler sitzen und den Leuten beim Flanieren zusehen. Aber so eine wie ich kommt da wohl nicht rauf.«

»Und sonst? Wovon träumst du noch?«

Emmy kratzte sich am Kopf. Meine Güte, der Junge konnte Fragen stellen. Mit der Gabel zerquetschte sie eine Kartoffel in der Bratensoße. »Schwimmen wäre schön«, sagte sie schließlich. »Ich würde gerne schwimmen lernen.«

Hauke kratzte die Reste seiner Erdbeermousse zusammen und leckte genüsslich den Löffel ab. »Ich denke, du kommst von einer Insel.«

»Komme ich auch, und?«

»Du kommst von einer Insel und kannst nicht schwimmen?«

»Nein. Bei uns kann keiner schwimmen. Bei der Marine *müssen* die Soldaten sogar Nichtschwimmer sein.«

»Warum denn das?«

»Nichtschwimmer verteidigen das Schiff länger«, sagte sie mit einer Ernsthaftigkeit, die dem Witz noch mehr Heiterkeit verlieh.

Hauke lachte. »Kannst du Radfahren?«, fragte er.

Natürlich konnte sie nicht Radfahren. Auf der Insel gab es kein Fahrrad. Über die Felder, den Morast und die Gräben – wie sollte das gehen? Sie schüttelte nur den Kopf.

»Was kannst du denn überhaupt?«

»Ich kann … Witze erzählen. Was passiert, wenn ein Preuße auswandert?« Sie sah ihn erwartungsvoll an, aber Hauke zuckte nur mit den Schultern. »Das Land verliert einen Deppen.«

Luise kam zurück, auf einem Tablett die Reste des Nachtischs und zwei Cognacschwenker. »Deine Mutter möchte gehen«, sagte sie zu Hauke.

»Ich komme.« Er erhob sich. Während er die alte Köchin zum Abschied wie immer umarmte, blieb er unschlüssig vor Emmy stehen.

»Was ist, weißt du plötzlich nicht, wie du mir Tschüs sagen sollst?«, fragte sie lächelnd.

Hauke fühlte sich ertappt. Er senkte verlegen den Blick. Emmy stand auf, gab ihm einen leichten Kuss auf die Wange und sagte: »Wie wäre es so?«

Luise lachte, als sie sah, wie Hauke rot anlief. »Ist das süß, der ist ja ganz nervös.«

»Und alles nur meinetwegen«, sagte Emmy und grinste breit. Eigentlich fand sie Hauke ganz nett. Er schien ihr nicht so abgehoben wie seine Mutter. Vielleicht lag es auch an seinem nordischen Namen, der ein fernes Gefühl von Heimat in ihr weckte.

Hauke betrachtete sie und dachte dabei bewundernd: Donnerwetter, was für ein mutiges Frauenzimmer. Er neigte sich zu ihr hinunter und gab ihr ebenfalls einen flüchtigen Kuss auf die Wange.

Emmy kicherte und fragte: »Wann gehen wir ins Kranzler?«

»Bald«, sagte Hauke und dachte: Warum nicht, Mama muss es ja nicht erfahren.

Es dauerte ein paar Monate, bis ihre Zeit es erlaubte, sich jenseits der Besuche bei den von Waldstettens wiederzusehen. Seit Hauke ihren unschuldigen Kuss erwidert hatte, fühlte Emmy sich plötzlich nicht mehr wie ein Kind. Sie war verwirrt und spürte zugleich freudige Erwartung. Was kam da auf sie zu? War das Freundschaft, oder hatte es schon mit Liebe zu tun? War es gar nichts? Aber nein, gar nichts konnte es nicht sein, dafür war Emmy viel zu aufgeregt, als Hauke sich mit ihr an einem der freien Sonntage vor dem Adlon am Brandenburger Tor verabredete. Luise hatte Emmy noch gewarnt: »Pass auf, Mädchen, bei dem Hauke toben schon die Hormone durch den Körper.«

Emmy hatte keine Ahnung vom Liebesleben, sie wusste bloß, dass es Dinge zwischen Mann und Frau gab, die Eheleuten vorbehalten waren. Und so sagte sie leichthin: »Keine Sorge, Luise, der wird mich schon nicht heiraten.«

Emmy war nervös. Auch weil sie nach all den Jahren in Berlin zum ersten Mal ausgeführt wurde. Sie machte sich auf den Weg zum Brandenburger Tor, wo man von Unter Den Linden aus direkt bis zur Friedrichstraße laufen konnte.

Während Hauke die Gegend vertraut war, musste Emmy sich erst zurechtfinden. Beim Überqueren des Boulevards musste er sie mehrfach vor Automobilen, Omnibussen und Kutschen in Sicherheit bringen. »Meine Güte, haben die es alle eilig. Und dieser Krach! Das ist ja hier noch schlimmer als in Charlottenburg«, sagte sie, den Blick auf das bunte Treiben gerichtet. Was für Hauke eine Selbstverständlichkeit war, hielt Emmy für »ziemlich verrückt«. Unzählige Warenhäuser, zahlreiche Banken, Hotels, Cafés und Schaufenster mit Lebensmitteln, Blumen und edler Wäsche. Massen von Fußgängern eilten, drängten und bahnten sich ihren Weg zwischen den zahllosen Fuhrwerken. Die Menge wogte hin und her. Von irgendwoher drang Musik. Emmy blieb stehen und sah sich suchend um. »Woher kommt das?«

»Von dort drüben«, sagte Hauke und zeigte auf einen Drehorgelspieler, der auf der Mitteltrennung zwischen den beiden Richtungsfahrbahnen unter einem dreiarmigen Gaslaternen-Kandelaber stand und einen Walzer spielte.

»Das sind Musik-Zauberer«, rief Emmy und machte keine Anstalten, weiterzugehen.

»Ach was, das ist nichts weiter als ein Leierkastenmann. Und ich möchte ja nicht drängeln, aber wir wollten eigentlich ins Kranzler«, sagte Hauke. Er zog Emmy vorsichtig an der Hand weiter und ließ sie nicht wieder los. Emmys Herz klopfte schneller. Dann musste sie grinsen, als sie dachte: Ich und der feine Herr, Hand in Hand, mitten in Berlin. Oma Alma würde vom Glauben abfallen.

Als sie in Sichtweite der Kaisergalerie kamen, entzog Emmy sich ihm und begann zu rennen. »Halt, warte, langsam«, mahnte Hauke. Aber Emmy ließ sich nicht mehr aufhalten. Rasch kam sie an dem dreigeschossigen Prachtbau an. Mit offenem Mund stand sie da. Die Passage im Gebäude mit dem großen, spitz zulaufenden Glasdach verschlug ihr endgültig die Sprache. Der Weg darunter war breit wie eine Straße. Herren in Maßanzügen flanierten gemessenen Schrittes, während Jungen mit karierten Hemden und Schiebermütze lachend herumrannten. Es war laut und trubelig. Die Passanten bewunderten die geschickt drapierten Auslagen, und zurechtgemachte Mädchen fühlten sich an der Seite ihrer Mütter wie Damen. Als Hauke sie wieder erreicht hatte, stand ihm Schweiß auf der Stirn, und er atmete schwer.

»Warst du schon mal hier?«, fragte Emmy. Ihre Augen strahlten, und sie machte eine Handbewegung zum gläsernen Dach hinauf.

»Ja, natürlich. Während Mama ihre Einkäufe erledigte, saßen Vater und ich früher hier im Gasthaus und führten Männergespräche.«

»Soso, Männergespräche«, wiederholte Emmy, die dank Luise längst wusste, wie schwierig das Verhältnis zwischen Junior und Senior war. »Ich habe deinen Vater in all den Jahren nur selten gesehen. Kommt er denn nicht gerne zu den von Waldstettens? Deine Mutter ist viel häufiger bei uns.«

Hauke lachte freudlos auf. »Du meinst, sie ist bei Leopold«, sagte er.

»Dann stimmt es also, was man sich erzählt?«

»Glaubst du, ein Mann in seiner Position würde sonst über meine dürftige Beibringungsinventur hinwegsehen und mir seine Tochter zur Frau geben?« Hauke tupfte sich vorsichtig die Stirn mit seinem Einstecktuch ab.

»In euren Kreisen scheint nach außen hin immer alles in Butter zu sein, aber wenn man genau hinschaut, habt ihr eine Menge Probleme. Obwohl – oder vielleicht gerade *weil* ihr so reich seid«, sagte Emmy.

»Das stimmt«, sagte Hauke, angenehm berührt von Emmys Offenheit. Ungeschickt versuchte er, sein Einstecktuch wieder ordnungsgemäß zu verstauen.

»Warte, ich zeig es dir«, sagte Emmy und faltete das Tuch akkurat zusammen, um es in die Obertasche seines Anzuges stecken zu können. Durch die Jacke, die Weste und das Hemd spürte Hauke, wie Emmy beim Einstecken seine Brust berührte. Er lächelte.

»Warum lachst du?«, fragte Emmy.

»Ich lache nicht, ich lächle«, korrigierte Hauke. »Und nun lass uns mal rüber ins Kranzler gehen.« Er nahm Emmy wieder an die Hand, um sie sicher durch den Verkehr zu bringen. Die Kreuzung Unter den Linden, Friedrichstraße war die meist befahrene Ecke Berlins. Immer wieder ereigneten sich schreckliche Unfälle, weil die Pferde der Droschken oder Pferdebusse durchgingen. Omnibusfahrer führten waghalsige Ausweichmanöver durch, um die Fußgänger nicht zu überrollen, und Automobile hupten sich ihren Weg frei.

Das Café war gut besucht. Kaffeetassen und Teller mit Kuchen standen auf den Tischen, die Bedienungen liefen geschäftig mit Tabletts hin und her. Als sie einen Platz fanden, bestellte Hauke für Emmy ein Stück Sachertorte. Sobald die erste Gabel ihre Lippen berührte, gab es kein Halten mehr. Drei, vier hastige Bissen, und der Kuchen war weg.

Sie strahlte Hauke mit schokoladenverschmiertem Mund an. »Heiliger Strohsack. Ist das lecker!« Als er ihr sanft mit zwei Fingern die Schokolade vom Mund wischte, ließ sie ihn mit einem Lächeln gewähren.

Für Emmy brachen wunderbare Jahre an. Sie erlebte viel, machte neue Erfahrungen, und Hauke wurde nie müde, ihr eine Welt zu zeigen, mit der ein Dienstmädchen wie sie normalerweise bloß am Rande zu tun hatte. Sie konnten sich nur selten sehen, ihren Ausflügen haftete etwas Verbotenes an, und spätestens nach der Eheschließung zwischen Hauke und Marie-Christin würde alles vorbei sein. Umso mehr genoss Emmy ihr Glück im Augenblick.

Darin lag auch der Grund für die Leichtigkeit ihres Umgangs mit Hauke. Sie nahm seine Allüren, wenn er die Bedienung zurechtwies, den Schuhputzer heranwinkte wie einen Lakaien oder ihr versuchte, *richtiges Benehmen* beizubringen, nicht ernst und lachte seine bisweilen hölzerne Art einfach weg.

Sie waren jung und unbeschwert und genossen die Tage und Nächte in der Kapitale. Sie gingen in Bars und Tanzdielen, Kaschemmen und Kabaretts. Bei dem Besuch eines Varietés betraten sie gemeinsam einen neuen Raum an Möglichkeiten.

Im Eingangsbereich waren die Wände mit rotem Samtstoff bezogen, ein riesiger Kronleuchter flutete den Bereich mit Licht. Im eigentlichen Varieté-Raum prangte ein Sternenhimmel an der mit dunkelblauer Farbe gestrichenen Stuckdecke. Kleine Tischlampen mit dunkelgrünem Stoffbezug waren die einzigen Lichtquellen, sodass man vieles nur schemenhaft sah.

Im verqualmten Halbdunkel saßen die Leute an runden Tischen, plauderten, rauchten, tranken und berührten sich unsittlich. In den Pausen zwischen den Nummern tanzten sie auf freien Flächen zur Musik der Kapelle. Es war ein ohrenbetäubender Lärm. Und immer wieder sah man einander küssende Menschen. Feiste, beschwingte Herren trugen ihre Hemden bis zum Bauchnabel aufgeknöpft und gaben Einblicke auf behaarte Männerbrüste.

Die Kleider der Besucherinnen waren gerade geschnitten und fielen konturlos an den Körpern herunter. Die weiten Ausschnitte aber und das starke Make-up der Frauen erstaunten Emmy und machten Hauke sichtlich nervös.

»Na, hier ist ja was los«, sagte Emmy und zerrte den verunsicherten Hauke tiefer hinein in das Sündenbabel aus Wein, Weib und Gesang. Er stolperte hinter ihr durch die Reihen, schließlich fanden sie einen Platz an einem Tisch direkt vor der Bühne.

»Ich bin mir nicht sicher, ob das alles so … richtig ist«, sagte Hauke, der nicht wusste, wohin mit seinem Blick.

»Ach was, jetzt sind wir schon mal hier. Ist doch lustig«, sagte Emmy. Sie konnte gar nicht genug bekommen von den seltsamen, halbnackten Gestalten. Das glaubt mir Luise nie im Leben, dachte sie und sah gespannt einem Jongleur zu, der nur mit einer hautengen grün glitzernden Hose bekleidet seine Nummer vortrug.

»Hauke, was hat der da für ein Gerät?«

»Emmylein, das sind Ringe.«

»Mensch, Hauke, doch nicht in der Hand. In der Hose!«

Hauke lief rot an. »Ach so da … äh … ja … das … also das …«

Emmy prustete los, und ehe Hauke weiterreden konnte, drückte sie ihm einen Kuss auf den Mund.

Eine Bedienung kam an den Tisch und servierte Sekt und Salzstangen, an denen sie ihre Aufregung abknabbern konnten. Sie bewunderten Schlangenmenschen und Zauberkünstler, lauschten gebannt den Chansonniers – was die beiden aber am Ende der Show zu sehen bekamen, ließ den Sekt in ihren Gläsern kochen. Unter tosendem Applaus kündigte der Conférencier die »heißblütige Natascha und den lüsternen Igor« an. Leichtfüßig tanzte Natascha im glitzernden Fransenrock über die Bühne und schwang dabei ihre langen Beine. Igor war nahezu unbekleidet bis auf ein winziges Stückchen Stoff, das mehr betonte als verbarg. Und dann geschah das Ungeheuerliche: Natascha entledigte sich Knopf für Knopf ihrer Bluse. Begleitet von einem Trommelwirbel warf sie das Oberteil von sich. Ihre Brustwarzen waren mit silbernen Sternen beklebt, und als sie sich lasziv in Haukes Richtung neigte, war er einer Ohnmacht nahe. Igor griff nach seiner Tanzpartnerin oder vielmehr nach ihren Brüsten und ließ seine Zunge über die silber funkelnden Sterne gleiten. Das Publikum johlte, der Alkohol floss in Strömen. Dann wirbelte Igor Nataschas Körper um seinen muskulösen Leib herum und trug sie schließlich in einer obszönen Pose hinaus. Die erotischen Fantasien der Menge waberten durch das Theater, und Emmy fragte Hauke: »Kannst du das auch?«

13

MAI 1994

Wie immer am ersten Wochenende im Mai trafen sich die Mieter aus Emmys Haus zum Arbeitseinsatz, um den Gemeinschaftshof auf die Sommersaison vorzubereiten. Tessa und Robert, Anni, Otto und Hilde halfen auch dieses Jahr mit.

Tessa war die Kassenwartin der kleinen Gartengemeinschaft, Otto, der Mann fürs Grobe, der überall mit anpackte. Außerdem schaffte er regelmäßig preiswert Gebrauchsgüter an. Einmal hatte er aus der Konkursmasse eines Gartenlokals zehn Biergarnituren für jeweils eine Mark angeschleppt. Auch Hilde hätte gern die Kontakte ihres Mannes stärker eingebracht, aber Oberärzte, Juristen und Senatoren interessierten sich nicht für Tomatenstauden, Spalierobst, Klappstühle, selbst gemauerte Geräteschuppen und eine verschworene Hausgemeinschaft, die fast ausschließlich aus Arbeitern bestand, darunter viele ehemalige Walzwerker von BORSIG.

Anni und Tessa hatten Grillgut und Getränke für alle besorgt und wollten zusammen hinfahren. Bis es so weit war, saß Anni an ihrem Küchentisch und tat nichts weiter, als eine Tasse Tee zu trinken, der Sonne beim Aufgehen zuzusehen und nachzudenken. Es war alles genau so gekommen, wie Tessa und Emmy es vorhergesagt hatten: Nach ihrer Ausbildung zur Erzieherin hatte sie studiert. Sozialarbeit. Inzwischen arbeitete sie im Jugendamt, noch als Schwangerschaftsvertretung, aber nun bot man ihr eine feste Stelle an. Was wohl ihr Vater zu diesem Werdegang gesagt hätte, fernab von der Musik?

Sein Todestag jährte sich in diesem Jahr zum zwanzigsten Mal. Emmy hatte Recht behalten, irgendwann hatte der Schmerz nachgelassen. Heute war Tassilos Tod nur noch ein kleiner dunkler Teil ihres Lebens, der von vielen schönen Dingen überstrahlt wurde. Was hatte sie doch für ein Glück! Wenn Tessa damals nicht Himmel und Hölle in Bewegung gesetzt hätte, damit Emmy sie hatte aufnehmen können – womöglich wäre Anni eines jener Kinder geworden, die sie heute als Sozialarbeiterin betreute. Aus der Bahn geworfene Wesen, die ihrer Verzweiflung nicht mehr Herr wurden und nach und nach vor die Hunde gingen.

Sie nahm den Brief des Jugendamts noch einmal zur Hand und wusste nicht, was sie tun sollte. War es wirklich das, was sie wollte?

Die Türklingel riss sie aus ihren Gedanken. Das wird Tessa sein, dachte Anni. Sie holte das Grillgut aus dem Kühlschrank, zog sich die Schuhe an und lief hinunter.

»Guten Morgen, Große! Was für ein Kaiserwetter«, sagte Tessa. Sie lehnte an ihrem schwarzen Audi, eine Sonnenbrille steckte in ihrem Haar.

»Habe ich uns bestellt«, sagte Anni und lächelte.

»Dasselbe hat Mutter vorhin am Telefon auch behauptet.«

»Dann flunkert wohl eine von uns«, lachte Anni und stieg ins Auto.

Jeder hatte seine Aufgabe. Robert gab den Grillmeister. Zur Erheiterung der anwesenden fachkundigen Männer trug er dabei ein ausgewaschenes, mehr als zwanzig Jahre altes Trikot vom SC Tasmania, das ihm sackähnlich über dem Leib hing. Tasmania galt als der erfolgloseste Verein der Bundesligageschichte, aber Robert stand dazu. Es ging eben nicht immer nur ums Gewinnen.

Hilde hatte einen aufwändigen Kuchen mit Mandeln, Kokosstreuseln, Obst und einer nicht unerheblichen Menge Eierlikör gebacken. Außerdem war sie für den Schnitt der Rosen zuständig. Dafür hatte sie ihre Beziehungen zur Gärtnerei Wudtke genutzt, die zu Günters Geschäftskunden gehörten, und sich in der Kunst des Rosenschneidens unterweisen lassen. Dass die Gärtnerei im Jahr 1944 den Blumenschmuck für das feierliche Staatsbegräbnis von Generalfeldmarschall Erwin Rommel in Ulm geliefert hatte, war ein Betriebsgeheimnis, an dem Hilde sich nicht störte. Sie fand es vielmehr bewundernswert, dass eine kleine Berliner Firma sogar bis nach Ulm lieferte.

Otto ging in den Keller, um die Biergarnituren zu holen. Danach wollte er im unteren Keller »nach dem Rechten sehen«.

»Mach nur, Junge«, sagte Emmy, die sich fragte, was die Hilfsbereitschaft ihres Sohnes ausgelöst hatte. Sie wandte sich an Hilde, die damit beschäftigt war, Servietten zu falten. »Was glaubt ihr eigentlich in meinem Keller zu finden?«, fragte sie.

Hilde hielt in der Bewegung inne und seufzte tief. »Mama, da unten sieht es aus wie Kraut und Rüben. Wir räumen nur auf.«

Aus dem Augenwinkel beobachte Emmy, wie Otto Bank um Bank und Tisch für Tisch nach oben trug und im Hof aufstellte. Komisch, die schweren Dinger kann er auf einmal schleppen, aber bei zwei Beuteln Blumenerde wird er zum Invaliden, dachte sie, griff sich den Putzeimer und begann, Tische und Bänke abzuwischen. Nach einer Weile spürte sie plötzlich einen diffusen Druck im Oberkörper. Es fühlte sich an, als hätte man ihr eine Betonplatte auf die Brust gelegt. Schwindel erfasste sie. Sie schwankte, wollte sich am Tisch festhalten, aber das Einzige, was sie noch greifen konnte, war der Wassereimer. Wie in Zeitlupe sackte sie in sich zusammen, und das Putzwasser ergoss sich in einem Schwall auf den Boden.

»Emmy, was ist los«, sagte Robert, der angehechtet kam und sie gerade noch vor einem Sturz bewahren konnte.

»Mama! Um Himmels willen, was ist denn?«, rief Hilde vor lauter Schreck.

Emmy war kreidebleich, Schweiß glänzte auf ihrer Stirn. »Es geht gleich wieder«, sagte sie und ließ den leeren Eimer los, den sie immer noch in der Hand gehalten hatte.

Robert stand dicht hinter ihr, seine Oberschenkel dienten als Lehne. »Du musst was trinken«, sagte er und schaute bittend zu Hilde.

Die hastete los. Emmy holte ein paarmal tief Luft. Das geht ja mal gar nicht, dass ich hier *vor* dem Grillen den Löffel abgebe, schoss es ihr durch den Kopf. Hilde kam mit einem Glas Wasser zurück und drückte es ihrer Mutter in die Hand.

»Danke, mein Schatz«, sagte Emmy und trank. Der Schwindel ließ langsam nach.

»Geht's wieder?«, fragte Robert.

»Ja, ja – alles gut, danke.« Emmy atmete einmal tief durch. »Und jetzt an die Arbeit! Nicht dass die Würstchen verkohlen.«

Robert lächelte. Einen Moment stand er unschlüssig da, dann ging er zurück zum Grill.

Hilde blieb bei ihrer Mutter. Sie schimpfte: »Mama, du darfst dich nicht immer so übernehmen.«

»Also, wenn ich mich mit Tischabwischen übernehme, dann könnt ihr mich auch gleich erschießen«, sagte Emmy und trank das Glas in einem Zug leer.

»Hallo, allerseits«, hörten sie Tessa aus der Entfernung sagen. Sie und Anni waren gerade vollbeladen eingetroffen. Anni kam nun zu Emmy und Hilde herüber.

»Hallo, meine Große«, sagte Emmy.

Sie ist nicht deine Große, ich bin deine Große, dachte Hilde.

Sie wusste, dass es ein kindischer Gedanke war, aber sie konnte nichts gegen ihre Gedanken machen.

Anni gab Emmy einen Kuss auf die Stirn. »Sag mal, warum schwitzt du so?«, fragte sie und besah sich Emmy genauer. »Du siehst blass aus ...«

Emmy winkte ab. »Ich arbeite ja auch.«

»Und zwar zu viel. Viel zu viel, und damit ist jetzt Schluss«, sagte Hilde energisch und zog mit dem leeren Wassereimer samt Lappen von dannen.

»Was hat sie denn schon wieder?«, fragte Anni verwundert.

»Sie macht sich bloß Sorgen«, sagte Emmy. »Kennst sie ja. Sie wird sich schon wieder beruhigen. Aber wie geht es dir denn, Annilein?«

Anni seufzte. »Ich weiß nicht, was ich machen soll.« Sie ließ sich auf die Bank neben Emmy sinken. »Das Jugendamt hat mir tatsächlich eine feste Stelle angeboten.«

Emmy schwieg. Dann sagte sie: »Liebes, möchtest du allen Ernstes für den Rest deines Lebens irgendwelchen Eltern erklären, dass auch Kinder Lebewesen sind? Wie willst du das aushalten, jeden Tag das ganze Drama um dich herum?«

»Es gibt ja auch schöne Seiten«, sagte Anni und klang nicht überzeugt.

»Wenn ein betrunkener Vater sein Kind nicht tot, sondern nur halbtot geschlagen hat?«, fragte Emmy.

Anni schwieg.

»Das hast du mir selbst erzählt«, sagte Emmy.

»Ich würde die Sozialarbeit ja auch viel früher ansetzen. Bevor den Eltern die Hand ausrutscht oder die Kinder anfangen, die Schule zu schwänzen«, erklärte Anni. »Aber für präventive Sozialarbeit gibt es keine Stellen. Wir kommen immer erst, wenn die Hütte schon brennt.«

»Oder abgebrannt ist«, sagte Emmy und streichelte Anni über den Arm. Es war offensichtlich, dass sie mit ihrer Arbeit nicht besonders glücklich war.

Anni lächelte matt. Schließlich stand sie auf, nahm die Kühltasche mit dem Grillgut und ging hinüber zu Robert, der Emmy nicht aus den Augen gelassen hatte. Sie umarmten sich zur Begrüßung. Dann sprach Robert mit ernstem Gesicht auf Anni ein. Sie ging wieder zurück zu Emmy und betrachtete sie mit besorgtem Blick. »Wie geht's dir? Ich meine, wirklich!«, fragte sie.

»Mir war eben nur ein wenig, na ja, blümerant – der Kreislauf, das ist alles. Sonst geht es mir gut. Ehrlich! Ich freue mich sehr, heute hier zu sein und anderen beim Arbeiten zuzusehen.«

In diesem Moment kam Tessa zu ihnen und begrüßte ihre Mutter mit einem Kuss. »Sieh an, Otto macht ernst und sichtet deinen Keller. Und das ist in Ordnung für dich?«

Emmy zuckte mit den Schultern. »Soll er mal tun, was er nicht lassen kann.«

Vorsichtig stieg Otto die Treppe hinunter. Unten angekommen tastete er mit der rechten Hand nach dem Lichtschalter und betätigte ihn. Nichts passierte. »Mist, verdammter.« Er probierte es noch ein paarmal rasch hintereinander, und endlich ging das Licht an.

Otto sah sich um. Der Keller war mit allerlei Gerümpel vollgestellt. Im Regal hinter einer wuchtigen Kommode entdeckte er am äußersten Ende einen schmalen Ordner mit der Aufschrift *Potsdam*. Er wollte vermeiden, die Kommode zur Seite zu schieben; an den Füßen war das Holz rettungslos gesprungen, die Deckplatte war rissig, die Intarsien verblasst. Das Möbel musste mal ein Vermögen gekostet haben. Aber in dem Zustand war es leider nicht mehr aufzuarbeiten. Offensichtlich hatte seine Mutter nicht gewusst, was für ein Schmuckstück sie da vermacht bekommen hatte. Woher sollte sie auch? Nie in ihrem Leben hatte Emmy irgendein wertvolles Einrichtungsstück besessen. Oft war es zweite Wahl, gebraucht gekauft oder von Freundinnen geschenkt. Jeder Pfennig musste zweimal umgedreht werden, denn Emmys Stelle als Küchenfrau in der Kantine von BORSIG und ihre kleine Witwenrente sicherten lediglich ein bescheidenes Leben. Die Arbeit war eintönig, aber Emmy fand es beruhigend, *irgendwas mit Essen* zu machen, und so blieb sie bis zur Rente die *lustige Frau aus der Küche*. Kartoffeln schälen, Möhren putzen, Zwiebeln braten; Tische abräumen, Geschirr spülen und, wie Marianne immer sagte, den lieben Gott einen guten Mann sein lassen. Emmy verschwendete nichts, Lebensmittel wurden nicht weggeworfen, und zum Anzünden der Kochmaschine verwendete sie im Winter getrocknete Apfelsinenschalen. Sie liebte Schmalzstullen und hielt Milchreis mit Zucker und Zimt für ein Sonntagsessen. So war sie eben, die letzte Kriegsgeneration. Otto aber hatte für derlei Sparsamkeit kein Verständnis. Der Krieg war lange vorbei.

Genau in dem Moment, als er versuchte, an den Ordner im Regal zu gelangen, hörte er Anni aus dem oberen Keller rufen: »Otto?«

Er rollte die Augen. Nicht mal hier unten hatte man seine Ruhe. »Ja, ich bin hier.«

Als Anni auf der untersten Stufe der Kellertreppe stand, hing Otto weit gestreckt über der Kommode, mit einer Hand leicht am Regal abgestützt. Es schien nur noch eine Frage der Zeit zu sein, bis er stürzen würde.

»Essen geht gleich los«, sagte sie.

Otto ließ sich zurückfallen.

»Kann ich dir helfen?« Anni ging zu ihm hinüber.

»Nein, nein, geht schon.« Und bevor sie fragen konnte, was er genau suchte, fügte er hinzu: »Sieh nur, was Mutter hier alles aufbewahrt.«

Er zog eine Schublade der Kommode auf und wühlte darin herum. Ein zerbrochener Zollstock, jede Menge Plastiktüten, alte Zeitungen, eine dicke Schwarte mit dem Titel *Der kleine Hausarzt* und eine Schachtel Ernte 23, die ungeöffnet, aber völlig verblichen und verschrumpelt war. »Die kann kein Mensch mehr rauchen«, sagte er und warf die Zigarettenpackung achtlos zurück in die Schublade. Eine Lade tiefer fand er einen Weihnachtsengel aus Keramik, dem der linke Flügel fehlte. Ein paar Murmeln rollten umher. Die unterste der drei Schubladen ließ sich nur schwer öffnen. »Völlig verzogen, das Holz«, sagte Otto und zog das Schubfach mit brachialer Gewalt ein paar Zentimeter weiter auf. Vor ihm lag ein uraltes verblichenes hellblaues Kästchen, fast so groß wie ein Schuhkarton.

»Was ist das?«, fragte Anni.

»Keine Ahnung«, sagte Otto und gab Anni die Schachtel. »Hier, sieh selbst nach.«

Anni öffnete das Kästchen. »Das sind Stricknadeln aus Stahl.«

»Aus was denn sonst?«

»Früher waren die aus Holz«, sagte Anni.

»Behalt sie. In irgendeinem deiner Sozi-Projekte wirst du sie schon gebrauchen können. Ein Teil weniger in dem Chaos hier unten.«

Anni verschloss die Schachtel und drehte sie um. Auf der Unterseite befand sich ein kleines Etikett mit einer Adresse. Sie war nahezu unleserlich. Anni kniff die Augen zusammen, mit etwas Mühe konnte sie *Rosenzweig* und *Potsdam* entziffern. »Das ist ein jüdischer Name, Rosenzweig, oder?«

»Kann sein«, kam es von Otto. Es schien ihn nicht weiter zu interessieren.

Anni hielt ihm die Schachtel wieder hin. »Ich möchte erst Emmy fragen, ob es ihr recht ist, wenn ich sie behalte.«

Otto zuckte die Achseln. Er legte die Box zurück und trat die Lade zu. »Das ist doch nichts als Schrott. Warum hat Mutter das alles nur aufgehoben?«

»Sie wird schon irgendwas damit verbinden«, sagte Anni.

»Anni? Otto?«, rief Hilde von oben. »Ist bei euch alles in Ordnung? Wo bleibt ihr denn? Essen ist fertig.«

»Ich geh schon mal vor«, sagte Anni und stieg die Treppe hinauf.

»Ich komme auch gleich«, rief Otto ihr hinterher. Er hatte neben der Kommode eine massive Holzkiste entdeckt. Auf zwei Seiten war in Frakturschrift *Asbach* eingebrannt. Er zog sie zu sich heran.

Otto stellte sich auf die Kiste und konnte nun endlich den Ordner herausziehen. Er begann zu lesen. Seine Stirn legte sich in tiefe Falten, er traute seinen Augen nicht. »Heiliger Strohsack!«, entfuhr es ihm. Es ging nicht nur um den kleinen Weg an der Havel. Nein – Mutter war außerdem Besitzerin von fünftausend Quadratmetern auf dem Glienicker Horn.

Tessa, Robert, Anni, Emmy und Hilde hatten ihre Teller schon halb geleert, als Otto endlich zu ihnen stieß.

»Na, mein Sohn, hast du da unten einen Schatz gefunden?«, fragte Emmy.

»Schön wär's«, sagte Otto und ließ sich mit einer solchen Wucht auf die Bank fallen, dass die anderen mindestens zwei Zentimeter hochhüpften.

»Bratwurst, Pute oder Kotelett?«, fragte Hilde ihren Bruder.

»Kotelett. Aber nicht so schwarz.«

»Wollt ihr auch noch was?«, fragte Hilde in die Runde. »Mama, du?«

»Ja. Noch einen Klecks Kartoffelsalat«, sagte Emmy, nachdem sie sich über den Bauch gefahren war, als wollte sie sichergehen, dass für mehr überhaupt noch Platz war.

Als Hilde mit dem Essen zurückkam, setzte sie sich neben ihren Bruder. »Und? Hast du irgendwas gefunden?«, raunte sie ihm zu.

Während Otto mit gedämpfter Stimme von seinem Fund erzählte, rieb Hilde die Kuppen der Daumen und Zeigefinger rasch aneinander, als müsse sie gleich ein Feuer entzünden.

»Ich hab's dir ja gesagt«, sagte Otto lächelnd und bediente sich aus Hildes Weinglas.

»Aber was heißt das genau?«, flüsterte Hilde weiter.

»Das heißt: Wir haben einen Sechser im Lotto, Schwesterherz. Da unten schlummert ein Familienschatz. Wir müssen uns nur darum kümmern. Das wird aber sicher ein paar Monate dauern, ich muss zum Katasteramt nach Potsdam und einige Dinge überprüfen. Und bürokratische Mühlen mahlen bekanntlich langsam«, sagte Otto.

An der Art, wie er seine Unterlippe über die Oberlippe zog und die Augen weit aufriss, erkannte Hilde, dass sie auf eine richtig große Sache gestoßen war.

»Was tuschelt ihr zwei da eigentlich die ganze Zeit?«, fragte Tessa über den Tisch hinweg.

»Ach, nichts Besonderes«, beeilte Hilde sich zu sagen, und rutschte ein Stück von ihrem Bruder ab.

Doch Tessa ließ nicht locker. »Jetzt aber mal raus mit der Sprache. Worum geht es?«

»Na ja …«, setzte Otto an.

»Wir machen uns ein paar Gedanken zu Mamas 87. Geburtstag«, ging Hilde dazwischen.

Tessa bedachte ihre Geschwister mit einem argwöhnischen Blick. »Wir haben Mai. Das ist doch noch über ein halbes Jahr hin«, sagte sie.

»Na und? Der frühe Vogel fängt den Wurm«, erwiderte Hilde und nestelte ausgiebig an ihrer Serviette.

14

AUGUST 1931

Sechs Jahre waren vergangen seit ihrem Besuch im Café Kranzler. Sechs Jahre, seit Hauke ihr mit dem Finger über den schokoladenverschmierten Mund gefahren war und seit sie sich zum ersten Mal geküsst hatten. Jahre, die nicht nur Berlin, sondern auch Emmy verändert hatten. Aus dem vorlauten Mädchen von der Insel war eine vorlaute junge Frau geworden.

Sie sahen sich nur selten ungestört. Aber wenn, dann sorgte Hauke für schöne Stunden. Sie waren im Theater, gingen ins Marmorhaus, ein Kino an der Gedächtniskirche, und sogar in die Oper. Sie saßen in einer Loge beim Berliner Sechstagerennen, und Hauke hatte *seine Maus* über den Schlachtensee gerudert, ihr das Fahrradfahren und Eislaufen beigebracht.

Sie hatten gemeinsam *Wie man sich die Neigung der Jungfrauen erwirbt* gelesen und sich dabei köstlich amüsiert. Das Kapitel über das »Erkennen von Bereitschaft« übersprangen sie.

»Du willst es, und ich will es, was sollen wir da noch lesen?«, hatte Emmy gefragt und Hauke so lange am Ohrläppchen geknabbert, bis er fast ohnmächtig wurde vor Erregung. Wenn Charlotte in Danzig bei ihrem Gatten weilte, lagen sie im breiten Ehebett und ließen sich die Sonne auf die nackte Haut scheinen. »Es ist doch erstaunlich, wie schön wir beide sind«, sagte Emmy lächelnd. Hauke streichelte ihr über den Nacken, die Schultern, den

Rücken. »Ja. Aber du bist die Schönste.« Er legte seinen Kopf auf Emmys Bauch und ließ sich den Kopf kraulen.

»Ach Emmy, was soll ich nur mit Marie-Christin anfangen? Eigentlich kann ich sie gar nicht leiden«, sagte Hauke bedrückt.

»Warum heiratest du sie dann? Es muss doch auch in deinen Kreisen eine geben, die besser zu dir passt.«

»Das spielt jetzt keine Rolle mehr. Mama macht mir die Hölle heiß, wenn ich Marie-Christin nicht zur Frau nehme. Aber ich kann mir ein Leben ohne dich gar nicht mehr vorstellen. Es fühlt sich so leicht an mit dir. Wir finden einen Weg, uns nach der Hochzeit weiter zu treffen.«

Emmy konnte nicht glauben, was sie da hörte. »Bist du verrückt geworden? Mit einem verheirateten Mann werde ich mich nicht sehen lassen. Ich will schließlich irgendwann einen Ehemann haben, und den werde ich sicher nicht finden, wenn wir immer so weitermachen.«

Hauke lächelte. »Ach, am liebsten würde ich dich heiraten«, sagte er, wohl wissend, dass das Unsinn war. Ehen zwischen verschiedenen Schichten waren undenkbar. Zwischen einem Heizer und seinem Lokführer bestand eine Kluft. Zwischen einem Dienstmädchen und dem zukünftigen Schwiegersohn eines Bankiers lagen Welten.

Mit beschwingten Schritten verließ Emmy ihr Mansardenzimmer. Sie hatte sich ihr weißes Sommerkleid mit den kleinen Stickereien an Kragen und Ärmelsaum übergeworfen und zog die Haarspangen hinaus. Hauke liebte es, wenn sie die langen Haare offen trug.

Marie-Christin war bereits auf dem Weg in die Sing-Akademie, um Werken von Johann Sebastian Bach zu lauschen. Leopold von Waldstetten schickte sich ebenfalls an, aufzubrechen, um nach Dahlem zu einem weiteren Stelldichein mit Charlotte Seidlitz zu fahren. Da Frau von Waldstetten sich noch in Bad Homburg auf Kur befand, hatte er Emmy und Luise bis zum Abend freigegeben. Gerade als Emmy ihm den Gehrock angereicht hatte, klopfte es an der Tür.

»Wer kommt denn jetzt noch?«, sagte Herr von Waldstetten überrascht. Da er direkt vor der Tür stand, öffnete er kurzerhand selbst. Draußen stand Hauke, ein Strauß Nelken in der Hand und einen Rucksack auf dem Rücken. »Hauke, was für eine Überraschung, sind wir verabredet?« Emmy blieb vor Schreck fast das Herz stehen. Ihre unschickliche Verabredung drohte, entdeckt zu werden. Es entstand eine peinliche Stille. »Hauke?«

»Ja, ich wollte nur … hier die Blumen, für … für Marie-Christin«, sagte er.

»Ihr habt euch verpasst«, sagte Emmy, ohne sich etwas anmerken zu lassen. Sie nahm Hauke die Blumen ab und ging schnellen Schrittes in die Küche.

Der Hausherr blickte ihr nach. Warum eigentlich trug Emmy ihre langen Haare plötzlich offen? Und dann dieser leichte, federnde Gang, die schönen Rundungen unter dem hellen Sommerkleid. Sein Blick wanderte zu Hauke, der Emmy verträumt nachsah. Hoffentlich machen die beiden keinen Unsinn. Leopold von Waldstetten verabschiedete sich und verließ rasch das Haus. Die Tür ließ er für Hauke offen stehen. Er trat ein, zog sie hinter sich zu, ging geradewegs in die Küche und gab Emmy einen leidenschaftlichen Kuss. »Das ist ja gerade noch mal gut gegangen.«

»Und was machen wir zwei Sittenlosen heute?«, fragte sie kichernd.

»Wir gehen wieder schwimmen«, sagte Hauke und deutete auf seinen Rucksack.

»Du gehst schwimmen, ich geh unter«, korrigierte Emmy, in

Erinnerung an Haukes letzten Versuch, ihr das Schwimmen beizubringen.

»Lass mich nur machen. Ich habe da eine neue Methode entdeckt«, sagte Hauke und fuhr mit ihr in die Sommerfrische zum Strandbad Wannsee.

1907, in Emmys Geburtsjahr, gegen alle Widerstände eröffnet, war es inzwischen eine Institution geworden und aus dem Berliner Selbstverständnis nicht mehr wegzudenken. Auch der Protest ansässiger Villenbesitzer hatte die Eröffnung nicht verhindern können. Vorbei war die Zeit, in der öffentliches Baden verboten war und mit Geldbußen von bis zu 5 Mark geahndet wurde. Anders als in den großen Ostseebädern gab es keine Badekarren, in denen die Gäste von einem Pferd hinaus aufs Wasser gezogen wurden, wo sie mithilfe einer kleinen Treppe unbeobachtet eintauchen konnten. Am Wannsee stürzten Männer und Frauen gemeinsam, oft sogar Hand in Hand, ins kühle Nass.

Am Wochenende pilgerten Tausende Berliner hinaus in die größte Badewanne der Welt. Mit dem langen Sandstrand und dem breiten Uferweg verwandelte sich der Flecken am Ausläufer der Havel in *das* Ausflugziel schlechthin.

Im dunklen Zweireiher, mit seinem Spazierstock, dem kleinen Spitzbart und der Taschenuhr am Jackett wirkte Hauke wie aus der Zeit gefallen. Beinahe sah er aus wie die Karikatur eines Bankdirektors. Als sie den Eingangsbereich durchquert hatten und in das Bad hinunterschauten, stellte Hauke sich so dicht hinter Emmy, dass er sie mit dem Oberkörper berührte. Er legte seine Hand auf ihre Schulter, und sie schmiegte sich in ihn. Endlich spürte sie ihn wieder nah, und obwohl, oder vielleicht auch gerade weil sie sich so selten sahen, war die Erregung, die Lust aufeinander sofort da.

Sie ließ den Blick schweifen und konnte ihr Glück kaum fassen. Zwar war der Wannsee nicht das Meer, aber sie blickte endlich mal wieder auf Wasser und eine Insel: Schwanenwerder. Es fühlte sich an wie ein Stückchen Heimat. Ihr fiel ein, dass in der Bibliothek der von Waldstettens ein Kupferstich der kleinen Insel über dem Kamin hing.

»Schwanenwerder hängt doch bei den von Waldstettens an der Wand«, sagte sie.

Hauke nickte. »Familie Wudtke lebt dort. Das sind enge Freunde der von Waldstettens. Die Wudtkes haben einen Blumengroßhandel. Sie beliefern die ganze Republik.«

»Apropos Blumen«, sagte Emmy lachend, »Marie-Christin findet Nelken abscheulich.«

»Die waren ja auch nicht für sie gedacht.«

»Ach ja«, sagte Emmy, drehte sich zu ihm um und zog Hauke die Nase lang.

»Sehr witzig. Komm, lass uns zum Strand hinuntergehen.« Er trat neben Emmy und nahm ihre Hand. In dem Gewühl fielen sie gar nicht weiter auf. Hier am Wannseestrand stand der Postmeister neben dem Walzwerker, das Fräulein vom Amt half der Gattin vom Direktor ins Badekleid, und Kinder aller Schichten bauten gemeinsam Sandburgen.

Die Berliner waren mit Kind und Kegel angereist. Überall herrschte drangvolle Enge, und je näher sie dem Strand kamen, desto dichter war das Gedränge. Wie die Ölsardinen standen, saßen und lagen die Menschen. Irgendwo spielte ein Kurbelgrammophon Marlene Dietrich, es wurde getanzt und gesungen. Arbeiter bereiteten ihre Mahlzeiten auf tragbaren Kochplatten zu. Die verschiedensten Gerüche, Stimmengewirr und Musik lagen über dem bunten Treiben.

Hauke bugsierte Emmy zu einem der Umkleidezelte für Damen. »Hier, für dich«, sagte er und steckte Emmy einen Beutel zu.

»Danke.«

Während sie in einen ausladenden Badeanzug mit Schößchen schlüpfte, der im Beinkleid bis an die Knie reichte, gelang es Hauke, ihnen einen freiwerdenden Strandkorb zu sichern. Und so saßen sie wenig später gemeinsam da, dicht an dicht, und blickten zufrieden über gut gelaunte Menschen hinweg auf Segel-, Tret- und Ruderboote.

»So«, sagte Hauke schließlich und begann sich seiner Kleidung zu entledigen. Emmy nahm gespannt zur Kenntnis, dass er keine Anstalten machte, das Umkleidezelt für Herren aufzusuchen. Dabei war es strengstens untersagt, sich nackt zu zeigen. Aber Hauke hatte sich bereits zu Hause auf diesen Moment vorbereitet. Als er die Hose aufknöpfte, spitzte der obere breite Saum der Badebekleidung hervor. Fein säuberlich faltete er seine Sachen und legte sie über den Rand des Strandkorbes. Schließlich stand er in seiner knielangen blau-weiß quergestreiften Badehose, die für Emmy den Charme eines Pumpernickels versprühte, vor ihr. Sie musste lachen.

»Was ist denn so lustig?«, fragte Hauke irritiert.

»Sag mal, hast du zugenommen? Oder macht die Schwimmhose dich so breit?«, sagte sie kichernd.

Hauke zog an der Hose, sodass der obere Bund über dem Bauchnabel lag. »Besser?«

»Noch lustiger!«, feixte Emmy. »Wer zuerst im Wasser ist!«, rief sie und sprintete los, umrundete wie eine Slalomläuferin Sonnenbadende und lief ins kühle Nass. Dabei mussten sie auch zahlreiche Menschen umschiffen, die einfach nur im flachen Wasser herumlagen. Hoffentlich hat Hauke nicht vergessen, wie die letzte Schwimmübung geendet ist, dachte sie. Er hatte sie auf den Bauch gelegt und schwungvoll an den Händen hin und her gezogen, sodass sie immer wieder einem U-Boot gleich abgetaucht war.

Als beide nun erneut bis zu den Knien im See standen, nahm er ihre Hand und ging langsam in tieferes Wasser. »So, mein Mädchen, jetzt erkläre ich die Badesaison für eröffnet.«

Emmy, die ein ganzes Stück kleiner war als Hauke, stand bereits schultertief im Wasser. »Noch ein Schritt weiter und meine Badesaison ist endgültig beendet«, sagte sie.

»Keine Angst, wir machen es diesmal anders.« Geschickt brachte Hauke Emmy in die Horizontale und legte sie auf den Rücken. Er schob seine Hände unter Rücken und Oberschenkel und ließ sie auf dem Wasser hin- und hergleiten. Und so glitt Emmy auf Haukes Händen über den Wannsee, sah hinauf in einen weiten blauen, wolkenlosen Himmel und war glücklich. Sie genoss seine Zärtlichkeiten, und sie zierte sich nicht, als seine Berührungen intensiver wurden. Im Gegenteil. In diesem Moment fühlte es sich an, als gingen alle ihre Wünsche in Erfüllung, wie ein Sternschnuppenzauber am helllichten Tag.

15

OKTOBER 1932 – APRIL 1933

Die anhaltende Weltwirtschaftskrise ging auch an der Familie von Waldstetten nicht spurlos vorüber. Leopold von Waldstettens Sorgenfalten gruben sich von Jahr zu Jahr tiefer in sein Gesicht. Die Zentralbanken stellten den Bankhäusern keine Liquidität mehr zur Verfügung. Er versuchte, neue Kontakte zu knüpfen, alte Kontakte wiederaufleben zu lassen oder zu halten, um das schlingernde Bankhaus doch noch zu retten. Seine Frau und er gaben ungewöhnlich viele Empfänge. Emmy bekam nur noch kurzfristig wenige Stunden frei, und Hauke arbeitete viel, auch an den Wochenenden. Seit er im Bankhaus seines Schwiegervaters in spe zum stellvertretenden Leiter der Kreditabteilung aufgestiegen war, konnte er sich spontane Auszeiten nicht mehr erlauben. Seine Tage waren gespickt mit Konferenzen, Besprechungen und heiklen Entscheidungen. Seit ihrem letzten Besuch im Wannseebad sahen Emmy und er sich heute erst zum zweiten Mal alleine wieder. Sie liefen über die steinerne Corneliusbrücke auf dem Weg zu einer Vernissage, weil Hauke mal wieder fand, Emmy müsse *Hochkultur* kennenlernen. Es war in all den Jahren die dritte Ausstellungseröffnung, zu der er sie schleppte. Emmy konnte mit dem Leinwandgekleckse und den herausgeputzten Gästen nichts anfangen, aber ihm zuliebe ging sie mit. Es wehte ein lauer Herbstwind, und noch war ein Rest von Sonne auf den entfernten Ziegeldächern zu sehen. Am Scheitelpunkt der Brücke sahen sie hinunter auf den Landwehrkanal. Mächtige Ulmen säumten den Uferrand, und ein paar Stockenten schnatterten aufgeregt durchs Wasser. Ein junger Mann in Pluderhosen, auf dem Kopf eine Schiebermütze und trotz der Frische ohne Jacke, nur mit einem weißen Hemd bekleidet, schob sein Fahrrad an ihnen vorbei.

Emmy blieb stehen und drehte sich zu ihm um. »Harald? Kennst du mich nicht mehr?«

Es dauerte einen Moment, bis er sie erkannte. Er lächelte. »Emmy! Das ist aber schön!«

Emmy wandte sich an Hauke: »Darf ich vorstellen, das ist Harald, Luises Neffe.«

Harald lehnte sein Rad an die Mauer. Er breitete die Arme aus, und Emmy ließ sich hineinfallen. Ab und zu holte er seine Tante bei den von Waldstettens zu Ausflügen ins Grüne ab. Früher war auch Emmy häufig mitgegangen, aber seit sie mit Hauke zusammen war, fand sich an den wenigen freien Tagen kaum noch Zeit für anderes. Dabei mochte sie Harald. Er war zwei Jahre jünger als sie, und man konnte mit ihm wunderbaren Spaß haben. Mit ihm musste Emmy nicht *gesittet flanieren* oder *zurückhaltend* schmunzeln, wie Hauke es immer wieder von ihr verlangte. Was hatten sie und Harald einst gelacht, als sie über den Jahrmarkt gestreift waren, den Gauklern zugesehen und den Tanzbären bewundert hatten. Sie erinnerte sich auch noch gut daran, wie er versucht hatte, ihr das Stelzenlaufen beizubringen. Einmal hatte eine der fallenden Stelzen seinen Kopf touchiert, woraufhin er feixend so tat, als sei er von einer Axt gefällt worden. Sie musste unbedingt mal wieder etwas mit ihm unternehmen. Schließlich war sie nicht Haukes Besitz, und der Zauber der ersten Zeit hatte merklich nachgelassen. Harald ließ sie wieder los. »Du bist ja über die Jahre eine richtige Stadtpflanze geworden. Immer in Eile und kaum Zeit für

Freunde. Sonntag in vierzehn Tagen hol ich Luise wieder ab. Wir wollen in den Zoo. Kannst gerne mitkommen.«

»Wir sind schon reichlich spät dran«, drängte Hauke, nahm Emmy an die Hand und versuchte sie weiterzuziehen.

Emmy ignorierte ihn. »Ja, das mache ich gerne«, sagte sie an Harald gewandt.

Der musterte Emmys Begleiter mit zusammengezogenen Augenbrauen. Dann entspannten sich seine Gesichtszüge zu einem breiten Lächeln. »Du bist doch der Sohn vom alten Seidlitz, oder?«, rief er.

»Ich wüsste nicht, dass wir uns duzen«, entgegnete Hauke schroff.

»Spinnst du?« Emmy entzog Hauke die Hand.

Harald sagte nichts mehr. Er nickte Emmy zum Abschied zu und setzte seinen Weg fort. Schweigend liefen Emmy und Hauke nebeneinander her. Als sie in die Straße der Galerie einbogen, sagte Hauke: »Du kannst dich nicht von jedem dahergelaufenen Lümmel ansprechen lassen.«

»Harald ist kein Lümmel, und selbst wenn, wäre das ja wohl meine Sache. Und in den Zoo möchte ich auch gerne mal wieder gehen. Mit Harald und Luise ist es immer spaßig – nicht so abgehoben und steif wie in deinen Kreisen.«

Haukes Ton wurde plötzlich scharf. »Es geht dir immer nur um Spaß, Spaß, Spaß. Du musst langsam mal lernen, dein lustiges Gemüt zu beherrschen.«

Emmy blieb stehen. »Ich will mich aber nicht beherrschen, ich will leben und ja: Ich will Spaß haben. Worüber regst du dich eigentlich auf?«

Seit Hauke in der Bank die Karriereleiter erklomm, konnte Emmy ihm nichts mehr recht machen, andauernd hatte er etwas an ihr auszusetzen.

Er schnaubte. »Neulich in der Bank. Die Geschichte mit der Drehtür zum Beispiel. Da läuft man einmal durch, und dann hat sich die Sache. Aber doch nicht dreimal laut juchzend so wie du! Und hast du Spangen und Nadeln dabei? Dann steck dir gefälligst die Haare hoch, wenn du sie dir schon partout nicht schneiden lassen willst.«

»Mir gefallen meine Haare. Noch so ein Befehl, und du gehst alleine zu dem Firlefanz. Ich bin doch nicht deine Leibeigene, der du vorschreiben kannst, wie sie ihre Haare trägt und wohin sie zu gehen hat. Und überhaupt, die Menschen auf diesen Ausstellungen waren bisher immer ein verspinnertes Volk. Wenn ich das schon höre, *das Bild hat mich gefunden* … Ich wusste gar nicht, dass Bilder auf die Suche gehen. Guten Tag, liebes Bild, wen suchst du denn? Da stimmt doch was nicht im Oberstübchen.«

»Jetzt mach keine Szene. Wir sind spät dran.« Er ging auf die Galerietür zu, die schon in Sichtweite war. »Und mach was mit deinen Haaren!«

Emmy drehte sich um und stapfte davon. Damit hatte Hauke nicht gerechnet. Er brauchte eine Weile, bis er die Überraschung verdaut hatte. Und es sollte nicht die letzte an jenem Abend sein.

An der Budapester Straße hatte er Emmy wieder eingeholt. »Nun warte doch … Maus! Es tut mir leid. Ich meinte das nicht so. Deine Haare sind wunderschön. Du bist wunderschön. Eigentlich ist doch alles schön, es ist nur …«

Emmy fuhr zu ihm herum. »Und du bist schön blöd. Du kannst aus mir keine Grande Dame machen. Ich bin einfach die, die ich bin. Versteh das doch endlich! Du dinierst, ich esse. Du flanierst, ich gehe. Du willst flambierte Crêpe mit Himbeergeist, ich mag Kartoffelpuffer mit Apfelmus. Du willst in Ausstellungen, ich in den Zoo. Das war nie anders – aber mit einem Mal stört es dich. Was soll das?«, redete sich Emmy in Rage.

Hauke trat dicht an sie heran. »Du hast ja recht. Ich weiß auch nicht, was mit mir los ist. Die Unsicherheiten in der Bank, die bevorstehende Verlobung mit Marie-Christin, das ist alles nicht so leicht für mich. Und du hast dich auch verändert …«

»Hauke, ich bin kein Kind mehr. Natürlich habe ich mich verändert. Du hast mir so viel Neues gezeigt. Du hast meine Zeit mit schönen, sehr schönen Dingen angefüllt. Ich mag deinen Körper, ich mag es, wenn du bei mir bist. Aber dein vornehmes Getue geht mir auf die Nerven. Es reicht, wenn ich das bei den Besuchen deiner Mutter ertragen muss. Die glaubt ja, Bedienstete sind Sklaven, so wie sie uns herumbefehligt. Aber du, Hauke, du hast mir schon gar nichts zu befehlen, haben wir uns da verstanden?«

Hauke nahm ihr Gesicht in seine Hände und sah sie mit zärtlichem Blick an. Jetzt hat er mich gleich wieder, dachte Emmy und musste innerlich schon lachen. In letzter Zeit hatten sie oft gestritten, aber sie konnte Hauke nicht lange böse sein. »Es tut mir leid.« Er drückte seinen Körper an ihren, hauchte: »Ich würde dir gerne zeigen, wie leid es mir tut«, und küsste sie sanft. Und Emmy erwiderte seinen Kuss. Eng umschlungen standen sie neben einer Haltestelle, als ein Bus hielt. Die Türen öffneten sich, und Fahrgäste traten nach draußen. Charlotte Seidlitz stieg aus. Erst als Emmy spürte, wie Haukes Körper in ihren Armen erstarrte, bemerkte sie seine Mutter. Charlotte sah aus, als hätte sie einen Geist gesehen.

Vorsichtig löste Emmy Haukes Hände, die sich inzwischen um ihre Taille geschlungen hatten. Haukes Mutter warf ihr einen abschätzigen Blick zu. Sie trat dicht an Emmy heran und zischte: »Was bildest du dir ein? Du nichtsnutziges kleines Ding.«

»Jetzt machen Sie aber mal halblang. Wie reden Sie mit mir?«

»Ich warne dich, du zerstörst das Leben meines Sohnes nicht.

Du nicht!« Aus ihren Augen funkelte die pure Verachtung. »Das hier wird Folgen haben.«

»Folgen?«, wiederholte Emmy. »Was wollen Sie tun? Wenn Sie uns verpetzen, ist's Essig mit Marie-Christin.«

Charlotte biss sich nervös auf die Lippen und suchte nach Worten.

»Aber Mama, es ist doch gar nichts passiert …«, versuchte Hauke seine Mutter zu beruhigen.

Charlotte straffte die Schultern. »Hauke, das hier muss aufhören, und zwar sofort. Diese … diese Person ist ein moralischer Moloch. Sie hat keinen Charakter«, sagte sie mit Blick auf Emmy.

»Schön, dass Sie das alles haben! Moral und Charakter. Herr von Waldstetten kann das sicher unterschreiben«, gab Emmy zurück.

Charlotte Seidlitz packte Emmy am Arm. »Weißt du, was du bist?«

»Sie werden es mir sicher gleich sagen.« Emmy sah Charlotte fest in die Augen.

»Ich kenne deine Sorte. Noch bevor Hauke es sich versieht, hast du ihm einen Bastard angehängt. Du bist ein Flittchen!« Charlotte holte aus und versetzte ihr eine schallende Ohrfeige. Emmy hielt sich die gerötete Wange, die Augen vor Schreck weit aufgerissen. Hinter ihnen ertönte die Signalglocke einer Elektrischen.

»Mutter, bitte!« Hauke nahm Emmy schützend in den Arm. Der Bus fuhr wieder ab.

»Da rackert man sich ein Leben lang ab, übersteht alle Turbulenzen, und dann kommt so ein dahergelaufenes Individuum und macht alles kaputt. Wir werden noch im Armenhaus enden«, sagte Charlotte und legte in einer theatralischen Geste ihren Handrücken an die Stirn, als müsse sie sich eines plötzlichen Fiebers vergewissern. »Jetzt geh mir aus dem Auge, ich ertrage das alles nicht.« Sie stolperte von dannen. Dann drehte sie sich noch einmal um. »Und Hauke, wir beide sprechen uns noch!«

Als Hauke nach Hause kam, bestellte seine Mutter ihn ins Arbeitszimmer des Vaters und überschwemmte ihn mit einer Flut aus Vorwürfen, Drohungen und moralischen Menetekeln. Aber nachdem Charlotte ihren Monolog beendet hatte, fühlte sich Hauke in keiner Weise beschämt. Er war angenehm überrascht, dass es ihm augenscheinlich gelungen war, seine Mutter in eine Spirale der Hysterie zu treiben. Noch nie hatte er Charlotte so aufgebracht erlebt. »Mama, du bist ja ganz außer dir.«

Charlottes Tirade ging weiter. »Diese Emmy hat dir nichts, aber auch rein gar nichts zu bieten, sie ist weit unter unserem Niveau. Nie im Leben bringt die weißes Geld in die Familie.«

»Unsere Gelder sind auch nicht ganz blütenrein, oder weiß Frau von Waldstetten von den Zuwendungen ihres Gatten an dich? Vergiss nicht, ich kann lesen. Es nennt sich ›private Buchungsausgänge‹.«

Charlotte Seidlitz stemmte die Hände in die Hüften. »Selbst wenn, was geht das dich an?!«

Fast genoss Hauke das Wortgefecht. »Gegenfrage, was geht dich Emmy an?«

»Das ist doch etwas ganz anderes. Wie kannst du mir nur so etwas antun?! Ein Dienstmädchen ohne Bildung!« Charlotte wurde schwarz vor Augen, sie ließ sich auf die Récamiere sinken und sackte ganz langsam zur Seite, ohne das Bewusstsein zu verlieren.

»So ungebildet ist sie gar nicht. Sie wollte zum Beispiel unbedingt wissen, wo Serbien liegt und warum der große Krieg ausgebrochen ist. Also, ich kenne keine Frau, die sich für so etwas interessiert ...«

»Pah! Das ist ja auch keine Angelegenheit für Frauen. Serbien. Krieg. Das ist Männersache«, entgegnete seine Mutter barsch und legte ihre Füße hoch. Wenn sie gewusst hätte, dass Hauke und Emmy sich auch hier geliebt hatten, hätte sie vermutlich ein Krampfanfall ereilt. »Womit habe ich das bloß verdient? Junge, du musst zur Vernunft kommen«, sagte Charlotte und seufzte dramatisch, auch weil sie wusste, dass sie nichts tun konnte. Ihr blieb nichts weiter, als zu hoffen, dass diese Affäre unentdeckt blieb. Immerhin, der Termin für die offizielle Anfrage bei den von Waldstettens stand fest. Charlotte hätte das Datum am liebsten in die Mauer der Orangerie im Schloss Charlottenburg gemeißelt.

Und dann war es so weit. Fast. In wenigen Tagen wurde Marie-Christin einundzwanzig Jahre alt. Leopold von Waldstetten stand stumm am Fenster und blickte auf das geschäftige Treiben draußen. Er hatte sich verändert, oft ließ er die Bibliothek verdunkeln, um dann stundenlang allein dazusitzen und vor sich hin zu grübeln. Aber heute waren die schweren Brokatvorhänge zurückgezogen, der Raum lichtdurchflutet. Emmy fuhr mit dem Staubwedel über die gerahmten Fotografien auf dem Schreibtisch. Von der Straße her hörte man die Ausrufer vom Extrablatt.

Emmy konnte sich noch gut erinnern, mit welcher Ehrfurcht sie anfangs an den bis unter die Decke reichenden Regalreihen vorbeigeschlichen war. Wie klein sie sich vorgekommen war zwischen all den großen Büchern mit ihren dunklen Ledereinbänden, die immer ein wenig muffig rochen. Aber im Laufe der Jahre war es für sie ein ganz normales Zimmer geworden, in dem es sich vortrefflich plaudern ließ. Wenn niemand da war, gönnten sie und Luise sich manchmal den Spaß, dann setzten sie sich in die schweren Ledersessel und taten, als wären sie die Herrschaften.

»Emmy, es kommen schwere Zeiten auf uns zu«, sagte Leopold von Waldstetten unvermittelt, ging zu seinem Schreibtisch und hob den Deckel der Zigarrenschachtel an. Sie war leer. Emmy wusste, dass die Nachrichten immer beunruhigender wurden, eine Hiobsbotschaft jagte die nächste.

Frau von Waldstetten kam mit einem Extrablatt in die Bibliothek. Emmy musste ihre Arbeit unterbrechen und sich entfernen. Sie hatte ein flaues Gefühl im Magen und blieb hinter der Tür stehen, die noch einen Spaltbreit offen stand.

»Ich denke, wir können in der momentanen Situation keine Verlobung mit Hauke Seidlitz zulassen«, sagte Frau von Waldstetten. Ihr Mann schwieg, und Emmy hörte, wie die Frau mit ihren kurzen, tippelnden Schritten unruhig auf und ab ging. Schließlich blieb sie an einer knarzenden Stelle stehen und wippte hin und her. Sie steht vor dem Kamin, dachte Emmy.

Herr von Waldstetten seufzte laut. »Ich fürchte, du hast recht. Wir brauchen einen solventen Partner für Marie-Christin. Hauke kann das nicht sein. So leid es mir für seine Mutter tut«, sagte er.

»Mir tut diese Person ganz und gar nicht leid«, erwiderte seine Frau giftig.

Leopold von Waldstetten ging nicht darauf ein. »Aber wer könnte aus der Misere helfen?«, murmelte er vor sich hin. »Wer verfügt noch über hinreichende Barmittel?« Plötzlich wurde Marie-Christin zum Faustpfand. Der Hausherr lief mit schwerem Schritt in der Bibliothek auf und ab und blieb dann ebenfalls auf der knarzenden Stelle stehen.

»Blumen gehen immer – Geburtstage, Bestattungen und nicht zu vergessen: die vielen Gärten«, sagte Frau von Waldstetten, und es hörte sich an, als tippte sie vehement mit dem Fingernagel ihres ausgestreckten Zeigefingers auf den Kupferstich von Schwanenwerder, der über dem Kamin hing.

»Du hast recht, Wudtkes haben vortreffliche Kontakte, und sie haben einen unverheirateten Sohn.« Leopold von Waldstetten klang überzeugt, ja geradezu optimistisch.

Am folgenden Tag wurde die Verlobung zwischen Hauke und Marie-Christin unter fadenscheinigen Gründen auf ein unbestimmtes Datum *verschoben*. Doch die Zeit rannte den von Waldstettens davon, die Inflation galoppierte rücksichtslos über sie hinweg. Alle Rettungsversuche kamen zu spät. Die Bank musste schließen, und Leopold von Waldstetten erschoss sich im Arbeitszimmer seiner Dahlemer Villa, die zum Verkauf stand. Charlotte Seidlitz erlitt einen Nervenzusammenbruch, von dem sie sich allerdings rasch wieder erholte, als ihr klar wurde, dass Leopolds Aufmerksamkeiten der letzten zehn Jahre alle aus massivem Gold waren.

Und Emmy? Emmy weinte sich allabendlich in den Schlaf. Sie konnte nicht mehr übersehen, dass sie ungewollt schwanger war. Als das Ziehen in ihren Brüsten begann, hatte sie sich an Luise gewandt. Die hatte ihr geraten, so schnell wie möglich jemanden zu finden, der sie heiratet. Sie könne mal mit Harald reden. Harald? Emmy mochte Luises Neffen, aber mit einem Mann den Bund der Ehe eingehen, mit dem sie nicht mehr teilte als die Erinnerung an ein paar schöne Ausflüge? Nein. Es würde nicht mehr lange dauern, bis auch Frau von Waldstetten die körperlichen Veränderungen bemerkte. Ihre Entlassung war nur noch eine Frage der Zeit. Emmy war verzweifelt, aber eins stand für sie fest: Niemals würde sie auf den Gedanken kommen, ihr Kind nicht auszutragen – es war doch ein Mensch. Auf Haukes Hilfe zählte sie nicht, denn der wollte hoch hinaus, und die Verbindung mit einem Dienstmädchen würde all seine Pläne zunichtemachen. Doch Emmy musste ihm sagen, dass er Vater wurde.

Völlig überstürzt verließ sie die Wohnung und machte sich auf den Weg zu ihm. Sie hastete vorbei an im Gleichschritt marschierenden Braunhemden, die mit Fahnen und Fackeln durch die Straße zogen und *Arbeit, Freiheit und Brot* skandierten, vorbei an Bettlern und Hungernden. Schließlich hetzte sie die Treppen hoch zur Wohnung der Seidlitz'. Emmy hämmerte den Türklopfer ans Blech.

»Ich komme ja schon«, hörte sie Hauke von drinnen rufen. Er öffnete die Tür und sah sie überrascht an. »Emmy? Was machst du denn hier?«

»Deine Mutter …« Sie sah ihn fragend an.

»Ist nicht zu Hause«, erklärte er.

Und nachdem Emmy ihn noch an der Wohnungstür ins Bild gesetzt hatte, legte Hauke einen Arm um sie und führte sie in die Küche. Er setzte sie an den gefliesten Tisch, die Kacheln waren blütenweiß. Der Hahn tropfte, und aus dem Beistellherd knackte das brennende Holz. Im Kessel kochte das Wasser.

»Was machen wir denn jetzt?«, fragte er.

»Ich werde es austragen«, sagte Emmy mit fester Stimme. Es war eine Schande, als alleinstehende Frau ein Kind zur Welt zu bringen. Sie wusste, alle würden mit dem Finger auf sie und den Säugling zeigen. Aber das Leben war sie dem Ungeborenen trotzdem schuldig. Wer wusste schon, ob nicht doch noch ein Wunder geschah und irgendeine gute Fee das Schicksal des Kindes erträglich machte. »Vielleicht wird es das Beste sein, wenn ich es in Obhut gebe«, überlegte sie.

»Du willst mein Kind in Obhut geben?«, fragte Hauke empört. »Auf keinen Fall! Dazu hast du gar kein Recht. Ich bin der Vater. Das ist allein meine Entscheidung.«

Emmy konnte nicht glauben, was sie da hörte. »Wie bitte? *Du* hast gar kein Recht an dem Kind. Wir sind nicht verheiratet«, blaffte sie zurück.

»Dann heirate ich dich eben«, sagte Hauke plötzlich.

Emmy schwieg überrascht. Die Gedanken wirbelten durch ihren Kopf. Hauke wird mich schon bald behandeln wie ein Dienstmädchen, dachte sie. Käme sie da nicht vom Regen in die Traufe? Aber alleine mit einem unehelichen Kind – wie sollten sie über die Runden kommen?

Andererseits schien ihr ein Leben mit Hauke wenig verlockend: immer beherrscht, nie spontan, freudenarm, ohne lauten Gesang.

»Emmy, es wäre verrückt, wenn du dich alleine mit unserem Sohn durchschlagen willst.«

»Woher kannst du wissen, dass es ein Junge ist?«, fragte Emmy überrascht.

»Ein echter Seidlitz zeugt nur Söhne«, sagte Hauke mit stolzgeschwellter Brust.

Bei dem Anblick musste Emmy trotz des Ernstes der Situation lachen. »Dich haben sie ja wohl mit dem Klammerbeutel gepudert«, sagte sie kopfschüttelnd.

Hauke lächelte leicht. Dann sagte er: »Ich möchte, dass du hierbleibst. Bei mir.«

»Soll das jetzt tatsächlich ein Antrag sein?«, fragte Emmy.

»Nein, das ist ein Befehl«, sagte Hauke mit der Ernsthaftigkeit eines preußischen Ministerialbeamten.

Es war genau so, wie Emmy befürchtet hatte. Er befiehlt, und ich habe zu parieren, schoss es ihr durch den Kopf. Wenn überhaupt, brauchte sie einen Mann an ihrer Seite und keinen arbeitslosen Befehlshaber. »Du willst mir was befehlen?«

»Ich werde Vater und will zu meiner Verantwortung stehen. Ich werde euch führen und beschützen«, sagte Hauke laut und in staatsmännischem Ton. Jetzt kann er große Töne spucken, dachte Emmy. Jetzt, da eine Heirat mit Marie-Christin ohnehin nicht mehr zur Debatte stand. Man munkelte, dass es zwischen seiner Fast-

Verlobten und dem Sohn von Blumen-Wudtke nach Leopolds Tod ein Tête-à-Tête gegeben hatte, und das große Geld der von Waldstettens hatte sich längst in Luft aufgelöst.

»Hauke, wir passen doch eigentlich nicht zusammen«, entgegnete Emmy.

»Wer passt denn heute schon zusammen. Nenn mir ein Paar, nur eines, das von Beginn an zueinanderpasst?« Emmy sagte nichts, und Hauke fuhr fort: »Da siehst du es. Und denk doch, was wir schon alles Schönes erlebt haben. Gut, die Streitereien in der letzten Zeit waren nicht schön. Aber warum sollte eine Ehe zwischen uns wegen ein paar Scharmützeln nicht gut gehen? Wir werden schon zusammenfinden.«

Emmy wies auf ihren Bauch und sagte trocken: »Wir haben bereits zusammengefunden.«

»Umso besser«, sagte Hauke, dem die Ironie entgangen war. Es war ihm offensichtlich ernst.

Emmys Gedanken rasten. Schwanger, das Kind unehelich, keine Arbeit, kein Geld, kein Zeugnis, Entlassungseintrag im Gesindebuch, keine Wohnung. Aber immerhin ein anständiger Mann, der sie heiraten wollte. »Und wo sollen wir wohnen?«, fragte sie.

»Da findet sich schon was. Auf jeden Fall brauchen wir fließendes Wasser und vollständige Elektrifizierung.«

Emmy sah Hauke ungläubig an. »Für dich wäre bestimmt auch eine Hausangestellte schön«, sagte sie lachend. »Aber halt, die kannst du dir sparen, du heiratest ja eine.«

»Jetzt lass doch mal die Witze. Wie wäre es, wenn wir hier wohnen. Bei meiner Mutter? Vater lebt mehr oder minder in Danzig, Mama ist jetzt wieder oft bei ihm – wir hätten die Wohnung die meiste Zeit für uns. Die Köchin mussten wir leider entlassen, aber ich denke, du wirst dir in den Jahren bei den von Waldstettens das ein oder andere von Luise abgeschaut haben ...«

»Deine Mutter wird sich gar nicht mehr einkriegen vor Freude«, sagte Emmy grinsend.

»Das lass mal meine Sorge sein. Für den Übergang wäre das eine gute Lösung.«

»Wir werden uns die Köpfe einschlagen.«

»Unsinn. Ihr werdet euch schon aneinander gewöhnen«, sagte Hauke und ging vor Emmy auf die Knie. »Emmy Peterson, möchtest du meine Frau werden, mich ehren und lieben, bis dass der Tod uns scheidet?«

»*Wir* müssen *einander* ehren«, korrigierte Emmy.

»Ja doch! Ich ehre dich schon die ganze Zeit, sonst würde ich nicht vor dir knien. Also noch mal: Ich will, dass du meine Frau wirst.«

Emmy nahm seine Hand und legte sie auf ihren Bauch. »Hauke, versprich mir beim Leben unseres Kindes, dass du nie die Achtung vor mir verlieren wirst, egal für wie viel schlauer du dich auch immer halten magst.«

Er sah ihr tief in die Augen. »Versprochen.«

Am Ostersonntag war es dann so weit. Hauke lief zwischen der Küche, wo seine Mutter für heißes Wasser sorgte, und dem langen Flur der Charlottenburger Wohnung hin und her und wartete auf den erlösenden Schrei seines ersten Kindes. Das Pendel der Standuhr bewegte sich lautlos von rechts nach links und umgekehrt. Er und seine Mutter hatten sich wieder angenähert, seit er ihr geschworen hatte, den Namen des Jungen bestimmen zu dürfen. Das Kind sollte Otto heißen. Wie der Reichskanzler Otto von Bismarck.

Die Hebamme, die sich als Marianne vorgestellt hatte, stellte ihre Tasche schwungvoll auf den Tisch und klappte sie auf. »Na Kleene, bist du aufgeregt?« Emmy nickte, jetzt, wo die ganze Sache so richtig Fahrt aufnahm, sah sie der Geburt doch mit Sorge entgegen. »Keine Angst, wir werden das Kind schon schaukeln.« Marianne legte das zu einer Schleife gebundene Halstuch ab und krempelte die Ärmel ihrer Bluse bis zu den Ellenbogen hoch. »Raus kommen sie alle. Wollen wir doch mal sehen, wie die Lage ist.« Vorsichtig setzte sie ein Buchenholzhörrohr auf Emmys Bauch. »Das ist schon mal sehr gut, ein kräftiger Herzschlag. Der Kaiser wäre stolz gewesen.« Sie zählte die Zeit zwischen den Wehen. In den Händen der Hebamme fühlte Emmy sich sicher. Marianne war eine kräftige Frau mit roten Wangen und einem ansteckenden Lachen, die so viel Sicherheit verströmte, dass Emmy ihre Angst fast vergaß. Die Geburt war schließlich kurz und unkompliziert, oder wie Marianne es trocken formulierte: »Du bist ja eine von die schnelle Truppe!«

Kaum dass das Kind da war, hielt die Hebamme es fest an den Beinen, den Kopf nach unten, schlug einmal kräftig auf den Rücken, dann der erlösende Schrei. »Ach, sieh an, es ist eine kleine Dame, wie schön. Herzlichen Glückwunsch!« Marianne band die Nabelschnur ab und durchtrennte sie. Sie prüfte die Muskelspannung und die Herzfrequenz. Sie maß und wog das Mädchen, bevor sie es wusch, in ein vorgewärmtes Tuch wickelte und seiner Mutter auf den Bauch legte. Emmy betrachtete staunend und ein wenig ungläubig das winzige Wesen, dem sie das Leben geschenkt hatte.

»Darf ich vorstellen, deine Mama. – Emmy, das ist eine Punktlandung. 50 Zentimeter und 3500 Gramm. Perfekt. Besser kann man es gar nicht machen.«

Marianne öffnete kurz die Tür, um die geglückte Niederkunft zu verkünden. »Alles dran, Mutter und Mädchen wohlauf. In einer halben Stunde ist Besichtigung.«

Hauke war schon von seinem Stuhl aufgesprungen, um zu seinem Sohn und seiner Frau zu eilen. Nun gefror das Lächeln auf seinem Gesicht. Er ließ sich auf den Küchenstuhl zurückfallen und gab einen Laut des Unmuts von sich. Die frischgebackene Großmutter presste verzweifelt eine Faust vor den Mund.

Beide schwiegen.

Auch das noch: ein Mädchen. Hauke griff nach der Champagnerflasche, goss sein Glas randvoll und entzündete eine Zigarre. Auch seine Mutter nahm ein Glas. Sie stürzte den teuren Schaumwein in einem Zug hinunter und setzte ihre leere Sektschale mit einem Klirren auf dem Tisch ab.

Emmy lag erschöpft, aber überglücklich unter dem großen Federbett, das Kind im Arm. Sie zeichnete mit ihrem Daumen zärtlich ein Herz auf die Stirn des Mädchens und sagte: »In Liebe, Hilde sollst du heißen.«

Marianne setzte sich zu ihr ans Bett und hielt dem Neugeborenen den kleinen Finger an den Mund. »Mensch, die Kleene hat mächtig Kohldampf«, sagte sie scherzend, nahm Emmy den feuchtwarmen Lappen von der Brust und legte das Mädchen an. »Wenn es jetzt ziept und kitzelt gleichzeitig, dann ist alles gut.« Marianne tupfte Emmy die Stirn ab und streichelte ihr die Wange. »Mädchen, das hast du fein gemacht.«

Es war der Beginn einer lebenslangen Freundschaft.

Schließlich bat sie Hauke ins Zimmer. Mit vom Alkohol sichtlich geröteten Wangen, geschwellter Brust und hochgekrempelten Hemdsärmeln trat er ein, als habe nicht Emmy, sondern er gerade den Nachwuchs zur Welt gebracht. Als Hauke das Kind sah, hatte er sich schon an den Gedanken gewöhnt, dass er keinen Sohn, sondern eine Tochter hatte. »Du kannst sie nehmen, die beißt nicht«, sagte Marianne und legte ihm das Neugeborene in die Arme. Erst sehr vorsichtig, dann aber immer sicherer werdend trug Hauke seine Tochter durch den Raum.

»Hast du gesehen, Schatz, sie hat meine Augen«, sagte er, und ein Lächeln zupfte an seinen Mundwinkeln. Als Emmy ihren Mann so fröhlich pfeifend mit Hilde im Arm sah, dachte sie: Jetzt wird alles gut. Marianne nahm ihre Kladde und notierte den Namen: Hilde Emmy Janne Seidlitz.

16

NOVEMBER 1994

Emmy steckte sich ein Stück Schogette in den Mund und ließ es auf der Zunge zergehen. Dass sie heute nun, am 20. November 1994, siebenundachtzig Jahre alt wurde, grenzte an ein Wunder. Nach dem frühen Tod ihrer Mutter hatte sie lange Zeit ein mulmiges Gefühl beim Gedanken an ihren 34. Geburtstag beschlichen. Und so hatte Emmy am 20. November 1941 das Gefühl gehabt, durch einen unsichtbaren Vorhang zu gehen und fremdes Terrain zu betreten. Auf der anderen Seite des 34. Lebensjahres schien es ihr, als sei sie von nun an auf sich allein gestellt. Und sie war weit gegangen. Vor sieben Jahren, zu ihrem 80. Geburtstag, hatte der Bezirksbürgermeister Blumen und einen Fresskorb gebracht und gefragt, wie sie es geschafft habe, so rüstig alt zu werden. Ob sie sich besonders ernähre? Emmy fand, sie ernähre sich ganz normal. Von den neumodischen Dingen hielt sie nichts. Eine Nachbarin hatte ihr empfohlen, nach 18 Uhr keine Kohlenhydrate mehr zu essen, doch Emmy glaubte nicht, dass Nudeln die Uhrzeit kannten. Sie hatte nichts Besonderes getan, um alt zu werden. Sie hatte einfach nur gelebt und immer versucht, sich selber treu zu bleiben.

Seit vier Uhr war sie nun schon auf den Beinen. Nicht, weil sie wegen ihres Geburtstages aufgeregt gewesen wäre, sondern weil ihr Schlaf schon seit Jahren ein Eigenleben entwickelt hatte, gegen das sich zu wehren sinnlos war. Mehrere Nickerchen über den Tag verteilt schienen aber zu genügen, um den fehlenden Nachtschlaf auszugleichen. Emmy hatte die Balkontür auf Kipp gestellt, sich eine Wärmflasche gemacht und ihre Federdecke auf die Couch gezerrt. Dick eingemummelt lag sie da, lauschte auf die wenigen Geräusche von draußen und wartete darauf, dass es sechs Uhr wurde. Um Punkt sechs rief sie bei Marianne in München an, die immer um diese Zeit wach wurde. Seit Jahrzehnten. Emmy nannte es senile Bettflucht, Marianne bestand auf ihre innere Uhr.

»Guten Morgen, du Urvieh.«

»Ach, sieh einer an, das Berliner Geburtstagskind ist schon wach. Ich dachte, zur Feier des Tages willst du vielleicht ausschlafen.«

»Tja, und ich dachte, du sollst die Erste sein, die mir gratuliert.«

»Wenn ich dich schon mal an der Strippe hab, gerne doch: Alles Gute zum Geburtstag! Siebenundachtzig … jetzt musst du nur noch erwachsen werden.«

Emmy lachte. »Tja, noch drei Jahre und dann spiele ich in deiner Liga, neunzig plus.«

»Ich sag's dir: Kaum bist du neunzig, fangen die ersten Wehwehchen an. Was hast du denn vor an deinem Ehrentag? Sag mal, ist heute nicht der Termin beim Notar?«

»Ja, endlich. Das hat auch lang genug gedauert. Aber vorher kommen die Kinder zum Frühstück.«

»Und – wirst du es ihnen sagen?«, fragte Marianne.

»Nicht heute. Ich will das alles erst in trockenen Tüchern haben. Ich denke, zu Tessas Fünfzigstem im Februar werde ich es verkünden, vielleicht auch schon an Weihnachten – mal sehen, wie die Stimmung ist. Otto und Hilde haben so viel Interesse an meinem Keller gezeigt, dass ich mich gefragt habe, ob die beiden da einziehen wollen. Ich denke, die wissen irgendwas. Gefragt hat mich noch keiner. Aber wichtig ist für mich vor allem, dass das mit Anni noch über die Bühne geht.«

»Weiß die denn wenigstens schon Bescheid?«, fragte Marianne.

»Noch nicht. Irgendwie habe ich Sorge, dass sie Nein sagt.«

»Blödsinn. Die wird dir vor Freude das Gesicht abschlabbern. Gut nur, dass endlich alle Papiere zusammen sind. Denn Emmy, wir müssen der Wahrheit ins Auge blicken – Audrey Hepburn, Jacqueline Kennedy und Heinz Rühmann sind tot, und unsereins riecht auch schon nach Erde. Es kommt die Zeit, wo auch wir uns vom Acker machen.«

»Besser gesagt *auf* den Acker«, korrigierte Emmy. Sie hörte, wie unten die Rollläden hochgezogen wurden. Das Motorengeräusch eines Autos drang durch die gekippte Balkontür. Es tat gut, Mariannes Stimme zu hören. Gerade als Emmy dachte, wie schön es wäre, das Urvieh noch mal zu sehen, sagte Marianne: »Emmy, du weißt, ich bin zu schwach, um nach Berlin zu kommen. Aber würdest du es noch einmal zu mir nach München schaffen? Vielleicht könnte Hilde dich nächste Woche fahren? Die hat doch eh frei.«

Emmy musste schmunzeln. Hilde hatte niemals frei, obwohl sie nie berufstätig gewesen war. Wie man so wenig Zeit in seinem eigenen Leben haben konnte, war Emmy ein Rätsel. Erst nahm ihr Mann Zeit von der Uhr, dann sein Geschäft und die kranke Schwiegermutter, dann kamen die Kinder, die Wohnung, die Handwerker, Geschäftsessen mit irgendwelchen wichtigen Leuten, Reisen in ferne Länder, die zahlreichen Empfänge, das Segelboot, der Golfkurs, der Personal Trainer, die sozialen Verpflichtungen und jetzt der greise Schwiegervater. Emmy fragte sich, wann ihre große Tochter mal Luft holte. »Ich werde sie nachher beim Frühstück fragen.«

»Mach das und sag Bescheid, wenn alles in Sack und Tüten ist.«

Hilde kam als Erste und brachte zwei prallvolle Brötchentüten mit.

»Hallo, mein Schatz. Schön, dass du da bist«, sagte Emmy und dachte nur: Meine Güte, wer soll das alles essen? Sie nahm ihrer Tochter eine der duftenden Tüten ab.

Hilde wickelte sich mit der freien Hand den Tartan-Schal vom Hals und hängte ihn mittig an einen der Garderobenhaken.

Sie lächelte ihre Mutter an. »Alles Liebe zum Geburtstag, Mama! Ich wünsche dir ganz viel Glück und vor allem Gesundheit. Du weißt ja, Gesundheit ist nicht alles, aber ohne Gesundheit ist alles nichts.« Emmy nickte. Nicht zum ersten Mal fragte sie sich, ob Hilde mit der unerschöpflichen Anzahl ihrer Kalendersprüche bei *Wetten dass..?* auftreten könnte. Hilde legte die zweite Brötchentüte auf dem Telefontischchen ab und zog ihren Mantel aus, den sie ordentlich über ihren Schal hängte. Mit der Tüte in der Hand folgte sie ihrer Mutter ins Wohnzimmer, wo der Frühstückstisch schon eingedeckt war. »Heute lassen wir dich so richtig hochleben. Man wird ja nicht alle Tage 87 …«, plapperte sie weiter. Sie stockte erst, als sie sah, dass für fünf statt für vier Personen gedeckt war. »Kommt Robert auch?«

»Nein. Anni«, sagte Emmy.

Ohne ihre Anni läuft hier gar nichts mehr, dachte Hilde säuerlich.

Emmy ging an ihrer Tochter vorbei in die Küche. »Komm mal mit«, sagte sie nur, und Hilde tippelte ihrer Mutter nach wie ein frisch frisierter Pudel. Während sie zusah, wie Emmy den Kaffee vorbereitete, suchte sie nach Worten. Anni hatte es geschafft, sich als eine Art Enkeltochter einzunisten. Die musste den Mund nur noch aufmachen und – zack! – war die gebratene Taube auch schon drin, so sah es doch aus.

Emmy stellte den Melitta-Kaffeefilter auf die Kanne und goss ihn randvoll mit siedendem Wasser. Das Kaffeepulver quoll nach oben, und eine kleine dampfende Wolke verströmte würzigen Duft. Das Tropfen aus dem Kaffeefilter war minutenlang das einzige Geräusch, das zu hören war. Kein Mensch brüht mehr seinen Kaffee von Hand auf, dachte Hilde, aber Mama fand, dass es mehr Ruhe ins Leben brachte.

»Hilde, ich wollte dir etwas sagen, bevor die anderen kommen. Oder vielmehr dich um etwas bitten. Ich ... ich möchte euch nachher ein Erbe geben«, sagte Emmy und sah ihre Tochter ernst an. Plötzlich war Hilde sehr aufmerksam, der Ärger über Anni war vergessen.

»Es ist nichts Großes«, sagte Emmy. Sie goss Wasser in einen Topf und stellte ihn auf den Herd.

»Nichts Großes?«, echote Hilde, und sie konnte ihre Enttäuschung kaum verbergen.

»Erst mal. Ich habe etwas Geld gespart.« Emmy ließ Eier in das kochende Wasser gleiten.

»Für mich bitte nicht, du weißt ja, das Cholesterin tut mir nicht gut«, sagte Hilde und fuhr sich über die schmale Taille. Wenn sie aufhört zu atmen, passt ihr eine 34, dachte Emmy. Sie legte ein Ei zurück in den Kühlschrank, stellte die Eieruhr und widmete sich wieder dem Kaffee.

»Ich sehe nicht mehr, wofür ich das Geld noch brauche, und wollte es mit warmer Hand schenken. Ich habe mir überlegt, jedem von euch heute tausend Mark zu geben«, nahm Emmy den Faden wieder auf.

»Das wären ja viertausend«, rechnete Hilde laut und dachte: Ist das alles?

»Nein, dreitausend. Anni hat schon etwas anderes bekommen«, sagte Emmy.

Hilde war erleichtert und neugierig zugleich. Wenigstens bekam Anni nicht auch noch Geld von ihrer Mutter. Aber was hatte sie stattdessen bekommen? Emmy hob den Filter hoch, um zu sehen, wie weit sich die Kanne gefüllt hatte.

»Ich möchte, dass du das Geld auch wirklich für dich verwendest, Hilde. Also nicht für deinen Mann oder deine Söhne. Gönn dir mal etwas, was wirklich du nur willst. Woran du Freude hast.«

Hilde nickte und fragte sich, von welcher Summe das Geld der Anfang sein würde. Schließlich erfreute sich ihr Schwiegervater noch immer bester Gesundheit und war dabei, Günters und damit auch ihr Erbe mit vollen Händen in dem edlen Altersruhesitz zu verprassen. Kulturprogramm, Dachterrasse mit Schwimmbad, Vier-Gänge-Menü und persönliche Betreuung in allen Fragen des täglichen Lebens hatten ihren Preis.

Es klopfte an der Wohnungstür. Emmy drückte Hilde den Wasserkessel in die Hand und ging in den Flur. Als sie die Tür öffnete, sangen Anni und Tessa ein Geburtstagsständchen, begleitet von Anni auf der Mandoline. »Herzlichen Glückwunsch, zum Geburtstag!«, riefen sie danach im Chor, und dann war alles ein Stimmengewirr und Umarmungen und gute Wünsche für das neue Lebensjahr.

Ist ja gut, dachte Hilde genervt und widmete sich weiter dem Kaffee.

»Ach, wie schön! Lasst euch noch mal richtig drücken«, hörte sie Emmy sagen und verdrehte die Augen. Als die drei in die Küche kamen, bemühte sich Hilde, beschäftigt auszusehen. Schwungvoll goss sie Wasser nach.

Anni hielt die Mandoline hoch. »Hallo Hilde, sieh mal, die hat mir Emmy geschenkt. Toll, oder?«

»Oh, äh … ja, ganz toll. Ich wusste gar nicht, dass du doch noch Musikerin werden willst«, sagte Hilde spitz. Konnte so eine Mandoline 1000 Mark kosten? Im selben Moment lief die Kaffeekanne über. Die braune Brühe rann an der Kanne hinunter, schwappte über den Tisch und tropfte auf den Linoleumfußboden.

»Pass doch ein bisschen auf«, sagte Emmy und holte einen Lappen.

»Ich mach das schon«, sagte Hilde gereizt und riss ihrer Mutter den Feudel aus der Hand. Die Eieruhr klingelte. Emmy stellte den Herd aus. »Lass alles stehen, Mama!«, fuhr Hilde sie an.

Verwundert sah Emmy sie an. »Was ist denn los mit dir?«

»Nichts, gar nichts. Geht ihr nur schon rein. Ich mach das hier.«

Emmy wechselte einen fragenden Blick mit Tessa, doch auch die zuckte nur ratlos mit den Schultern. Nachdem Tessa, Anni und Emmy ins Wohnzimmer gegangen waren, schreckte Hilde die Eier ab und wischte den Kaffee auf. Es klingelte erneut. »Ich geh schon!«, rief sie.

Vor der Tür stand Otto. »Hallo Hildelein«, begrüßte er seine Schwester in bester Stimmung und drückte ihr einen welken Blumenstrauß in die Hand, den er offensichtlich schon am Vortag an einer Tankstelle gekauft hatte. Hilde schloss die Wohnungstür hinter ihm und beäugte den Strauß, der in derartig viel Zellophan eingewickelt war, dass die Blumen sich darin verloren. »Ist das hier etwa der Geburtstagsstrauß für Mama?«, fragte sie ungläubig.

»Nein, der ist für den Osterhasen«, gab ihr Bruder zurück. »Natürlich ist der für Mama.« Hilde ging in die Küche, Otto folgte ihr.

»Ich bitte dich, ich habe dir dreißig Mark für Blumen gegeben. Was hast du damit gemacht? Das Ding hier ist doch keinen Zehner wert!«

Otto ging auf Hildes Bemerkung nicht ein und wechselte das Thema. »Schwesterherz, ich habe inzwischen rausgefunden, was

Mamas Geheimnis ist.« Er machte eine Pause, als erwartete er Trommelwirbel.

Hilde funkelte ihn ungeduldig an. »Nun sag schon.«

Er senkte die Stimme. »Es geht um mehrere Grundstücke. Die gehören ihr tatsächlich! Hilde, wir müssen da hinfahren, dann zeige ich es dir. Du musst dir das ansehen, sonst glaubst du es nicht. Es wird dich umhauen. Garantiert. Bist du mit dem Auto da?«

»Ja. Unser Hubschrauber ist gerade in der Werkstatt«, sagte sie in ironischem Ton. Leiser fuhr sie fort: »Ich habe übrigens auch Neuigkeiten.« Sie lehnte die Tür zur Küche an. »Mama beginnt schon, das Erbe zu verteilen. Jeder von uns bekommt heute tausend Mark von ihr. Einfach so, zwischendurch.«

»Ein Tausender, dass ich nicht lache. Hilde, du hast keine Ahnung, was auf uns zukommt. Dagegen ist das ein Almosen. Wir fahren nachher hin, dann verstehst du, was ich meine.« Otto griff nach der Kaffeekanne und ging beschwingt ins Wohnzimmer zu den anderen. »Hallöchen, ihr seid doch bestimmt schon am Verdursten. Aber hier kommt endlich euer Retter in der Not! Alles Gute zum Geburtstag, Mama. Meine Blumen kommen gleich.« Otto stellte die Kanne direkt vor Emmys Nase ab, als sei das ihr Geschenk.

»Na, großer Bruder, ich hoffe, du hast ordentlich Hunger mitgebracht«, sagte Tessa und zeigte auf den Brötchenberg.

»Hauptsache nicht wieder so was Biologisch-dynamisch-Exotisches«, sagte Otto und hatte schon die Hand ausgestreckt, doch Emmy schlug ihm auf die Finger. Sie wollte auf Hilde warten. Die versuchte, in der Küche den Blumenstrauß herzurichten, damit er nicht ganz so kärglich aussah.

Schließlich saßen alle am Frühstückstisch. »Bevor wir anfangen, will ich euch was geben«, sagte Emmy und überreichte Otto, Hilde und Tessa je einen Umschlag. Otto warf nur einen flüchtigen Blick hinein und sagte: »Wow. Danke, Mama. Das nenne ich eine gelungene Überraschung.«

Tessa sah in ihr Kuvert und erklärte, das könnten sie unmöglich annehmen. Emmy winkte ab und meinte nur, sie täten ihr damit einen Gefallen.

»Du kannst deins mir geben, wenn du es nicht willst«, flachste Otto und griff wieder nach dem Brötchenkorb. Hilde öffnete ihren Umschlag nicht. Stattdessen erhob sie sich. Alle Augen richteten sich überrascht auf sie.

»Liebe Mama, so viel Geld. Aber wir sind dir natürlich sehr dankbar. Für alles. Es ist schön, dass wir alle hier heute zusammenkommen konnten, um dich hochleben zu lassen. Einmal war es uns nicht vergönnt, bei dir zu Hause zu feiern ...«

Emmy und Tessas Blicke trafen sich. Hoffentlich nicht wieder die alte Geschichte von Emmys 79. Geburtstag, an dem sie sich das Handgelenk gebrochen hatte. Schon sagte Hilde: »Weißt du noch, wie wir an deinem 79. zusammen in der Notaufnahme saßen? Aber wie immer hast du versucht, aus allem das Beste zu machen. Du hast den Schmerz weggelächelt und gesagt, zum Glück sei es nur die linke Hand ...«

Emmy sagte nichts und goss allen Kaffee ein.

»Gibt es hier keine normalen Schrippen?«, fragte Otto, der inzwischen jedes einzelne Brötchen befingert hatte, um enttäuscht festzustellen, dass Hilde nur Vollkornbrötchen besorgt hatte.

»Warte, hier ist noch eine Tüte«, sagte Anni und reichte sie ihm. Otto riss sie auf und rief entzückt: »Ah, richtige Schrippen!«

»Ich auch«, sagte Tessa. Otto gab die Tüte weiter.

»Ich könnte noch so vieles sagen«, fuhr Hilde fort. Das fürchte ich auch, dachte Emmy und steckte Hilde kurzerhand ein Stück Gurke in den Mund. »Danke, meine Große, das hast du sehr schön gesagt.«

Sie plauderten über dieses und jenes. Die Stimmung war gelöst. Als sich das Frühstück dem Ende näherte, erzählte Emmy von Mariannes Einladung nach München, während sie ihr Ei köpfte.

»Mariandel, unser aller Hebammbel«, reimte Otto grinsend.

Hilde allerdings fand das weniger lustig. »Zu Marianne nach Bayern? Das sind fast 600 Kilometer! Mama, in deinem Zustand kannst du so eine lange Reise nicht alleine machen.«

»Ich wollte ja auch nicht alleine hinfahren«, sagte Emmy und griff nach dem Salzstreuer.

»Und mit wem willst du dann fahren?«, fragte Hilde und goss ihrem Bruder den letzten Schluck Kaffee ein.

»Ich dachte da an dich. Du hast doch Zeit, oder?«, fragte Emmy, aß einen Löffel von ihrem Ei und sah Hilde kauend an.

»Moment mal, also so einfach ist das nicht. Die Vorbereitungen für Weihnachten stehen an. Ich muss Kekse für das Heim von Günters Vater backen. Das ist eine exklusive Einrichtung für gut betuchte ältere Herrschaften. Da kann ich ja wohl kaum mit Mürbeteigplätzchen auflaufen.«

»Keks bleibt Keks«, sagte Tessa.

»Du hast ja keine Ahnung! Das will alles gut durchdacht sein. Ich muss Rezepte sichten, dann das Probebacken ... da bin ich vollauf beschäftigt«, erklärte Hilde. »Vielleicht mache ich was mit Blattgold«, fügte sie in Gedanken versunken hinzu.

Emmy biss sich auf die Lippen. Woanders hungern die Menschen, und meine Tochter pappt Blattgold auf Zimtsterne. Sie ignorierte Hildes Einwand. »Was ist nun, bringst du mich nach München?«

Hilde hob kapitulierend die Hände. »Wie lange willst du denn bleiben?«

»Sieben Tage«, sagte Emmy.

»Eine ganze Woche? Wie stellst du dir das vor? Ich kann hier nicht alles stehen und liegen lassen. Im Moment weiß ich gar nicht, wo ich mit der Arbeit anfangen soll.«

»Mit welcher Arbeit? Meinst du die Kekse?«

»Wenn es nur die wären! Als sie letztes Jahr die fünfstelligen Postleitzahlen eingeführt haben, ist Günter im Dreieck gesprungen. Zurecht. Die ganze Buchhaltung, die Kundenkartei, alles musste geändert werden. Damit haben wir bis heute zu tun ...«

Wenn das 1945 unsere einzige Sorge gewesen wäre, wären wir aus dem Feiern gar nicht mehr rausgekommen, schoss es Emmy durch den Kopf.

»Otto …« Hilde sah ihren Bruder an. »Otto kann dich doch fahren«, sagte sie.

Emmy schnaubte. »Um Himmels willen, ich ziehe einen natürlichen Tod vor.«

Am Tisch entstand ein unangenehmes Schweigen. Hilde räusperte sich, nahm noch einen Schluck Saft und wollte gerade großmütig erklären, dass sie die Fahrt auf sich nehmen würde, als Anni sagte: »Ich kann dich fahren.«

»Genau, Anni wird dich fahren. Bei ihrem Fahrstil kannst du entspannt die Schnecken am Wegesrand zählen«, sagte Otto lachend. Anni warf in gespielter Empörung ihre Serviette nach ihm und sagte: »So langsam bin ich nun auch wieder nicht.«

»Danke, Anni, du bist ein Schatz«, sagte Emmy lächelnd.

Hilde kochte innerlich. »Das kam jetzt ein bisschen überraschend, Mama, aber vielleicht kann ich auch ein bisschen umdisponieren … Komm, ich fahr dich hin.«

»Kümmere du dich mal um deine goldenen Kekse«, gab Emmy nur zurück.

17

JULI 1933

Emmy hatte sich rasch von der Geburt erholt.

»Es ist doch seltsam. Da kommt ein Mensch auf die Welt, alles ist dran, was er zum Leben braucht, aber er kann nichts außer schlafen und essen«, stellte Hauke fest und räkelte sich im Bett.

Emmy lachte. »Ach, Hauke …«

»Was ist so komisch daran? Es ist doch wahr, oder nicht?«

»Ich finde, unsere Tochter ist ein Wunderwerk, und ich denke, wir dürfen davon ausgehen, dass sie bald mehr kann«, sagte sie.

Hauke streichelte Emmys Wange und sah sie verträumt an. Dann sagte er grinsend: »Man muss festhalten, dass es ohne meinen Beitrag nur ein halbes Wunderwerk wäre«, und intensivierte seine Zärtlichkeiten.

Mit Hildes Geburt fühlte Emmy sich auf eine sonderbare Art vollständig. Alle Sorgen, Bedenken und Ängste waren wie weggefegt. Hauke hatte eine Anstellung bei den Berliner Hafen- und Lagerbetrieben gefunden, es gab reichlich zu essen, ein Dach über dem Kopf, und es herrschte Frieden. Noch.

Sicher, das Zusammenleben mit Charlotte war schwierig. Es verging kein Tag, an dem sie Emmy nicht spüren ließ, was sie von ihr hielt – »Nicht mal eine Mokkatasse kannst du richtig platzieren, du Trampel! Es darf nicht klappern!« –, und sie ließ Emmy ackern. Sie musste Teppiche und Vorhänge ins Freie wuchten und an der Klopfstange, oder wie der Berliner sagte, Kloppstange, ausklopfen, tagelang Böden schaben, laugen, wischen, wachsen oder bohnern und das Silber polieren.

Im Gegensatz zu Emmy schwor Charlotte noch immer auf einteilige Schnürkorsagen, obwohl Ärzte lange schon vor den Folgen warnten. »Wie kannst du dich nur so gehen lassen, Emmy. Der Anblick deiner ausladenden Taille ist eine Zumutung fürs Auge. Eine Frau muss stets auf ihre Figur und Haltung achten!«

»Sie muss aber auch noch atmen können. Ist gut fürs Gehirn.«

Charlotte stemmte die Hände in die Hüften. »Ich bewundere deine Unverschämtheit!«

»Ich bewundere an Ihnen gar nichts.«

Kochen sollte Emmy nicht. Anfangs war sie mehrfach von ihrer Schwiegermutter aufgefordert worden, die Küche *umgehend* zu verlassen. Dank Haukes Anstellung hatten sie die Köchin zumindest stundenweise wieder einstellen können, und Emmy wäre ihr gerne zur Hand gegangen oder hätte sich auf einen Plausch zu ihr in die Küche gesetzt, aber zum Personal baute man keine Beziehung auf. Auch Hauke hatte – vergeblich – versucht, Emmy um Abstand zu bitten. »Emmy, es gehört sich einfach nicht, dass meine Frau in der Küche hilft. Was ist so schwer daran, bedient zu werden? Schau, du bist frei, den lieben langen Tag zu kommandieren.«

»Das überlasse ich lieber deiner Mutter.«

Emmy saß im Ohrensessel und nähte an einer Puppe für Hilde, die friedlich im Korb vor ihren Füßen schlief. Charlotte saß am Wohnzimmertisch und stickte. Hauke hatte ihnen gegenüber in einem zweiten Sessel Platz genommen und blätterte in der Zeitung. In regelmäßigen Abständen gab er ein paar Zeilen des Gelesenen zum Besten. »Hört zu: *Der Berufsboxer Max Schmeling und die Schauspielerin Anny Ondra gaben sich am sechsten Juli in Bad Saa-*

row das Jawort. Sieh einer schau, der schwarze Ulan vom Rhein und die blonde Stummfilmschönheit, na wenn das nichts ist …«

Ein Fenster war weit geöffnet, sodass der Straßenlärm bis zu ihnen hinauf drang. Ab und an hörte man ein Hupen, das klang wie das Schnattern einer erkälteten Ente, gefolgt von einer Signalglocke.

»Die Ondra? Ist die nicht Jüdin?«, fragte Charlotte mit gerümpfter Nase.

»Ich glaube nicht«, sagte Hauke.

»Na und, selbst wenn«, sagte Emmy.

Die Türglocke schellte. »Emmy.« Hauke sah sie auffordernd an.

Emmy blieb sitzen. Immer öfter schien ihr Mann zu glauben, Hausherr zu sein, der sein Dienstmädchen herumkommandierte. Warum stand er nicht selbst auf?

Charlotte räusperte sich: »Wer soll denn gehen, wenn nicht du?«

»Ich soll mich nicht gemein machen mit dem Personal, aber wenn keins da ist, darf ich einspringen?«

Es schellte erneut. Hauke lugte hinter seiner Zeitung hervor. »Emmy, bitte. Vielleicht ist es Marianne, die nach Hilde sehen will«, sagte er. Schließlich stand Emmy auf, ging in den Flur und öffnete.

Vor ihr stand ein älterer Mann, groß, aufrecht, schneidig. Er kam Emmy vage bekannt vor, aber sie konnte ihn nicht gleich einordnen. Es schien ihm ähnlich zu gehen. »Sie sind nicht Marie-Christin«, stellte er fest.

»Nein. Ich bin Emmy. Emmy Seidlitz, Haukes Ehefrau. Und Sie sind …?«

Er lächelte. »Wenn Sie die Frau von Hauke sind, dann bin ich Ihr Schwiegervater, schönes Fräulein«, sagte Heinrich Seidlitz mit einem charmanten Augenzwinkern und trat ein. Charlotte kam in den Flur geschossen. »Welche Überraschung! Warum hast du deine Ankunft nicht telegrafiert, Liebling?«

»Darf ich fragen, welcher Familie meine Schwiegertochter entspringt?« Charlotte nahm ihm den Hut ab.

»Den Petersons. Alles Weitere erkläre ich dir später«, sagte sie schnell. »Hattest du eine gute Reise? Du musst hungrig sein ...«

»Petersons?« Er runzelte die Stirn und kratzte sich nachdenklich am Kinn. »Den Namen habe ich noch nie gehört. Das war kein Bankhaus, oder?«

»Nein, das waren Seefahrer«, sagte Emmy und nahm ihrem Schwiegervater die ledernde Aktentasche ab.

»Ach, Sie meinen Marine, eine Admiralsfamilie?«

»Nein, ich meine Seefahrer. Walfänger, um genau zu sein.«

Heinrich Seidlitz starrte sie an. Offensichtlich fragte er sich, ob er sie richtig verstanden hatte.

»Heinrich, es ist kompliziert«, sagte Charlotte. Sie hakte sich bei ihm unter und versuchte, ihn mit sanftem Druck von Emmy wegzugeleiten.

»Kennen Sie die von Waldstettens?«, fragte Heinrich im Gehen.

»Ja, natürlich. Ich war ihr Dienstmädchen«, sagte Emmy trocken.

Charlotte zuckte wie von einem Geschoss getroffen zusammen.

Heinrich hielt inne und befreite sich aus dem Arm seiner Frau. »Dienstmädchen bei von Waldstettens?!«, fragte er erstaunt, nahm die Sehhilfe vom Flurtischchen und lorgnettierte seine Schwiegertochter von Kopf bis Fuß.

Kokett stellte Emmy ein Bein aus und stemmte ihre Hände auf die Hüften. »Ja. Daher kenne ich auch Ihren Sohn«, erklärte sie lächelnd.

Heinrich Seidlitz legte das Lorgnon zurück, entledigte sich seines Gehrocks und hängte ihn über Charlottes noch immer angewinkelten Arm. Dicke Schweißperlen standen ihr auf der Stirn, sie war leichenblass.

Plötzlich lachte der alte Seidlitz dröhnend auf. »Na, Sie sind mir ja eine« – mit erhobenem Zeigefinger wedelte er vor ihrer Nase – »fast hätte ich Ihnen geglaubt! Humor hat sie ja, unsere neue Schwiegertochter, nicht wahr, Charlotte?«

Mit zitternder Hand hängte Charlotte den Gehrock an die Garderobe. Heinrich ging auf Emmy zu. »Lass dich umarmen, Emmy. Für dich bin ich übrigens Heinrich.«

Noch in die Umarmung hinein sagte Emmy: »Das war kein Scherz. Ich bin das ehemalige Dienstmädchen der von Waldstettens.«

Heinrich Seidlitz starrte sie an. Langsam wich alle Farbe aus seinem Gesicht, während sein Blick suchend über ihr Gesicht glitt. Schlagartig wurde ihm klar, wo er Emmy schon einmal gesehen hatte. Er stürmte den langen Flur entlang, schob die mächtige Tür des Berliner Zimmers zur Seite und stand plötzlich vor seinem Sohn, der noch immer in die Lektüre seiner Zeitung versunken war. »Hauke!!«, brüllte er.

»Heinrich, so lass es dir doch erklären«, rief Charlotte ihm hinterher.

»Vater! Ich grüße dich«, sagte Hauke. Er sprang aus dem Sessel auf und knallte die Hacken zusammen.

»Du hast ein Dienstmädchen geheiratet?«, fuhr der Vater ihn an und riss ihm die Zeitung aus der Hand. Hauke fand vor Schreck zunächst keine Worte. Emmy ging zur schlafenden Hilde und hob sie aus dem Korb. »Ich konnte mir ohnehin nie vorstellen, dass du in der Lage sein würdest, auch nur eine einzige Frau von Rang zu erobern«, knurrte Heinrich.

»Nun, wenn er nach dir gekommen wäre, hätte er mehr Frauen erobert, als wir uns vorstellen können«, entfuhr es Charlotte, und sie hielt sich gleich darauf vor Schreck die Hand vor den Mund.

Heinrich wandte sich ruckartig seiner Frau zu. »Du wagst es … Ich habe deinen Sohn legitimiert, ich habe euch ein Leben in Schande erspart, und so dankt ihr es mir, mit einem Skandal!«

Hilde wurde in Emmys Armen wach. Sie blinzelte, gähnte herzhaft und blubberte vor sich hin. Emmy wiegte sie in ihren Armen und summte leise ein Seemannslied ihres Vaters.

»Und was ist das?«, fragte Heinrich.

»Wonach sieht es denn aus?«, fragte Emmy.

Er drehte sich zu seiner Frau um. »Du hast aus ihm einen Versager gemacht. Zu verweichlicht, zu wenig Mann steckt in ihm. Charlotte, wie tief kann man eigentlich sinken? Dann ist er kein Direktor? Natürlich nicht, was frage ich überhaupt?«

Emmy wurde das Gefühl nicht los, dass ihr Schwiegervater ebenso verrückt war wie ihre Schwiegermutter.

»Ich bin jetzt bei der BEHALA, Vater«, sagte Hauke, in seiner Stimme schwang Stolz.

»Als was, Hilfs-Laternenanzünder?«

»Als Schreiber«, sagte er kleinlaut.

»Aber das ist gewiss nur eine Durchgangsstation. Haukes Aufstieg wird kommen«, schob Charlotte rasch hinterher.

»Nichts wird kommen. Geht mir aus den Augen, bevor ich mich vergesse. Du Gipskopf«, donnerte Heinrich.

Emmy ging mit Hilde in ihr Schlafzimmer, Hauke folgte ihnen wortlos. Sie hörten, wie ein lautstarker Streit zwischen Heinrich und Charlotte losbrach.

Emmy legte Hilde in ihr Bettchen und drückte ihr einen Kuss auf die Stirn. »Das sind also deine Großeltern, cholerisch und hysterisch.« An Hauke gewandt sagte sie: »Wenn deine Mutter ihm gleich die ganze Wahrheit telegrafiert hätte, hätte er sich vielleicht schon in Danzig austoben können.«

»Ach ja? Und wie hätte er das tun sollen?«

»Indem er dreimal die Kaschubei abreitet, so was in der Art.«

»Für Vater zählt Erfolg, einzig Erfolg. Nur dann kann er lieben.«

»Wem beim Anblick eines kleinen Kindes nicht das Herz aufgeht, der kann nicht lieben. Warum hasst er dich so?«, fragte Emmy und legte sich zu Hauke aufs Bett, über das eine abgesteppte rosarote Tagesdecke mit bodentiefen Fransen gebreitet war.

»Ich weiß es nicht. Es gab da immer eine gewisse Distanz zwischen uns. Ich war nie gut genug. In dieser Familie wird eben Höheres erwartet.«

»Du sorgst in diesen schwierigen Zeiten für eine kleine Familie. Also, ich bin sehr zufrieden mit dir«, versuchte Emmy ihren Mann zu trösten, dem die Demütigung durch den Vater ins Gesicht geschrieben stand.

Entschlossen sagte er: »Eines Tages wird er sehen, was ich alles zustande bringe. Wir werden eine Villa besitzen, am Wannsee. Ach, was sage ich, eine Villa, ein Anwesen wird es sein, noch größer als Schwanenwerder.«

Der Streit zwischen seinen Eltern trieb auf den Höhepunkt zu. Wortfetzen drangen zu ihnen herüber. »Auch dein Sohn … eine Schande … Gesinde am Tisch … tue mir das nicht an … versagt … nicht zu dulden«. Etwas Schweres fiel zu Boden, Glas klirrte. Heinrich Seidlitz hob seine Stimme. Ein spitzer Schrei von Charlotte. Die Wohnungstür fiel ins Schloss. Stille.

Als sie am Abendbrottisch saßen, war Charlottes Gesicht wie versteinert. Sie stocherte mit fahrigen Händen im Essen herum, ihre Haare waren nur notdürftig gesteckt. Eine Gesichtshälfte leuchtete tiefrot und war geschwollen.

Hauke sah seine Mutter sorgenvoll an. »Mama, warum hast du nicht nach mir gerufen? Ich hätte dich doch beschützt. Ich verspreche dir, wir kommen auch ohne Vater zurecht.«

»Das werden wir jetzt auch müssen. Er geht zurück nach Danzig.«

»Herzlichen Glückwunsch«, rutschte es Emmy heraus.

Charlotte sprang auf, und noch ehe Emmy reagieren konnte, hatte sie eine Ohrfeige kassiert. »Deinetwegen ist er doch fort. Das ist alles deine Schuld! Du stürzt diese Familie ins Verderben!«

Hauke hielt seine Mutter am Arm fest. »Mama, ich bitte dich, bewahre Contenance.«

Die Uhr auf dem Geschirrschrank schlug achtzehn Mal. Als das Schlagwerk geendet hatte, sagte Charlotte mit tremolierender Stimme: »Diese Frau wird noch unser aller Sargnagel sein. Hauke, willst du wirklich, dass wir ihretwegen all unser Hab und Gut verauktionieren lassen müssen? «

»Ach, Mama, jetzt übertreibst du aber.«

Charlotte blickte aus dem Fenster und schnäuzte sich. Unter Aufbietung all ihres schauspielerischen Talents sagte sie: »Junge, du wirst dich entscheiden müssen – sie oder ich.«

»Na, ich natürlich«, sagte Emmy. Sie sah Hauke erwartungsvoll an. Er strich mit Daumen und Zeigefinger über seinen Oberlippenbart und blickte in sein leeres Weinglas, als stünde am Kristallboden die Antwort auf alle Fragen. Charlotte schenkte ihrem Sohn unaufgefordert nach. Erst nippte Hauke nur, aber dann trank er sein Glas in einem Zug aus, räusperte sich und schaffte es, mit einem Satz, beide Frauen gleichzeitig gegen sich aufzubringen. »Ihr müsst lernen, miteinander auszukommen, sonst bin ich weg, desertiert – egal wohin.«

Zum Glück entschloss sich Charlotte bald, ihrem Mann nach Danzig zu folgen, um ihn *milde zu stimmen*. In den nächsten drei

Jahren war sie nur selten zugegen, um, wie sie immer sagte, nach dem Rechten zu sehen. Marianne kam häufiger zu Besuch, und sobald Hauke die Wohnung verließ, machten Emmy und sie es sich mit ihren Kindern, Hilde und dem drei Jahre älteren Bernhard, gemütlich. Bei schönem Wetter gingen sie hinüber in den Schlosspark und sahen zu, wie Bernhard ein kleines Holzboot an einer Schnur übers Wasser treiben ließ, während Hilde auf einer Decke die ersten Krabbelversuche unternahm.

An anderen Tagen blieben sie in der Wohnung, bedienten sich an Haukes Weinbrand, legten Patiencen und ließen es sich gut gehen. Oft stieß auch Luise für eine Stunde zu ihnen und wusste mit Tratsch zu unterhalten. Zum Beispiel über Marie-Christin, die zwischenzeitlich den Sohn vom Blumen-Wudtke geheiratet hatte. »Jetzt stellt euch mal vor, sie ist in der Hochzeitsnacht abgehauen und nach Hause zu ihrer Mutter gestürmt. Völlig empört, oder wie sie so geschwollen meinte, *indigniert*«, erzählte Luise und hatte schon Lachtränen in den Augen, noch bevor sie bei der Pointe angelangt war.

»Jetzt sag schon, worüber hat sie sich empört?«, fragte Marianne neugierig.

»Sie hat gesagt: Mama, dieser Schuft …« Luise konnte vor Lachen nicht mehr weitersprechen, sie musste erst einmal Luft holen.

Emmy sprang ein. »Lass mich raten, *der Schuft* hat verlangt, dass sie sich auszieht?«

Luise schlug mit der Hand auf den Tisch und nickte. »Genau! Sie wollte sich nicht ausziehen, in der Hochzeitsnacht!« Sie wieherte vor Lachen.

Frau von Waldstetten fiel durchaus auf, dass ihre Köchin länger mit Besorgungen beschäftigt war als in früheren Jahren. Sie ahnte aber nicht, dass Luise zwei Häuser weiter bei Familie Seidlitz auf der Couch lag und sich genüsslich von Marianne Weintrauben in den Mund werfen ließ, während Emmy beschwingt über die Dielen tanzte und mit einem Kochlöffel bewaffnet Lieder von Fredy Sieg und Claire Waldoff zum Besten gab. Als Emmy im Spätherbst 1935 augenzwinkernd das Lied von der Krummen Lanke schmetterte und sich dabei aufreizend über den Bauch streichelte, ging allen ein Licht auf. Sie war wieder guter Hoffnung. Im Frühjahr 1936 kam ihr Sohn Otto zur Welt, und im Sommer kehrte, zu Emmys Leidwesen, Charlotte zurück in die große Stadt. Sie wollte unbedingt die Olympischen Sommerspiele in Berlin miterleben.

18

NOVEMBER 1994

Otto machte nach dem Geburtstagsfrühstück bei Emmy keine Anstalten, in seinen Lkw einzusteigen, und Hilde blieb schweigend neben ihrem Bruder stehen, während Tessa ihre Handschuhe anzog und den Mantelkragen hochschlug. »Was ist, Bruderherz, musst du nicht los?«, fragte sie.

»Ich fahr mit Hilde«, sagte Otto.

Tessa sah überrascht zwischen ihren Geschwistern hin und her. »Habt ihr noch was vor?«

»Ähm, wir müssen … also … äh, zusammen … heute …«, stammelte Hilde, und auf ihrem Hals bildeten sich hektische Flecken, die sich bis zum Kinn hochzogen und nun ihre Wangen bedrohten.

»Wir machen einen Ausflug nach Potsdam«, sagte Otto schnell.

»Nach Potsdam? Was wollt ihr denn da?«

Hilde fingerte nervös an ihrer Handtasche in Krokoleder-Optik herum. »Wir wollen … also … die Stadt der Kurfürsten und Kaiser … äh, Landeshauptstadt von … ein Besuch«, stotterte sie. »Warum auch nicht?«, fragte sie schließlich leicht schnippisch.

Tessa sah sie unverwandt an. Dem Blick ihrer kleinen Schwester konnte Hilde nicht standhalten. Ahnte Tessa etwas? Sie nestelte an ihrem Schal. Am liebsten hätte sie ihn sich über die Augen gezogen. Der Autoschlüssel fiel scheppernd zu Boden.

»Was hast du denn, ist dir nicht gut?«, fragte Tessa. Sie wirkte ehrlich besorgt.

Hilfesuchend sah Hilde ihren Bruder an. »Alles bestens, ihr geht's blendend«, sagte Otto und hob den Autoschlüssel auf.

Hilde hatte das Gefühl, zu keinem Schritt mehr fähig zu sein. Es lag ihr einfach nicht, Tessa zu belügen. Jetzt musste endlich Schluss sein mit der Heimlichtuerei. »Ja also, es ist nur, wegen Potsdam – wir haben da was gefunden und denken …«

»So, jetzt müssen wir aber wirklich mal los! Komm«, sagte Otto und zog Hilde in Richtung Auto. Fast wirkte es, als wollte er sie entführen. Hilde stieg ein, hielt den Atem an und ließ die Luft erst wieder mit einem Seufzer entweichen, nachdem Otto ausgeparkt hatte und an Tessa vorbeigefahren war.

»Otto, das geht so nicht, wir müssen es ihr sagen. Ich halte das nicht aus. Ich glaube, sie ahnt, dass wir nicht lockergelassen haben. Neulich hat sie mich übrigens gefragt, wo Vater im Krieg stationiert war.«

»Sie interessiert sich eben für ihn. Sie hat ihn doch nie gesehen. Wahrscheinlich hat sie einen Vaterkomplex. Erinnerst du dich an diesen alten Knacker, Annis Vater? Wie hieß er noch mal, Massimo?«

»Tassilo«, korrigierte Hilde, knöpfte sich den Mantel auf und zog ihn aus, wobei sie den Ärmel bedrohlich weit in Ottos Sichtfeld hielt.

»Tessa ist nicht doof. Sie weiß, dass was im Busch ist«, sagte Hilde während sie ihren Mantel auf dem Schoß zusammenfaltete. Sie fächelte sich mit der Parkscheibe Luft zu, knöpfte die Bluse auf, kurbelte ihr Fenster herunter und musste mit ansehen, wie Otto mit ihrem Alfa Romeo Spider versuchte, einen Porsche zu überholen. Der Porschefahrer traute seinen Augen nicht, als er Otto neben sich auftauchen sah.

»Was, wenn Mama Tessa längst alles erzählt hat und wir zwei die Deppen sind? Wenn sie im Nachhinein erfährt, dass wir ihr nichts gesagt haben, wird sie uns die Köpfe abreißen. Und zwar meinen zuerst.«

Otto schaltete einen Gang tiefer und drückte das Gaspedal bis auf den Boden durch. Der Porschefahrer sah noch einmal von der rechten Spur zu ihnen herüber, dann gab er Gas und hatte innerhalb weniger Sekunden mehrere Hundert Meter zwischen sich und Otto gelegt.

Am Autobahndreieck Zehlendorf fuhren sie ab in Richtung Potsdam. Für Hilde war es wie eine Fahrt in ein unbekanntes Land. Die Wende war fünf Jahre her, und noch nie war sie in Potsdam gewesen. Hinter der Glienicker Brücke fuhren sie noch ein Stück geradeaus, dann links; sie überquerten die Havel, und schließlich hielt Otto auf einer Freifläche mit grobem grauen Kies, auf der sich riesige Pfützen gebildet hatten. Vereinzelt lagen Getränkedosen herum, ein kalter Wind wirbelte Plastiktüten auf. Hilde stieg aus dem Wagen und sah sich um. Weiter vorn lagen Holzpaletten, auf denen leere Bierflaschen standen. Daneben war ein Sandhaufen aufgeschüttet, in dem verrostete Drahtgeflechte steckten. An den Rändern des Geländes versuchten Grashalme vergeblich, sich der Fläche zu bemächtigen. In der Mitte des Platzes standen zwei ausgeschlachtete Trabis. Das gesamte Innenleben war weg und ein übriggebliebener einzelner Scheibenwischer neigte sich abgeknickt in Richtung Motorhaube. Unter dem grauen Novemberhimmel bot das ganze Gelände einen unvorstellbar traurigen Anblick. Es war ein ödes Stückchen Land, auf dem es ein Leichtes war, in Depressionen zu verfallen. An einer Seite der Einöde stand eine alte Villa, in deren Fassade noch Einschusslöcher zu sehen waren. Die Fenster waren mit Pressspanplatten vernagelt.

Hilde blieb stehen und ließ das Bild auf sich wirken. »Meine Güte, hier willst du nicht mal tot überm Zaun hängen. Als ob der Zweite Weltkrieg erst gestern zu Ende gegangen ist.« Ohne ein Wort zu sagen, lief Otto auf die Villa zu. Hilde folgte ihm widerwillig. Am Hintereingang waren zwei der Holzleisten, mit denen man die Tür vernagelt hatte, um den Zugang zu verhindern, abgerissen.

»Du willst doch nicht allen Ernstes da rein?«

»Jetzt komm schon«, sagte Otto und hielt ihr seine Hand hin, sodass sie sich abstützen konnte. Hilde zögerte, dann stolperte sie ihrem Bruder hinterher. Sie gelangten in den Eingangsbereich. Auf der Treppe klebten noch Reste von braunem Teppich an den Rändern der Stufen, die Wände waren verziert mit naiver Malerei, die großflächig abblätterte. Ein brüchiger Handlauf führte in den ersten Stock. Mitten im Raum sah man die Überbleibsel einer Säule, auf der weiß Gott was gestanden hatte. Kleine Ritzen zwischen Fensterrahmen und Holzplatten ließen ein wenig Licht hinein. Auf allem lag eine dicke Staubschicht, am Haupteingang war eine beachtliche Pfütze, offensichtlich war das Dach undicht. An den Wänden prangten kyrillische Schriftzeichen, hier und da waren Daten in den nackten Putz geritzt, allesamt von Mai bis Juli 1945.

»Das soll der Schatz sein?«, fragte Hilde ungläubig.

»Nein. Das ist das Haus, in dem unser Vater gedient hat. Du hast ja gesagt, er war als Fahrer angestellt bei einem Generalmajor, der irgendwas mit Dorf am Ende hieß. Und da es hier nur einen Generalmajor mit Dorf am Ende gab, nämlich Generalmajor von Heppendorf, hat Vater hier gearbeitet, und« – er machte eine ausladende Geste durch den Raum – »das hier war Heppendorfs Hauptquartier.«

Andächtig ließ Hilde ihren Blick zur Decke schweifen, wo der Rest einer Gewindestange herabhing. Otto ging die Treppe in das obere Stockwerk hinauf. Die Stufen knarzten, an vielen Stellen fehlte die Trittfläche. Oben war es kälter, weil keine Holzplatten den Wind abhielten. Sie gingen zu einem der großen Fenster und schauten hinaus.

»Was siehst du?«, fragte Otto.

»Dieselbe elende Brache wie vorhin.«

»Ich meine dahinter!«

Hilde stellte sich auf Zehenspitzen, kniff die Augen zusammen und sagte: »Grüne Wiese und jede Menge Wasser.«

»Richtig. Und da gehen wir jetzt hin.« Otto rieb sich die Hände. Sie verließen das Haus, und er lief schnurstracks eine Böschung runter hin zu einem Trampelpfad. Hilde sah missmutig zu ihrem Bruder hinunter. Vor ihm lag ein kleiner See, der von einer maroden Holzbrücke geteilt wurde. Darum erstreckte sich eine verwilderte, braunfleckige Rasenfläche, die mit ein paar vereinzelten alten Bäumen bewachsen war. Auf einem kleinen Wegweiser stand *Kindermannsee*.

Das hier sollte das große Geheimnis sein? Mamas Schatz? Ein Tümpel in der Potsdamer Pampa mit einer einsturzgefährdeten Brücke? Otto rief Hilde zu, sie solle endlich zu ihm runterkommen. Er zog einen Plan aus seiner Hosentasche und studierte ihn aufmerksam.

Nach einiger Zeit ging er einen schmalen Weg an der Havel entlang. Hilde folgte ihm fluchend und versuchte angestrengt, ihre teuren Schuhe auf dem matschigen Boden nicht völlig zu ruinieren. Otto ging zügig voran, ohne auf seine Schwester Rücksicht zu nehmen. Nach ein paar Minuten strammen Fußmarschs blieb er stehen und besah sich abermals den Plan, wobei er die Augen zusammenkniff und leise vor sich hinmurmelte. Nachdem er eine Weile aufs Wasser gestarrt hatte, drehte er sich um 180 Grad. Inzwischen war Hilde bei ihm angelangt. Sie versuchte vergeblich, mit einem Taschentuch den Dreck von ihren Stiefeletten zu wischen. Wo hatte Otto sie nur wieder hingeführt?

»Dreh dich mal ganz langsam zu mir um«, sagte er. Hilde folgte seiner Anweisung. Nun teilte sie die Blickrichtung ihres Bruders, und als sie sah, was Otto sah, verschlug es ihr die Sprache. Bevor sie sie wiederfand, sagte Otto mit einem breiten Grinsen: »Sechser im Lotto – ich hab's doch gesagt.«

»Das … das kann nicht sein«, sagte Hilde langsam. »Ich bitte dich, Otto, das ist ein Schloss.« Sie trat ein paar Schritte vor, um einen besseren Blick zu haben. Dann fiel es ihr ein. »Papa meinte immer, er hätte ein Schloss für die Familie ...« Ihr wurde schwindelig, und um ein Haar wäre Hilde auf die Knie gegangen. »Kneif mich mal«, hauchte sie. Sie konnte sich gar nicht sattsehen. Selbst jetzt, an diesem grauen Novembertag, versprühte das Anwesen italienisches Flair. Der klassizistische Bau fügte sich sanft in den riesigen Garten ein. Die kannelierten Pfeiler waren weithin sichtbar.

»Komm weiter«, sagte Otto. Sie liefen noch ein kleines Stück. Als sie am Wasser in direkter Sichtachse des Schlosses standen, machte Otto eine ausladende Handbewegung und erklärte: »Von hier bis hier und zurück zum Kindermannsee – der Streifen gehört Mutter.«

»Wie jetzt?« Hilde sah ihn verständnislos an. »Was für ein Streifen?«

»Na hier, der Uferstreifen.«

Hilde war verwirrt. Also doch nicht das Schloss? Nur ein Stück morastiger Weg, der bei Regen unbegehbar war? Sie hatte aufgehört, ihre Schuhe abzuputzen. Die waren hin. »Und was bedeutet das jetzt?«, fragte sie.

»Das bedeutet, dass Mutter reich ist.«

»Ah ja«, sagte Hilde mit zweifelndem Gesichtsausdruck. Otto strahlte seine große Schwester an. Er ließ den Plan fallen. Erst stand er ein paar Sekunden da und starrte darauf, dann brach er in Jubel aus und führte einen Freudentanz im Morast auf. Hilde war sich nicht sicher, ob ihr Bruder tatsächlich recht oder einfach nur eine Vollmeise hatte.

»Kannst du deiner alten Schwester bitte mal auf die Sprünge helfen?« Hilde stellte ihren Fuß auf den Plan, damit er nicht wegfliegen konnte.

Otto hielt inne. Seine Augen strahlten, die Wangen waren gerötet. »Hör zu: Dieser Weg ist der einzige Zugang zum Wasser. Verstanden?« Er sah sie durchdringend an.

Hilde nickte langsam. Der Groschen fiel pfennigweise.

»Aber … warum hat Mutter uns nichts davon erzählt?«

»Vermutlich, weil sie auch denkt, dass es nur ein modriger Weg ist. Aber da irrt sie sich gewaltig.« Seine Worte überschlugen sich beinahe. »Dieses Stück Land ist richtig was wert!«

»Bist du dir sicher?«

»Hundertprozentig. Denk doch nur mal an die Anlegestelle. Wo sollen die Schiffe anlegen, wenn das Ufer uns gehört?«

»Du meinst: Mutter gehört.«

»Ja doch – noch. Der Bootsverleih, die Schlossbesucher, die Wanderer im Park. Ein öffentlicher Park mit was weiß ich wie vielen jährlichen Besuchern, die über die Wasserseite kommen! Sie renovieren den Kasten, was ihn noch attraktiver machen wird. Aber nichts geht mehr ohne uns. Die Stadt Potsdam wird großes, sehr großes Interesse haben an dem Weg. Wir sollten dringend mit Mutter reden.«

»Und mit Tessa«, sagte Hilde und seufzte. »Ich darf gar nicht dran denken. Wenn sie erfährt, dass wir Mamas Unterlagen geklaut haben …«

»Blödsinn. Wir haben nur aufgeräumt. Das mit Tessa ist außerdem erst mal egal. Die wollte von alldem nichts wissen. Lass

Mama mal meine Sorge sein. Ich werde ihr den Verkauf schon schmackhaft machen.«

Hilde sah den schlammigen Weg entlang. »Wenn du meinst. Bitte.«

»Alles wird gut. Und es kommt noch besser. Dreh dich mal um.«

Hilde tat wie geheißen. »Die leere Fläche dort, das ist das Glienicker Horn, wo einst Prachtvillen standen. Auch davon gehören Mutter gut fünftausend Quadratmeter – direkt am Wasser entlang.«

»Nein!« Der letzte Pfennig vom Groschen rauschte durch Hildes Hirn. *Pling!*

»Das wäre ja … der Wahnsinn!«, kreischte sie.

»Richtig! Von da kannst du in den Park Babelsberg, in den Park Glienicke und zur Glienicker Brücke schauen.«

»Nein!«

»Doch! Und das ganze Stück soll zu Bauland erklärt werden!«

Jetzt tanzte auch Hilde im Morast. Sie umarmte ihren Bruder, der bald wie ein Flummi auf- und abhüpfte. Der Schlamm spritzte umher. Von ferne konnte man die beiden für Verrückte halten.

»Was wird das wert sein?«, fragte Hilde schließlich atemlos, ihr Mantel war mit matschbraunen Flecken gesprenkelt, ihr Haar stand in alle Richtungen ab.

Ottos Grinsen wurde noch breiter. »Millionen«, sagte er.

19

MAI 1936 – OKTOBER 1941

Im Frühling 1936 brachte Emmy ihr zweites Kind zur Welt. Wieder stand ihr Marianne zur Seite. Hauke war beseelt von seinem Stammhalter, der auf Weisung seiner Mutter den Namen Otto erhielt. Er ließ seinem Vater telegrafieren: *Melde: Zweiter Bismarck geboren, gesund, kräftig* – und konnte sich gar nicht sattsehen an dem Jungen. »Ach Emmy, ich wusste doch, auf mich ist Verlass! Bald bin ich Schreibstubenführer bei der BEHALA, und dann werde ich ihn auf ein Internat schicken. Es soll ihm an nichts mangeln. Mal überlegen, was machen wir denn aus ihm? Ins Bankwesen werden wir ihn nicht schicken, das ist viel zu unsicher. Ich denke ans Militär, das wäre doch eine gute Option. Ich kann es kaum erwarten, ihn im obersten Rang zu sehen. Was meinst du, Schatz?«

Emmy lächelte. »Jetzt lass ihn erst mal Zähne kriegen.«

Als am ersten August 1936 die Olympischen Spiele in Berlin eröffnet wurden, konnte sich niemand vorstellen, dass viele der umjubelten Sportler drei Jahre später Feinde genannt werden sollten. Auch der unblutige Anschluss Österreichs an das Deutsche Reich im März 1938 ließ keine Kriegsängste aufkommen. Und als Hitler seine Truppen im März 1939 in die sogenannte »Rest-Tschechei« einmarschieren ließ, nachdem die Annexion des Sudetenlandes zuvor auf diplomatischem Weg erreicht worden war, wähnten die

Westmächte den Expansionsdrang des Diktators befriedigt. Ein Irrtum, wie sich bald zeigen sollte.

Da Hauke zu den sogenannten weißen Jahrgängen gehörte, zog man ihn erst im Oktober 1939 ein. Wenn er über Mörser und Haubitzen sinnierte, hatte Emmy fast den Eindruck, ihr Mann habe zwei neue Freunde gefunden.

»Das muss man gesehen haben, wie da ein Rädchen ins andere greift … faszinierend. Ich kann es kaum erwarten, wenn sie uns an die Raketenwerfer lassen.«

»Warum müsst ihr Männer euch immer prügeln?«, fragte sie.

»Wir prügeln uns doch nicht. Wir stellen die Ehre Deutschlands wieder her«, entgegnete Hauke im Brustton der Überzeugung.

Im Februar 1940 war Haukes Kurzausbildung beendet, und sein wahrer Dienst am Vaterland sollte beginnen. Emmy und Charlotte machten sich Sorgen um den zartgebauten Gatten und Sohn, der von heute auf morgen als gestählter Soldat auftreten sollte.

Emmy saß mit Charlotte im Wohnzimmer und war dabei, Hilde Zöpfe ins Haar zu flechten, als Charlotte sagte: »Vielleicht kann ich Hauke in einem Lazarett als Transporteur unterbringen lassen? Aber wie sollen wir Heinrich beibringen, dass sein Sohn nicht an vorderster Front kämpft? Der ist begeistert in den Krieg gezogen und kann es gar nicht erwarten, in Moskau über den Roten Platz zu marschieren. Und vielleicht ist das Lazarett auch nicht das Richtige – Hauke kann doch kein Blut sehen.«

Emmy band eine Schleife um Hildes rechten Zopf. »Das ist eine denkbar ungünstige Eigenschaft, sowohl fürs Krankenhaus als auch für den Krieg. Kann er nicht irgendwas anderes transportieren?«

»Du bringst mich da auf eine Idee …«, murmelte Charlotte.

Sie ließ ihre Beziehungen spielen, und so kam es, dass Hauke seinen Dienst als Fahrer in Potsdam versehen konnte. Er selber nannte sich erster Adjutant und hielt seine Tätigkeit, fernab jeder Kriegshandlungen, für einen *Einsatz an vorderster Front*. Dass er ausgerechnet einen Generalmajor von Heppendorf durch Potsdam kutschierte, erfüllte auch seinen Vater »durchaus mit Genugtuung«. Denn von Heppendorf war schon im Ersten Weltkrieg Mitglied der Obersten Heeresleitung gewesen und galt als Strategiefuchs. Und für Hauke hatte immer höchste Priorität, sich an dem zu orientieren, was man in seinen Kreisen für *oben* hielt. Anpassung war für ihn kein Schimpfwort, sondern eine Kunst.

»Mir geht es darum, uns schadlos zu halten. In den letzten Jahren haben wir es oft genug erlebt – Herrscher kommen, Herrscher gehen, nur Besitz bleibt bestehen. Und nur wer mit dem Strom schwimmt, kommt voran.«

Haukes Dienst brachte es mit sich, dass er für Emmy und die Kinder nicht mehr als Schutzschirm gegen seine Mutter dienen konnte. Er war so selten zu Hause, dass Otto mitunter nicht mehr wusste, wie er den Besucher ansprechen sollte. Die alte Abneigung, das Gefühl, mit Emmy an Ansehen verloren zu haben, nicht mehr zur besseren Gesellschaft zu gehören, nagte schwer an Charlotte. Sie merkte, dass bei Einladungen hinter ihrem Rücken getuschelt wurde. Die Arme, ein Dienstmädchen als Schwiegertochter – wie absurd. Die Frauen hielten sich ihre Fächer vors Gesicht, wenn Hauke mit Emmy eintrat, um ihr mitleidiges Lächeln zu verbergen.

Emmy und Charlotte stritten immer häufiger. Oft entzündete sich die Auseinandersetzung an Hilde, die Charlotte für *missraten und widerspenstig* hielt. Bei ihrem Enkel Otto ließ sie Milde walten. Wenn er etwas verschüttete, beließ sie es bei einer Mahnung, bei Hilde hingegen geriet der Kakaofleck auf dem Kleid zu einem Drama, und nicht selten setzte es Ohrfeigen.

Als Hauke mal wieder zu Besuch kam – er nannte es gerne *Fronturlaub*, obwohl weit und breit kein Bolschewist zu sehen war –, fing Emmy ihn schon im Flur ab. Noch während Hauke seine Hacken in den Stiefelknecht legte, sagte Emmy: »Du hast mir damals geschworen, Charlottenburg ist nur ein Übergang.«

»Inzwischen fallen auch hier Bomben. Du kannst doch nicht allen Ernstes verlangen, dass wir mitten im Krieg ausziehen und Mama alleine lassen.« Hauke zog die Stiefel aus.

Emmy stemmte die Hände in die Hüften. »Aber deine Mutter schlägt Hilde immer wieder wegen Nichtigkeiten. Das tut einem Kind nicht gut. Marianne sagt auch …«

»Marianne! Was weiß die denn von Erziehung. Eine Hebamme, ich bitte dich. Dieser neumodische Kram gehört nicht in unser Haus. Wenn das Kind nicht pariert, ist Züchtigung das Mittel der Wahl. Bist du denn nie geschlagen worden? Vermutlich zu wenig. Man sieht ja, wohin das geführt hat.«

Hilde stürmte aus ihrem Zimmer. »Vati!«

»Meine Große!«, sagte Hauke und hielt Emmy, ohne sie anzusehen, seine Stiefel hin. »Polier sie bitte auf.« Dann breitete er die Arme aus, um seine Tochter zu begrüßen. Aus der Küche drang das Klappern von Töpfen und Schüsseln. »Ist die Köchin heute da?«, fragte Hauke erstaunt.

»Nein. Großmama hat gekocht. Ich durfte sogar ein Stückchen probieren«, sagte Hilde. Am anderen Ende des Flures stand unbeweglich Otto. »Junge, willst du mich nicht ordentlich begrüßen?« Er kam nur zögerlich auf seinen Vater zu. »Sprich mir nach«, forderte Hauke. »Rekrut Otto meldet sich zum Dienst.«

Otto legte die Hand wie zu einem militärischen Gruß an die Stirn und sagte: »Rekrut Otto …«

Emmy unterbrach ihn: »Schluss jetzt! Hört auf mit dem Blödsinn, wir sind hier nicht bei der Wehrmacht.«

Die Küchentür ging auf. »Habe ich doch richtig gehört, mein Junge ist da, pünktlich wie die Maurer!«, jauchzte Charlotte. »Warum informiert mich denn keiner?« Sie schob Hilde zur Seite und umarmte Hauke, als sei er nicht ihr Sohn, sondern ein lange erwarteter Geliebter. »Das Essen ist so gut wie fertig. Hilde, nun komm schon mit und hilf mir«, befahl Charlotte. Sie zog Hilde hinter sich her in die Küche. Otto verschwand wieder im Kinderzimmer.

Hauke begann sich seiner Uniformjacke zu entledigen. »Und sonst? Wie geht's mit Mama?«, fragte er.

»Sie hasst mich, sie hasst die Kinder, besonders Hilde.«

»Emmy, du übertreibst. Ich finde es vollkommen richtig, wenn Mutter sie frühzeitig zur Hausarbeit erzieht. Sie war doch eben ganz liebevoll mit Hilde.«

»Liebevoll?« Emmy sah Hauke finster an. »Und sobald du fort bist, wird sie wieder zur Furie.«

»Ach was. Sei einfach ein klein bisschen netter zu Mama. Nimm Rücksicht auf ihr angeschlagenes Nervenkostüm. Vergiss nicht, Papa ist auf dem Weg nach Russland. Sie kommt um vor Sorge um ihn.«

Emmy lachte auf. »Deine Mutter kommt um vor Sorge, dass er wieder vor der Tür stehen könnte. Dann wäre es mit den Schäferstündchen bei Fleischer Hartwig erst mal Essig.«

Hauke machte einen blitzschnellen Schritt auf Emmy zu und versetzte ihr eine schallende Ohrfeige.

Emmys Wange brannte. »Sag mal, hast du sie noch alle«, fuhr sie ihn an. Hauke hatte sich in den vergangenen Monaten immer mehr zu einem Befehlshaber entwickelt, der mit ihr umging wie mit einer Untergebenen.

»Glaubst du, du kannst ungestraft so über meine Mutter herziehen? Ich weiß, in deinen Kreisen spielen Treue und Redlichkeit keine Rolle …«

»Treue und Redlichkeit? Dass ich nicht lache. Nicht die Petersons, sondern die Seidlitz-Mischpoke ist doch bumsfidel. Das zwitschern die Amseln von den Bäumen«, sagte Emmy.

»Das heißt, das pfeifen die Spatzen von den Dächern.«

»Hör auf, mich andauernd zu korrigieren. Tu lieber was, damit wir hier endlich rauskommen!« Emmy holte das Schuhputzzeug aus der Kammer.

»Mama gibt dir und den Kindern ein Obdach in schwerer Zeit. Würdige das doch mal.«

»Deine Mutter teilt uns sogar unsere eigenen Lebensmittelkarten ein«, sagte Emmy und bürstete über die Stiefel, als hätten die ihr etwas angetan.

»Wo ist denn das Problem? Mama hat einst eine Heerschar von Dienstboten befehligt. Organisieren kann sie, und zwar exzellent.«

»Falls es dir entgangen ist, ich bin keine Dienstbotin. Schon gar nicht ihre. Ich bin deine Frau und die Mutter deiner Kinder.«

Hauke hängte seine Jacke auf. »Ich verstehe ja, dass es nicht leicht ist mit Mama. Vielleicht würde ein klein bisschen mehr Fügsamkeit deinerseits eurem Verhältnis guttun. Was meinst du?«

Ehe Emmy antworten konnte, kam Charlotte aus der Küche. Im Türrahmen drehte sie sich noch einmal um und gab Hilde letzte Anweisungen: »Denk daran, die Gläser ordentlich zu polieren, und sei vorsichtig mit der Vorlegeplatte!« Schließlich strahlte Charlotte ihren Sohn an, und während sie ihn ins Esszimmer zog, drehte sie sich zu Emmy um und sagte herrisch: »Ihr könnt dann servieren.«

Emmy machte einen übertrieben tiefen Knicks. »Aber selbstverständlich, gnädige Frau.« Sie und Hilde trugen das Essen auf und setzten sich ebenfalls an den Tisch.

Verzückt begutachtete Hauke den Hirschbraten, den seine

Mutter herbeigezaubert hatte. Vorsichtig schnitt er ein Stück ab, drehte und wendete es mit dem Messer, bevor er es geradezu zärtlich auf die Silbergabel spießte und in den Mund schob. Er kaute genüsslich. »Wie immer ein Gedicht, Mama.« Er zerteilte den dampfenden Semmelknödel und drückte ihn in die hellbraune Soße. »Sag, hast du eigentlich Nachricht von Vater?«

»Nein, es gibt seit drei Monaten kein Lebenszeichen von ihm.« Die Aussicht auf ein Schicksal als Kriegswitwe trug sie mit Würde und einer beeindruckenden – Emmy fand, geradezu emotionslosen – Fassung.

»Wünscht der Herr noch Wein?«, fragte sie dazwischen.

Hauke kniff ihr sanft in die Wange und sagte nur: »Du kleines freches Ding. Jetzt freu dich doch, dass wir hier zusammensitzen können.«

»Sehr wohl.«

»Tagtäglich die Verantwortung auf meinen Schultern, da tut ein wenig Entspannung gut. Generalmajor von Heppendorf ist schließlich nicht irgendwer«, sagte Hauke. Er sah Emmy und Charlotte vielsagend an und rieb Daumen und Zeigefinger aneinander. »Schwerreich. Wenn ihr seine Villa sehen könntet … direkt an der Havel. Im Erdgeschoss hat man ihm ein Hauptquartier eingerichtet. Ein Fuchs, der Mann, und im besten Sinne des Wortes mit allen Wassern gewaschen«, schwärmte er.

»Die mit allen Wassern gewaschen sind, sind nicht immer sauber«, entgegnete Emmy.

Einen Monat später geriet Emmy so heftig mit ihrer Schwiegermutter aneinander, dass sie nicht mehr warten wollte, bis Hauke endlich etwas unternahm. Charlotte hatte Hilde wegen einer Nichtigkeit heftig geschlagen. Die Schwiegermutter hielt das Schlaggerät, einen polierten Buchenkleiderbügel, noch in der Hand.

»Sind Sie verrückt, ein Kind derart zu schlagen? Hilde hat doch gar nichts gemacht!«, empörte sich Emmy und zog ihre weinende Tochter zu sich, um sie zu trösten.

»Nichts gemacht? Ihr ist die Zuckerdose aus der Hand gerutscht. Echtes Meißner Porzellan!«, sagte Charlotte und legte zum Zeichen des Entsetzens die flache Hand auf ihr Dekolleté.

»Wenn das Porzellan für Sie so wichtig ist, dann sollten Sie es nicht einer Achtjährigen anvertrauen.«

Hilde wischte sich die Tränen von den Wangen. Ihr Gesicht war vom Weinen fleckig und verquollen. Sie erhob sich, strich sich den Rock glatt und ging ganz langsam zu Charlotte hinüber. »Es tut mir leid, Großmutter«, sagte sie leise.

»Geh mir aus den Augen, du nichtsnutziges Gör«, zischte Charlotte ungehalten. Mit gesenktem Kopf huschte Hilde ins Kinderzimmer.

»Jetzt ist es aber mal gut«, sagte Emmy ärgerlich. »Ich habe keinen Schimmer, was an dieser kaputten Zuckerdose so toll war, und es ist mir auch vollkommen schnuppe. Aber merken Sie sich eins: Meine Tochter ist kein Gör, und wagen Sie nicht, noch einmal die Hand gegen sie zu erheben.«

Charlotte schüttelte den Kopf und lachte unfroh. »Du weißt doch gar nicht, was Porzellan ist. Du hast doch immer nur aus krumm geschnitzten Holzschalen gegessen. Ach, was sage ich: Gefressen hast du wie ein Tier. Leopold von Waldstetten hat mir erzählt, wie du damals angekommen bist. Halb verhungert, verdreckt, verlaust und ohne jedes Benehmen. Der war froh um jede Sekunde, in der er dich nicht sehen musste.« Sie griff nach Handfeger und Kehrblech und begann, die Scherben der Zuckerdose aufzufegen.

Die beiden Frauen schwiegen einander an. Emmy spülte das Geschirr.

»Wie vielen betuchten Männern hast du eigentlich Avancen gemacht, bevor mein armer Junge auf dich hereingefallen ist?«, sagte Charlotte plötzlich. Emmy brauchte eine Weile, bis ihr die Gemeinheit der Frage klar wurde. Selbst sie, sonst um keine Antwort verlegen, war sprachlos.

Ihr Schweigen führte dazu, dass Charlotte sich aufgefordert fühlte, ihren Gedanken freien Lauf zu lassen. »Emmy, ich verstehe es einfach nicht. Huren waren einst Frauen, die mit Stolz ihrem Beruf nachgingen. Die haben sich keine Kinder machen lassen.«

Emmy spürte das Blut in ihren Schläfen rauschen, die Halsschlagader pochte. Die Hitze des Beistellherdes wurde ihr unerträglich.

»Schon deine verarmte, nichtsnutzige Frau Mutter hat sich hochgeschlafen. Tja, der Apfel fällt nun einmal nicht weit vom Stamm. Du hast keine Ehre im Leib, nicht einmal die eines leichten Mädchens.« Charlotte Seidlitz stand auf, nahm den Kleiderbügel, um ihn wieder an die Garderobe im Flur zu hängen. Sie hatte sich bereits von Emmy abgewandt, als diese ihre Sprache wiederfand.

»Glauben Sie, ich weiß nicht, warum der alte von Waldstetten seine Marie-Christin um ein Haar Hauke zur Frau gegeben hätte?« Charlotte Seidlitz blieb abrupt stehen, sodass sie leicht auf der Stelle taumelte. »Seine Beinahe-Verlobung und Ihren Goldschmuck haben Sie sich in der Horizontalen erarbeitet.«

Charlotte drehte sich ganz langsam um. Sie pumpte wie ein Maikäfer unter Pervitin. Sie schluckte einmal gut hörbar, dann holte sie tief Luft. Emmy wandte sich von ihr ab und widmete sich wieder dem Abwasch. Mit dem Rücken zu ihrer Schwiegermutter stehend holte sie einen Teller aus dem Abwaschwasser.

»Nun denn, Frauen wie Sie schlafen sich durch schwere Zeiten. Ich habe nichts dagegen. Aber bitte hören Sie endlich auf, mir immer mit Moral zu kommen«, schloss Emmy ihre Ausführungen ab.

In dem Moment kam Hilde nichtsahnend in die Küche. Sie schwenkte ein Blatt Papier in der Hand. »Schau mal, Oma, das habe ich für dich gemalt. Eine Zuckerdose.«

Charlotte verlor jede Kontrolle über sich. »Du Bastard! Ich schlag dich tot!«, schrie sie. Wie von Sinnen drosch sie mit dem Buchenholzbügel auf das Kind ein. Emmy warf sich geistesgegenwärtig dazwischen. Charlotte erwischte sie am Kopf, und Emmy spürte, wie etwas Warmes an ihrer Schläfe hinunterlief. Schützend umklammerte sie ihre Tochter. Als Charlotte sich schließlich beruhigt hatte, stand Hilde so unter Schock, dass sie nicht einmal weinen konnte. Emmy hatte eine Platzwunde an der Stirn und zahlreiche Prellungen am ganzen Körper. Ihr Blut tropfte auf den Boden, rann über die Küchenschwelle und versickerte in den Ritzen der Flurdielen. Sie ging wortlos ins Kinderzimmer und begann, Kleider zusammenzusuchen. Hilde klammerte sich zitternd an ihr fest. Von dem Geschrei war Otto wach geworden, er stand schweigend daneben.

Als Emmy den Koffer durch den Flur trug, kam Charlotte aus der Küche. »Wenn du jetzt die Wohnung verlässt, mein Fräulein, dann brauchst du nicht mehr wiederzukommen.«

Diesmal ist sie zu weit gegangen, dachte Emmy, sagte aber nichts.

»Du könntest schuldig geschieden werden«, fuhr ihre Schwiegermutter zögerlich fort, denn sie war sich nicht sicher, ob die Gerichte Emmy nach einem derartigen Gewaltexzess nicht zugestehen würden, den ehelichen Haushalt zu verlassen, zumindest so lange, bis der Gatte zurückkehrte. Zumal sich auf Hildes Oberarmen deutliche Abdrücke vom Bügel abzeichneten, die in den nächsten Tagen mit Sicherheit von beachtlichen Hämatomen ausgefüllt werden würden. »Hast du verstanden, was ich gesagt habe? Du bekommst keinen Pfennig, und die elterliche Sorge wird allein bei Hauke liegen. Mein Hauke war immer gut zu dir. Er hat dich vor der Schande bewahrt«, unternahm Charlotte einen weiteren hilflosen Versuch, Emmy aufzuhalten. Sie sah ihre Felle davonschwimmen. Wie sollte sie das ihrem Sohn erklären? Emmy bahnte sich mit den Kindern ihren Weg.

»Der Junge bleibt hier«, sagte Charlotte mit Nachdruck, als handle es sich bei Otto um einen Thronfolger, der eine ganze Dynastie ins nächste Jahrhundert führen musste. Emmy öffnete die Wohnungstür. Charlotte stellte sich in den Türrahmen und versperrte den Weg. Entschlossen stieß Emmy sie zur Seite. »Ihr werdet in der Gosse landen« war das Letzte, was sie von Haukes Mutter hören sollte.

Emmy hatte keine Ahnung, an wen sie sich nun wenden sollte. Und trotzdem fühlte es sich richtig an zu gehen. Sie hatte noch 24 Reichsmark in der Tasche und ihren silbernen Ehering. Neben ihr trotteten die achtjährige Hilde und der knapp fünfjährige Otto. Sie setzten sich auf eine Bank am Schloss Charlottenburg. In den akkurat geschnittenen Hecken versteckten sich kleine Vögel, mutige Spatzen nahmen zwischen den Spaziergängern auf sandigen Wegen ein Bad. Fast wirkte es idyllisch, aber die ersten schweren Bombenangriffe waren nicht spurlos an Charlottenburg vorübergegangen. Fensterlose Wohnhäuser, Schutt, Möbel, die scheinbar herrenlos auf den Bürgersteigen standen, waren unübersehbare Zeichen des Krieges. Emmy musste nachdenken. Sie holte ein Zuckertütchen hervor, in das Otto und Hilde jeweils einen nassen Finger eintauchen durften.

»Und jetzt?«, fragte Hilde und leckte ihren Zeigefinger ab. In ihrem Mundwinkel klebte Zucker. Sie schien zu ahnen, dass sich ihre Lebenssituation im wahrsten Sinne des Wortes schlagartig verändert hatte.

»Jetzt machen wir uns erst mal ein paar schöne Gedanken«, sagte Emmy und tunkte ebenfalls einen Finger in die Zuckertüte. Sollte sie nach Potsdam fahren? Und was dann? Hauke würde sie mit Sicherheit wieder zurückschicken, was konnte er auch sonst tun? Emmy kamen Zweifel. Vielleicht war es ein Fehler gewesen, mit den Kindern die geheizte Wohnung und den gedeckten Tisch zu verlassen. Aber nein, so ging es nicht mehr weiter. Sie hatte schon viel zu lange weggesehen. Wir wissen, wann etwas vorbei ist.

Drei Stunden später standen sie vor Mariannes Tür. Emmy war nervös. Konnte Marianne ihr helfen? Seit Kriegsausbruch hatten sie sich nicht mehr gesehen. Sie konnten einander auch nicht anrufen, Marianne besaß kein Telefon. Lediglich ein paar Postkarten hatten sie sich geschrieben. Emmy klopfte kräftig an die Wohnungstür. Nichts passierte. Sie klopfte erneut.

»Herrgott, nun mal keine germanische Eile hier! Ich komm ja schon«, hörte man Marianne von drinnen poltern. Als sie die Tür öffnete, musste Emmy losprusten. Es war Krieg, es mangelte an allem, und Marianne benutzte den vermutlich letzten Speisequark, um sich eine Maske aufs Gesicht zu legen. Unter den Augen hatte sie sich einen feinen Strich aus Asche aufgetragen. Das sollte gegen Augenringe helfen. Sie sah zum Fürchten aus.

»Ich werd verrückt, die Emmy! Und nein, das ist doch nicht das Hildchen?« Sie beugte sich hinunter, um Hilde freundlich zu betrachten. Das Mädchen wich ängstlich einen Schritt zurück. »Musst doch keine Angst haben, Kleene. Ich hab dir schließlich auf die Welt geholfen. Ach, und deinen Bruder hast du auch mitgebracht! Meine Güte, ist der gewachsen.« Sie klatschte in die Hände. Ihr Blick fiel auf das Gepäck. »Und hierbleiben will das Hildchen also auch.«

»Wir …«, setze Emmy an, aber Marianne ließ sie nicht zu Wort kommen. »Kurt-Schatz! Komm ma' helfen«, rief sie in die Wohnung hinein. Kurt, ein kräftiger Mann mit Halbglatze und einem freundlichen, offenen Gesicht, kam zur Tür geschlurft. Er trug eine ausgeleierte Hose aus braunem Wollstoff, dazu ein graues Oberhemd und Hosenträger, die sich an einer Stelle gelöst hatten. Marianne schnalzte missbilligend mit der Zunge. »Da ist Besuch, jetzt zieh dir doch mal ordentlich an«, sagte sie und steckte den Hosenträger fest.

»Das heißt *dich*«, korrigierte Hilde leise.

»Kurt, das sind Emmy, Hilde und Otto. Wie es aussieht, werden die drei erst mal bei uns wohnen.«

Emmy schluckte schwer. Eine Frau mit zwei Bälgern, mitten im Krieg zusätzlich. Das konnte sie ihrer Freundin nicht genug danken.

»Ach, die aus dem piekfeinen Charlottenburg? Sehen aus, als ob sie beim Preisboxen waren«, stellte er fest. Emmy standen Tränen in den Augen.

»Na, na, kein Grund zum Weinen«, sagte Marianne aufmunternd und tätschelte ihrer Freundin die Wange. »Nun kommt erst mal rein in die gute Stube.« Während Hilde sich an Marianne vorbeidrückte, sah Otto sie mit großen Augen ängstlich an.

»Musst keine Angst haben, Junge. Die Dame von Welt macht das heute so. Gibt einen schönen Teng«, sagte Kurt und lachte heiser.

»Das heißt Teint«, korrigierte Hilde.

»Sieh einer an, klugscheißen kann sie schon. Ganz der Papa«, sagte Marianne.

»Hat noch jemand Lust auf ein Stückchen Schokolade?«, fragte Kurt, und damit war das Eis gebrochen. Die Kinder folgten ihm hüpfend und fröhlich plappernd in die Wohnung.

Marianne umarmte Emmy so fest, dass ihr die Luft wegblieb. »Schön, dass du da bist!« Alle Anspannung fiel von Emmy ab. Jetzt, wo sie in Mariannes Armen lag, liefen die Tränen. Ihr ganzer Körper bebte. Sie fühlte sich gleichermaßen erschöpft und erleichtert.

»Jetzt heul doch nicht, Mädchen. Wir kriegen das schon hin. Ich habe sowieso nicht gewusst, was wir drei alleine mit zwei Zimmern sollen.«

20

MÄRZ 1942

Die Auslagen und Lokale in der Leipziger Straße waren noch immer gut gefüllt, und wo Läden durch Bombenangriffe zerstört worden waren, errichteten die Händler Notverkaufsstellen, zumeist direkt vor den Geschäften. Die Revuen boten Sondervorstellungen für all jene, die durch die Angriffe ihr Heim, ihre Familie und ihre Gesundheit verloren hatten. Die Nationalsozialistische Volkswohlfahrt organisierte die Kinderlandverschickung und brachte den Nachwuchs aufs sichere Land. In Berlin versorgte die NSV die Bevölkerung mit Großküchen. Noch stand die technische Nothilfe rasch bereit, und Verbände der Wehrmacht wurden für Aufräumarbeiten eingesetzt. In der Deutschen Wochenschau wurde auf eine verschworene Volksgemeinschaft gesetzt, die stolz im Zeughaus die Beutestücke aus den verschiedenen Feldzügen besichtigte. Mit Einschränkungen funktionierte noch das Bezugssystem über Lebensmittelmarken und Kleiderkarten. Im Schauspielhaus am Gendarmenmarkt wurde Goethes »Faust« gespielt, und Heinz Rühmann sang *Das kann doch einen Seemann nicht erschüttern*. Auf dem Wannsee schwammen Segelboote, so weit das Auge reichte, und in Grünau fanden noch immer Regatten statt.

Emmy konnte mit den Kindern in Tegel bei Marianne bleiben, in unmittelbarer Nachbarschaft zu BORSIG. Hauke stimmte dem zu, um »weiteres Unheil abzuwenden«. Von wem das Unheil abgewendet werden sollte, sagte er nicht. Emmy hatte nicht viele Worte verloren über Charlottes Ausbruch, sondern nur darauf bestanden, nicht wieder zurückkehren zu müssen. In Mariannes Wohnung bezog sie mit ihren Kindern das Durchgangszimmer, das sie mit einem Vorhang abteilten. Zum Glück hatten sie eine Wohnküche, in der sich der Großteil ihres Lebens abspielte. Auf einer Kochmaschine standen Töpfe, die stets mit Wasser gefüllt waren. Ein buntes Sammelsurium an Stühlen gruppierte sich um einen wackligen Holztisch, und am Fenster befand sich eine abgewetzte Liege, auf der Emmy sich gerne ausruhte. Über das abgenutzte Linoleum schossen die Spielzeugautos hinweg, Zinnsoldaten eroberten Türschwellen, und die leere Speisekammer wurde mit Decken und Kissen zur Höhle umfunktioniert. Gelegentlich schaute Hauke vorbei. Er blieb nur kurz, selten über Nacht, und so kam es, dass Emmys Entfremdung zu ihrem Ehemann voranschritt. Es fühlte sich längst an, als käme ein guter Bekannter zu Besuch und nicht der Mann, den sie vor neun Jahren geheiratet hatte. Während Emmy damit beschäftigt war, das Notwendigste herbeizuschaffen und den Kindern unbeschwerte Stunden zu ermöglichen, schwadronierte Hauke von »Treue, Sieg und Vaterland« und von einem Anwesen am Wasser, seiner Villa. Die Aussicht auf einen Sack Mehl, etwas Zucker, sauberes Wasser und eine Kiepe Kohlen wäre Emmy lieber gewesen.

Emmy hatte Arbeit im Krämerladen von Dana Schibitz gefunden. Deren Mann Ferdinand galt als vermisst, es stand das Schlimmste zu befürchten. Nur wenige Wochen nach Emmys erstem Arbeitstag kam ein Brief, der aus dunklen Vorahnungen Tatsachen machte. Dem Anschreiben nach sollte Frau Schibitz die Gewissheit, dass ihr Mann *für die Größe und den Fortbestand von Volk, Führer und Reich sein Leben geopfert* hatte, Trost spenden. Zunächst schien sie sich wirklich getröstet zu fühlen. Die Todesnachricht hatte sie gefasst aufgenommen. Sie war bei Weitem nicht die Einzige, die einen Verlust zu beklagen hatte, in nahezu jedem Haus der Straße wohnten Witwen und Waisen. Es mehrten sich die Stimmen, wonach Deutschland den Krieg verlieren werde. Soldaten auf Fronturlaub wussten Dinge zu berichten, die man in der Heimat nicht glauben wollte, denn die Propaganda vermittelte ein ganz anderes Bild. Aber auch den Feldpostbriefen konnte man, trotz Zensur, entnehmen, dass sich die Soldaten mehr und mehr in den Stellungen erschöpften. Die Ostfront wankte, und Rommel musste sich in Afrika zurückziehen. Die deutschen Truppen litten zunehmend unter dem Mangel an Material und Lebensmitteln. Ganze Einheiten kamen nicht vom Fleck, weil es kein Benzin gab.

Wenige Wochen, nachdem Dana Schibitz die Nachricht vom *heldenhaften Tod* ihres Mannes erhalten hatte, schlich sich etwas in sie hinein. Sie wurde nach und nach wunderlich, wie Marianne sagte, »plemplem«. Frau Schibitz hatte in ihrem Laden schon immer höchste Ansprüche an Sauberkeit und Ordnung gestellt. »Ein sauberes Ladengeschäft ist die Visitenkarte des Handels«, wiederholte sie fast mantrahaft. Aber seit sie Witwe geworden war, weitete sie ihren professionellen Putzfimmel auf das ganze Mietshaus aus. Sie schrubbte das Treppenhaus, seifte alle Wohnungstüren ab, polierte die Briefschlitze, und im lackierten Holz des Handlaufs konnte man sich spiegeln. Das Drei-Minuten-Licht leuchtete im Haus heller als anderswo, und in den Rillen der Treppenkanten verfing kein Körnchen Staub. Die verchromten Türklopfer blinkten um die Wette. Obwohl sie in ihrem Laden gesicherten Zugriff auf Nahrungsmittel hatte, wurde sie dünner und dünner. Sie sprach nur noch leise, so als müsse sie Staatsgeheimnisse hüten.

»Kommt mal her, ihr drei Zwerge«, rief Marianne in die Speisekammer und raschelte mit einer Papiertüte, als wollte sie eine Katze anlocken. Sofort verließen die Kinder Bernhard, Hilde und Otto ihre Höhle und standen mit leuchtenden Augen parat. »Hier – aber schön langsam essen. Mit Genuss!« Marianne zog drei Äpfel aus der Tüte und gab jedem Kind einen. Einen vierten Apfel behielt sie für sich und Emmy, die am Küchentisch saß und Socken stopfte.

Marianne setzte sich ihr gegenüber. »Ich habe das Gefühl, die Schibitz ist nicht mehr ganz klar im Oberstübchen. Neulich hat sie einer Kundin dreckige Fingernägel vorgeworfen. Also entschuldige mal, wenn ich hamstern war, hab ich das auch. Ist doch völlig normal. Ich glaube, die bekommt nicht mit, was hier los ist. Wie hältst du diesen Irrsinn mit ihr nur aus?«

»Stimmt schon. Die Frau dreht langsam durch«, sagte Emmy, während sie den Stopfpilz in den Strumpf schob. »Aber wir müssen uns um sie kümmern. Sie ist auch nur ein Opfer des Krieges.«

»Das sind wir alle, Opfer. Deswegen muss man noch lange nicht seltsam werden«, sagte Marianne und teilte den Apfel mit einem Messer in zwei Hälften.

»Ja, schon. Aber ihr Mann und sie haben sich das hier alles aufgebaut. Sie haben rund um die Uhr geschuftet, und nun verrottet er irgendwo in der Pampa. Und warum? Weil in der Reichskanzlei Verbrecher sitzen, die vom kleinen Mann auf der Straße nichts wissen und ihn ins Unglück stürzen.«

»Sei vorsichtig mit so was«, raunte Marianne. Schließlich hatten die Wände Ohren. »Ehrlich gesagt, mir macht die Schibitz manchmal Angst«, fuhr sie fort. »Gestern hat sie gefragt, ob ich wüsste, wo ihr Ferdinand ist. Ich wusste nicht, was ich darauf sagen sollte.«

»Wie wäre es mit: Der wird noch auf dem Großmarkt sein?«

»Du meinst, ich soll sie belügen?«

Emmy sah von dem nicht kleiner werdenden Loch im Strumpf auf und zuckte mit den Schultern. »Ja. Das beruhigt sie. Und es hilft ihr im Moment mehr als die Wahrheit.« Sie biss in ihren halben Apfel. Frau Schibitz erinnerte Emmy an ihre Mutter. Janne hatte versucht, Reisig nach Größe zu sortieren, den Steinboden geschrubbt, bis ihre Hände blutig waren, und mit Gestalten, die augenscheinlich nur sie alleine sehen konnte, Gespräche geführt. »Ich bin auch einer Irren dankbar, dass sie mir Arbeit gegeben hat«, sagte sie.

»Ach Emmy, du bist immer so dankbar für alles. Demnächst bedankst du dich noch für das gute Wetter.«

»Schön, dass du da bist, Emmy, was täte ich nur ohne dich. Bald ist Weihnachten, dann brauchen wir mehr Platz fürs Mehl«, sagte Frau Schibitz mitten im März. Gemeinsam addierten sie die Punkte ihrer Kleiderkarten, und zumindest Frau Schibitz glaubte fest an die ordnungsgemäße Belieferung.

»Und hier vorne musst du bitte noch mal drüberwischen. Halt, Emmy, da fällt mir ein, Paul kommt heute, Paul Rogge, der Speditionsfahrer von Marotzke, der braucht den Platz im Lager.« Emmy hatte noch nie etwas von einem Paul Rogge gehört. Sie hielt ihn für ein weiteres Hirngespinst ihrer Chefin und wollte hinaus in den Hof, um Wasser zu holen. »Nicht doch, Emmy, du hörst mir nicht zu, du musst erst den Lagerplatz freimachen.«

»Was soll denn geliefert werden?«

Frau Schibitz zog ihr großes schwarzes Bestellbuch unter der Theke hervor, klappte es auf und fuhr mit dem Zeigefinger über die eng beschriebenen Zeilen. »Wo war es doch gleich, wo stand es nur? – Ah, hier. Vierzig Kisten à sechs Flaschen Weinbrand, Asbach. Ich fürchte, der Platz wird nicht reichen. Vielleicht stellen wir doch besser alles hinten unter die Treppe. Was meinst du?«

Emmy meinte erst mal gar nichts. Sie hatte das Gefühl, einer Verrückten zuzuhören.

»Was schaust du mich so sonderbar an? Was ist los?« Frau Schibitz hielt inne, weil ihr etwas zu dämmern schien. »Aber natürlich! Ich verstehe … du glaubst mir nicht. Ich konnte es am Anfang auch nicht glauben. Aber ich verrate dir jetzt mal ein großes Geheimnis.« Sie winkte ihre Angestellte zu sich heran. »Noch näher«, sagte sie. Als Emmy so nah vor ihrer sonderbaren Chefin stand, dass sie sich gegenseitig die Nasen hätten abbeißen können, ergriff Frau Schibitz ihre Hände und flüsterte: »Der Kaiser kommt.«

»Ah ja«, sagte Emmy und versuchte, nicht zu grinsen. Wilhelm II. war bereits im Juni 1941 im holländischen Exil gestorben, doch ihre Chefin schien da andere Informationen zu haben.

»Und stell dir vor, zu den vierzig Kisten Weinbrand werden auch noch große Mengen Ernte 23 erwartet, die Seine Majestät an die Arbeiter verteilen lassen will.« Emmy sagte nichts. Frau Schibitz klappte ihr Bestellbuch wieder zu und legte es unter der Theke ab. »Und jetzt hopp, hopp, an die Arbeit.«

Eine Stunde später hatte Emmy den Platz freigeräumt und gewischt, eigentlich nur, um die Chefin bei Laune zu halten. Frau Schibitz lief unruhig auf und ab. »Der Lieferant wollte längst hier sein. Ich verstehe das nicht«, sagte sie, und Emmy dachte: Ich verstehe das sehr wohl. Eine Vision bleibt eine Vision, egal was im Bestellbuch steht.

Frau Schibitz inspizierte noch einmal den Lagerplatz, ging von hier nach da, lief durch den Laden auf die Straße hinaus – und plötzlich rief sie: »Ah, da kommt er ja!«

Ein Pferdefuhrwerk mit zweiachsigem Leiterwagen bahnte sich seinen Weg an den Schuttbergen vorbei. Das Klappern der Hufe hallte durch die Straße. Emmy blieb der Mund offen stehen. Unauffällig zwickte sie sich in den Arm, sie konnte nicht glauben, was sie sah. Der Kutscher brachte das Pferd direkt vor dem Laden zum Stehen und sprang behände vom Bock. Er zog höflich seine Mütze vor den beiden Frauen.

»Schön, dass Sie endlich da sind, Paul«, sagte Frau Schibitz und lief zum Heck des Wagens.

»Ich glaub, mein Hamster bohnert«, murmelte Emmy leise.

Vor ihr stand ein hochgewachsener, stattlicher Mann um die fünfzig. Er hatte ein ebenmäßiges Gesicht mit einem markanten Kinn und dichtes braunes Haar, das etwas zu lang war.

»Darf ich Ihnen Emmy vorstellen? Sie ist mein Mädchen für alles und wird Ihnen den Weg weisen«, sagte Frau Schibitz, als müsste Paul auf verschlungenen, dunklen Pfaden wandeln, um zum Lagerplatz zu gelangen.

Paul nickte Emmy zu. »Tagchen.«

»Äh … hallo«, entgegnete Emmy, die nicht wusste, was sie mehr irritierte. Der fremde Fuhrwerker mit einem derartig betagten Gaul am Wagen, dass man davon ausgehen musste, er habe schon den Alten Fritz über die Felder geschleppt, oder Frau Schibitz, die über den Boden zu schweben schien.

»Bringt die Ware bitte rein. Wenn mein Ferdinand kommt, wollen wir fertig sein«, rief sie.

»Na, dann kommen Sie mal, Mädchen für alles«, sagte Paul mit einem Zwinkern seiner graublauen Augen und rollte eine Plane ab, die über den Wagen gespannt war. Vierzig Kisten Weinbrand und jede Menge offene Holzkisten, in denen unzählige Zigarettenschachteln lagen, standen dort.

»Ist der Weihnachtsmann auch dabei?«

»Ich bin der Weihnachtsmann«, sagte Paul.

»Also wenn Sie der Weihnachtsmann sind, dann bin ich Claire Waldoff«, gab Emmy lachend zurück.

»Glaub ich nicht«, sagte Paul.

Emmy stemmte ihre Hände in die Hüften, stampfte einmal

mit dem Fuß auf, begann hin und her zu wippen und sang: »Wer schmeißt denn da mit Lehm, der sollte sich was schäm', der sollte auch was anderes nehm' als ausgerechnet Lehm!« Kein Ton saß, es klang entsetzlich schief, aber das störte sie nicht. Emmy sang für ihr Leben gerne.

Paul lachte.

»Und, bin ich nun die Waldoff?«, fragte sie kess.

»Sie sind anders. Besser«, sagte er und lächelte sie an.

Emmy kam näher heran und streichelte dem klapprigen Gaul den Hals. Das Tier fasste sofort Zutrauen.

»Sie kennen sich aus mit Pferden, das sieht man«, sagte Paul.

»Da, wo ich herkomme, gibt es viele Pferde«, sagte Emmy gedankenversunken.

»Von wo sind Sie denn weg?«

»Ich bin ein großes Mädchen von einer kleinen Insel«, sagte Emmy kokett. »Dort gibt es nur wenige Menschen und umso mehr Tiere.«

Vor seinem geistigen Auge sah Paul das Meer, Dünen, weite Marschen, Wiesen und Felder. Große Gehöfte und reetgedeckte Häuser, grasende Schafe.

Emmy, die inzwischen einmal um den Wagen herum gelaufen war, holte ihn aus seinen Gedanken. »Unser Hafenmeister hatte einen ähnlichen Planwagen, mit dem er auch den Doktor auf die Dörfer fuhr. War sogar ein Zweispänner. Da waren alle stolz drauf.« Sie klemmte die Plane an der Seite des Leiterwagens fest. »Und Sie? Wo kommen Sie her?«

»Ich bin ein Junge dieser Stadt.«

»Und nicht zu vergessen, der Weihnachtsmann«, sagte Emmy und zeigte auf die Ladung.

»Stimmt.« Paul stieg auf den Wagen und begann, die Kisten zum Abladen nach vorne zu schieben.

Nachdem er sie zur Lagerfläche geschleppt hatte, begann Emmy damit, die Kisten zu stapeln. Paul hatte sich erst gegen ihre Hilfe gewehrt, schließlich wog die Ware einiges, aber sie hatte ihm trotzdem Kiste für Kiste abgenommen und grinsend gesagt: »Wir wollen doch nicht, dass Sie sich noch einen Hexenschuss holen.« Als sie gut die Hälfte ausgeladen hatten, setzte sich Paul im Lagerraum auf eine Stufe, um zu verschnaufen. Emmy brachte ihm ein Glas Wasser. »Danke. Das ist nett von Ihnen, Mädchen für alles«, sagte er.

Sie winkte großmütig ab. »Geht aufs Haus.«

Emmy fiel auf, dass Paul der Erste war, der sie siezte. Sie war es gewohnt, dass alle sie automatisch duzten. Als die gesamte Ladung an ihrem Platz im Lagerraum war, setzte Paul sich auf die Treppe.

Emmy ließ sich auf eine der Kisten sinken. »Darf ich Sie was fragen?«

Paul lächelte. »Nur zu!«

»Waren Sie im großen Krieg?«

Paul nickte.

»Und waren Sie in Serbien?«

Er stutzte. »Serbien? Ich war in Flandern.«

»Hatten Sie Angst vor dem Krieg?«

»Zuerst nicht. Nein. Der Sommer 1914 war herrlich. Die Stimmung war glücklich, wir haben den Krieg begrüßt – eine Niederlage war undenkbar. Als die Marschbefehle kamen, hatten wir keine Vorstellung von Tod und Leid. Wir dachten, wir machen nur einen Ausflug nach Paris.«

»Und waren Sie in Paris?«

Paul schüttelte den Kopf und begann, sich eine Zigarette zu drehen. »Nein. Unser Vormarsch stockte bald. Wir saßen in nasskalten Schützengräben fest. Um uns herum wurde gestorben, oder

der Wahnsinn hielt Einzug. Gestandene Männer weinten, zitterten und schwankten durch die Unterstände. Manche schrien bis zum letzten Atemzug nach ihrer Mutter.« Er klemmte sich die Selbstgedrehte hinters Ohr und bröselte erneut Tabak auf ein Blättchen. »Apropos Wahnsinn.« Er sah auf. « Kann es sein, dass mit Frau Schibitz … na ja, dass etwas nicht in Ordnung ist? Sie hat sich verändert, seit ihr Mann gefallen ist.«

Ein Moment verging, dann sagte Emmy: »Eine verrückte Welt bringt verrückte Menschen hervor. Da fällt die Meise von Frau Schibitz nicht weiter auf. Vermutlich bin ich längst genauso plemplem wie sie. Man sieht es mir nur noch nicht an, oder doch?«, fragte sie, verzog ihr Gesicht zu einer Grimasse, schielte Paul an und gab grunzende Laute von sich. Er hob abwehrend die Hand und rief lachend: »Hilfe!«

In dem Moment betrat Frau Schibitz den Raum, in der einen Hand den Scheuerlappen, in der anderen eine fettige, nach Speck riechende Papiertüte. Sie steckte Paul die Tüte zu. »Danke«, sagte sie bloß und ging eilig davon, weil der Hausflur wartete.

Paul saß einfach nur da und sah Emmy an. Sie wich seinem Blick nicht aus, und mit einem Mal spürte sie ein leichtes Kribbeln im Bauch, wie damals, als Hauke zum ersten Mal ihre nackte Haut berührt hatte.

»Geht es Ihnen einigermaßen gut, in dieser schweren Zeit?«, fragte er. Echte Besorgnis spiegelte sich in seinen Gesichtszügen.

»Mir geht's bestens. Meine Kinder sind gesund, wir haben ein Dach über dem Kopf und werden satt. Was will man mehr?«

Paul nickte.

»Und Sie? Wie geht es Ihnen?«, fragte Emmy.

»Ganz gut«, sagte Paul knapp und steckte die Kippe zwischen die Lippen. Er holte eine Streichholzschachtel hervor, zündete sich die Zigarette an und nahm ein paar tiefe Züge. Dann ließ er die Schachtel in die Westentasche zurückgleiten und öffnete die Papiertüte von Frau Schibitz.

»Und zu Hause noch alles heile?«, fragte Emmy weiter.

»Nein. Wir sind gleich beim ersten Angriff ausgebombt worden. Ich habe ein kleines Zimmer in der Spedition, da ist es einigermaßen warm, und ich hab meine Ruhe. Von daher bin ich ganz zufrieden.« Aus seiner Hosentasche zog er ein Klappmesser und schnitt den Speck in der Mitte durch.

»Sie wirken traurig auf mich«, sagte Emmy. Sie musterte ihn. »Ja, unglücklich.«

Paul horchte auf. Wie konnte sie seine Traurigkeit sehen, wo er doch alles versuchte, sie zu verbergen. »Wer ist denn jetzt noch glücklich? Die meisten sind doch unglücklich«, sagte er.

»Dagegen kann man etwas tun.«

»Ach ja? Wir können den Krieg nicht beenden.«

»Nein, das nicht. Aber wenn wir früher unglücklich waren, hat Vater immer gesagt: Jetzt machen wir uns erst mal schöne Gedanken. Ist doch das Einfachste von der Welt. Kostet nichts und geht überall.« Emmy lächelte leicht.

Paul schlug den abgeschnittenen Speck in ein Stück Zeitungspapier und steckte ihn in seine Westentasche. Die andere Hälfte legte er zurück in die Tüte.

»Und wie sahen die aus, die schönen Gedanken? Woran haben Sie gedacht?«

Emmy überlegte. »Ach, da gab es vieles. Ein blauer Himmel mit Schäfchenwolken zum Beispiel, ein springendes Lamm. Haben Sie das schon mal gesehen? Die werfen immer ihre Hinterbeinchen in die Höhe – als ob sie versuchen, Charleston zu tanzen.« Emmy tänzelte ein paar Schritte hin und her.

»So springt ein Lamm?«, fragte Paul schmunzelnd.

»Fast.« Emmy lächelte. »Ach, es gab so viele schöne Gedanken. Krebse, fliegende Fische, Sternenhimmel, der Hafen, das Meer, das Erntedankfest, die Stille am Heiligen Abend, heißer Tee, eine Pflaume im Julkuchen, eine schreiende Möwe. Schilf, das sich mit dem Wind bewegt, Mama am Herd und nicht zu vergessen: Kekskrümel in der Dose, die man mit dem feuchten Finger rausholt.« Nun strahlte sie.

Wieder sah Paul sie lange an.

»Und wissen Sie, was das Tollste an Kekskrümeln ist? – Wo Krümel sind, gab es vorher Kekse!«

»Stimmt, so kann man das natürlich auch sehen«, sagte Paul lächelnd.

»Fällt Ihnen auch was Schönes ein?«, fragte sie.

Paul dachte nach. Er hatte seit dem großen Krieg keine schönen Gedanken mehr gehabt. Er wollte nur noch eins: in Frieden irgendwo sitzen, am besten an einem See.

»Mir gefällt die Vorstellung, auf dem Wasser zu treiben«, sagte er schließlich.

Aus dem Flur hörte man, wie Frau Schibitz ihrer Putzleidenschaft nachging: das Scheppern des Holzgriffes, wenn der Bügel auf den verzinkten Eimer fiel, und sein Quietschen, wenn sie den Eimer hochnahm, um ihn an einem anderen Ort abzustellen; das Wringen und Werfen des feuchten Lappens auf den Boden. Paul nahm einen letzten Zug von seiner Zigarette.

Auf einmal hatte Emmy den Pfeifengeruch ihres Vaters in der Nase. Hatte ihn vor Augen, sein Lächeln, und hörte seine Stimme sagen: Vergiss nie, dass du von uns sehnsüchtig erwartet und immer geliebt worden bist. Diese Liebe, das tiefe Gefühl, erwünscht gewesen zu sein, trug sie durch schwere Zeiten. Wenn sie nur an ihre Eltern dachte, fühlte sie sich gewärmt.

»Was geht Ihnen durch den Kopf?«, fragte Paul.

»Der schönste Gedanke ist der an eine gelebte Liebe. Das trägt einen durch alle Zeiten«, sagte Emmy wie aus dem Nichts heraus.

Paul schluckte. Wann hatte er jemals jemanden so schöne Dinge sagen hören?

»Am Ende wird von uns nichts bleiben, außer die Stunden, in denen wir geliebt wurden und in denen wir geliebt haben«, fuhr Emmy ein wenig melancholisch fort. Ein Moment des Schweigens verstrich, ein schönes Schweigen, nicht unangenehm, sondern seltsam vertraut.

»Das haben Sie wunderschön gesagt.« Paul reichte Emmy die Tüte mit dem halben Stück Speck.

Emmy sagte einfach nur: »Danke.«

»Gerne.« Paul ließ seine Zigarette fallen und trat sie auf dem Lagerboden aus.

»Oha! Wenn das die Schibitz sieht, müssen Sie zum Jungvolk«, sagte Emmy und drohte ihm spaßhaft mit dem Zeigefinger.

»Wer muss zum Jungvolk?«, fragte Frau Schibitz, die plötzlich an der Türschwelle stand.

»Ach, niemand«, sagte Emmy.

»Sagen Sie, Paul, wann kommt die Entourage? Wir können doch nun schlecht alle Arbeiter von BORSIG mitsamt dem Kaiser in unser Geschäft lassen. Für meine Planung wäre es gut zu wissen, wann seine Majestät Tegeler Boden betreten wird.«

Langsam dämmerte es Paul. Frau Schibitz brachte da so einiges durcheinander. Aber grundsätzlich lag sie nicht falsch. Im Dezember 1940 hatte Hitler schon einmal eine Rede an die BORSIANER gehalten. Das wollte man demnächst wiederholen, und Weinbrand und Zigaretten sollten helfen, Optimismus zu verbreiten.

»Ich weiß es auch nicht. Lieferdatum sollte heute sein. Lange will man zerbrechliche Ware nicht zwischengelagert sehen. Ich vermute, dass Hitler in den nächsten Tagen kommt«, sagte er.

Frau Schibitz runzelte die Stirn. »Hitler? Wer soll das sein?«

Paul und Emmy sahen einander ungläubig an.

»Adolf Hitler«, ergänzte er.

»Ist das der neue Adjutant des Kaisers? Ja … doch … den Namen habe ich schon gehört«, sagte Frau Schibitz und begann ihre grau gesträhnten Haare um den Zeigefinger der rechten Hand zu wickeln. Unvermittelt riss sie sich mit einem Ruck eine dicke Strähne aus. Die Kopfhaut blutete, das Haarbüschel fiel zu Boden. »Hitler. Adolf Hitler … ich komme nicht drauf, woher ich ihn kenne. Helfen Sie mir auf die Sprünge.« Schon drehte sie die nächste Locke um ihren Finger.

Paul ging zu ihr hin und hielt ihre Hände mit sanftem Druck fest. »Er ist der neue Adjutant des Kaisers. Er wird Ihnen gefallen«, sagte er mit seiner dunklen Stimme, in der ein beruhigend sonores Brummen mitschwang.

»Genau! Adolf Hitler, ein Adjutant des Kaisers. Der stammt von den Hohenzollern ab«, sagte Emmy rasch.

»Ich dachte schon, es wäre etwas passiert«, sagte Frau Schibitz und holte tief Luft.

»Nein, es ist alles gut. Der Kaiser wird kommen.« Sicherheitshalber blieb Paul dicht neben Frau Schibitz stehen. Emmy reichte ihm ein sauberes Taschentuch, das er der Verletzten vorsichtig auf die blutende Wunde am Kopf drückte.

»Es scheint ein weltweites Erkennungszeichen von Müttern zu sein, dass sie immer ein sauberes Taschentuch bei sich tragen. Egal ob Krieg herrscht oder Frieden«, sagte Paul. »Wie viele haben Sie?«

»Taschentücher oder Kinder?« Emmy lachte. »Ich habe zwei. Also Kinder. Ein kleines Mädchen und einen noch kleineren Jungen.«

»Kinder sollten keine Kriege erleben müssen«, sagte Paul.

Emmy nickte. »Meine Tochter Hilde ist mir zwar eine große Hilfe, sie kümmert sich rührend um ihren kleinen Bruder. Aber ich fürchte, wir verlangen ihr zu viel ab. Sie sollte lieber mit Freundinnen Triesel drehen oder Verstecken spielen, ihrer Puppe die Haare kämmen und den großen Holzreifen durch die Straße jagen.«

Aus dem Laden ertönte eine helle Kinderstimme. »Mama?«

»Hier hinten, mein Schatz«, rief Emmy.

Hilde kam ins Lager gelaufen, an der rechten Hand Otto, der kaum Schritt halten konnte, und unter den linken Arm einen Kohlkopf geklemmt.

»Mama, Mama, sieh nur, den haben wir gefunden. Er ist von einem Wagen mit ganz vielen anderen gefallen«, erklärte Hilde stolz.

»War wohl ein Wagen der Partei«, sagte Emmy und nahm ihrer Tochter den schweren Kohlkopf ab. An Paul gewandt sagte sie: »Wenn man gute Gedanken hat, kommen auch gute Dinge zu einem«, und deutete mit dem Kopf auf die Papiertüte mit dem Speck und den Weißkohl.

»Warum sitzt der Mann fast auf Frau Schibitz drauf?«, fragte Hilde.

»Er beschützt sie«, erklärte Emmy.

Frau Schibitz rückte ein wenig von Paul ab, das blutige Taschentuch blieb ihr am Kopf kleben. Sie begann, ihre Kleidung zurechtzurücken, als käme sie mit Paul Rogge direkt aus dem Unterholz. »Also, Emmy, ich glaube, wir sind dann fertig für heute. Morgen wieder zur gleichen Zeit.«

»Moment noch«, sagte Paul und löste ihr ganz sachte das Tuch vom Kopf.

Als Frau Schibitz das Blut sah, fragte sie erstaunt: »Wo kommt das denn her?«

»Sie haben sich gestoßen«, erklärte Emmy rasch.

»Ach, tatsächlich? Das habe ich gar nicht gemerkt. Was ist nur los mit mir?«, murmelte Frau Schibitz zu sich selbst und ging hinaus.

»Ich muss dann auch mal weiter«, sagte Paul und legte zwei Finger an die Mütze zum Gruß.

»Tschüs und danke noch mal«, erwiderte Emmy, hob die Specktüte in die Luft und wandte sich zum Gehen. Hilde und Otto waren ein paar Schritte voraus und hüpften vor ihr her. Emmy ging ganz langsam. Sie hätte sich so gerne noch einmal umgedreht. Die Begegnung mit Paul hatte etwas in ihr ausgelöst, was sie so bislang nicht kannte. Etwas Körperliches, sie wollte ihn berühren, ihn küssen, ihm nahe sein. Sie war fasziniert von diesem Mann, von der Ruhe, die er ausstrahlte, dieser dunklen und doch sanften Stimme. Vielleicht sagt er ja noch was, dachte Emmy – doch er sagte nichts. Gerade, als sie spürte, wie Enttäuschung in ihr hochstieg, rief er ihr nach: »Ich hoffe, man sieht sich wieder!«

Emmy blieb stehen. Sie drehte sich zu ihm um und rief erleichtert zurück: »Das hoffe ich auch. Sehr!«

21

NOVEMBER 1994

Nachdem Emmy ihre Kinder und Anni verabschiedet hatte, blieb noch etwas Zeit bis zu ihrem Termin beim Notar. Sie beschloss, den Geburtstagsabwasch zu erledigen. Zwischen den beiden untersten Frühstückstellern lag einer der Geldumschläge. Emmy überlegte, wer ihr den Umschlag klammheimlich wieder unterjubeln wollte. Sie nahm den letzten Teller aus dem Wasser, stellte ihn auf das Abtropfgestell und trocknete sich die Hände ab. Otto war es bestimmt nicht, dachte sie. Sie wusste, dass ihr Sohn nicht der erfolgreiche Antiquitätenhändler war, für den er sich gerne ausgab. Gründe dafür nannte Otto viele, und die lagen immer bei den anderen. Oft meinte er nur Pech gehabt zu haben. Dennoch bewunderte sie ihren Sohn. Immerhin schaffte er es seit vielen Jahren, sich und seine Freundin trotz aller Schwierigkeiten über Wasser zu halten. Darin und in den Größenfantasien war Otto seinem Vater sehr ähnlich.

Und Hilde? Nein, sie konnte den Umschlag nicht zurückgeben, nachdem Emmy sie so eindringlich gebeten hatte, das Geld für sich selbst zu nutzen. Emmy wusste, dass sie ihrer großen Tochter nicht das hatte geben können, was sie sich immer von ihr gewünscht hatte. Zu kompliziert waren die Umstände, unter denen Hilde hatte aufwachsen müssen. Es tat ihr leid, dass ausgerechnet ihre Große sich zurückgesetzt fühlte, immer und überall. Hinter Otto, der als Sohn angeblich überragende Bedeutung genoss, und hinter Tessa, die als Nachzüglerin scheinbar mehr geliebt wurde. Aber das stimmte so nicht. Es war nicht zu leugnen, dass Emmy eine besondere Beziehung zu Tessa hatte, aber die beste Entscheidung in ihrem ganzen Leben war es gewesen, Hilde zur Welt zu bringen. Gegen alle Widerstände und gegen alle Vernunft. Emmy hatte dieses Kind so sehr gewollt, wie ihre eigenen Eltern sie einst gewollt hatten.

Blieb noch Tessa. Emmy drehte den Umschlag. Mit ihrer geschwungenen Handschrift hatte ihre Jüngste darauf geschrieben: *Danke, Mama, aber gönn dir selber was!*

Emmy musste laut lachen. Tessa wird sich wundern, was noch alles auf sie zukommt, schoss es ihr durch den Kopf. Nur zu gerne hätte Emmy gewusst, ob Otto und Hilde nach ihrer Aktion im Keller schlauer waren als zuvor. Viel konnte es nicht sein, was die beiden wussten oder ahnten. Anderenfalls hätte ihre Tochter sie längst mit unzähligen Fragen gelöchert, und Otto hätte sich vermutlich schon einen vergoldeten Sportwagen auf Pump gekauft. Emmy überlegte, wann sie es ihren Kindern erzählen sollte. In vier Wochen war Weihnachten. War das ein guter Zeitpunkt? Oder sollte sie doch lieber bis zum nächsten Februar warten und Tessas Fünfzigsten zum Anlass nehmen, alle ins Bild zu setzen?

Sie nahm ihren Mantel von der Garderobe und machte sich auf den Weg zu ihrem Termin bei Rallensteiner & Partner, einem Immobilienmaklerbüro im vornehmen Stadtteil Dahlem. Von Tegel nach Dahlem, das war wie die Fahrt in eine andere Welt. Villa statt Mietskaserne, Mercedes statt Manta und akkurat gestutzter englischer Rasen statt Butterblumenwiese. Als sie an den Villen vorbeilief, musste Emmy unwillkürlich an die Liaison zwischen Leopold von Waldstetten und Charlotte denken. Ihr Dienstherr und ihre Schwiegermutter hatten jahrelang geglaubt, dass niemand etwas davon ahnte – dabei wusste die halbe Welt von der Affäre, die so lange andauerte, dass es für beide wie eine Zweit-Ehe gewesen sein musste. Und wer weiß, was aus ihnen noch geworden wäre, wenn sich damals nicht die äußeren Umstände so radikal verändert hätten.

Emmy überquerte eine der zahlreichen breiten Straßen. Mit ein wenig Phantasie konnte sie erahnen, wie hier einst die Bataillone zum Schießplatz im Grunewald durchmarschiert waren. Die Alleen hatten Platz bietende Mittelstreifen, die man extra für den Kaiser angelegt hatte – er sollte ungestört reiten können. Heute parkten hier Autos. Zeit verändert vieles.

Als sich am 9. November 1989 die Grenze geöffnet hatte, konnte sich niemand vorstellen, wie groß die Umwälzungen, vor allem für die Bürger der ehemaligen DDR, sein würden. Auch ahnte keiner, was der Mauerfall für die vom DDR-Regime Zwangsenteigneten bedeuten würde. Dann, mit dem Einigungsvertrag von 1990, boten sich unerwartete Möglichkeiten, und auch Emmy musste eine Entscheidung treffen. Was sollte aus den Grundstücken in Potsdam werden? Nach einigem Überlegen und endlosen Telefonaten mit Marianne wusste sie schließlich, was zu tun war. Heute nun wurde alles schwarz auf weiß besiegelt, dann gab es kein Zurück mehr.

Das Eingangstor zur Villa stand offen. Langsam stieg sie die Freitreppe hinauf. Noch bevor sie den Finger auf den goldenen Klingelknopf legen konnte, wurde die Tür geöffnet.

»Ich habe Sie kommen sehen, Frau Seidlitz«, sagte die Sekretärin freundlich. »Und bevor ich es vergesse: Herzlichen Glückwunsch zum Geburtstag.«

Emmy trat ein, zog sich den Mantel aus und überließ ihn der Bürokraft. Herr Rallensteiner kam hinzu.

»Auch von mir alles Gute.« Er schüttelte Emmy die Hand. »Hatten Sie einen schönen Vormittag?«

»Aber ja. Meine Kinder waren zum Frühstück da.«

»Und haben Sie es ihnen gesagt?«, fragte er.

»Nein. Mein Sohn und meine älteste Tochter ahnen wohl etwas. Sie zeigen seit einigen Monaten ein auffallendes Interesse an meinem Keller. Ich bin gespannt, wann mich mal einer fragt, was es auf sich hat mit den ganzen Papieren.«

Sie gingen in einen großen Büroraum. Auf dem Tisch standen Getränke und eine kleine Schüssel mit Keksen.

»Darf ich Ihnen einen Kaffee anbieten?«

»Sie dürfen«, sagte Emmy lächelnd.

Herr Rallensteiner goss den dampfenden Kaffee ein und setzte sich ihr gegenüber. Emmy trank einen Schluck und ließ ihren Blick durch das Büro schweifen. An der Zimmerseite stand eine Tütenstehlampe aus den Fünfzigerjahren mit dreibeinigem Teakholzgestell und Fußschalter. Die Schirme waren mit elfenbeinfarbenem Samtstoff bezogen. Allein diese Lampe war sicher ein kleines Vermögen wert. Hohe Sprossenfenster verliehen dem Raum Helligkeit, und Emmys erster Gedanke war: Zum Glück muss ich die nicht putzen. Direkt neben der Tür hing noch die bronzefarbene Kordel, mit der man früher das Klingeln eines Glöckchens auslösen konnte, um das Dienstmädchen aus der Küche zu rufen. Für ein Kind von der kleinen Insel habe ich es weit gebracht. Ich sitze jetzt auf der *anderen* Seite, dachte Emmy und musste innerlich grinsen.

»Fragen Sie sich, ob Ihre Entscheidung richtig war?«, erkundigte sich Herr Rallensteiner.

»Nein, das frage ich mich nicht. Ich hatte genug Zeit, um alles zu bedenken. Wir brauchen Bildung, für jeden. Das verhindert Armut, Gewalt, ja, Kriege.«

»Aber auch gebildete Menschen sprechen sich für Kriege aus«, gab Herr Rallensteiner zu bedenken.

»Dann ist es die falsche Bildung. Ich habe zwei Weltkriege miterlebt, und ich weiß, dass ein Krieg, egal wie er ausgeht, niemals Gewinner hat. Es gibt nur Verlierer auf allen Seiten. Ich garantiere Ihnen: Wenn Mütter, Ehefrauen und Schwestern entscheiden dürften, würde es keinen Krieg mehr geben«, sagte Emmy.

»Aber was würden die Männer dazu sagen, wenn es allein die Frauen wären, die über Krieg und Frieden entscheiden?«

»Nun, die wären vermutlich wenig begeistert. Aber niemand, der auf so sinnlose Weise einen Vater, Bruder, Sohn, einen Geliebten oder Freund verloren hat, sinnt auf Rache. Jeder, der Opfer zu beklagen hat, will nur noch eins – Frieden.« Emmy redete sich in Fahrt. »Fragen Sie mal ein Kind: Willst du, dass dein Papa keine Beine mehr hat, wenn er aus dem Krieg nach Hause kommt, oder sollen die anderen die unbewohnte Insel jwd bekommen? Es liegt doch auf der Hand. Wir müssen nur lernen, die richtigen Fragen zu stellen, dann sind die Antworten ganz einfach.«

Es klingelte an der Tür.

»Das ist der Notar«, erklärte Herr Rallensteiner. »Entschuldigen Sie mich bitte einen kurzen Moment.«

»Machen Sie nur in Ruhe, ich habe heute nichts mehr vor«, sagte Emmy und widmete sich dem Gebäckteller. Als die beiden Männer wieder ins Büro kamen, hatte Emmy allen Keksen den Garaus gemacht. Der leere Teller stand wie ein Mahnmal vor ihr. Lächelnd gab sie ihm einen kleinen Schubs, wodurch er über den Tisch rutschte und knapp vor der Kante auf der anderen Seite zum Stehen kam. »Tut mir leid. Man darf mich mit so etwas nicht alleine lassen.«

Herr Olivié trat aus dem Schatten von Herrn Rallensteiner hervor.

»Ich grüße Sie, Frau Seid…« Der Rest ging in einem Niesanfall unter. Er putzte sich umständlich die Nase. »Entschuldigung, eine lästige Erkältung.« Seine Augen glänzten fiebrig, und die dunklen Schatten darunter ließen ihn um Jahre gealtert aussehen.

»Gesundheit«, sagte Emmy freundlich.

Der Notar nieste noch einmal – und dann gleich noch einmal.

»Ich will Ihnen wirklich nicht zu nahe treten, aber sind Sie sicher, dass Sie mich überleben werden? Immerhin sollen Sie mein Testament verlesen. Keiner weiß, wann genau das sein wird. Aber es scheint besser, wenn ich bei hundert Jahren die Reißleine ziehe.«

Die beiden Männer lachten.

»Haben Sie sich den Text noch einmal durchgelesen?«, fragte der Notar.

Emmy nickte. »Ja, er kann so bleiben. Ich habe aber noch eine ganz andere Bitte, meine Herren. Es geht um meine Beerdigung, wir sprachen bereits darüber ...«

»Wollen Sie etwas am Ablauf ändern?«, fragte Herr Rallensteiner.

»Nein. Ich möchte Sie nur bitten festzuhalten, dass auf keinen Fall die Gärtnerei Wudtke den Blumenschmuck macht. Egal was meine Tochter Hilde möchte.«

»Dafür werden wir Sorge tragen«, sagte der Notar.

Die Sekretärin von Herrn Rallensteiner trat ins Zimmer und sortierte jede Menge Papiere auf dem Tisch. Sie legte jeweils einen Stapel vor Emmy, vor Herrn Olivié und vor ihrem Chef aus. Neben Emmys Stapel platzierte sie außerdem einen Kugelschreiber mit Firmenlogo.

»Und mit Anni ist auch alles besprochen?«, fragte der Notar fast beiläufig.

»Noch nicht. Aber Tessa weiß Bescheid.«

»Aber Sie müssten mit Anni persönlich sprechen, und zwar vorher.«

»Ja. Ich fahre in den nächsten Tagen mit ihr nach München zu Marianne Schmitt. Da wird sich eine Gelegenheit ergeben. Dann kann ich Ihnen auch den endgültigen Betrag für Marianne übermitteln«, sagte Emmy.

Die Sekretärin schickte sich an, den Raum zu verlassen. An der Tür drehte sie sich noch einmal um. »Ich kann Ihnen gerne noch ein paar Kekse bringen, Frau Seidlitz.«

»Ach, wenn Sie mich so fragen, da sage ich nicht Nein.«

Die Sekretärin holte eine neue Tüte aus dem Schrank, öffnete sie und schüttete das Gebäck auf den Teller. Schließlich stellte sie die Tüte mit einem Schmunzeln direkt vor Emmy ab, bevor sie sich wieder ins Vorzimmer zurückzog.

»Ich hoffe, ich treibe Sie damit nicht in den Ruin«, sagte Emmy und griff beherzt zu.

»Bei dem, was wir an Ihnen verdient haben, können Sie eine ganze Palette Kekse bekommen«, sagte Rallensteiner lachend.

»Sie hatten ja auch eine Menge Arbeit mit mir. Und Sie können es ruhig zugeben: Als ich das erste Mal hier war, haben Sie mich für verrückt gehalten. Oder etwa nicht?«

»Ehrlich gesagt, ja. Aber das hat sich rasch gelegt. Glauben Sie mir, und ich denke, dass ich da auch im Namen von Herrn Olivié sprechen darf«, die beiden Männer warfen sich einvernehmliche Blicke zu, »die Zusammenarbeit mit Ihnen war und ist uns eine große Freude. So einen Auftrag bekommen wir dann doch nicht alle Tage, und ich denke dabei nicht an die monetäre Größe, sondern vor allem an die inhaltlichen Aspekte«, sagte Herr Rallensteiner.

»Schön. Dann kommen wir mal zur Sache.«

»Ein bisschen müssen Sie sich noch gedulden, Frau Seidlitz, wir sind verpflichtet, Ihnen sämtliche Vereinbarungen inklusive der Verkäufe vorzulesen.«

»Meine Herren, ich bitte Sie. Wir haben doch alles hinreichend besprochen.«

»Aber …«, versuchte Rallensteiner noch einen Einwand.

»Nichts da! In meinem Alter läuft mir die Zeit davon. Jetzt ist Schluss«, sagte Emmy mit Nachdruck. Sie unterschrieb alle Seiten, die die Sekretärin mit leuchtend grünen Klebezetteln markiert hatte. Die beiden Männer taten es ihr gleich. Die drei Vertragsexemplare wanderten im Kreis herum.

Als alles unterzeichnet war und jeder der Beteiligten sein Exemplar vor sich liegen hatte, sagte Olivié ernst: »Frau Seidlitz, Sie sind eine couragierte Frau.«

Emmy ließ einen Moment verstreichen. Dann sagte sie genauso ernst: »Ich habe jedenfalls nie den Mut verloren. Aber ich habe auch sehr viel Glück gehabt in meinem Leben. Es war mir gegönnt, lange zu leben und wahrhaftig zu lieben.«

Rallensteiner erhob sich, schloss die beiden obersten Knöpfe seines Jacketts und sagte feierlich: »Es ist mir ein Bedürfnis, Sie persönlich aus vollstem Herzen zu beglückwünschen. Ich kenne niemanden, der in Ihrer Situation eine solche Entscheidung gefällt hätte. Ich bin ein wenig stolz, dass ich dabei sein durfte, Frau Seidlitz.«

Auch Herr Olivié stand von seinem Stuhl auf, obwohl es ihm sichtlich Mühe bereitete. »Glückwunsch auch von mir. Und ich meine es genauso, wie ich es sage – Sie werden die Welt ein Stück besser machen.«

Emmy war gerührt. Sie erhob sich ebenfalls. »Meine Herren, ich danke Ihnen für alles. Mögen viele von meiner Entscheidung profitieren.«

Dann schüttelten alle einander die Hände. Wie auf ein unsichtbares Zeichen hin schob die Sekretärin einen Servierwagen herein, darauf eine silberne Abdeckhaube.

Herr Olivié richtete noch einmal das Wort an Emmy: »Es ist üblich, auf einen solchen Abschluss mit Champagner anzustoßen. Aber ohne Ihnen zu nahe treten zu wollen – Champagner ist für Sie nicht das richtige Getränk.« Er schlurfte zum Servierwagen und lüftete die Speiseglocke. Zum Vorschein kam eine Tasse Kaffee mit üppiger Sahnehaube.

Emmy erkannte sofort, was es war. Ihre Mundwinkel zogen sich nach oben. »Zauberhaft. Ganz zauberhaft. Sie sehen mich begeistert. Ich wusste, als wir uns das erste Mal trafen: Sie erkennen mich«, sagte sie, ließ sich auf ihren Stuhl zurücksinken und genoss den letzten Pharisäer ihres Lebens.

22

APRIL 1942 – OKTOBER 1944

Die Berliner hatten ihre ganz eigene Art, mit der Angst, der immer stärker werdenden Bedrohung und dem sinnlosen Sterben umzugehen: ihren Humor. Sie sagten Wir lassen uns die Laune nicht verderben. Wer heute stirbt, braucht morgen nicht zu sterben. Die Zerstörungen hatten von Woche zu Woche zugenommen, die Helfer kamen mit dem Beräumen der Straßen kaum noch nach. In der Nähe der BORSIG-Werke war die Bevölkerung besonders gefährdet. Mit den Häusern waren auch viele Luftschutzkeller zerstört. Und so herrschte drangvolle Enge in den verbliebenen Schutzräumen. In kürzester Zeit war die Luft zum Schneiden. Und während Flakfeuer und Bomben detonierten, begannen einige Menschen zu beten, andere starrten regungslos auf die eigenen Füße.

Der nächste Fliegeralarm sollte Emmys Leben für immer verändern. Wenn die Sirenen ertönten, blieb noch etwas Zeit. Es gab keine Panik. Man hatte sich an die Angst gewöhnt, sie war allgegenwärtig. Routiniert griffen Emmy und Marianne nach zwei gepackten Taschen, den Papieren und einem gefüllten Henkelmann, während das Brummen der Flugzeuge näher kam.

Nachdem sie im Luftschutzkeller einen Platz gefunden hatten, drückte Hilde sich eng an die Seite ihrer Mutter und hielt eine Hand ihres Bruders, der auf Emmys Schoß saß. Emmy spürte, dass ihre Tochter zitterte. Sie streichelte ihr über den Rücken, um sie zu beruhigen. So wie Janne, Emmys Mutter, es getan hatte, wenn sie mit wenig Mundvorrat, dem wärmenden Stroh und einem Stoßgebet auf dem Dachboden ausharrten, bis der Sturm vorüber war.

Nun wurde die Tür zum Keller geschlossen. Bomben fielen, und die Detonationen kamen bedrohlich nahe. Von der Kellerdecke rieselte Mörtel. Der Boden unter ihren Füßen vibrierte. Beißender Brandgeruch lag in der Luft.

Einen Moment lang war es totenstill. Dann folgten Einschläge in unmittelbarer Nähe. Marianne hielt ihren Sohn Bernhard auf dem Schoß, der sich mit angstgeweiteten Augen an ihr festklammerte. Das dumpfe Licht flackerte, erlosch aber nicht. Jemand hämmerte an die Tür. Nur ungern öffnete man während des Angriffs, aus Angst, die oben tobenden Brände könnten den letzten Sauerstoff aus den Schutzräumen ziehen. Es klopfte noch einmal kräftig.

»Da braucht einer Hilfe! Verdammt, jetzt macht schon auf!«, rief Marianne. Zustimmendes Gemurmel wurde laut. Der Kellerwart schob den Riegel zur Seite. Jemand trug auf seinem Rücken einen alten Mann hinunter und bettete ihn vorsichtig auf den Boden direkt am Eingang. Der Mann, der den Alten in Sicherheit gebracht hatte, trat weiter in den Keller hinein, und das schummrige Licht der Deckenlampe erhellte sein Gesicht. Es war Paul, Paul Rogge. Alle Farbe war aus seinen Wangen gewichen, seine Hände zitterten. Emmy rückte noch ein wenig näher an Marianne heran, winkte Paul zu und bedeutete ihm, zu ihnen zu kommen. Paul zwängte sich neben sie, sodass sie einander berührten. Emmy genoss seine Nähe, seinen leicht schweißigen und doch angenehmen Geruch. Erneut bebte die Erde, rieselte Sand von der Decke. Die Lampe flackerte, dann ging sie aus. Jemand entzündete eine Petroleumlampe, die ein wenig Licht spendete.

»Ich habe Angst«, flüsterte Hilde und begann zu weinen. Selbst in dem Halbdunkel konnte Paul sehen, dass sie sich in ihrer Panik die Lippen blutig biss.

»Ich habe auch Angst«, sagte Paul leise, und seltsamerweise schien genau diese Antwort Hilde zu beruhigen oder ihr zumindest so viel Vertrauen einzuflößen, dass die Tränen versiegten.

»Komm mal zu mir, junge Dame.«

Hilde rutschte hinüber auf seinen Schoß. »Hier ist meine Hand, leg deine hinein, dann bist du sicher«, sagte er. Hilde tat wie geheißen, und kurz darauf hatte sie sich ruhig an ihn geschmiegt.

»Haben Sie auch Kinder?«, fragte Emmy.

»Leider nicht«, sagte Paul und nahm mit der freien Linken unauffällig Emmys Hand. Sie schloss die Augen und spürte, wie groß ein kleines Glück sein konnte.

»Sag mal, Hilde, kennst du ein Tier, das mit K anfängt?«, fragte Paul.

Hilde überlegte. »K wie … Katze!«

»Sehr gut. Noch eins?«

»Kwalle.«

»Das wollen wir mal gelten lassen«, sagte Paul und lachte.

»Geht auch Kamäleon?«, fragte Hilde.

»Selbstverständlich, Kamäleon ist ganz wunderbar!«

»Jetzt du! Sag ein Tier mit K«, forderte Hilde.

»Kanarienvogel.«

»Kranich«, rief Hilde. »Und ich weiß noch eins …«, haspelte sie aufgeregt.

»Warte, einer fällt mir auch noch ein: Kaiserschmarren.«

Hilde kicherte. »Das ist doch kein Tier!«

»Aber auch lecker. Dann Kaninchen«, korrigierte sich Paul.

»Kamel!«, warf Hilde ein.

»Karpfen.«

»Kreuzotter«, rief Hilde triumphierend, glücklich, dass ihr noch ein Tier eingefallen war.

»Oh … ich fürchte, mir fällt keins mehr ein«, sagte Paul. »Hast du noch eins?«

Hilde rieb sich angestrengt am Ohrläppchen. »K-K… Mama, weißt du noch ein Tier mit K?«

»Wie wäre es mit Kobold?«, fragte Emmy.

»Ja, genau. Kobold!«, jubelte Hilde.

»Also, wenn ihr Kobold nehmt, nehme ich den Klavierlöwen«, sagte Paul und lächelte Emmy kaum merklich an. Emmy drückte seine Hand. Ihr Herz schlug kräftig. Sie atmete so tief, dass ihr Brustkorb sich deutlich hob. Sie wollte nur noch eins: Mit Paul zusammen sein.

Drei Buchstaben und zwanzig Tiere später kam der einminütige Dauerton, der endlich Entwarnung gab. Ruhig verließen die Menschen den Keller. Hilde hüpfte von Pauls Schoß, und als er Emmy seine Hand entziehen musste, strich sie ihm mit dem Daumen über den Handrücken.

»Was haben Sie hier eigentlich gemacht?«, fragte sie.

»Ich wollte zu Frau Schibitz«, sagte Paul, obwohl das gelogen war. Er wollte das große Mädchen von der kleinen Insel wiedersehen, nur ihretwegen hatte er sich auf den Weg zum Laden gemacht. »Aber Frau Schibitz war nicht da.« Er half Emmy, Marianne und den Kindern durch die immer wieder zurückschwingende Kellertür ins Freie.

»Merkwürdig. Eigentlich ist ihr Laden doch ihr Zuhause«, sagte Marianne. Die geht bei keinem Fliegerangriff in den Bunker, sie bleibt immer im Geschäft.«

Emmy spürte in ihrer Magengegend ein ungutes Gefühl. Während Marianne die Kinder nahm, lief sie die Straße hinunter zum Haus von Frau Schibitz. Der rechte Seitenflügel war eingestürzt, im Hinterhof brannte es. Das Haupthaus war zu großen Teilen zerstört.

»Du kannst da nicht rein«, rief jemand hinter ihr. Es war Paul, er war ihr gefolgt. Aber Emmy ließ sich nicht abhalten. Sie versuchte, über die verbeulte Tür in das Geschäft zu gelangen. Steine fielen herunter, ein Dachbalken brach. Paul hielt sie am Arm fest. »Komm, bitte. Ich weiß einen anderen Weg.«

Emmy folgte ihm. Sie kletterten über ein Nebengebäude in den Hinterhof, vorbei an einem Brand, hinein in das Haus. Der Rauch war beißend. Paul nahm einen herumliegenden Lappen, hielt ihn unter eine tropfende Wasserleitung und gab Emmy das feuchte Tuch, das sie sich über Mund und Nase presste. Sie stiegen über Trümmerteile immer weiter hinein und gelangten in den unversehrten hinteren Teil des Ladens, wo noch ein paar der Weinbrand-Kisten gestapelt standen. Verkeilte Balken und die halbe Treppe hatten die Flaschen geschützt. Unter einem Regal lag auf dem Rücken die Ladenbesitzerin. Nur ihr Oberkörper ragte darunter hervor. Ihr Gesicht war von Staub und Ruß verkrustet.

»Frau Schibitz? Können Sie mich hören?«

Die Verletzte öffnete den Mund, um etwas zu sagen. Es dauerte einen kurzen Moment, dann fragte sie: »Grundgütiger, was war das?« Mit der freien Hand machte sie eine Geste, als ob sie ihr Haar richten wollte. Paul versuchte, das Regal anzuheben. Aber es gelang ihm nicht.

Emmy kletterte über den Schutt und schleppte eine lange Holzbohle herbei. »Damit geht es. Auf drei. Eins, zwei, drei!«

Mit der Holzbohle gelang es Paul, das Regal so weit anzuheben, dass Emmy Frau Schibitz hervorziehen konnte.

»Wenn Ferdinand das sieht, fällt er vom Glauben ab«, sagte sie nur mit Blick auf das Inventar, oder besser auf das, was davon übrig war.

Ein Bein von Frau Schibitz war knieabwärts zerquetscht, der Fuß nur noch eine fleischige Masse, aus dem anderen Oberschenkel spritzte pulsierend Blut – doch die Schwerverletzte schien keine Schmerzen zu haben. Ein paar Meter neben ihnen stürzten weitere Teile des Gebäudes ein.

»Wir müssen hier raus«, sagte Paul und hievte Frau Schibitz auf seine Schulter. Emmy machte so gut es ging den Weg frei, hielt Kabel zur Seite, führte sie über Trümmer und benetzte das Tuch noch einmal mit Wasser aus der tropfenden Leitung, um es ihm vor den Mund zu halten. Er keuchte bedrohlich. Dann, endlich, gelangten sie ins Freie. Vorsichtig legte er Frau Schibitz auf dem Kopfsteinpflaster ab. Paul riss ein Stück von der runterhängenden Verdunkelung ab und band das Bein oberhalb der blutenden Wunde ab. Emmy wischte ihr mit dem feuchten Tuch über das Gesicht. »Mir ist kalt«, sagte Frau Schibitz noch, dann verlor sie das Bewusstsein. Paul drehte sie geschickt auf die Seite. Er zog sein Hemd aus, rollte es zusammen und legte es ihr unter den Kopf. Im Unterhemd stand er vor Emmy und sah sie eindringlich an. Vorwurfsvoll sagte er: »Emmy, du bist ja völlig verrückt. Wie kann man nur so leichtsinnig sein?! Versprich mir, dass du in Zukunft besser auf dich aufpasst.«

»Versprochen«, sagte Emmy, und jetzt erst setzte der Schock ein. Sie holte tief Luft und drückte mühsam die Tränen weg.

Paul trat näher und schloss sie in die Arme. »Ich weiß, das ist jetzt nicht der richtige Zeitpunkt, aber ich muss dauernd an dich denken.«

Emmy hob den Kopf und sah ihm fest in die Augen. »Ich auch an dich. Ich will dich in meinem Leben haben.«

Menschen kamen auf die Straße. Sie versuchten, kleinere Brände zu löschen, und brachten in Sicherheit, was noch in Sicherheit zu bringen war. Sanitäter bahnten sich ihren Weg. Emmy winkte sie heran. In einem Handkarren lagen bereits zwei Verletzte. Neben ihnen saß der alte Doktor Reichel, der im selben Haus wie Marianne wohnte. Die Sanitäter mussten ihm vom Wagen helfen. Er trug eine Brille mit fingerdicken Gläsern, von denen eines einen Sprung hatte, und benötigte zum Gehen einen Stock. Suchend sah er sich um.

»Wo?«, fragte er, wobei er um ein Haar über Frau Schibitz stolperte.

»Hier, direkt vor Ihnen, Herr Doktor«, sagte Paul und half dem alten Mann, sich neben die Verletzte zu knien. Umständlich fingerte der Arzt ein Stethoskop aus seiner zerschlissenen schwarzen Ledertasche und setzte es auf die Brust von Frau Schibitz. Dann besah er sich ihre Beine, ein kurzer Blick genügte. »Ich fürchte, ein Transport ins Lazarett wäre vergeblich.«

»Aber sie lebt doch«, sagte Emmy bestürzt, kniete sich ebenfalls hinunter und nahm die Hand von Frau Schibitz in ihre.

Der Arzt räusperte sich. »Ja. Aber nicht mehr lange.«

Er bückte sich zu seiner Tasche. Paul hielt ihn hinten am Sakko fest, damit er nicht vornüber fiel. Doktor Reichel fingerte ein braunes Tablettenfläschchen aus seiner Tasche und nahm selber eine Pille. »Sie wird nicht mehr aufwachen. Das ist wie bei Pferden. Wenn sie einmal liegen, stehen sie nicht mehr auf.« Er wandte sich zum Gehen. Die beiden Sanitäter halfen ihm zurück auf den Wagen.

»Was sollen wir mit ihr machen?«, rief Paul ihnen nach.

»Wenn es vorbei ist, legt sie vor die Hausnummer 30 zu den anderen. Wir holen sie ab«, antwortete einer der Helfer. Doktor Reichel hob die Hand zum Gruß und rief: »Bleibt übrig!«

Paul kniete sich hinter Emmy und schlang seine Arme um sie.

»Hoffentlich irrt sich der Alte nicht. Am Ende hätte sie doch noch eine Chance gehabt«, sagte Emmy mit belegter Stimme.

»Nur weil er alt ist, muss er kein schlechter Arzt sein«, sagte Paul.

»Stimmt, aber er ist ja nicht nur alt«, sagte Emmy.

Paul sah sie fragend an, und sie fügte hinzu: »Im richtigen Leben ist er Tierarzt.«

Seit jenem Tag, als sie gemeinsam Frau Schibitz in den Tod begleitet hatten, sahen sich Paul und Emmy so oft es ging. Paul war ganz anders als Hauke. Es war nicht nur sein Alter, das ihn reifer machte. Es war seine Lebenserfahrung, die ihn gezeichnet und gleichzeitig empfänglich gemacht hatte für eine Frau, wie Emmy sie war. Er liebte ihren Sturkopf und ihre Ehrlichkeit. Und wenn er mal wieder seinen Gespenstern nicht entkommen konnte und von Albträumen heimgesucht wurde, führte sie ihm vor Augen, welch seltenes Glück er doch hatte.

»Du bist am Leben. Wir haben diese schöne Zeit. Und wenn eines Tages unser letztes Stündlein schlägt, wird es immer um die Frage gehen: Habe ich geliebt? Und egal was die Zukunft mir bringt, ich kann aufrichtig sagen: Ja, ich habe geliebt, und zwar dich, von ganzem Herzen.«

Paul war ihr so nah wie niemand sonst. Und auch mit ihm war an Emmys Seite etwas geschehen. Er hatte das Gefühl, er selbst sein und gleichzeitig für jemanden da sein zu dürfen, Verantwortung zu tragen, eine Rolle zu spielen. Sein Leben hatte einen Sinn.

Paul sah in Emmy nicht nur die starke Frau. Er sah auch das kleine Mädchen von der fernen Insel, das so früh seine Heimat hatte verlassen müssen; das lange Zeit nirgendwo ein neues Zuhause hatte finden können und das getröstet werden musste, wenn es gelegentlich übermannt wurde von dem Gefühl, allein auf der Welt zu sein.

Abends gingen sie regelmäßig zum Baden, schwammen weit

hinaus auf den See und ließen sich treiben. Anschließend saßen sie schweigend ineinander versunken am menschenleeren Ufer. Sie brauchten keine Worte, sie spürten sich. Ein Leben ohne einander schien sinnlos.

Eines Tages trafen sie sich wieder in der Spedition. Der kleine Anbau zur Speditionshalle hatte bislang allen Angriffen standgehalten. Es gab kein Fuhrwerk mehr, keinen Lkw und auch kein Pferd. Als einzige Transportmittel standen noch Bollerwagen zur Verfügung.

»Ihr müsst euch auf den Winter vorbereiten«, sagte Paul an einem der letzten Spätsommertage. Die immer spärlicher eintreffenden Lieferungen ließen erahnen, dass es kaum mehr Kohlen geben würde.

»Ich habe gehört, dass sie am Ku'damm anfangen, die Bäume zu fällen. Die werden sich noch wundern, wenn wir aus den Stahlhelmen Kochtöpfe machen. Glaubst du, dass der Krieg bald endet?«, fragte Emmy.

Paul rückte näher an sie heran und nahm sie fest in die Arme. »Ich weiß es nicht. Kriege enden normalerweise nicht im Sommer. Aber ich hoffe, dass der nächste Winter hart wird und dann endlich alles zusammenbricht. Im November oder Dezember könnte es vielleicht vorbei sein.«

»Sagen wir November. Am besten am 20.« Emmy lächelte. »Das wäre das schönste Geburtstagsgeschenk!«

Aber es sollte anders kommen, auch wenn sich im November 1942 der Wendepunkt des Zweiten Weltkrieges bereits anbahnte. Die 6. Armee steckte in Stalingrad fest. Die Wolga fror zu, und der grausame Nahkampf, Straße für Straße, Haus für Haus, Mann gegen Mann, zog sich hin bis in den Februar 1943. Nach der Kapitulation von Stalingrad begann der Rückzug der deutschen Truppen.

Am Heiligen Abend 1943 saßen Marianne, Emmy und die Kinder um einen kleinen Tannenstrauß, den sie aus dem Tegeler Forst geholt hatten. Im Schutt eines Hauses hatten sie einen Keramikengel gefunden, dem ein Flügel abgebrochen war. Marianne hatte ihn so geschickt in die Tanne gestellt, dass man nur den heilen Flügel sehen konnte. Hilde schälte Äpfel und verteilte die Stücke reihum. Sie war so stolz, dass Mutter ihr das scharfe Messer anvertraute und ihr an diesem besonderen Tag auch noch erlaubte, ganz allein eine Graupensuppe zu kochen. Nicht eine einzige Graupe ließ sie fallen. Hilde war ein ernstes Kind geworden, sie lachte selten. Seit sie den ersten kopflosen Torso und eine verkohlte, herrenlose Hand gesehen hatte, war ihre Kindheit vorbei.

Nach dem Tod von Frau Schibitz hatten Paul und Emmy ein sicheres Versteck für den unversehrten Weinbrand und die Zigaretten gefunden. Mit dieser auf dem Schwarzmarkt begehrten Tauschware ging es ihnen einigermaßen gut, und es gab immer wieder Momente, in denen sie die schweren Luftangriffe, die Zerstörungen, das Elend für einen Augenblick vergessen konnten.

Marianne und Emmy hatten eine kleine Blechbüchse randvoll mit Keksen gebacken. Die Wohnung duftete nach Vanillin und Butter. Otto konnte es kaum abwarten, bis er endlich zugreifen durfte. Mariannes Sohn Bernhard strahlte, denn Emmy hatte es tatsächlich geschafft, zwei große Glasmurmeln für den Jungen aufzutreiben. Andächtig besah er sich seinen kostbaren Besitz, hielt die Murmeln nacheinander zwischen Daumen und Zeigefinger vor sein Auge und sah durch sie hindurch ins Kerzenlicht.

Als Emmy gerade die dampfende Graupensuppe in Teller schöpfte, klopfte es an die Tür.

»Papi?«, rief Hilde aufgeregt, sprang auf und rannte in den Flur. Emmy und Marianne sahen sich fragend an. Hauke war seit Monaten nicht mehr zu Besuch gewesen. Er hatte im Juli telegrafiert, er sei »bis auf Weiteres unabkömmlich«. Emmy störte es nicht.

»Tante Marianne!«, rief Hilde im nächsten Moment.

Marianne wischte sich die Hände an ihrer Schürze ab und ging ohne Eile zur Tür.

»Wer ist es denn?«, fragte Emmy. Weil keine Antwort kam, ging sie ebenfalls in den Flur. Als sie sah, wie Marianne und Kurt – dessen Kopf und Bein bandagiert waren – sich stumm in den Armen lagen, wartete sie geduldig ab. Hilde trottete zurück ins Wohnzimmer. Schließlich wandten sich Kurt und Marianne zeitgleich an Emmy und winkten sie heran. Zu dritt standen sie einander umarmend und weinend im Flur. Kurts Heimkehr war an diesem Abend das größte Geschenk.

»Das wird richtig gefeiert!«, sagte Emmy.

Als sie schon ihren Mantel anzog, um aus dem Versteck Weinbrand und Zigaretten zu holen, wollte Marianne sie zurückhalten. »Wer weiß, wofür wir das noch gebrauchen können. Die Zeiten werden schwerer.«

Doch Emmy ließ sich nicht beirren. »Eben drum! Genau deshalb müssen wir uns auch mal was gönnen. Kraft tanken. Wenn nicht jetzt, wann dann?«, sagte sie und schlang sich ihren Schal um den Hals. »Bernhard? Der Papa ist da!«, rief sie noch in die Wohnung.

Der Junge kam in den Flur gestürzt. Vor seinem Vater blieb er wie angewurzelt stehen. »Was hast du gemacht?«, fragte er erschrocken und zeigte auf den Kopfverband.

»Keine Angst, mein Junge. Es tut fast gar nicht mehr weh«, sagte Kurt, stellte seine Krücke in die Ecke und öffnete die Arme. Bernhard machte einen Schritt auf seinen Vater zu. Kurt hob seinen Sohn hoch, drückte ihn an sich und ließ seinen Tränen freien Lauf.

»Warum weinst du, Papa?«

»Vor Freude. Und vor Glück.« Er setzte Bernhard wieder auf dem Boden ab, nahm ihn an die Hand und humpelte mit ihm ins Wohnzimmer. Sie gesellten sich zu Otto und Hilde. »War euer Vater heute schon da?«, fragte Kurt.

»Der kann an Weihnachten nicht. Er muss dem Führer helfen«, sagte Otto.

Emmy kam mit einer Flasche Asbach und zwei Schachteln Zigaretten zurück. Staunend riss Kurt die Augen auf. »Wie kommt ihr denn da ran?«

Sie grinste. »Tja. Frauen können vieles, wenn man sie nur lässt.«

Kurt sah Marianne fragend an, die erklärte: »Hitler wollte BORSIG besuchen, ist aber nicht gekommen. Und Emmy und Paul haben den Weinbrand und die Glimmstängel aus dem Lagerraum von Frau Schibitz gerettet – Gott hab' sie selig. War nicht ganz ungefährlich. Das Haus war nur noch ein Schutthaufen.«

»Paul und ich haben den Führer beklaut«, sagte Emmy und stellte die Flasche auf den Tisch.

»Paul? Etwa Paul Rogge, der Speditionsfahrer von Marotzke? Der lebt noch?«, fragte Kurt erstaunt.

Marianne lachte. »Und wie der lebt!«

Kurt hatte Genesungsurlaub bis in die erste Januarwoche hinein, dann musste er sich beim Stabsarzt vorstellen. Der schrieb ihn dienstfähig. Und während Mariannes Mann wieder in die Schlacht geworfen wurde, blieb Hauke fernab der Front in Potsdam und schwadronierte bei seinem nächsten Besuch in Berlin etwas von Ländereien und einem Schloss.

»Mama ist jetzt schon stolz auf mich, und Vater – Vater wird staunen, was sein Sohn zustande gebracht hat. Der wird mich noch anbetteln, um bei uns leben zu dürfen«, sagte er und begann, sich die Uniformjacke aufzuknöpfen. Er hielt sie Emmy vor die Nase. Die hatte die Arme vor der Brust verschränkt und nickte nur zu einem Stuhl hin. Hauke wirkte heute anders, merkwürdig feierlich.

»Bei *uns*? Wer ist *uns*?«, fragte Emmy.

»Mama, die Kinder, ich und du, wer sonst? Emmylein, es ist ein Traum! Jede Menge Land direkt an der Havel in Potsdam – und die Villa erst … Wenn der Sieg endlich errungen ist, können wir dort einziehen. Generalmajor von Heppendorf weiß meinen Dienst zu schätzen. Das ist seine Art der Anerkennung.«

Emmy sah ihn irritiert an. »Ich verstehe nur Bahnhof.«

»Es ist bloß eine Formalie für dich, aber ein großer Schritt für uns alle.«

»Formalie?«

Hauke zog einen schmalen blauen Ordner aus seiner Aktentasche und legte ihn mit großer Geste auf den Tisch. Nachdem er ihn im rechten Winkel an der Kante des Beistelltisches ausgerichtet hatte, schlug er die erste Seite auf.

»Sieh dir das an, dann begreifst du, was für ein Genie dein Mann ist«, sagte er stolz. Emmy las. Es war ein ausgefüllter zwei Jahre alter Kaufvertrag zwischen der Familie Yaron Rosenzweig und Emmy Seidlitz.

»Na, was sagst du?!«

Einen Moment lang war Emmy sprachlos. »Ich kenne keine Familie Rosenzweig. Warum sollte ich das unterschreiben?«, fragte sie, als sie die Worte wiederfand.

»Herrgott noch mal, ich sage doch, es ist eine Formalie. Ich kann das nicht mehr selber *kaufen,* weil es möglicherweise keine Rechtskraft erlangt, wenn ich es erwerbe«, erklärte Hauke schwammig und versuchte, es so unschuldig wie möglich klingen zu lassen.

»Was soll das heißen, keine Rechtskraft? Da ist doch irgendwas faul an der Sache ...«

»Nein, nein. Heutzutage muss man nur Vorsicht walten lassen, wenn du verstehst, was ich meine.« Er holte einen Stift aus seiner Tasche.

Emmy verstand nicht. Sie schwieg und sah Hauke finster an.

»Unterschreib bitte hier, an dem Kreuz.«

Emmy schnaubte verächtlich.

»Maus, ich mache dich damit zur Großgrundbesitzerin«, säuselte Hauke beschwichtigend.

»Was soll ich mit Großgrundbesitz? Kann es sein, dass ihr den Menschen ihren Besitz unterm Hintern weggerissen habt?«, fragte Emmy scharf.

Hauke riss der Geduldsfaden. »Mäßige dich mal in deinen Ausdrücken!«

»Was gibt es da zu mäßigen? Glaubst du, ich weiß nicht, was dein feiner Herr Generalmajor macht. Er enteignet Juden.«

»Darum geht es dir?! Glaubst du im Ernst, dass ich da mitmache? Traust du mir das wirklich zu?« Er legte den Kopf schief und fuhr in sanfterem Ton fort. »Emmy, ich schwöre dir, diese Grundstücke sind nicht Teil der Arisierung. Das war ein freiwilliger Notverkauf, wir übernehmen das einfach. Du musst nur unterschreiben.« Er tippte auf den Kaufvertrag.

Emmy überlegte. Hauke hatte sich an der Seite dieses Generalmajors verändert, war dem Nationalsozialismus nicht abgeneigt. Aber sie war sich nicht sicher, ob er tatsächlich so weit gehen würde, bei den ganz großen Schweinereien mitzumachen. »Wo ist denn Familie Rosenzweig hin?«

Er sah sie verwirrt an. Die Frage schien ihn zu irritieren. »Die sind schon lange ausgereist ... Zum Glück, so konnten sie zusammenbleiben.«

»Zum Glück? Eine Schande ist es, dass sie überhaupt ausreisen mussten. *Freiwilliger Notverkauf* – was soll das auch gewesen sein?«

»Das war damals für alle die beste Lösung. Glaub mir.«

Emmy schüttelte den Kopf. »Ich unterschreibe das nicht.«

Hauke verdrehte die Augen. So kam er mit dem störrischen Weib nicht weiter. Ein Blick in seine Tasche. Sollte er alles auf eine Karte setzen? Er zögerte und krempelte sich die Hemdsärmel hoch, um Zeit zu gewinnen. Er konnte unmöglich zu seiner Mutter zurückkehren und ihr sagen: Alles ein Irrtum, nach dem Krieg fallen wir doch der Armut anheim und müssen uns einreihen in einen Tross der Habenichtse, nur weil Emmy nicht mitmacht. Langsam zog er die Scheidungsunterlagen hervor.

»Was ist das, noch so ein freiwilliger Notverkauf?«, fragte Emmy und riss Hauke die Papiere aus der Hand. Als sie erkannte, worum es ging, verlor sie endgültig die Fassung. »Ein Scheidungsantrag? Mitten im Krieg? Sag mal, bist du jetzt vollkommen verrückt geworden?« Sie blitzte ihn aus wütend funkelnden Augen an.

»Ja, glaubst du etwa, mir macht das Spaß? Ich will das doch auch nicht«, sagte Hauke.

Emmy war bei einer eidesstattlichen Erklärung angekommen, die Charlotte abgegeben hatte. »Ich habe dich böswillig verlassen, untergrabe deine Autorität, vernachlässige dich, komme meinen ehelichen Pflichten nicht mehr nach und leide unter Verschwendungssucht? Die spinnt doch.«

»Nun, was die ehelichen Pflichten angeht, da hat sie nicht ganz unrecht. Du kommst dem in letzter Zeit, wie soll ich sagen … nur widerwillig nach. Ich finde, du bist da nicht mehr so entgegenkommend wie früher. Ich muss meine Rechte als Ehemann oft einfordern …«

Emmy schnitt ihm das Wort ab. »Hauke, wenn du da zustimmst, werde ich schuldig geschieden.«

Er hob seine Arme in einer hilflosen Geste. »Was soll ich denn machen, wenn Mama das beschwört? Du kennst sie doch, in allem immer ein bisschen drüber.«

»*Ein bisschen drüber?*« Sie lachte bitter auf. »Deine Mutter ist zu allem fähig. Die schwört zur Not auch, dass ich Stresemann ermordet habe. Und du? Du sitzt nur rum und tust nichts.«

»Was soll ich denn bitteschön tun? Du allein kannst das jetzt noch unterschreiben.« Er sah sie treuherzig an. »Emmy, ich will ja bloß, dass es dir und den Kindern gut geht. Ich will euch ein Heim bieten. Platz. Sicherheit. Und Mama bekommt ihre eigene Etage, du wirst sie gar nicht bemerken. Ich kann mich doch nicht gegen meine eigene Mutter stellen. Kannst du diesen Kaufvertrag nicht einfach unterschreiben?« Haukes Ton war fast schon flehentlich.

»Und dann?«

»Dann kommt eine Scheidung nicht mehr infrage. Du bist doch Besitzerin meines … also, unseres Anwesens. Und ich schwöre dir, wenn du mir diesen klitzekleinen Gefallen tust, können wir über alles andere reden. Schau, Emmy, wir leben in schwierigen Zeiten. Und die Sache ist doch längst gelaufen, es ist nur eine … Verschiebung.« Hauke nahm ihr die Scheidungsvereinbarung aus der Hand und legte sie neben den Kaufvertrag.

Emmys Gedanken wirbelten durcheinander. »Kann ich dir vertrauen?«, fragte sie schließlich.

Hauke nickte.

»Ich meine *wirklich* vertrauen?«, fragte Emmy mit ernstem Gesicht.

Wortlos zerriss Hauke die eidesstattliche Erklärung seiner Mutter.

Emmy unterschrieb den Kaufvertrag.

»Danke. Du wirst es nicht bereuen«, sagte Hauke, pustete die Tinte trocken und verstaute die Papiere rasch in seiner Tasche.

Seit dem Frühjahr 1944 flogen die Amerikaner tagsüber Angriffe auf Berlin, während die Briten mit ihren Bombern in der Dunkelheit kamen. Für Emmy, Marianne und die Kinder bedeuteten die todbringenden Geschwader endlose Stunden der Angst. Die meisten Menschen überdauerten die Angriffe in Kellern und Katakomben. In den Schutzräumen verloren viele den Verstand. Wenn nach den Bombardierungen Brände durch die Straßen tobten und sich der letzte Sauerstoff in die Ritzen des Kopfsteinpflasters verkroch, half auch die Volksgasmaske nicht weiter. Zehntausende erstickten an dem durch Feuersbrünste hervorgerufenen Sauerstoffmangel. Auf keine Stadt gingen derart viele Bomben nieder wie auf Berlin. Die Detonationen waren so gewaltig, dass die Druckwelle innere Organe zerriss. Die Feuerstürme fegten mit 15 Metern pro Sekunde durch die Straßen und rissen alles Leben mit sich fort.

Der Krieg kannte keine Kompromisse.

Bis Ende 1943 waren die Meldungen über eigene Verluste und Niederlagen derartig beschränkt gewesen, dass man sie ignorieren konnte, bis man schließlich selber zum Ignoranten geworden war. Aber seit den massiven Luftangriffen verfing die NS-Propaganda nicht mehr.

Ab dem Sommer 1944 wagten auch Emmy und Marianne, BBC zu hören. Heimlich und leise und mit einer Decke über dem Kopf. Auf vielen Volksempfängern prangte die Warnung, dass das Abhören ausländischer Sender mit schweren Zuchthausstrafen geahndet werden würde. Aber das schreckte kaum noch ab. Und so wurde man vom »Feindsender« informiert und wagte, auf eine baldige Niederlage der eigenen Armee zu hoffen. Bis dahin blieb nur Galgenhumor. Wenn die unermüdlichen Nazianhänger Barrieren bauten und Gräben aushoben, um es dem Russen schwerzumachen, sagten die Berliner, der Feind bräuchte mindestens drei Stunden und fünf Minuten, um das Ganze zu überwinden. Drei

Stunden, um sich totzulachen, und fünf Minuten, um drüberzurollen. Überall hatten Frauen einen Fetzen weißes Tuch organisiert, um es, wenn die Alliierten endlich kämen, rasch aus dem Fenster zu hängen. Das Ende des Krieges schien nur noch eine Frage von wenigen Wochen zu sein.

»Ich habe wieder für euch gesammelt«, sagte Paul und nickte mit dem Kopf in Richtung einer Plane, unter der man geschlagenes Holz und Bruchkohle erkennen konnte. »Nimm jedes Mal ein bisschen mit, wenn du heimgehst. Hier kannst du alles reintun.« Er hielt Emmy einen Stoffbeutel hin.

Emmy stand von ihrem Stuhl auf und setzte sich auf seinen Schoß. Sie küsste ihn auf den Mund und sagte: »Ich bin sehr glücklich mit dir.«

Paul hielt sie an den Hüften fest und sah ihr tief in die Augen. »Ich will, dass du meine Frau wirst, Emmy.«

Ihr Blick wurde traurig. »Ich bin schon jemandes Frau.«

»Nicht mehr lange. Wir gehören zusammen, das spürst du doch auch.«

»Ja. Aber ich würde schuldig geschieden, und das hieße, dass ich meine Kinder verliere. Paul, ich kann ohne meine Kinder nicht leben«, erklärte Emmy. Sie fühlte einen Stich ins Herz bei dem Gedanken, Hilde und Otto nicht mehr bei sich zu haben. Die Vorstellung war unerträglich.

»Das musst du auch nicht. Wir finden eine Lösung.«

»Da bin ich aber gespannt. Was willst du tun? Hauke erschießen?«

»Lass mich mit ihm reden, von Mann zu Mann. Vielleicht stimmt er einer Scheidung mit beiderseitiger Schuld zu.«

Emmy seufzte hoffnungslos. »Jetzt, wo er mich auch noch zur Großgrundbesitzerin gemacht hat, wird er einen Teufel tun, mich gehen zu lassen.«

Es war eine quälende Situation. Und je länger sie darüber sprachen, desto aussichtsloser schien ihre Lage zu sein. Eine Liebe, die von Beginn an der Heimlichkeit verschrieben war. Dabei war doch alles andere so leicht. Die Küsse, das Schweigen, die Gespräche, das Verstehen, das Lieben. Emmy fühlt sich Paul so nahe wie niemals einem Mann. Im Oktober 1944 geschah, womit niemand mehr gerechnet hatte. Alle wehrfähigen Männer zwischen sechzehn und sechzig Jahren, der Volkssturm, das letzte Aufgebot, wurden zu den Waffen gerufen, um den Heimatboden zu verteidigen. Kinder und Greise, kaum in der Lage, eine Panzerfaust zu halten, standen zwei Millionen anrückenden russischen Soldaten gegenüber. Sie wurden als Kanonenfutter verheizt, und Paul Rogge war unter ihnen. Er spielte mit dem Gedanken, zu desertieren. Ein gefährliches Spiel. Himmler hatte die Frauen aufgefordert, »hartnäckige Feiglinge mit dem Scheuerlappen zur Front zu hauen«, und überall waren die fliegenden Standgerichte unterwegs, bereit, jeden, der sich vom Dienst am Vaterland drücken wollte, standrechtlich zu erschießen.

Emmy empfand es als ungerecht, dass Hauke noch immer sicher und bequem in Potsdam seinen Dienst versah, während Paul, die Liebe ihres Lebens, hinaus ins Feld musste. Paul versuchte, sie so gut es eben ging zu trösten. »Ich habe vier lange Jahre im ersten großen Krieg überlebt, dann werde ich auch jetzt die paar Wochen hier durchhalten. Ich habe schließlich einen überlebenswichtigen Grund, zurückzukehren ...«, er nahm ihre Hand und küsste sie, »unsere Liebe.«

Zum ersten Mal in ihrem Leben verließ Emmy die Zuversicht. Ausgerechnet sie, die keine Probleme, sondern nur Herausforderungen kannte, war verzweifelt.

»Lange kann es nicht mehr gehen. BBC meldet, die Russen stehen schon an der Oder. Bei der erstbesten Gelegenheit werde ich mich ergeben. Versprich mir, dass du gut auf dich und die Kinder achtest und niemals die Flinte ins Korn wirfst. Ich werde zurückkommen. Ehrenwort.«

Emmy brach in Tränen aus. Wann würde er zurückkehren? Wann nur? »Die Vorstellung, dich in Gefahr und nicht mehr in meiner Nähe zu wissen, lähmt mich«, schluchzte sie.

»Nicht weinen, mein Engel von der Insel. Ich bin doch ein erfahrener Landser. Glaubst du allen Ernstes, dass ich nicht auf mich aufpassen kann? Vertraue mir. Ich werde da sein, wenn du es am wenigsten erwartest. Du wirst am Fenster lehnen, und die Sonne wird scheinen.«

23

DEZEMBER 1994

Tessa fand einen Parkplatz direkt vor Emmys Haustür. Na, wenn das kein Glückstag ist, dachte sie. Sie hatte den Wagen für Annis und Emmys Reise nach München gesaugt und vollgetankt. Hilde war mit ihren Goldkeksen beschäftigt. Tessa war Anni dankbar, dass sie es übernommen hatte, Emmy zu Marianne zu fahren. Tessa hätte sie gerne selbst begleitet, aber jetzt war die Zeit der Jahresabschlüsse, und sie konnte unmöglich weg. Anni und Emmy saßen bereits auf gepackten Taschen, als Tessa klingelte. »Wir kommen runter!«

Nachdem Tessa geholfen hatte, das Gepäck im Kofferraum zu verstauen, Anni und Emmy umarmt und mehrfach ermahnt hatte, nur ja vorsichtig zu fahren, waren die beiden fröhlich aufgebrochen. Tessa winkte ihnen nach.

Anni schob eine Kassette ins Autoradio, und die ersten Töne von *Every Breath You Take* erklangen. Der Stadtverkehr zog an ihnen vorbei. Als sie schon auf dem Berliner Ring waren, sagte Anni: »Ich habe nie verstanden, warum Marianne so weit weg ziehen musste. Wir hätten uns ja alle um sie gekümmert. Und ihr könntet euch viel häufiger sehen. Sie fehlt dir doch, und du fehlst ihr auch.«

Emmy drehte das Radio leiser. »Na ja, nachdem ihr Kurt gestorben war, war es für sie wichtig, bei ihrer Familie, ihrem Sohn und den Enkelkindern zu sein. Inzwischen hat sie sogar Urenkel. Außerdem sind wir längst durch alle Stürme des Lebens gemeinsam gewandert. Das schweißt zusammen, egal wie weit auseinander man wohnt. Und seit Hilde mir diesen Billigtarif für das Telefon besorgt hat, telefonieren wir geradezu hemmungslos oft und lange miteinander.«

Die Fahrt war lang, Emmy und Anni redeten über dies und jenes, über Gott und die Welt. Zweimal hielten sie an Raststätten, und es war schon später Abend, als sie München erreichten. Sie fanden einen Parkplatz vor Mariannes Haustür, und Anni rangierte umständlich mehrmals hin und her. Selbst Ottos Lkw würde mühelos in die Lücke passen, dachte Emmy, und sagte: »Annilein, ich habe zwar keinen Führerschein, aber kann es sein, dass diese Parklücke riesig ist?«

Anni lachte. »Ja, sie ist sogar zu groß. Viel zu groß. Vielleicht liegt darin das Problem. Ich brauche die Herausforderung. Einfach ist bei mir immer schwierig …«

Als es ihr endlich gelungen war, den Wagen halbwegs vernünftig abzustellen, sagte Emmy: »Gott sei Dank, ich dachte schon, wir müssen einen Tag dranhängen.«

»Dasselbe habe ich auch gedacht«, erwiderte Anni grinsend.

Marianne öffnete nach dem erste Klingeln. »Ich hab euch schon beobachtet. Erst habe ich ja geglaubt, Emmy parkt ein, so wie das von hier oben aussah.« Sie stützte ihre Freundin, der auf dem kurzen Stück vom Fahrstuhl bis zur Wohnung die Luft ausging und die nun bedrohlich hin- und herschwankte. »Dann mal rein in die gute Stube«, sagte Marianne, und obwohl sie auf ihren Stock gestützt nur mühsam voranschlurfte, wirkte sie durch ihre noch immer kräftige Stimme sehr präsent.

Emmy ging voraus ins Wohnzimmer. Anni und Marianne blieben im Flur vor einer Reihe von Fotos und Kinderzeichnungen stehen. Auf den Zeichnungen lachten Menschen, die so groß waren wie die Häuser, vor denen sie standen, und lustige, vielbeinige Tiere strahlten in knallbunten Farben. Annie studierte die gerahmten Fotos. Sie zeigten Marianne und Kurt – in Schwarz-Weiß als junges Paar, im Urlaub, auf ihrer Hochzeit –, Bernhard, seine Kinder und deren Kinder. Nur eine Aufnahme fiel aus der Reihe. Darauf war ein Tier zu sehen, das aussah wie ein schlecht frisierter Waschbär.

Anni zeigte auf das Foto. »Und wer ist das hier?«, fragte sie.

»Das war der Familienhund, Strolchi. Wir haben ihn damals aus dem Tierheim geholt. Ein unerzogener Mischlingsdackel, der uns alle um den Verstand gebracht hat. Wir haben ihn nicht kastrieren lassen, weil wir der Meinung waren, ein echter Hund muss sich auch vergnügen dürfen. Du glaubst gar nicht, wie oft wir ihn von irgendeiner läufigen Hündin runterpflücken mussten. Und wehe, wenn eine Dame mit Pelzmantel kam. Dann ist er auf sie zugeschossen und hat sich in ihrem Mantel verbissen.«

Anni lachte. »Habt ihr denn nie überlegt, ihn in die Hundeschule zu schicken?«

»Nein, nie. Dann wäre es ja nicht mehr unser Strolchi gewesen, sondern nur einer von vielen. Das ist genauso wie mit Menschen, man muss lernen, die Dinge so zu lieben, wie sie sind.«

Sie gingen ins Wohnzimmer, wo Emmy es sich bereits auf der Couch gemütlich gemacht hatte. Nachdem sie ein paar Worte gewechselt hatten über das Wetter hier und dort, den jeweiligen Gesundheitszustand und die Pläne für die kommenden Tage, umarmte Anni die beiden alten Damen und verabschiedete sich, hundemüde nach der langen Fahrt, ins Bett.

Marianne saß in einem dottergelben, wuchtigen Sitzmöbel, das entfernt an den Kommandosessel aus Raumschiff Enterprise erinnerte. Sie sagte: »Aufgepasst«, und drückte einen Knopf an der Armlehne, woraufhin die Rückenlehne langsam nach hinten fuhr und ein Fußteil genauso langsam hochklappte, begleitet von einem leisen Surren. Schließlich befand sie sich in Liegeposition.

»Wow«, sagte Emmy und drehte sich auf der Couch zur Seite, um das Schauspiel besser betrachten zu können. Wieder drückte Marianne einen Knopf. Diesmal neigten sich die Sitzfläche und die Rückenlehne parallel ganz langsam schräg nach unten vorne, sodass der Sessel in eine aufrechte Position fuhr. Emmy lachte. »Andere haben einen Sitzsessel, das Urvieh hat einen Steh-Auf-Sessel.«

»Da staunst du, was? Das gibt es auch fürs Bett. Kostet aber fast 6000 Mark. Eine Stange Geld für eine, die schon nach Erde riecht.«

»Dann muss sich der Sensenmann eben bücken«, sagte Emmy lachend.

Marianne fiel in ihr Lachen ein. Plötzlich wurde sie ernst. »Nun sag schon – was hast du auf dem Herzen? Ich kann es dir ansehen. Also raus mit der Sprache.« Emmy zögerte. Marianne blickte sie herausfordernd an. »Du weißt, ich gebe keine Ruhe, bevor du es mir nicht sagst.«

Mühsam stand Emmy auf, kramte in ihrer Reisetasche und holte einen Briefumschlag hervor. Sie setzte sich wieder auf ihren Platz auf dem Sofa. »Du weißt, ich hatte ein glückliches Leben. Trotz allem. Aber es gibt da diese eine Sache … die werde ich nicht mehr lösen können, und ich wollte dich um eine Sache bitten.«

Sie gab Marianne den Umschlag. »Eigentlich sollte es bei meiner Testamentseröffnung übergeben werden, aber ich bin mir nicht sicher, ob das gut ist. Und ob es jetzt noch nötig ist. Ich weiß es einfach nicht.« Sie machte eine Pause, ehe sie weitersprach. »Deshalb bitte ich dich als meine engste Vertraute: Triff du eine Entscheidung und sorge dafür, dass sie nach meinem Tod umgesetzt wird.«

Marianne sah ihre Freundin lange an. »Das wird das letzte Mal sein, dass du mich um etwas bittest, nicht wahr?«

Emmy nickte. Marianne nahm den Umschlag an sich, sie wusste sofort, worum es ging. Sie schwiegen einen Moment, und dann redeten sie und redeten, noch bis spät in die Nacht hinein.

Die Tage vergingen wie im Flug. Sie schwelgten in Erinnerungen, lachten viel, und Anni fuhr die beiden alten Damen durch die Gegend: zum Schloss Nymphenburg, an die Isarauen und zum Englischen Garten, wo sie im geschlossenen Biergarten am Chinesischen Turm eine Sitzmöglichkeit fanden und aus der Thermoskanne Tee mit Rum tranken. Wobei es sich dem Geruch nach eher um Rum mit Tee handelte. Emmy und Marianne saßen eng beieinander unter einer Wolldecke, die Anni für sie eingepackt hatte.

»Jetzt wird's romantisch hier«, sagte Marianne und schenkte Tee nach. Die Freundinnen kamen richtig in Fahrt. Sie kicherten vor sich hin und waren offensichtlich sehr zufrieden in ihrem angeheiterten Zustand.

»Musik, zwei, drei, vier«, forderte Marianne und dirigierte mit dem Zeigefinger.

»Mariandl, andel, aus dem schönen Tegler Landel, andel, dein schöner Name klingt schon wie ein liebes Wort. Mariandl, andel, du hast mein Herz an einem Bandel, Bandel, du hältst es fest und lässt es nie mehr wieder fort«, sang Emmy in Anlehnung an Conny Froboess' Mariandl-Lied. Kein Ton saß. Anni lachte, und Marianne applaudierte. »Bravo!«

Vermutlich ist das der Schlüssel für ein langes, glückliches Leben, dachte Anni: Heiterkeit. Mit und ohne Rum.

Die Woche in München ging zu Ende, ihre Abfahrt wurde von Schneefall begleitet.

»Hab ich extra für uns bestellt, wegen der Romantik«, sagte Marianne augenzwinkernd. Anni hatte die Taschen bereits ins Auto verladen.

Während sie versuchte, auszuparken, verabschiedeten sich Emmy und Marianne voneinander. Beiden war klar, dass sie sich nicht wiedersehen würden.

»Danke. Danke für alles, Marianne. Du Urvieh warst mein Glück«, sagte Emmy. Tränen traten ihr in die Augen, als sie ihre Freundin umarmte. Auch Marianne weinte. Sie hielten einander zum letzten Mal so fest, wie sie es immer im Leben getan hatten.

»Emmy, ich danke dir für all die Jahre. Falls es doch einen Himmel gibt, werden wir uns finden – mit Sicherheit.«

Emmy war so ergriffen von dem Moment, dass Anni sie auf den paar Schritten zum Auto stützen musste. Marianne winkte ihnen lange nach.

Die Rückfahrt war beschwerlich. Emmy bekam schlecht Luft, und das lange Sitzen strengte sie an. Sie legten häufig Pausen ein, damit sie sich die Beine vertreten konnte. An einer Raststätte kaufte Annie für sie beide Mineralwasser und eine neumodische Salat-Box. Emmy machte ein langes Gesicht.

»Was ist? Falsches Dressing? Ich dachte, ein paar Vitamine täten dir gut.«

»Anni! Glaubst du allen Ernstes, dass mir ein Salatblatt, das seit Stunden in eine Plastikschale gesperrt ist, Freude macht? Ich habe dich für intelligenter gehalten«, nörgelte Emmy.

»Manchmal bist du wie eine Dreijährige«, sagte Anni, stieg noch einmal aus dem Auto und schlug heftig die Tür zu. Sie ging zurück in den Tankstellen-Shop. Als sie ein paar Minuten später zurückkam, strahlte sie Emmy an und hielt in der einen Hand eine kleine Flasche und mit der anderen eine flache rechteckige Schachtel in die Höhe. »Na, was hältst du davon?«

Emmys Gesicht erhellte sich. »Perfekt!«, sagte sie und nahm den Flachmann Asbach und die Schogetten an sich. Während Anni ihren Salat aß, sagte Emmy unvermittelt: »Wir haben morgen Nachmittag einen Termin in Dahlem. Den muss ich wahrnehmen.«

»In Dahlem? Und was heißt *wir*?«

»Na, du und ich, bei einem Notar. Stell dir vor, er heißt Oliver Olivié. Das ist wirklich ein Name, den man sich nicht besser hätte ausdenken können ... Du hast doch Zeit, oder? Vielleicht bleibst du heute Nacht gleich bei mir, dann können wir morgen früh gemeinsam hinfahren. Ich möchte, dass du … also der Notar. Wir würden gerne … Kannst du es dir nicht denken?«

Anni sah Emmy lange an. So wirr sprach sie doch sonst nie. »Emmy, was ist los?«

»Ich möchte dir gerne etwas … und mir auch … etwas schenken.«

»Und dafür brauchen wir einen Notar? Wolltest du deswegen meine ganzen Urkunden haben?«

»Ja. Eine Überraschung. Du wirst schon sehen«, sagte Emmy.

Anni kannte sie gut genug, um zu wissen, dass das Thema damit vorerst beendet war. Emmy machte es sich auf der Rückbank bequem, Anni setzte sich wieder ans Steuer und fuhr zurück auf die Autobahn. Beide schwiegen. Nach einer Weile fragte Anni. »Emmy, würdest du mir ehrlich sagen, wenn es dir nicht gut geht?«

»Was meinst du damit? Ich bin 87 Jahre alt. Da macht man keine Hürdenläufe mehr.«

»Das meine ich nicht.« Mit ernstem Blick sah sie Emmy im Rückspiegel an. »Hast du das Gefühl …« Sie stockte kurz. »Das Gefühl, dass dein Leben zu Ende geht?«

Emmy sah der vorbeiziehenden Landschaft hinterher. Schließlich begegnete sie Annis Blick im Spiegel. »Ich hoffe, dass mir noch Zeit bleibt, aber realistischer ist doch etwas anderes.«

»Der Professor im Klinikum hat dir nichts Gutes gesagt, oder?«

»Wie kommst du darauf?«

»Ist so ein Gefühl«, sagte Anni und ließ sich vom hundertsten Lastwagen überholen. Emmy sagte nichts. Aber ihr Schweigen war Antwort genug.

Nach einer Weile sagte Emmy unvermittelt: »Ich habe alles geregelt, was es für mich noch zu regeln galt. Tessa weiß Bescheid.«

Anni nickte und wurde mit einem Mal von einer tiefen Traurigkeit erfasst. Emmy hatte ihr ein Heim gegeben, als sie in höchster Not, einem Sturmvogel gleich, einen sicheren Hafen suchte. Emmy hatte für sie Sternschnuppen gemacht. Emmy war ihr Fels in der Brandung, ihr Glück. Die Vorstellung, sie könnte sterben, traf Anni wie aus dem Nichts.

Kurz vor Michendorf setzte sich Emmy auf, gähnte ein paarmal herzhaft, nahm den letzten Schluck Asbach und lutschte die übrigen Schogetten. Sie hatten Berlin erreicht. Als nach einem kurzen Stück auf der AVUS der Funkturm zu sehen war, rief Emmy von hinten »Geschafft!« und klatschte Beifall, als säßen sie im Ferienflieger nach Mallorca unmittelbar nach der Landung. »Danke fürs Kutschieren.«

»Nichts zu danken«, sagte Anni und lächelte in den Rückspiegel. »Ich hatte eine sehr schöne Zeit mit euch. Marianne und du, ihr strahlt so eine Zufriedenheit aus. Ihr wirkt so … glücklich. Fast bin ich ein wenig neidisch.«

»Neidisch? Du bist deinen Weg gegangen, hast dein Traumfach studiert und bist Sozialarbeiterin geworden. So, wie du es dir immer gewünscht hast.«

»Ja, das stimmt. Nur …« Anni seufzte.

»Bist du denn nicht glücklich mit deiner Arbeit beim Jugendamt?«, fragte Emmy.

»Nicht so richtig. Ich wollte helfen, und nun verwalte ich die Kinder nur.«

Emmy nickte wissend, und sie fuhren schweigend weiter.

Zu Hause angekommen, rief Emmy als Erstes Tessa an. Sie erzählte von ihrer Reise, und Tessa berichtete von den Jahresabschlüssen und dem damit verbundenen Stress.

Bevor sie auflegten, fragte sie noch: »Und Anni weiß Bescheid? Du hast mit ihr wegen morgen gesprochen?«

»Nicht direkt«, sagte Emmy vage. »Aber sie kommt mit.«

»Du wirst das alles schon richtig machen, Mama. Die Papiere sind jedenfalls fertig. Ihr müsst sie nur noch unterschreiben.«

Am nächsten Morgen war Emmy wie ausgewechselt. Das Schwächegefühl des gestrigen Tages war aus ihrem Körper gewichen. Als sie mit Anni beim Notar eintraf, fühlte sie sich gut, konnte atmen und bewältigte die Stufen der Freitreppe mühelos. An der Tür wurden sie von der Sekretärin empfangen. Sie traten ein in die Villa, die zweifelsohne zu den teuersten Adressen Berlins gehörte. Die Sekretärin nahm ihnen die Mäntel ab. Eine ausladende Holztreppe, bespannt mit rotem Teppich, führte hoch ins Büro.

»Ich hoffe, Herr Olivié hat seine kleine Männergrippe überstanden?«, fragte Emmy mit einem Augenzwinkern.

»Keine Sorge, mir geht es gut«, sagte Herr Olivié, der sie am oberen Ende der Treppe erwartete. »Und wie war es in München? Hatten Sie eine gute Fahrt?«, fragte der Notar.

»Es war herrlich. Das ist übrigens Anni«, sagte Emmy und deutete auf die verwundert dreinblickende junge Frau an ihrer Seite.

»Ah, jetzt lernen wir Sie endlich auch mal kennen.« Die Sekretärin reichte ihr lächelnd die Hand. »Ihre Tochter Tessa war schon letzte Woche da und hat die Beeidung unterschrieben«, sagte sie an Emmy gewandt. »Jetzt steht einer Vollziehung nichts mehr im Wege«, fuhr sie fort und lächelte Anni an, die kein Wort verstand.

Währenddessen ging Herr Olivié voraus in sein Büro und rief: »Mir nach, liebe Frau Seidlitz.«

Emmy folgte ihm. Anni wandte sich in die entgegengesetzte Richtung und steuerte schon die Sitzgruppe neben der Bürotür an, die offensichtlich als Wartebereich diente, als die Sekretärin sie aufhielt.

»Aber Fräulein Steiger, Sie müssen doch mit. Sie sind schließlich heute die Hauptperson.«

»Ich?«, fragte Anni erstaunt.

»Ja, natürlich! Sind Sie denn nicht informiert?«

Anni schüttelte den Kopf. »Ich weiß von nichts.«

»Kommen Sie, das wird sich gleich ändern.«

Zögernd betrat sie das Notarbüro. Hinter ihr wurde die ornamentierte Holztür geschlossen. Das Zimmer war so groß wie ein Tanzsaal, ausgestattet mit Designer-Büromöbeln, in der Mitte des Raumes stand ein langer Konferenztisch aus Mahagoni. Emmy und Herr Olivié hatten bereits am Kopfende des Tisches Platz genommen.

»Nicht so schüchtern, junge Frau«, sagte der Notar, stand auf und zog ihr zuvorkommend den Stuhl neben Emmys zurück.

Anni setzte sich. »Was wird das hier?«, fragte sie skeptisch. Emmy griff nach ihrer Hand. Die Sekretärin klopfte noch einmal an und brachte einen großen, in durchsichtige Folie gehüllten Blumenstrauß herein.

»Entschuldigung, der stand noch bei mir auf dem Tisch«, sagte sie und stellte den Strauß in eine mit Wasser gefüllte Vase auf einem Sideboard ab.

»Vielen Dank«, sagte Herr Olivié, und die Sekretärin verließ den Raum, wobei sie leise die Tür hinter sich schloss.

Eine Stunde später war alles vorbei. Der Notar hielt den beiden Frauen die Tür auf, und Anni und Emmy traten mit rot geweinten, verquollenen Augen in den Eingangsbereich. Anni trug den riesigen Blumenstrauß mit beiden Händen, so als müsse sie sich an ihm festhalten.

»Herzlichen Glückwunsch«, sagte die Sekretärin.

»Ich weiß gar nicht, was ich sagen soll«, erwiderte Anni mit brüchiger Stimme. Emmy lehnte an einer Kommode im Eingangsbereich. Sie hatte weiche Knie.

»Alles in Ordnung, Frau Seidlitz?«, fragte der Notar. »Wollen Sie sich nicht lieber hinsetzen?«

Emmy winkte ab. »Es ist alles gut«, sagte sie, räusperte sich und wischte eine Träne mit dem Handrücken weg. Anni legte den Blumenstrauß ab, ging auf sie zu und schlang die Arme um sie. Eine Weile verharrten sie still in der Umarmung. Dann löste sich Anni sanft, hielt Emmy jedoch weiter an den Schultern fest. Sie sah sie mit einem Blick voller Liebe an und sagte nur: »Emmy. Meine Emmy.«

24

FEBRUAR 1945

Emmy saß mit den anderen im Luftschutzkeller. Hier und da wurde gebetet, die meisten aber schwiegen. Alle waren erschöpft. Warum endete dieser Krieg nicht endlich? Die Bomber kamen näher, aber Emmy hatte im Moment ganz andere Sorgen. Auf dem Weg in den Keller hatten bei ihr die Wehen eingesetzt. Das ist doch jetzt nicht nötig, eine Geburt hier unten vor versammelter Hausgemeinschaft, dachte sie. Es wäre nicht das erste Luftschutzkellerkind gewesen. Ein Schmerz durchfuhr ihren Bauch. Sie hielt inne, atmete tief ein und langsam wieder aus. Die Abstände zwischen den Wehen wurden kürzer. Dann fielen die Bomben, diesmal weit entfernt. Die Entwarnung kam rasch. »Nun aber schnell«, sagte Marianne und stützte Emmy auf dem Weg in die Wohnung.

Hauke freute sich, noch mal Vater zu werden. Er hatte ein Telegramm geschickt, in dem er versprach, rechtzeitig zur Geburt da zu sein. Ein kühnes Versprechen. Die Bahnen fuhren nicht mehr, Fuhrwerke waren mit dem Abtransport von Schutt, Toten und Verletzten beschäftigt, und alles, was noch ein Rad am Wagen hatte, war im Besitz der Wehrmacht.

Es wurde eine lange, schwere Geburt. Emmy verlor viel Blut und wurde schwächer und schwächer, Marianne verlor fast die Hoffnung. Und als sie schon befürchtete, weder ihre Freundin noch das Kind würden die Geburt überleben, hatte Emmy mit letzter Kraft das Mädchen auf die Welt gepresst. Seither lag sie im Bett, in Fieberträumen vor sich hindämmernd.

Marianne kümmerte sich um das Neugeborene. Hilde nahm sich ihres kleinen Bruders an, und Emmy versuchte einfach bloß am Leben zu bleiben. Aber nur noch ein Wunder konnte helfen. Bei den folgenden Luftangriffen schaffte sie es nicht mehr hinunter in den Keller. Und während sie das Brummen der herannahenden Bomber hörte, machte sie sich schöne Gedanken. Das Lachen ihrer Kinder, sauberes Wasser, ein verirrtes Rotkehlchen auf dem Balkon, Paul – und immer wieder Paul. Zwei Wochen später erreichte sie ein Brief von ihm. Emmy war so glücklich. Es war, als würde Paul sie berühren und ihr versichern, dass sie keine Angst haben musste. Er würde sie auch mit drei Kindern nehmen. Für Paul ging es nicht um Besitz und Reichtum, um meins und deins. Ihrer beider Liebe würde überdauern. Nach und nach gewann sie an Zuversicht.

Und dann kam der erste Frühlingstag. Die Straße, ein einziges Trümmerfeld, lag ruhig da. In den zerbombten Häusern gegenüber hing ein Waschbecken an der übrig gebliebenen Wand, auf einer Wäscheleine baumelten Handtücher. In Wohnzimmern schaukelten noch die Lampen an den Decken. Auf den Betten lagen dicke Federdecken, als ob sie eine fleißige Hausfrau eben noch aufgeschüttelt hatte. Es roch verbrannt. Am Draht über einer Kochmaschine baumelten Schöpfkellen. Und auf allem lag eine dicke Staubschicht.

Die Frühlingssonne sandte ihre lauen Strahlen ins Schlafzimmer, und Emmy schaffte es zum ersten Mal seit Wochen, sich ohne fremde Hilfe zu erheben. Sie lehnte am scheibenlosen Fenster und spürte Paul. Gleich kommt er um die Ecke. Genau so, wie er es vorausgesagt hatte.

Du wirst am Fenster lehnen, und die Sonne wird scheinen.

Ein Kribbeln ging durch ihren Bauch. Alle sprachen nur noch vom Frieden, erste Verhandlungen wurden geführt, Stellungen widerstandslos überrannt, die Wehrmacht war im Begriff, sich zu ergeben. Wer jetzt zum Heimaturlaub kam, hatte Hoffnung, nicht mehr fort zu müssen. Der bittere Winter war überstanden. Alles würde gut werden. Endlich Frieden. Gleich, gleich biegt mein Paul um die Ecke, dachte Emmy. Mit geschlossenen Augen genoss sie die Wärme der Sonne auf ihrem Gesicht.

Sie war so versunken, dass sie nicht bemerkt hatte, wie Marianne hereingekommen war. Sie hielt einen Brief in der Hand und weinte hemmungslos. »Es ist so furchtbar«, brachte sie mit Mühe hervor. Ihre sonst kräftige Stimme zerbrach. Marianne wankte auf Emmy zu. Sie musste sich am Schrank abstützen, um nicht lang hinzuschlagen.

O Gott, dachte Emmy, bitte nicht Kurt. Zum letzten Mal in ihrem Leben begann Emmy zu beten: Lieber Herrgott, wenn es dich wirklich gibt, lass es nicht Kurt sein. Bitte.

Mit letzter Kraft kam Marianne zum Fenster und hielt Emmy den Brief hin. Diese starke Frau war plötzlich so schwach. Emmy nahm ihrer Freundin das Papier aus der zitternden Hand und las: *In soldatischer Pflichterfüllung, getreu seinem Fahneneid, ist Paul Rogge für Führer und Reich gefallen.*

Emmy schwieg, den Mund leicht geöffnet. Ihr Herz schlug schwer, sie konnte kaum atmen, es war, als hätte man ihren Brustkorb in einen Schraubstock gespannt. Das Blut rauschte in ihren Schläfen. Ihr Gesicht war aschfahl. Die Knie begannen zu zittern. Emmy sah eine Sequenz vor sich. Der letzte Sommer am See. Sie und Paul, wie sie weit draußen in der Dunkelheit auf dem Rücken im Wasser liegen und sich treiben lassen. Sie halten einander an den Händen fest.

Jetzt spürte sie seine Hand in ihrer, hörte das seichte Anschlagen der Wellen am fernen Ufer. Das Wasser spülte sanft über ihre Oberkörper hinweg, die Beine hingen, an den Knien geknickt, tief im Nass. Es war alles so friedlich.

Paul. Tot. Ihr Herz blieb stehen. Ein Segelboot ohne Segel. Ein Schiff ohne Mast. Sie klammerte sich an Pauls Hand und ertrank.

»Emmy! Mensch, Emmy, mach keinen Quatsch«, hörte sie Marianne rufen. Ihre Stimme klang dumpf, weit weg. »Emmy!!« Hände griffen nach ihr, rüttelten sie. Nein, sie wollte Pauls Hand auf keinen Fall verlieren und hielt sie so fest, dass ihre Finger schmerzten. Jemand packte Emmy an den Schultern und richtete sie auf. Sie spürte einen kalten Lappen im Nacken. Eine Kinderstimme wimmerte: »Mami? Mami, bitte.« Emmy klammerte sich immer noch an Pauls Hand. Was geschah nur mit ihr? Dann wieder der flehentliche Ruf: »Mami!« Etwas Weiches wurde ihr hinter den Rücken gestopft, ein Glas an den Mund gehalten. Dann schlug sie die Augen auf. Sie war gestürzt, hatte sich den Kopf am Fensterbrett gestoßen und blutete. Marianne hatte sie aufgesetzt, stützte sie ab und drückte eine Tischdecke auf ihre Wunde. Neben Emmy kniete Hilde. Die Tränen rollten ihr übers Gesicht, und sie hielt die Hand ihrer Mutter fest, die nackte Angst stand ihr ins Gesicht geschrieben. Langsam kam Emmy zu sich. Dann traf sie die Erkenntnis wie ein Schlag: Paul war tot. Von jenem Tag an lag Emmy nur noch im Bett. Ihr Körper glühte fiebrig, sie aß nicht mehr und trank nur, wenn Marianne sie schimpfend dazu ermahnte.

Ein paar Tage später tauchte Hauke schließlich auf. Er war zunächst enttäuscht, als er erfuhr, dass sein drittes Kind ein Mädchen war.

»Mensch, Hauke, sei froh, dass sie überhaupt noch lebt. Es ist nicht leicht, in dieser Zeit und in dem Alter ein Kind zu bekommen«, sagte Marianne. »Emmy geht es sehr schlecht. Sie erholt sich einfach nicht. Ich kann gar nicht so schnell Wadenwickel machen, wie das Fieber steigt. Deine Frau ist krank. Schwer krank. Ihr Leben hängt am seidenen Faden.«

»Was soll das heißen, seidener Faden?«, fragte er mürrisch. »Das fehlte mir jetzt gerade noch. Ich kann nicht alles regeln.«

Blitzschnell holte Marianne aus und versetzte Hauke eine schallende Ohrfeige. Der war so überrascht, dass er mehrere Sekunden lang wie betäubt dastand. »Du Idiot, deine Frau stirbt. Sie braucht was zum Beißen«, herrschte Marianne ihn an.

»Aber …« Hauke sah sie an wie ein Schuljunge, der die Antwort nicht kennt. »Ihr hattet doch Gemüse im Hinterhof angebaut.«

Marianne fasste es nicht. War er wirklich so dumm? »Ich weiß ja nicht, wie die Lage in Potsdam ist, aber hier ist Krieg. So richtig, mit Bomben und Bränden. Die von den Nationalsozialisten ausgerufene agrarische Erzeugungsschlacht ist verloren«, sagte sie.

Ein Fliegerangriff folgte auf den nächsten. Es gab keinen Strom, kein Gas, und Wasser war Mangelware. Gerüchte machten die Runde. Es schien keine Sicherheit mehr für irgendetwas zu geben. Ihre Tauschware, der Weinbrand und die Zigaretten, waren längst aufgebraucht. Sie hatten Hildes letzten Geburtstag im Bunker verbracht. Die Lazarette waren heillos überfüllt. Einbeinige Kriegskrüppel saßen bettelnd auf den Gehsteigen, und Hauke begriff es nicht.

»Irgendetwas muss es doch hier noch geben«, beharrte er.

»Ja, die Hoffnung, dass es bald zu Ende ist. Aber davon wird keiner satt. Wach endlich auf.«

Jetzt wurde auch Hauke wütend. »Ihr glaubt, ich habe es mir die ganze Zeit gut gehen lassen. Wenn du wüsstest, was ich in Potsdam leiste. Ohne mich stünde der Russe längst vor eurer Tür!«

»Weit weg ist er ja nicht mehr.«

»Im Krieg müssen Opfer gebracht werden. So ist das nun mal. Das ist eine Aufgabe fürs ganze Vaterland, also auch für euch«, dozierte er staatsmännisch.

Marianne verdrehte stöhnend die Augen. Dann sagte sie: »Krieg ist von Männern für Männer gemacht. Ihr schlagt euch die Schädel ein, und wir Frauen zu Hause, wir baden den Wahnsinn aus. Und wofür? Damit ein Führer sein Land größer machen kann? Damit ein Fatzke von General auf einer Landkarte eine Grenze verschiebt?«

»Bedenke deine Wortwahl«, mahnte Hauke.

»Ich wünschte, die Bombe da in der Wolfsschanze hätte ihn erwischt. Dann wäre dieser Albtraum schon längst vorbei!«

»Marianne, das ist Vaterlandsverrat. So etwas darfst du nicht mal denken. Dafür kann man dich erschießen.«

»Hauke, du bist ein Arschloch.«

»Arschloch sagt man nicht«, kam es von Bernhard, der unbemerkt eingetreten war. Hinter ihm stand Otto. Er drückte sich gegen die Türzarge.

Marianne atmete einmal tief ein, um sich zu beruhigen. »Hast ja recht, mein Junge. Was ist denn?«

»Tante Emmy ruft.«

Hauke wollte aufstehen und nach seiner Frau sehen, aber Marianne drückte ihn auf den Stuhl zurück. »Ich gehe!«

»Dann eben nicht«, sagte Hauke. Otto blieb in der Tür stehen und beobachtete seinen Vater. Die beiden wechselten kein Wort miteinander. Der Junge steht da wie ein nasser Sack. Keine Haltung, kein Drill, ging es Hauke durch den Kopf.

Schließlich lief Hilde zu ihm, die Augen rotgeweint. »Papi, du musst was machen«, schluchzte sie. »Bitte mach, dass Mama wieder gesund wird und meine kleine Schwester überlebt.«

Marianne kam mit einem nassen Lappen zurück, sie spülte ihn in einer Waschschüssel mit dem letzten Rest Wasser aus und gab ihn Hilde. »Hier, leg den deiner Mutter auf die Stirn und sieh zu, dass sie was trinkt.« Sie wandte sich wieder Hauke zu. »Tu endlich was! Oder willst du allen Ernstes drei Kinder alleine großziehen?«

Hauke sah sie nur mit großen Augen an, und Marianne zählte an den Fingern ab: »Wir brauchen Milchpulver, Fett, Brot, Jod und Zinksalbe.«

»Ich … ich kann nichts versprechen, aber ich werde mein Möglichstes tun«, stotterte Hauke, dem langsam klar wurde, wie ernst es war.

»Zucker und Schokolade für die Kinder wären auch sehr schön«, fügte Marianne im Scherz hinzu. Abrupt wurde sie wieder ernst. »Wenn du dich jetzt nicht kümmerst, dann kannst du Emmy und die kleine Tessa vor die 30 legen.« Sie ließ Hauke stehen und ging zu Emmy hinüber.

Hauke sah ihr irritiert nach. »Was meint Tante Marianne mit ›vor die 30 legen‹?«, fragte er an Otto gewandt.

»Na, Hausnummer 30. Da werden die Toten abgeholt.«

Zwei Tage später stand Hauke wieder in der Tür. Er hatte alles besorgt und sogar Eier und Käse aufgetrieben.

»Wo hast du das her?«, fragte Marianne erstaunt.

Hauke winkte ab: »Das willst du gar nicht wissen.« Er stellte die Tasche auf dem Boden ab. »Wie geht es den beiden?«

»Tessa ist sehr schwach. Ich weiß nicht, ob die Kleine es schafft«, sagte Marianne und wies auf den Korb auf dem Küchentisch, in dem das Kind schlief. »Emmy dämmert vor sich hin.«

Hauke ging zu seiner Frau und setzte sich an ihr Bett. In seiner Jackentasche hatte er ein kleines Glas mit Steckrübenmarmelade, das er auf den Nachttisch stellte. Noch nie hatte er Emmy so schwach gesehen. Hauke war nun ernsthaft in Sorge. Er sah sie vor sich, damals am Wannsee, als er ihr das Schwimmen beigebracht hatte. Was hatte sie gejauchzt und geschrien vor Vergnügen. Emmy war ihm so dankbar gewesen, und ihre Heiterkeit, ihr Lachen, die Leichtigkeit, mit der sie das Leben nahm, hatten ihn verzaubert.

Er blickte seine Frau an. Sie hatte die Augen geschlossen. Ihre Wangen glühten fiebrig rot, auf ihrer Stirn glänzten Schweißperlen. Was sollte aus Hilde, Otto und Tessa werden, wenn Emmy jetzt starb? Hauke wusste, dass er kein guter Vater war. Er konnte mit den Kindern wenig anfangen, fand nicht die richtigen Worte für sie. Zu selten hatten sie sich gesehen. Otto sagte *Vater* zu Hauke und meinte doch *Fremder*. Ohne Emmy waren seine Kinder verloren, das stand fest. Hauke nahm Emmys Hand und streichelte ihr über den Arm.

Langsam und mit flatternden Lidern öffnete sie die Augen. »Ach, auch mal wieder im Lande«, sagte sie leise und lächelte schwach. Hauke drückte ihre Hand und rückte näher heran, damit er sie besser verstehen konnte.

Emmy atmete rasselnd. »Hauke, es steht nicht gut um mich. Ich spüre das. Ich kann nicht mehr.«

»Papperlapapp, so ein bisschen Fieber bringt doch eine wie dich nicht um«, sagte Hauke. Seine Stimme zitterte. »Du musst nur wollen. Das ist ja hier kein Sterbebett.« Er spürte, dass Emmy ihre letzten Kräfte zusammennahm.

»Versprich mir, dass es den Kindern gut gehen wird. Versprich es mir, bitte. Du bist ihr Vater. Sie brauchen dich.«

Haukes Augen füllten sich mit Tränen. »Emmy, das kann ich nicht. Du musst bei mir bleiben. Ich weiß nicht, wie ich das ohne dich schaffen soll«, sagte er ängstlich.

»Du kriegst das schon hin. Um Tessa kann sich Marianne ja erst einmal kümmern. Aber die beiden Großen musst du nehmen. Hilde liebt dich, und Otto wird sich an dich gewöhnen«, hauchte Emmy.

»Schatz, das ist doch Unsinn. Die Kinder brauchen *dich*. Du bist ihre Mutter.«

Emmy sagte nichts. Hauke versuchte, ihr ungeschickt einen Schluck Wasser einzuflößen, wobei er die Hälfte über ihren Hals und auf die Bettdecke laufen ließ.

»Du musst bei mir bleiben«, jammerte er. »Ich komme ohne dich nicht zurecht. Ich flehe dich an ... Mach ein Mal das, was ich dir sage. Nur ein Mal!«

Marianne kam mit einem dampfenden Teller herein. Sie stellte den Suppenteller auf dem Nachttisch ab, schüttelte die Kissen auf, öffnete das Fenster und ließ die beiden wieder allein. Als sie die Tür hinter sich schloss, nahm Hauke den Löffel, half Emmy, sich aufzusetzen, und begann sie behutsam zu füttern. »Siehst du, alles wird wieder gut.«

»Nichts kann mehr gut werden«, flüsterte Emmy mit glänzenden Augen. Sie wandte ihren Blick ab, zum Fenster, und versuchte ein Stück vom Himmel zu sehen. Tränen rollten ihr über die Wangen.

»Ach, Emmy, du schaffst das schon. Ich werde für dich da sein, vertrau mir.« Hauke tupfte seiner Frau die Tränen mit der Spitze vom Bettbezug ab. Dann fütterte er sie schweigend weiter. Er schabte den letzten Rest mit dem Esslöffel aus dem Teller und steckte ihn sich selbst in den Mund.

»Hauke, ich weiß nicht, ob ich so weiterleben kann ...«, hauchte Emmy.

»Was erzählst du da für einen Unsinn? Du kommst wieder auf den Damm, natürlich lebst du weiter«, sagte Hauke mit Nachdruck.

»Ich meine, ich weiß nicht, ob ich weiter mit dir leben kann.«

Er sah sie verständnislos an. »Aber wir leben doch gar nicht zusammen. Und du wusstest von Anfang an, dass es in unserer Familie ganz normal so ist. Der Mann geht in die Welt hinaus, und die Frau kümmert sich um das Heim. Man heiratet, und jeder lebt sein Leben, so gut er kann. Emmy, wo ist dein Problem?«

»Es fühlt sich nicht mehr richtig an … und ich …« Emmy suchte nach Worten.

Hauke öffnete das Glas mit der Marmelade und lud einen Löffel voll. »Ich gebe ja zu, wir haben unsere Differenzen – aber wir werden uns schon zusammenraufen. Wir haben drei Kinder.«

»Aber reicht das? Brauchen wir nicht mehr, um glücklich zu sein?«

Hauke tat so, als hätte er die Frage nicht gehört. »Iss«, befahl er, steckte den vollbeladenen Löffel in ihren Mund und stellte das Glas in ihre Hände. »Schön festhalten und keinen Tropfen verkleckern. Wir kriegen das hin. Du stirbst mir hier nicht unter den Händen weg, verstanden?«

Mit dem Löffel im Mund sah Emmy ihm nach, wie er Richtung Küche ging, wo Hilde gerade dabei war, den kostbaren Zucker umzufüllen.

»Papa, machst du jetzt die Mama und Tessa wieder gesund?«, fragte sie hoffnungsvoll.

»Aber sicher doch«, sagte Hauke. »Du musst deiner Mutter jeden Tag drei große Löffel von dem Zucker da geben, dazu Speck und Brot. Das Milchpulver ist nur für deine kleine Schwester.«

»Zu Befehl, Papi«, sagte Hilde zackig und wollte schon ihre Hand zum militärischen Gruß an die Stirn legen.

»Das Militärische kannst du dir jetzt langsam mal abgewöhnen«, sagte Hauke. »Und wenn du demnächst jemanden begrüßt, heißt es einfach nur noch Guten Tag, nichts weiter. Verstanden?«

»Jawohl«, sagte Hilde und ließ ihrem Arm wieder sinken.

»Braves Mädchen. Und wenn das hier vorbei ist, hat der Papi ein Schloss für seine kleine Prinzessin«, sagte er strahlend.

»Ein Schloss? Ein richtiges Prinzessinnenschloss?«, fragte Hilde aufgeregt.

»Wenn das hier vorbei ist, werden wir alle gar nichts mehr haben«, warf Marianne ein.

Hauke schüttelte nur den Kopf. Die Hebamme hatte ja keine Ahnung.

Bis Kriegsende tauchte Hauke regelmäßig in Tegel auf. Und immer hatte er Lebensmittel im Gepäck. Für Marianne brachte er manchmal Zigaretten mit. Ein andermal schenkte er ihr kostbare Seife. Einmal hatte er sogar ein lebendes Huhn dabei. Es sorgte für viel Freude, sowohl lebendig als auch tot.

Emmy ging es von Tag zu Tag besser. Auch die kleine Tessa erholte sich und legte an Gewicht zu. Letztendlich war es Hauke, der Emmy und Tessa das Leben rettete.

Deutschland kapitulierte, und Hauke befand das als »sehr unschön. Aber man steckt ja nicht drin in dem Ganzen. Es kommen auch wieder bessere Zeiten fürs Land.«

Doch dann wurde gemeldet, dass Generalmajor von Heppendorf von den Amerikanern festgenommen worden war. Ein paar Tage später standen zwei Männer in Uniform in Mariannes Wohnzimmer, und Hauke wurde von der Militärpolizei abgeführt.

»Es wird sich alles aufklären«, rief er seiner Frau noch zu. Aber Emmy ahnte schon, dass Hauke so rasch nicht zurückkehren würde. Generalmajor von Heppendorf setzte seinem Leben noch vor der ersten Anhörung ein Ende. Hauke wurde zu acht Jahren Zuchthaus verurteilt. Er überlebte sie nicht. Als die Nachricht von seinem Tod kam, war Hilde achtzehn Jahre alt und träumte von einem Leben als Hausfrau und Mutter. Der fünfzehnjährige Otto hatte kaum noch Erinnerungen an seinen Vater. Und für Tessa würde Hauke immer der Mann bleiben, der ihr und ihrer Mutter das Leben gerettet hatte.

25

JANUAR 1995

Hilde stand vor der Haustür ihrer Mutter, um die tiefgefrorenen Reste vom Weihnachtsessen vorbeizubringen. Sie klingelte, aber Emmy öffnete nicht. Sie klingelte noch einmal. Sie wartete auf Emmys Stimme in der Gegensprechanlage, das leise Summen des Türöffners – aber es blieb still.

Es war ein ungewöhnlich harmonisches Weihnachtsfest gewesen, das sie, wie immer, bei Hilde und Günter verbracht hatten. Emmy freute sich über den üppig geschmückten Tannenbaum. Nicht dass ihr der Kenkenbuum ihrer Kindheit nicht gefallen hätte, aber ein großer, grüner, leuchtender Weihnachtsbaum war eben doch schöner.

Sie saßen am langen Tisch im Berliner Zimmer, die weit geöffnete Schiebetür bot Blick auf den Baum, der klassisch in Silber glänzte. Günter hatte sich nicht mit Otto gestritten. Samantha durfte eine Nachspeise zum Weihnachtsessen beisteuern, ohne dass Hilde sich in ihrer Hausfrauenehre gekränkt sah. Robert und Anni hatten in Dialogform eine heitere Weihnachtsgeschichte vorgetragen, und Tessa hatte Hilde mal nicht auf den Arm genommen.

Emmy bedankte sich für das Festmahl. Für ihre Verhältnisse fast schon überschwänglich. Die Ente sei das köstlichste Flugtier, das sie jemals zu sich genommen habe – und überhaupt, Hilde hätte alles ganz wunderbar gemacht.

Während des Essens unterhielt sie die anderen mit Geschichten von ihrer Insel.

»Und das Schönste war, wenn wir zum Jahreswechsel beim Rummelpottlopen aus voller Kehle singen konnten. Ich liebte es. Da war selbst ich mal an der richtigen Stelle. Es ging ja darum, die Wintergeister zu vertreiben, mit einer schönen Stimme kommt man da nicht weit«, erklärte Emmy.

»Ich bin mir sicher, die haben schon nach der ersten Zeile Reißaus genommen«, sagte Otto augenzwinkernd.

»Stimmt, jetzt wo du es sagst … Wenn ich gesungen habe, war nie ein Geist zu sehen.«

Tessa lachte. »Deine Stimme war eben schon immer, na ja, außergewöhnlich, Mama.«

»Es kommt nicht darauf an, dass man etwas gut kann, sondern darauf, dass man es mit Leidenschaft tut«, sagte Emmy, räusperte sich und sang: *»Fru, fru, lok Døe op.«*

Alle lachten, und Tessa, Hilde und Otto hoben beinahe gleichzeitig abwehrend die Hände und stöhnten theatralisch. »Bitte nicht, Mutter, wir sind noch heute traumatisiert von deinen Schlafliedern«, sagte schließlich Hilde, während Otto sich demonstrativ die Ohren zuhielt.

»Meine Güte, ihr habt ja richtig Angst. Also gut, dann will ich mal Gnade vor Recht ergehen lassen. Wenn wir fertig waren mit Singen, ging es zum Hafen, und da wurde dann im Beisein aller Inselbewohner die Neujahrsfahne rausgeholt. Wir haben im Kreis um den Mast herum gestanden und andächtig zugesehen, wie die Fahne hochgezogen wurde. Das Flaggen war immer etwas ganz Besonderes, weil es selten vorkam.«

»Wann wurde denn geflaggt?«, fragte Tessa.

»Zum Erntedankfest oder wenn der Wind die Sturmvögel, die Seeleute der Insel, zurück in den sicheren Hafen gebracht hatte.

Und bei runden Geburtstagen, ab sechzig, da wurde auch eine Fahne gehisst. Das kam damals aber nur sehr selten vor«, sagte Emmy und schob sich den letzten Bissen in den Mund.

Der Abend neigte sich dem Ende zu. Hilde nestelte nervös an der handgestickten Weihnachtstischdecke.

»Mama, wir … also Otto und ich, wir wollten dir noch sagen … dich was fragen … also es ist Folgendes …« Hildes hektische Flecken breiteten sich rasant aus. Sie räusperte sich schier endlos.

Otto sprang ihr zur Seite. »Was Hilde sagen will: Wir haben doch deinen Keller ausgemistet. Daraufhin waren wir in Potsdam und haben uns die Villa angesehen, wo Vater gearbeitet, gedient hat damals. Bei Generalmajor von Heppendorf …«

»Der Heppendorf hat euren Vater sehr geschätzt und sich, na sagen wir, erkenntlich gezeigt«, fiel Emmy ihm ins Wort.

Über Hildes Gesicht huschte ein Lächeln. »Was heißt das, erkenntlich gezeigt?«, fragte sie.

Emmy trank einen Schluck von ihrem Wein, dann sagte sie: »Es gibt da etwas, worüber ich mit euch reden muss«, sie sah ihre Kinder nacheinander an, »aber nicht heute. Denn es gibt Dinge – auch gute Dinge –, die können ein Leben umwälzen, und deswegen sollten sie in aller Ruhe und Sachlichkeit bei einem Notar besprochen werden.«

Otto nahm sein Weinglas und leerte es in einem Zug. Und wie sich sein Leben umwälzen würde! Er sah sich vor seinem geistigen Auge schon in einem vergoldeten Sportwagen sitzen.

Emmy fuhr fort: »Ich bitte euch daher, den ersten Februar dick in eure Kalender einzutragen. Bis dahin müsst ihr die Füße stillhalten und mir vertrauen. Ihr werdet danach noch lange Zeit haben, euch zu freuen.«

Hilde machte unter dem Tisch die Becker-Faust und lächelte ihrem Bruder zu, während die anderen sie nur fragend ansahen.

»Und jetzt Schluss damit. Hoch die Tassen – so jung kommen wir schließlich nie mehr zusammen.« Emmy hob ihr Glas.

Sie stießen noch mal an auf den schönen Abend, und Hilde dachte: Wenn Mama in drei Jahren neunzig wird, hissen wir für sie auch eine Fahne am See.

Hilde klingelte erneut. Nichts rührte sich. Emmys Nachbar trat heraus, um die Post zu holen. Emmy sei nicht da, erklärte er. »Es war heute mucksmäuschenstill. Gestern früh habe ich sie gesehen. War wie immer gut gelaunt, mit einem Scherz auf den Lippen.«

»Komisch …«, sagte Hilde und drückte noch einmal den Klingelknopf.

»Haben Sie keinen Schlüssel?«

»Den habe ich nicht bei mir. Wir waren ja verabredet. Aber meine Schwester hat einen, sie wohnt hier in der Nähe.« Hilde durfte das Telefon des Nachbarn benutzen, zehn Minuten später war Tessa da.

Hilde saß unten im Hausflur, starrte durch die Glastür auf den Gehweg und war bedient. Sie öffnete ihrer Schwester die Haustür. »Der Nachbar meint auch, sie ist nicht da. Ich verstehe nicht, warum ihr das immer nur bei mir passiert. Mal ehrlich, hat Mama schon jemals eine Verabredung mit dir versäumt? Bestimmt nicht.«

Sie gingen die breiten Treppen des Altbaus hinauf in den zweiten Stock zur Wohnungstür. »Ich stell die Sachen nur rasch in den Kühlschrank, dauert nicht lange«, sagte Hilde, doch Tessa versuchte vergeblich, die Tür zu öffnen – von innen steckte der Schlüssel.

»Das ist jetzt nicht wahr. Sie hört uns einfach nicht. Sie braucht endlich Hörgeräte. Wie oft schon habe ich gesagt, Mama muss zum Ohrenarzt? Genauso gut könnte ich gegen eine Wand reden«, schimpfte Hilde und legte ihren Daumen vehement auf den Klingelknopf. Aber auch das führte zu keinem Ergebnis. Tessa ging zu ihrem Auto und kam mit einem Stemmeisen zurück.

»Bist du verrückt? Weißt du, was so eine Tür kostet? Das ist Vollholz, frisch lackiert. Ich bitte dich, lass es uns anders versuchen«, sagte Hilde, stellte ihre Tupperboxen auf den Treppenstufen ab und klopfte kräftig gegen die Tür. »Ich sag's dir, sie liegt auf der Couch, die Schogette noch in der Hand, und schläft. Also, nächste Woche mache ich für sie einen Termin beim HNO. Obwohl, eigentlich können wir auch direkt zum Hörgeräteakustiker gehen. Oder was meinst du?«

Tessa antwortete nicht, ein mulmiges Gefühl breitete sich in ihrem Magen aus. Sie schob ihre Schwester zur Seite und setzte das Stemmeisen an. Beim dritten Versuch sprang die Tür auf.

»Das darfst du Mama erklären, und ich bezahl den Schaden nicht. Meine Güte, ist das kalt hier.«

Emmy lag im Wohnzimmer auf der Couch, zugedeckt mit ihrem Federbett, den Blick auf den Balkon gerichtet. Auf ihrem Bauch lag eine geöffnete Schachtel Schogetten Vollmilch-Nuss. Eine leere Flasche Herva mit Mosel stand auf dem Couchtisch.

»Hab ich es nicht gesagt? Sie schläft, die Schogetten noch in der Hand.«

»Mama?«, fragte Tessa vorsichtig.

»Tessa, sie ist taub *und* schläft«, sagte Hilde und ging zur Balkontür. »Mensch, Mama, du holst dir noch den Tod. Wir haben Winter!« Sie schloss die gekippte Tür und legte sorgfältig die zusammengerollte Decke auf den Boden davor, damit es nicht zog. Das Futterhäuschen auf dem Balkon war leer.

Wieder sagte Tessa: »Mama?!«

»Kalte Füße sind immer ganz schlecht«, sagte Hilde, zog die Gardine vor und drehte die Heizung auf. »Wenigstens war die nicht an.« Plötzlich hörte sie Tessa schluchzen. Sie kniete weinend neben der Couch und hielt die Hand ihrer Mutter.

Hilde trat näher heran. Hinterher sollte sie sich fragen, ob ihre langsame Reaktion auf der Leugnung ihrer eigenen dunklen Vorahnung beruhte. Meine Güte, was ist sie denn plötzlich so empfindlich, ging es ihr in dem Moment durch den Kopf. Mama bekommt ein Hörgerät, und dann wird alles wieder gut. Als sie sich umdrehte und ihr Blick auf die Schokoladenschachtel auf der Decke fiel, sickerte aus der Tiefe ihres Bewusstseins eine Erkenntnis an die Oberfläche. Doch es dauerte noch einen Moment, bis sie wirklich begriff, dass sich die Schachtel nicht im Atemrhythmus hob und senkte. Sie lag still auf dem Bauch ihrer Mutter. Emmy war tot.

Hilde hastete zum Telefon. Dann wusste sie nicht weiter. »Wie ist die Nummer vom Notarzt?«, fragte sie mit brüchiger Stimme.

»Mutter braucht keinen Arzt mehr«, sagte Tessa.

»Selbstverständlich braucht sie einen Arzt«, rief Hilde panisch und versuchte, mit zitternder Hand die 112 zu wählen.

Das Freizeichen ertönte. Tessa nahm ihrer Schwester den Hörer aus der Hand und legte auf. Hilde zitterte am ganzen Körper. Widerstandslos ließ sie sich von Tessa in den Arm nehmen. Die beiden Schwestern weinten minutenlang miteinander, hielten einander und waren sich so nah wie lang nicht mehr.

Tessa fand als Erste die Fassung wieder. Sie nahm die Schokolade vom Bauch herunter.

»Gib mir mal eine«, sagte Hilde.

Tessa hielt ihr die ganze Schachtel hin. Sie schob den Couchtisch zur Seite, zog einen Sessel heran und holte Stühle aus der Küche. Hilde stand einfach nur da und lutschte eine Schogette nach der anderen. Sie, die sonst immer wusste, was zu tun war, konnte sich nicht mehr vom Fleck rühren. Tessa berührte ihre

Schwester sanft an der Schulter, half ihr aus der Daunenjacke und schob sie vorsichtig zu dem Sessel, der auf Kopfhöhe von Emmy stand.

»Nein, ich … ich kann da nicht sitzen«, sagte Hilde.

»Du bist die Älteste, dir gebührt der Platz. Mama hätte es so gewollt«, sagte Tessa und drückte ihre Schwester in den Sessel. Hilde hatte keine andere Wahl. Sie nahm Platz. Immer wieder wurde sie von Weinkrämpfen geschüttelt.

Tessa ging ins Bad und kam mit einer Haarbürste zurück.

»Setz sie mal ein Stück auf«, sagte sie zu Hilde.

»Das kann ich nicht.«

»Doch, das kannst du!«

Vorsichtig versuchte Hilde, ihre Mutter anzuheben. »Meine Güte, ist das schwer«, sagte sie überrascht.

»Zieh an ihren Händen«, sagte Tessa und hielt den Kopf ihrer Mutter fest. Die Totenstarre löste sich bereits. »Kein Arzt der Welt hätte ihr mehr helfen können«, sagte Tessa und begann, Emmy die Haare zu bürsten.

Hilde sah mit einer Mischung aus Skepsis und Neugier zu. Nach einer Weile fasste sie Mut. »Darf ich auch mal?«, fragte sie.

Sie tauschten die Plätze, und als Hilde mit dem Bürsten der Haare fertig war, hatte sie den ersten Schock überwunden. Seltsamerweise hatte es sie beruhigt, ihre tote Mutter zu berühren. Sie richtete das Kopfkissen und die Decke und faltete Emmys Hände darüber. Ihr Gesicht sah friedlich aus. Emmy war einfach eingeschlafen und nicht mehr aufgewacht.

Tessa suchte Kerzen zusammen, die Hilde im Wohnzimmer verteilte und anzündete. Dann kippte sie die Balkontür wieder an. »Ist nur noch mal, um sicherzugehen, dass die Seele rausfliegen kann«, sagte sie, und Hilde dachte: Jetzt dreht sie völlig ab. Fünf Minuten später schloss Hilde die Balkontür wieder und setzte

Kaffee auf. Sie war erstaunt, wie ruhig sich alles anfühlte. Sie würde Otto informieren, Tessa rief Anni an.

»Und was machen wir jetzt? Wir brauchen einen Bestatter – oder erst den Totenschein?«, fragte sie.

»Wir müssen nachher nur den Hausarzt anrufen. Alles andere hat Mutter schon geregelt.«

»Aber … wann?«

»Sie war schon letztes Jahr bei einem Bestatter«, sagte Tessa.

»Ach ja? Warum weiß ich davon nichts?«, fragte Hilde gekränkt.

»Mal ehrlich, wenn Mama dir erzählt hätte, dass sie ihre Beerdigung plant, wärst du doch ausgeflippt.«

Hilde musste ihrer Schwester widerwillig recht geben. Sie wäre nie im Leben auf die Idee gekommen, die Beerdigung ihrer Mutter vorzubereiten, aus lauter Angst, damit ihren sofortigen Tod heraufzubeschwören.

»Was ist mit Blumenschmuck? Ich könnte bei Wudtkes sicherlich etwas sehr Hübsches arrangieren lassen«, schlug sie vor.

»Auf keinen Fall!«, sagte Tessa mit so viel Nachdruck, dass Hilde nicht einmal mehr wagte, auch nur an Wudtkes zu denken. »Mutter hat verfügt, dass wir uns am Tag nach der Beerdigung bei einem Notar einfinden sollen. Die Adresse hat der Bestatter.«

»Bei einem Notar? Gibt es denn was zu erben?«, fragte Hilde unschuldig.

»Jetzt tu nicht so«, sagte Tessa. »Du weißt es doch längst. Du hast schließlich damit angefangen, Mutters Keller, nun sagen wir mal, aufzuräumen.« Sie sagte es so ruhig, dass Hilde sich nicht genötigt sah, irgendetwas richtigzustellen. Ihr war ein wenig übel von den vielen Schogetten. Sie stand auf, ging zum Barschrank und schenkte sich einen Magenbitter ein.

Otto und Anni trafen zeitgleich ein. Otto hatte noch Kuchen besorgt. Als er Annis irritierten Blick bemerkte, sagte er: »Ich dachte, das würde ihr gefallen. Mama liebt … Mama liebte Kuchen.« Seine Stimme wurde brüchig. »Im nächsten Leben heiratet sie bestimmt einen Konditor.« Er kämpfte mit den Tränen.

Anni hielt einen großen Strauß Gerbera in der Hand. »Ihre Lieblingsblumen«, sagte sie nur und weinte.

26

JANUAR 1995

Für ihre Trauerrede hatte Emmy noch selbst gesorgt. Sie war kurz, nordisch knapp. Eine Rednerin trug Emmys letzte Worte vor. Sie habe ein schönes Leben gehabt, habe geliebt, gearbeitet und sei dann irgendwann auch gestorben. Da sie vermute, im Winter zu sterben, wolle sie sich kurz fassen. Die Kapellen seien schließlich nie geheizt, sie frage sich, was die Kirchen eigentlich mit ihren Steuereinnahmen machten. Gelächter erfüllte den Raum. Emmy hatte sich gewünscht, dass die Menschen weniger arbeiten und mehr leben.

Einzig Hilde wurde namentlich erwähnt. Sie sei in schweren Zeiten der Grund gewesen, am Leben nicht zu verzweifeln, und dafür danke Emmy ihrer großen Tochter von Herzen. Möglicherweise habe Emmy sich Hilde gegenüber manchmal ungeschickt verhalten, sie wisse um ihren eigenen Humor. Und sie wisse auch, dass ihre Große sich immer aufgeopfert habe für alles und jeden. Sie, Emmy, würde es begrüßen, wenn jetzt mal alle dieser ewig rackernden Hilde herzlichen Applaus zollen würden. Sie selbst habe es leider zu selten vermocht, und auch Hildes Ehemann habe ihre Plackerei nie hinreichend gewürdigt.

Anni war die Erste, die klatschte, rasch reihten sich die anderen Trauergäste ein, und bald erfüllte Applaus die Kapelle. Hilde kamen vor lauter Rührung die Tränen, während Günter regungslos auf die Urne starrte. Als das Klatschen verhallt war, spielte die Orgel die Melodie eines dänischen Kinderlieds aus dem späten 18. Jahrhundert. Noch einmal erhob die Rednerin das Wort im Namen von Emmy. »Ich hoffe, dass der Leichenschmaus schmeckt, und wünsche allen einen guten Appetit.«

Die Testamentseröffnung war für den nächsten Tag um 14 Uhr angesetzt. Otto erschien, entgegen seiner sonstigen Gewohnheiten, überpünktlich. Seit einer halben Stunde schon saß er in seinem Lkw, der gegenüber vom Notariat parkte. Nun endlich würden sich seine finanziellen Schwierigkeiten in Luft auflösen. Seit Tagen schon durchstreifte er die Autohäuser, führte Samantha abends in die besten Restaurants der Stadt aus, und heute Vormittag hatte er zwei Wochen Las Vegas gebucht. Sein Groll darüber, dass seine Mutter ihm jahrelang kein Wort von dem Vermögen erzählt hatte, war zwar noch nicht verflogen, aber die Aussicht auf ein sorgenfreies Leben versetzte ihn in Feierlaune.

Hilde hatte in ihrem Freundeskreis einen Immobilienunternehmer aufgetan, der nur die Crème de la Crème vertrat und genau der richtige Mann für die Grundstücke in Potsdam sein würde. Wenn der Makler nach seiner vorsichtigen Schätzung recht behielt, dann müssten sie beim Verkauf über drei Millionen D-Mark erzielen.

Otto stieg aus, trat die Tür mit dem Fuß zu und dachte: Die alte Gurke ist auch bald passé. Er lief noch einmal um den Block, um sich die Beine zu vertreten. Als er wieder bei seinem Fahrzeug ankam, beobachtete er überrascht, wie auf der gegenüberliegenden Straßenseite Tessa gemeinsam mit Anni eintraf. Sie kamen zeitgleich mit Hilde an, die ebenfalls sichtlich irritiert war über Annis Anwesenheit.

»Hallo, Anni. Was machst du denn hier? Die Testamentseröffnung ist doch nur für geladene Gäste«, sagte sie.

Tessa musste über die Formulierung lachen. Geladene Gäste. Hilde hatte sich in Schale geworfen und sah aus, als ob ihre Mutter gleich posthum den Ehren-Bambi für ihr Lebenswerk erhalten sollte.

Es war Anni anzusehen, dass sie sich nicht wohl fühlte. Otto gesellte sich zu ihnen. Sie liefen nebeneinander die Freitreppe hoch, Hilde drückte den goldfarben umrahmten Klingelknopf.

»Was machst du hier, Anni?«, fragte Otto.

Unsicher sah Anni Tessa an, die ihr aufmunternd zulächelte. »Ich habe auch eine Einladung«, sagte sie, und als der Summer ging, drückten Hilde und Otto die hohe und schwere Tür in den Flur hinein auf. Sie wurden von einer Sekretärin in weißer Rüschenbluse und grauem Faltenrock begrüßt, die entfernt an die alte Inge Meysel erinnerte.

»Guten Tag, Familie Seidlitz. Ich darf dann wohl vorausgehen«, sagte sie und führte die vier durch das Vorzimmer.

Anni wandte sich zur Treppe, die nach oben führte. »Nein, nein … hier entlang, bitte«, sagte die Sekretärin freundlich und führte sie in einen mit dunklem Holz vertäfelten Raum, in dessen Mitte ein wuchtiger, ebenfalls dunkler Holztisch stand, der für sechs Personen Platz bot. Die Dunkelheit erinnerte an einen Rittersaal. Obwohl das Fenster gekippt war, roch es leicht muffig.

»Ich darf sie dann bitten, Platz zu nehmen und ihre Personalausweise bereitzuhalten. Herr Olivié ist gleich bei Ihnen.« Damit ging die Sekretärin hinaus, ließ die Tür aber angelehnt.

Sie saßen in modernen Schwingstühlen, die trotz des braunen Lederbezuges nicht ganz zum sonstigen Ambiente passen wollten. Am Kopfende stand ein ergonomischer Drehsessel mit hoher Rückenlehne und futuristischen Armstützen mit dunkelblauem Stoffbezug, der grässlich aussah, aber vermutlich ein Vermögen gekostet hatte. Otto setzte sich in den Sessel, rechts von ihm saß Hilde, links von ihm hatten Tessa und Anni Platz genommen. Er drehte sich mit dem Stuhl ein paarmal um die eigene Achse und begann, an den Knöpfen unter den Armlehnen zu spielen. Plötzlich bog sich die Rückenlehne nach hinten, und eine Armlehne rutschte nach unten. Er lag halb schräg da, einen Arm in der Luft, die Füße noch am Boden.

»Mensch Otto, lass das!«, ermahnte Hilde ihren Bruder. Tessa lachte und half ihm, sich wieder aufzurichten. Hilde öffnete eine Mineralwasserflasche. Sie hielt ihr Glas in die Höhe, inspizierte es wie ein Röntgenbild und schnalzte missbilligend mit der Zunge. »Typisch Spülmaschine. Schlieren«, sagte sie und nahm sich ein neues. Durch das gekippte Fenster hörte man eine S-Bahn vorbeifahren.

»Wozu eigentlich das ganze Theater hier? Was das wieder extra kostet. Ein Notar. War das wirklich nötig?«, fragte Hilde in den Raum hinein. Niemand antwortete. Langsam wurde sie nervös. Warum dauerte das alles so lange? Sie rückte ihr Seidentuch zurecht und schob den Keksteller, der vor ihr auf dem Tisch stand, von sich weg. Otto trommelte mit seinen Fingern auf die Holzplatte, schien aber bester Stimmung zu sein. Anni und Tessa nippten an ihren Gläsern.

Dann, endlich, trat der Notar ein, unter dem Arm zwei dicke Aktenordner. SEIDLITZ I 423/34 und SEIDLITZ II (STFG) 423/35 stand in großen Lettern darauf. In der Hand hielt er noch einen Schnellhefter aus Pappe.

»Entschuldigen Sie, Herr Seidlitz, wären Sie so freundlich, würden Sie sich bitte dort hinsetzen?«, sagte Herr Olivié und bedeutete Otto, neben Hilde Platz zu nehmen. Der Notar legte die Unterlagen zunächst auf einem Sideboard ab. Dann verschwand er noch einmal.

»Was soll das heißen, STFG?«, fragte Hilde.

Otto zuckte mit den Schultern. »Keine Ahnung. Irgendwas mit Seidlitz … TF … Gewinn. Weißt du, wofür TF steht?«, fragte er an Tessa gewandt.

»Nein«, log sie. Schließlich schlurfte Herr Olivié wieder in den Raum, nahm die Ordner vom Sideboard und legte sie vor sich auf den Tisch. Er korrigierte die Einstellung am Stuhl und bat die Anwesenden darum, ihm die Personalausweise auszuhändigen. Mit konzentrierter Miene notierte er etwas und legte die Papiere fein säuberlich vor sich hin, dann drückte er einen kleinen Knopf, der sich an der Kante am Tisch befand. Wenige Sekunden später trat seine Sekretärin ein.

»Es ist alles korrekt. Wir können dann anfangen. Würden Sie die bitte noch kopieren«, sagte er und übergab seiner Mitarbeiterin die Ausweise. Er wandte seine Aufmerksamkeit wieder seinen Klienten zu. »Zunächst möchte ich Ihnen persönlich mein Beileid zum Tod Ihrer Frau Mutter aussprechen.« Er nickte traurig. »Und nun, sehr geehrte Damen«, er sah Otto an, »sehr geehrter Herr, beginne ich mit der Testamentseröffnung, Aktenzeichen 423/35 und 423/34, Erblasserin Emmy Seidlitz, geborene Peterson, geboren am 20. November 1907, laut Geburtsregisterauszug des Landes Slaswik-Holstiinj vom 28. November 1907, ehemals Herzogtum Schleswig, heutiges Schleswig-Holstein, verstorben am 9. Januar 1995 in Berlin, Tegel. Ich beginne mit dem Aktenzeichen 423/34.« Er räusperte sich. »Ich nehme an, dass Sie nicht vollständig über die Erbmasse informiert sind. Deswegen eröffne ich mit einer Auflistung des Legates.«

Hilde griff nach der Wasserflasche und schenkte sich ein. Otto biss sich vor Aufregung auf die Unterlippe. Er schmeckte Blut. Die Spannung war kaum noch auszuhalten.

»Das verfügbare aktuelle Barvermögen Ihrer Mutter belief sich zum Zeitpunkt des Todes, abzüglich der Notariatskosten, gerundet auf 66.000 Deutsche Mark. Hier ist der dazugehörige Bankauszug des Anderkontos. Treuhänder waren Herr Rallensteiner und meine Person.«

Herr Olivié schob jedem einen Zettel zu. Hilde holte ihre Brille heraus und studierte den Bankauszug gründlich mit zusammengezogenen Brauen. Sie war enttäuscht. 66.000 Mark. Musste es nicht viel mehr sein? Anni und Tessa warfen gemeinsam einen kurzen Blick auf den Auszug und schoben ihn wieder zurück. Otto schaute nun ebenfalls darauf. Während Hilde noch immer auf das Papier starrte, fragte Otto unverblümt: »Mutter besitzt doch noch die Grundstücke in Potsdam, oder?«

Der Notar rückte sich die Brille zurecht. »Nein, nicht mehr. Ihre Mutter hat die Grundstücke veräußert. Sie hat verfügt, dass 6.000 Deutsche Mark an Marianne Schmitt, wohnhaft in München, ausbezahlt werden.«

Anni lachte auf und sagte: »Wie süß!«

»Was heißt hier süß? 6.000 Mark für die alte Marianne«, brachte Otto sichtlich empört hervor. »Was soll die mit so viel Geld?«

»Das verstehst du nicht, Bruderherz«, sagte Tessa.

Der Notar räusperte sich. »Ich fahre fort. Die restlichen 60.000 D-Mark vom Barvermögen sollen unter den vier Kindern wie folgt aufgeteilt werden ...«

»Drei«, unterbrach Hilde.

Wieder räusperte sich der Notar und wiederholte: »Die restlichen 60.000 D-Mark vom Barvermögen sollen unter den *vier* Kindern, wie folgt aufgeteilt werden: Hilde Heinke, geborene Seidlitz – 15.000,- Mark, Otto Seidlitz 15.000,- Mark, Tessa Seidlitz 15.000,- Mark und Anni Seidlitz, geborene Steiger, ebenfalls 15000,- Mark.«

»Was soll das heißen, Anni Seidlitz, geborene Steiger?«, fragte Otto. »Das muss ein Irrtum sein.«

»Mutter hat Anni adoptiert. Der Beschluss des Familiengerichtes zur Annahme der Adoption liegt dem Notariat vor«, sagte Tessa ruhig.

»Sie hat *was*?«, Hilde starrte ihre Schwester mit offenem Mund an. »Das kann gar nicht sein. Die beiden sind doch, wenn überhaupt, eher Oma und Enkelin. Ich kann mir nicht vorstellen, dass das bei einer Anfechtung Bestand haben wird.« Sie nahm den letzten Schluck aus ihrem Wasserglas. Zumindest nach außen hin versuchte sie, die Fassung zu bewahren. Immerhin saßen sie hier in einem Notariat in Dahlem, eine Topadresse. Innerlich jedoch vibrierte Hilde. Sie spürte, wie ihr das Adrenalin durch die Adern schoss und den Hals und die Ohrläppchen rot färbte.

»Da gibt es nichts anzufechten«, sagte Tessa ruhig, wandte sich Herrn Olivié zu und sagte: »Nicht wahr?«

»Korrekt.«

»Ich bitte Sie, guter Mann. Eine Adoption muss schließlich … also, vernünftig und nachvollziehbar sein.« Hilde wandte sich Anni zu. »Zwischen dir und Mama liegen mehr als fünfzig Jahre.«

»Ja und?«, fragte Anni.

»Das kann doch unmöglich so durchgehen«, sagte Hilde.

»Nun, in dem Antrag zur Adoption muss begründet werden, dass zwischen den annehmenden Eltern und dem zu Adoptierenden – in dem Fall Frau Emmy Seidlitz und Frau Anni Steiger – ein Verhältnis besteht, das dem zu einer leiblichen Familie gleichgestellt ist. Diese Gleichstellung hat das Familiengericht im vorliegenden Fall als gegeben angenommen.«

Otto schnaubte ärgerlich und würdigte Anni keines Blickes.

»Also, ich bitte Sie, diese Frau Steiger«, sagte Hilde, als gebe es Anni nur in der Theorie. »Diese Frau Steiger könnte fast schon die Urenkeltochter unserer Mutter sein.«

»Verehrte Frau Heinke, das spielt keinerlei Rolle. Zwar schreibt das Gericht nach unten einen gewissen Altersabstand vor, sodass auch biologisch von einer Elternschaft ausgegangen werden kann. Aber bezüglich des Alters der annehmenden Eltern und des angenommenen Erwachsenen gibt es nach oben keine Grenze. Wenn das Verhältnis nachweislich sehr eng ist, kann auch eine Hundertjährige eine Zwanzigjährige adoptieren. Und wie ich den Unterlagen entnehmen konnte, hat Anni Ihre Mutter bereits im Alter von elf Jahren kennengelernt und ist kurze Zeit später, nach dem Tod des leiblichen Vaters, bei ihr eingezogen, wo sie bis zu ihrem neunzehnten Lebensjahr verblieb. Außerdem bestand gerade in den letzten Lebensjahren der Verstorbenen ein sehr enges Verhältnis.«

»Ich fasse es nicht. Anni hat Mutter doch ewig auf der Tasche gelegen«, sagte Hilde.

»Blödsinn«, sagte Tessa. »Du weißt genau, dass ich Anni finanziert habe.« Sie suchte unter dem Tisch Annis Hand und drückte sie.

»Selbst wenn Frau Emmy Seidlitz ihrer anzunehmenden Tochter vor der Adoption erhebliche Zuwendungen gemacht hätte – das würde keine Rolle spielen. Frau Anni Seidlitz, geborene Steiger, hat sich um die alltäglichen Belange ihrer Adoptivmutter gekümmert und, wenn ich es richtig in Erinnerung habe, auch maßgeblich zur letzten Reise zu jener vorgenannten Marianne Schmitt nach München beigetragen. Weiterhin hat Annis verstorbener Vater, ein gewisser Tassilo Steiger, verfügt, sie möge sich an Familie Seidlitz wenden, falls ihm etwas zustoßen sollte. Ich sehe also keinen Grund, warum die Adoption angefochten werden könnte«, sagte Herr Olivié. Er ahnte, dass die weitere Testamentseröffnung nicht leichter werden würde.

Die Sekretärin klopfte, trat ein und verteilte die Ausweise. Am Platz des Notars legte sie die Kopien ab und ging wieder hinaus.

»Ich würde dann gerne fortfahren«, sagte er.

»Nur zu, nur zu«, sagte Otto und wedelte mit der Hand wie ein römischer Kaiser, der seinem Diener erlaubt, sich auf untertänigste Art zu entfernen.

»Die Grundstücke in Potsdam«, fuhr Herr Olivié fort und verteilte die Grundbuchauszüge, »wurden von Ihrer Mutter rechtmäßig verkauft. Die Namen der Käufer entnehmen Sie bitte den Auszügen. Der Nettoerlös des Verkaufs beläuft sich auf, Moment ...« Er blätterte um. Hilde drückte sich ihre Daumen in den Händen krumm und riss die Augen erwartungsvoll auf. Otto hielt die Luft an. »... ach, hier hab ich es. Der Nettoerlös, also nach Abzug des Barvermögens und der angefallenen Kosten, beträgt 3,4 Millionen Deutsche Mark.«

»Ja!«, entfuhr es Hilde. Erleichtert atmete sie auf. Auch Otto war gerade dabei, sich wieder zu beruhigen, als der Notar den zweiten Ordner mit der Aufschrift SEIDLITZ II (STFG) 423/35 zu sich heranzog.

»Kommen wir nun zum Vermögen aus dem Verkauf der Grundstücke.« Erwartungsvolle Gesichter sahen ihn an. Ganz langsam, Wort für Wort entließ der Notar Emmys letzten Wunsch in den Raum. Er ließ die Bombe platzen.

»Das Vermögen aus dem Verkauf der Grundstücke hat Ihre Mutter als Kapitalstock für eine gemeinnützige Stiftung eingesetzt.«

Herr Olivié wartete ab, bevor er fortfuhr, weil er sicher war, dass die Erben – zumindest die beiden, die rechts von ihm saßen – Diskussionsbedarf haben würden. Einen Moment lang herrschte Stille. Otto zog seine Augenbrauen so weit nach oben, dass sie in der Mitte seiner hohen Stirn zum Stehen kamen.

»Als Kapitalstock für eine gemeinnützige Stiftung?«, wiederholte Hilde ungläubig.

»Was bedeutet das?«, fragte Otto.

»Nun, als Voraussetzung einer Stiftungsgründung muss unter anderem ein hinreichendes Stiftungsvermögen vorhanden sein. Der Mindestbetrag liegt bei 100.000 D-Mark und wurde erreicht, beziehungsweise in dem Fall sogar deutlich überschritten.«

Hilde begann, sich mit dem Bankauszug Luft zuzufächeln. »Ich bitte Sie, Herr Olivié. Mutter kann gar keine Stiftung gegründet haben. Kennen Sie ihre Schulbildung? Mit Müh und Not sechs Klassen und selbst die nicht vollständig. Sie war nicht mal in der Lage, ihren Telefonanbieter zu wechseln. Außerdem hatte sie doch gar keine Ahnung von Geld.«

Tessa musste lachen. Es kam genauso, wie ihre Mutter es vorhergesagt hatte: Hilde würde sie als Idiotin hinstellen.

»Gnädige Frau, ich glaube, Sie unterschätzen Ihre Mutter.«

Hildes Mund war wie ausgetrocknet. Sie griff nach ihrem Glas, sah, dass es leer war, und stellte es wieder hin. »Also mal im Ernst, kannst du dir das vorstellen, Mutter gründet eine Stiftung? Das ist doch ein Treppenwitz«, sagte sie an Otto gewandt.

»Was ist das überhaupt für eine Stiftung?«, fragte Otto.

»Der Stiftungszweck besteht darin, benachteiligten Kindern eine gute Schul- und Ausbildung zu ermöglichen«, erklärte Herr Olivié. »So, damit wäre die Aufteilung des Vermögens bekannt. Kommen wir nun zur Stiftung …«

»Ach, haben Sie etwa noch eine Überraschung für uns?«, fragte Hilde angriffslustig.

Der Notar ließ sich nicht beirren. »Als festangestellte Stiftungsvorsitzende hat Ihre Mutter die Schwestern Anni und Tessa eingesetzt. Die Aufteilung erfolgt hälftig, das heißt zu gleichen Teilen. Fünfzig Prozent entfallen auf den sozialpädagogischen Bereich unter Annis und die anderen fünfzig Prozent auf den kaufmännischen Bereich unter Tessas Leitung.«

Tessa und Anni sahen sich überrascht an, sagten aber beide nichts.

»Und was ist mit der ganzen Kohle?«, fragte Otto gereizt.

»Das Geld gehört der Stiftung.«

»Das kann doch nicht wahr sein!«

»Doch, das kann es. Die Stiftung wurde von der Aufsichtsbehörde bereits anerkannt und hat damit Rechtsfähigkeit erlangt.« Das nächste Schreiben aus dem Ordner SEIDLITZ II (STFG) 423/35 wanderte über den Tisch.

»Was heißt das auf Deutsch?«, fragte Hilde kraftlos.

»Ein Widerruf des Stiftungsgeschäfts ist nicht möglich.«

»Noch mal zum Mitschreiben«, sagte Otto. »Ich bekomme 15.000 Mark, und von den fast dreieinhalb Millionen sehe ich keinen Pfennig?«

Der Notar nickte. »So hat es Ihre verehrte Frau Mutter verfügt. Es steht Ihnen frei, den Pflichtteilsanspruch gerichtlich durchzusetzen.« Wortlos sprang Otto auf und stürmte vor Wut bebend aus dem Konferenzraum. Die anderen sahen ihm hinterher.

»Was wird er denn jetzt tun?«, fragte Hilde in den Raum.

»Er wird auf keinen Fall an guter Laune sterben«, antwortete Tessa.

Draußen fuhr wieder eine S-Bahn ein. Kreischende Bremsen. »Einsteigen bitte. Zurückbleiben bitte.« Wenig später hörte man, wie ein Wagen mit quietschenden Reifen losfuhr, ein anderes Auto hupte.

»Sie können gerne eine Zeit lang hier verweilen. Vermutlich haben Sie noch einiges miteinander zu besprechen«, sagte Herr Olivié, nickte seinen Klienten zu und zog sich diskret zurück.

Keiner sagte etwas. Eine Frage hing im Raum. Eine vorbeifahrende S-Bahn später wandte sich Hilde an ihre Schwester: »Hast du von der Stiftung gewusst?«

Tessa nickte. »Ich wusste nichts von dem Stiftungsvorsitz. Aber dass Mutter mit dem Geld etwas Gutes tun will – ja, das wusste ich.«

»Etwas Gutes? Sie hätte doch auch uns was Gutes tun können«, sagte Hilde matt.

»Das hat sie in ihrem Leben zur Genüge getan. Ich finde ihre Entscheidung richtig«, sagte Tessa.

Hilde warf einen Blick auf Anni. »Eigentlich spielt es gar keine Rolle mehr, dass du nun auch noch dabei bist. Die kleine Anni … Na ja, Mama hat von Anfang an von dir geschwärmt«, stellte Hilde fest und versuchte, es sachlich klingen zu lassen.

»Warum hat Emmy uns diesen Job anvertraut?«, fragte Anni.

»Ich glaube, Mama wollte sicher sein, dass ihr Wille auch umgesetzt wird«, sagte Tessa. Anni kämpfte mit den Tränen. »Was ist denn? Das ist doch toll für uns. Nicht weinen«, sagte Tessa und legte ihr eine Hand auf die Schulter.

»Ich fühle mich so reich beschenkt, aber Otto wird mich hassen«, brachte Anni schluchzend hervor.

»Otto hasst alles, was nicht seine Idee ist«, sagte Tessa.

»Und was ist mit dir?«, fragte Anni und sah Hilde an.

»Wenn Mama dich so sehr geliebt hat, dann werde ich einen Teufel tun, dich zu hassen. Ich bin nur so … so traurig. Ich hätte auch gerne die besondere Liebe gehabt, die Mama dir und Tessa entgegengebracht hat. Ich habe ihr irgendwie nie genügt«, stellte Hilde resigniert fest und zog den Keksteller zu sich heran.

Das gibt wieder Extrastunden bei Rico, dachte Tessa.

»Ich glaube, das siehst du falsch. Ich hatte immer den Eindruck, dass *du* Emmys großes Glück gewesen bist«, sagte Anni.

»Ach ja?«, fragte Hilde kauend. In ihrem Mundwinkel klebte ein Kekskrümel. »Vielleicht bin ich ihr manchmal auch auf die Nerven gegangen. Aber ich wollte doch nur, dass es ihr gut geht.«

Tessa stand auf und lief um den Tisch herum zu ihrer Schwester. »Ach, Große, du hast es immer noch nicht begriffen«, sagte sie.

»Was? Glaubst du, ich habe nicht gespürt, was Mama von meinem Hausfrauendasein gehalten hat?«, brach es aus Hilde heraus.

Tessa setzte sich neben ihre Schwester. »Sieh mich mal an.« Hilde wandte ihr das Gesicht zu. Ihre Augen glänzten feucht. Anni schob ein Taschentuch über den Tisch.

»Danke«, sagte Hilde mit wackeliger Stimme und schnäuzte sich.

»Ich sag dir jetzt mal die Wahrheit. Mama war enttäuscht, weil du beruflich nichts aus dir gemacht hast. Aber glaub mir, Hilde, dich hat Mutter immer geliebt. Ich weiß nicht, warum ich so was Besonderes für sie war, vermutlich, weil ich das Nesthäkchen bin und mein Überleben so lange am seidenen Faden hing ...«

»Das kannst du wohl laut sagen. Ein klitzekleines Häufchen Mensch warst du. Was haben wir um dich gebangt!«, sagte Hilde.

»Aber für dich allein hat Mama alles riskiert. Sie hat sich aus den Fängen von Oma Charlotte befreit und ist in eine vollkommen ungewisse Zukunft gegangen. Dich wollte sie retten, unbedingt. Du warst ihr erstes großes Lebensglück, und das bleibt immer tief im Herzen einer Mutter verwurzelt«, sagte Tessa und nahm ihre Schwester in den Arm.

27

FEBRUAR 1995

Tessa saß zu Hause in ihrem Sessel, auf dem kleinen Tisch neben sich eine Packung Schogetten und eine Flasche Herva mit Mosel. Trotz der Kälte hatte sie das Fenster gekippt und sich in eine von Emmys Decken eingerollt. Sie trank einen Schluck direkt aus der Flasche. Die Sonne lag noch knapp über den schneebedeckten, weiß glitzernden Dächern. Der Verkehr hatte sich beruhigt. Nur selten durchfuhr ein Auto die Straße. Man hörte eine Spaziergängerin, die ihren Hund rief, und aus der Ferne ertönte das Rattern der U-Bahn.

Tessa nahm den Brief in die Hand. Er war gestern aus München gekommen. Marianne hatte in einem kurzen Anschreiben mitgeteilt, dass Emmy ihn ihr beim letzten Besuch anvertraut habe. Sie sollte entscheiden, was damit passiert. Nach langem Überlegen habe Marianne sich entschlossen, dass er bei Tessa in den richtigen Händen sei.

Tessa öffnete den Umschlag. In ihm steckte eine Todesnachricht aus dem Zweiten Weltkrieg. Ein gewisser Paul Rogge war in soldatischer Pflichterfüllung, getreu seinem Fahneneid, für Führer und Reich gefallen. Dabei das Bild eines ihr fremden Mannes. Er stand an eine Hauswand gelehnt, in der Hand eine Zigarette. Sein Blick war ernst. Auf die Rückseite war mit blauer Tinte geschrieben: Paul, Oktober 1944. Auf einem weiteren kleinen Briefumschlag stand *Tessa*. In ihm befand sich Butterbrotpapier, in das eine dunkle Haarlocke eingelegt worden war. Dazu ein Feldpostbrief. Er war mit einem roten Band umwickelt. Vorsichtig löste Tessa die Schleife. Das Band war bereits dabei, sich an den Rändern aufzulösen, indem es kleine Fäden zog und brüchig wurde. Offensichtlich war es jahrzehntelang nicht mehr vom Brief gewickelt worden.

März 1945

Mein geliebter Engel von der Insel,
ich bin so froh, Nachricht von dir zu haben. Und dann noch die schönste Nachricht, die einen hier draußen erreichen kann. Ich beschwöre dich durchzuhalten. Kein Fieber dieser Welt darf dich niederzwingen. Bleib stark!
Ich will auch, dass wir zueinander stehen. Sicher wirst du schuldig geschieden werden, aber vertrau mir, es wird einen Weg geben, dass du Hilde und Otto behalten kannst. Wir werden unsere Liebe leben, auch in schwersten Zeiten. Sei gewiss, mein Engel, ich werde dieses Kind in meinem Herzen tragen – da, wo du schon lange bist. Ich werde ihm alles geben, was ich an Liebe in mir habe, denn es ist ein Teil von dir, ein Teil von mir und ein Teil von uns.
Wir liegen an der Oder. Gegenüber die Russen. Aber ich habe keine Angst mehr. Der Gedanke an euch trägt mich durch jede Gefahr. Ich werde alles tun, um euch bald in die Arme zu schließen und der Vater zu sein, den das Kind braucht. Gib der Kleinen schon mal einen Kuss von mir. Lass mich noch eine Bitte tun: Der Name unserer Tochter möge Tessa lauten.

In unerschütterlicher Liebe
Dein Paul

GLOSSAR

Andries	Andreas
Bilegger	Ofen, der in der Küche stand und von dort geheizt wurde, mit der Rückwand aber ins Wohnzimmer ragte.
Claas	Klaus
Ditten	Platten aus getrocknetem Kuhdung zum Heizen.
Fru, fru lok e doe op	Frau, Frau, mach die Tür auf / lass mich rein.
Julkuchen	Hefekuchen aus Dänemark, damals mit Pflaumen (selten Rosinen).
Kenkenbuum	Aus Holz geschnitzter, mit Efeu geschmückter Weihnachtsbaum.
Lütte	Kleine
Pesel	Der repräsentabelste Raum im Haus, die »gute Stube«; häufig gab es in diesem Raum einen Bereich, der mit handgemalten Fliesen versehen wurde.

Pharisäer	Alkoholisches Heißgetränk aus gesüßtem Kaffee, braunem Rum und einer Haube aus Schlagsahne.
Priel	Natürlicher, oftmals mäandrierender Wasserlauf im Watt, in der Marsch und in Küstenüberflutungsmooren.
Rummelpottlopen	Silvesterbrauch, um die bösen Wintergeister zu vertreiben.
Schaluppe	Größeres Beiboot, in dem die Harpunierer standen.
Skot-haag	Umzäunter Bereich für entlaufene Tiere (Pferch).

INTERVIEW

Wenn Sie Ihren Roman in zwei Sätzen umreißen sollten, wie würden die lauten?

Da reicht ein Satz: Eine kleine Frau ganz groß. Wobei meine Großmutter vermutlich kopfschüttelnd auf einer Wolke sitzt und sich sagt: So viel Gedöns wegen meinem kleinen Leben …

Die Geschichte Ihrer Großmutter diente als Inspiration für den Roman. Wie viel Emmy steckt in Ihnen?

Ich hoffe, ihr Humor – fürchte aber, auch ihr schrecklicher Gesang.

Emmy wirkt trotz aller Schicksalsschläge glücklich. Was bedeutet für Sie persönlich Glück?

Dass ich keinen Krieg erleben musste.

Wann haben Sie eigentlich mit dem Schreiben begonnen?

Das kommt darauf an, wie man »Schreiben« definiert. Wenn Sie darunter verstehen, dass man Spaß hat, Figuren machen zu lassen, was man selber will, dann habe ich in der Grundschule angefangen. Ich liebte es, Aufsätze zu schreiben, und wenn mir Geschichten nicht gefielen, habe ich sie umgeschrieben. Zum Beispiel konnte ich Annika aus Pippi Langstrumpf nicht besonders leiden, die habe ich immer »rausgeschrieben«.

Hat Ihre Tätigkeit als Psychologin Ihr Schreiben beeinflusst?

Ja und Nein: Nein, da ich grundsätzlich keine Patientengeschichten verwende, auch nicht verfremdet. Obwohl es manchmal Patienten gibt, die mich direkt fragen: Wäre das nicht mal was für ein Buch? Und ja, weil ich durch den Beruf gelernt habe: Große Helden sind oft sehr leise.

Wenn Sie auf die Entstehung des Buches zurückblicken: Was war ein entscheidender Moment?

Emmys Tod. Mir war klar, dass ihr Leben, ihr Mut, ihre Zuversicht und auch ihr bisweilen bockiger Charakter gewürdigt werden mussten. Ich wusste nur lange nicht, wie.

Im Roman spielen sowohl eine kleine friesische Insel als auch Berlin eine Rolle. Sie leben in der Großstadt. Können Sie sich ein Inselleben vorstellen?

Vorstellen tue ich mir das seit Jahrzehnten. Und obwohl ich eine große Sehnsucht nach (gefiederten) Strandläufern und dem Meer habe, weiß ich, dass mir der Irrsinn der Stadt fehlen würde.

Welchen Traum möchten Sie sich persönlich noch erfüllen?

Das ist schwierig, denn ich fühle mich sehr reich beschenkt in und von meinem Leben. In so einer Frage schwingt ja auch so etwas mit, wie: Wenn Sie wüssten, Sie hätten noch ein Jahr zu leben, was würden Sie tun? Keine Ahnung. Ich würde vermutlich genauso weiterleben wie bisher. Ich träume davon, dass mein Mann Obst und Gemüse wie Obst und Gemüse behandelt und nicht wie eine entsicherte Handgranate. Wovon ich manchmal auch träume: einen Lkw-Führerschein zu machen – also den großen, über 7,5 Tonnen mit Anhänger, und damit an allen Radfahrern dieser Welt ganz langsam und mit großem Abstand vorbeizufahren.

*Zu guter Letzt: Haben Sie ein Lieblingsbuch und eine*n Lieblingsschriftsteller*in?*

Die Frage ist unfair, weil es das eine Buch für mich nicht gibt. Aber wenn ich zu einer Antwort gezwungen werden würde: Hilde Domin, ›Nur eine Rose als Stütze‹.

Dieses Buch wurde klimaneutral produziert.

Mai 2022
DuMont Buchverlag, Köln

Umschlaggestaltung: Lübbeke Naumann Thoben, Köln
Umschlagabbildungen: © Fotosearch/Clip Art & © Universal History Archive/UIG/Bridgeman Images
Gesetzt aus der Caslon
Druck und Verarbeitung: CPI books GmbH, Leck
Gedruckt auf säurefreiem und chlorfrei gebleichtem Papier
Printed in Germany
ISBN 978-3-8321-6627-4

www.dumont-buchverlag.de